Un retour, un mariage

*

La nouvelle vie d'Olivia

*

Une maman pour Kyle

ANNIE O'NEIL

Un retour, un mariage

Traduction française de
CHARLINE McGREGOR

Blanche

HARLEQUIN

Collection : Blanche

Titre original :
A RETURN, A REUNION, A WEDDING

HARPERCOLLINS FRANCE
83-85, boulevard Vincent-Auriol, 75646 PARIS CEDEX 13
Service Lectrices — Tél. : 01 45 82 47 47

www.harlequin.fr

ISBN 978-2-2804-3469-0 — ISSN 0223-5056

1.

Jayne aurait dû partager des tapes amicales, à l'heure qu'il était. Des pouces levés. Un bonheur collectif. Au lieu de quoi, elle assistait à un exode massif de sa salle d'opération : tout le monde filait sans demander son reste.

Que se passait-il donc ? Bon, d'accord, dix heures de transplantation cardiaque, c'était épuisant. Elle se nettoya les mains et le visage puis ôta sa tunique de chirurgien qu'elle jeta dans le bac à linge sale.

— Tout va bien, docteur Sinclair ?

Sana, l'infirmière de bloc préférée de tout l'hôpital pour enfants Merryweather de Londres, ne lui bloquait pas complètement la sortie, quoique…

Bizarre. Et ce regard qu'elle posait sur elle…

— La Jayne Sinclair que je connais ne fronce pas les sourcils…, reprit Sana. Alors, vous allez m'expliquer ce qui a effacé votre joli sourire ou est-ce que je vais devoir vous tirer les vers du nez ?

Sana était connue pour sa capacité hors du commun à faire avouer même aux plus résistants qu'ils avaient besoin de repos. Depuis cinq ans au Merryweather, Jayne n'avait jamais été confrontée au fameux « regard perçant de Sana ». Jusqu'à aujourd'hui.

Elle réprima un frisson. Déjà, ses six semaines de congés non utilisés lui revenaient à la mémoire, accusateurs. *Noooon !* Les vacances, très peu pour elle. Le repos, idem. Elle, son passe-temps favori, c'étaient les opérations. Les gardes supplémentaires. Les coups de main quand l'hôpital était à court de personnel. Tout cela pour devenir le meilleur chirurgien cardiaque en pédiatrie possible. Ici, elle était heureuse, dans son élément. Ici, elle savait réparer les problèmes. Dehors… eh bien, l'association Londres et elle n'avait pas vraiment bien pris.

Elle se passa une main sur le visage et métamorphosa son front soucieux en un sourire.

— Non, non, regardez… Hop, et voilà le sourire !

Sana la contempla de la tête aux pieds avec l'air de celle qui ne s'en laisse pas conter.

— Vous avez fait du bon travail, commenta-t-elle.

— Quand je peux réparer un cœur, je considère que la journée a été bonne…

Si seulement elle pouvait réparer le sien…

Sana haussa un sourcil, à croire qu'elle avait lu dans ses pensées. Puis elle croisa les bras. Enfin, elle n'avait tout de même pas surpris la larme qui avait coulé sur sa joue, songea Jayne. Juste une larme ! Qui plus est, une fois qu'elle en avait eu fini avec sa patiente et alors que les autres chirurgiens refermaient la plaie sous sa supervision. Pas de quoi en faire un plat.

En apparence, du moins. Mais Sana ne pouvait pas savoir à quel point cette opération avait été dure pour Jayne.

Sa patiente, une adorable adolescente de quatorze ans, Stella, vivait grâce à un cœur artificiel depuis cinq mois. Sa famille n'en pouvait plus de faire bonne figure pour ne pas aggraver son état déjà compliqué. Sans parler de la peur constante qui allait de pair avec ce genre de problème.

Quand ils avaient appris qu'un cœur était disponible, tôt ce matin, Jayne et son équipe avaient été fous de joie et ils avaient fait tout leur possible pour qu'il leur soit attribué. Maintenant, il battait donc à nouveau dans la poitrine de Stella. Bref, aujourd'hui aurait dû être une journée spéciale et heureuse.

Elle venait de passer plus de dix années de sa vie à étudier, à pratiquer la médecine, la chirurgie, à se préparer à devenir chirurgien cardiaque en pédiatre… Exactement comme sa sœur jumelle, Jules, avait imaginé le devenir elle-même un jour.

Son cœur se serra si fort qu'elle eut soudain du mal à respirer. Il fallait qu'elle sorte prendre l'air. Seulement Sana était toujours là, et son fameux regard aussi, rivé sur elle.

Quand un cœur leur arrivait, Jayne s'assurait que les informations vitales lui parviennent : la compatibilité, la viabilité, l'accessibilité du donneur. Elle lançait une batterie de tests : groupe sanguin, radios, IRM, échographie, tomographie, et bien sûr, l'angiographie coronarienne et la sonde cardiaque. Elle avait tout fait méticuleusement avec la précision scientifique requise. Et puis, comme toujours, elle avait demandé à ce que l'afflux d'informations s'arrête là.

Sauf que l'un des jeunes chirurgiens de son équipe n'avait pas compris. Au moment où Jayne prenait le cœur entre ses paumes, il lui avait raconté l'histoire du donneur.

C'était là qu'elle avait ressenti les premiers picotements. Des larmes qu'elle avait ravalées, bien sûr, mais avec tellement de difficulté.

Car le cœur en question avait une histoire qui avait rappelé à Jayne le pire jour de sa vie. Il appartenait à une jeune femme qui était sortie faire un tour de vélo sur un chemin de campagne.

Exactement comme Jules, la jumelle de Jayne.

Aucune des deux jeunes femmes n'était rentrée à la maison. Aucune n'avait entendu les cris de sa sœur, hurlant à la voiture de s'arrêter. Aucune n'avait réalisé ses rêves, été au bout de son destin. Car toutes les deux avaient été déclarées en état de mort cérébrale sur le lieu de l'accident.

Alors si Jayne ne souriait pas, malgré le succès de la transplantation sur Stella, elle avait ses raisons. Et de bonnes raisons, bon sang…

Un « bip » résonna et la fit sursauter.

— Je parie que c'est la chambre de Stella, dit-elle en se tournant vers le couloir.

Mais Sana ne bougea pas.

— Doucement, doucement. C'est pour le Dr Lewis. C'est sa femme.

— Quoi ? Mais comment vous savez ça ?

Le visage de Sana se radoucit.

— Elle appelle toujours à peu près à la même heure pour savoir si elle peut mettre le dîner en route.

— Ah…

Une pointe d'envie fit s'échapper l'air des poumons de Jayne. Elle aussi pourrait avoir cela. Quelqu'un qui l'aime assez pour lui préparer à dîner. Pour l'attendre le soir quand elle rentrait.

Une image de Sam apparut dans sa tête ; elle l'effaça aussitôt. Inutile de pleurer sur le passé. Sur son visage, quand elle lui avait rendu sa bague…

— Allez, rentrez chez vous, prenez un bain, reprit Sana. Relaxez-vous et profitez vraiment du moment pour vous… Cela fait des mois que vous consacrez tout votre temps à Stella, alors maintenant, laissez l'équipe prendre le relais.

— Pas question. Je reste jusqu'à ce que son corps ait définitivement accepté son nouveau cœur.

— C'était quand la dernière fois que vous avez posé un congé ? Et je ne parle pas des deux jours par an que vous prenez pour acheter les cadeaux de vos parents… Je vous ai vue pleurer au bloc.

Jayne tenta de détourner la tête, en vain. Un voile de sueur perlait à son front sous le regard scrutateur de l'infirmière quand, tout à coup, elle perçut les avantages de quelques semaines de repos. L'occasion de recouvrer ses esprits. De reprendre le contrôle de ses émotions. Elle pourrait même… rentrer à la maison ?

Oui, Sana marquait un point. Tout le monde avait besoin d'équilibre dans sa vie. Or celle de Jayne était consacrée à cent pour cent à son travail. Elle n'avait pas de vie en dehors de l'hôpital. Elle avait bien essayé de sortir danser, de faire de l'escalade, de partir en week-end dans les capitales européennes, rien n'y avait fait. Même après des années, les folles soirées et les activités à fort taux d'adrénaline, la transplantation réussie d'un cœur… rien de tout cela ne lui ramènerait sa sœur.

Sana lui posa les deux mains sur les épaules et l'obligea à croiser son regard. Sa voix se fit gentille.

— Vous avez besoin de repos, Jayne. Et vos parents, ils habitent quelque part près d'Oxford, non ? Ils adoreraient sans doute que leur fille leur rende visite…

Jayne se libéra de son étreinte. Sa relation avec ses parents s'était altérée de façon irrévocable le jour où Jules était morte. Elle savait qu'ils l'aimaient, seulement Jules avait été l'une de ces rares personnes capables d'emporter le cœur de tous ceux qu'elle croisait. Belle, vive, folle, intelligente…

Risque-tout, instable, accro à l'adrénaline…

Tout ce que Jayne n'était pas.

— Mes parents s'en vont l'été, en général.

Cette année, c'était en Écosse. Dans un coin éloigné, en tout cas. Sans voitures. Sa mère, jadis si passionnée par la vie, s'était enveloppée dans du coton depuis l'accident.

— Des amis, alors ? insista Sana. Vous devez bien avoir des connaissances, à Whitticombe, quelqu'un qui aimerait vous voir ?

— Pas vraiment, mentit-elle.

Sa meilleure amie, Maggie, l'hébergerait sans hésiter.

Seulement voilà, elle avait deux bonnes raisons pour ne pas vouloir rentrer à la maison. *Primo*, elle ne parvenait pas à penser à Whitticombe sans penser à sa défunte sœur. À sa mort, qui jamais ne serait arrivée si elle n'avait pas demandé à Jules de revenir à la maison pour fêter ses fiançailles. Ce qui l'amenait à la raison numéro deux : le seul moment plus pénible que celui où elle avait vu la vie quitter le corps de sa sœur avait été de rendre sa bague à Sam.

Donc non. La suggestion de Sana était tout bonnement impossible. Six semaines à éviter « l'histoire qui aurait pu être », « le mariage dont elle avait toujours rêvé », « la vie qu'elle aurait pu avoir » ?

Impossible.

Elle avait raté ce train-là depuis longtemps. Et puis, si elle s'en tenait aux quelques nouvelles que Maggie lui envoyait par e-mail, de l'eau avait coulé sous les ponts dans la vie de Sam. Un mariage. Un divorce. La mort de sa mère.

Elle, en revanche, restait bloquée sur ce fameux jour.

Si elle fermait les yeux, elle pouvait tout revivre dans les moindres détails. Il faisait beau. Les touristes avaient commencé à envahir la ville pour admirer les cottages de pierre si pittoresques et, bien sûr, se promener le long de la rivière qui sinuait paresseusement à travers le village. On était début juin, comme en ce moment. Les fleurs étaient en pleine floraison.

Elle portait un diamant à son doigt. Un soir, elle était rentrée de l'école de médecine et Sam lui avait fait sa demande. Évidemment, elle avait dit « oui ». Il était l'amour de sa vie, et ce depuis ce baiser parfait qu'ils avaient échangé le jour de ses seize ans.

Jules, l'enfant chérie de la famille, avait tout lâché à Londres. Tout le monde l'adorait. Comme d'habitude, elle n'avait pas voulu se contenter d'un verre tranquille à la maison pour fêter la nouvelle. Alors Jayne avait suggéré qu'elles prennent leur vélo et qu'elles aillent boire un verre au pub.

Leur père avait agité la main, distrait, quand elles avaient pris la route. Leur mère avait ri derrière sa table à sculpter, avant de faire ce qu'elle faisait toujours : leur donner à chacune un baiser sur la joue en leur recommandant d'être prudentes. Puis elle avait ajouté, à son habitude : « Garde un œil sur ta sœur, tu sais comment elle est. »

Sauf que, cette fois-là, Jules n'avait pas écouté. Elle avait démarré en trombe : « On fait la course ! » Trois heures plus tard, une fois l'ambulance partie et alors que les voisins massés à la maison préparaient à ses parents tasse après tasse de thé au lait… Jayne avait fait glisser le solitaire à son doigt.

Quelques mois plus tard, elle l'avait ôté pour de bon et rendu à Sam.

Elle avait changé, au cours de ce laps de temps. Elle

n'était plus la fille optimiste et sans soucis que Sam avait demandée en mariage. À sa place était née une femme déterminée à réaliser les rêves que sa sœur ne vivrait jamais.

Parmi les activités les plus folles qui faisaient vibrer sa sœur, il en était une qui n'avait aucun rapport, mais dont Jules rêvait par-dessus tout : effectuer une transplantation cardiaque sur un enfant.

À mesure que les jours puis les mois de chagrin s'accumulaient après la mort de Jules, Jayne s'était sentie tout aussi impuissante qu'en pratiquant le massage cardiaque sur la scène de l'accident en attendant les secours. Son incapacité à surmonter le souvenir des blessures mortelles de sa sœur avait allumé en elle un besoin qui l'avait définitivement détournée du chemin que la vie semblait lui avoir tracé. Un besoin féroce et incontournable de réparer ses torts. De vivre la vie dont elle avait privé sa sœur. De sauver les vies que sa sœur ne sauverait pas par la chirurgie cardiaque.

Aujourd'hui, c'était chose faite. Elle avait réalisé son rêve. Ce qui aurait dû être une date importante, lui faire relâcher la discipline qu'elle s'était imposée avec l'intensité stricte et déterminée qui lui avait permis d'atteindre ce but. Au lieu de quoi, il s'était passé ce qu'elle redoutait depuis le début : rien n'avait évolué.

La voix de Sana l'obligea à revenir à l'instant présent.

— Docteur Sinclair… Si vous ne faites pas plus attention à votre cœur, vous ne pourrez plus soigner vos patients avec ça, conclut-elle en désignant la tête de Jayne, cette fois.

Soudain, un son retentit, dont elles connaissaient toutes les deux la signification : code rouge.

Trois jours plus tard, quand Jayne entendit sa propre voix prononcer l'heure de la mort de Stella, elle le fit les yeux rivés à ceux de Sana. Où elle lut tout ce qu'elle avait besoin de savoir. Oui, il était temps de rentrer à la maison.

Sana avait raison, elle devait soigner son cœur avant de pouvoir s'occuper de ceux des patients. Ils méritaient son attention pleine et entière, et le décès de Stella l'avait ramenée sur la ligne de départ d'une course effrénée qu'elle croyait avoir enfin finie. Jamais elle ne pourrait échapper au passé.

Sam lut la dernière page du dossier puis il le reposa sur son bureau.

— Si je comprends bien, dit-il en reportant son attention sur sa patiente, c'est repos forcé pour les deux mois à venir. Pas vrai, Mags ?

— Une folie ! Je ne peux pas faire ça, gémit-elle. D'abord, il y a les enfants. Pour le salon de thé, il y a bien Dolly, mais sans mes talents de pâtissière… Et puis, il y a la fête du village, et je fais partie du comité d'organisation.

Sam sourit. Maggie faisait partie de tous les comités.

— Sans parler de la collecte de fonds pour le défibrillateur externe dont le village a désespérément besoin, reprit-elle. La foire aux arts, ensuite…

— Oh là, oh là, doucement ! Qu'est-ce qui est le plus important ? Toi et les bébés. Ceux qui sont là-dedans, ajouta-t-il en désignant son ventre généreusement rebondi. Pour tout le reste, on va se débrouiller, d'accord ?

Les yeux remplis de larmes, elle porta les doigts à sa bouche et hocha la tête.

C'était dans les moments comme celui-ci que Sam Crenshaw comprenait pourquoi certains médecins généralistes préféraient débuter leur carrière dans des endroits où ils ne connaissaient pas leurs patients depuis l'enfance. Annoncer de mauvaises nouvelles à une personne avec qui on avait fait des pâtés dans le bac à sable n'était pas facile.

Un peu plus tôt dans la journée, Maggie était allée à la maternité des faubourgs d'Oxford et elle en était revenue en larmes avec une liasse de papiers qui décrivaient en détail à quel point sa grossesse était devenue compliquée. Essuyer les larmes d'un ami, c'était dur, mais c'était aussi justement pour cette raison qu'il avait voulu devenir généraliste ici, à Whitticombe. Comme son grand-père avant lui.

Leur amour commun pour la médecine n'était pourtant pas génétique puisque Sam avait été adopté. Trop tôt pour se rappeler autre chose que la générosité des Crenshaw qui avaient accueilli dans leur maison déjà bien pleine un enfant inconnu. Leur credo, c'était : « Traite les autres comme tu aimerais qu'ils te traitent. » Il aimait bien cette devise.

L'amour, l'honnêteté et l'ouverture d'esprit de sa famille étaient ses fondations. C'était pour cela qu'il avait décidé de pratiquer la médecine dans le même bâtiment où son grand-père travaillait depuis une bonne quarantaine d'années et qu'il refusait d'ailleurs de quitter pour jouir d'une retraite bien méritée !

Il fit rouler son fauteuil jusqu'à sa patiente et lui prit les mains en la regardant droit dans les yeux.

— Maggie, je sais que tu es Wonder Woman, mais tu n'y arriveras pas seule. Une pré-éclampsie, c'est sérieux. Tu as besoin de quelqu'un qui sait comment t'aider. Avec tes parents en Australie, je ferai de mon mieux et on peut organiser un système de rotation pour les enfants. Je vais passer quelques coups de fil à tes comités…

— Tu crois que je n'ai pas déjà pensé à ça ? l'interrompit-elle. Tout est prêt, quelqu'un va venir me prêter main-forte. Elle devrait…

Elle prit son téléphone et donna quelques coups de doigt sur l'écran.

— Elle devrait être ici d'une minute à l'autre. J'espérais que tu pourrais la mettre au courant de tout. Avec Nate qui est absent et…

Maggie eut toutes les peines du monde à réprimer un autre sanglot et Sam en eut le cœur serré pour elle. Sa journée avait été parsemée de mauvaises nouvelles : la pré-éclampsie, le risque de naissance prématurée pour ses jumeaux, la nécessité de rester alitée. De plus, son pilote de mari était coincé au Moyen-Orient jusqu'à la date prévue de la naissance. Sans parler des deux petits dont elle devait aussi s'occuper.

L'amie qu'elle attendait avait intérêt à être pleine d'énergie.

Il se dirigea vers l'armoire pour en sortir une nouvelle boîte de mouchoirs non sans se morigéner au passage. Il devrait accorder plus de son temps à Maggie. Ce soir, il avait prévu de sortir prendre un verre avec la nièce de sa réceptionniste. Son divorce étant prononcé depuis un an, il était désormais célibataire et prêt à passer à autre chose. Du moins, sur le papier.

La mort de sa mère, quelques mois plus tôt, lui avait assené un méchant coup. Le cancer n'épargnait pas ses victimes, et le seul point positif était que, désormais, sa mère ne souffrait plus.

— Qui est donc cette amie, alors ? Dis-m'en plus sur elle. C'est bien « elle » ?

— Euh… oui.

Bizarrement, Maggie refusait soudain de croiser son regard. Un coup discret qui résonna à la porte la fit se redresser d'un coup.

— Ce doit être elle.

Sam traversa son bureau, ouvrit la porte…

Et là, tout aussi belle et parfaite que le jour où elle lui avait rendu son solitaire, se tenait Jayne Sinclair.

Elle lui adressa un petit signe timide de la main et, à croire qu'elles avaient répété leur entrée en matière, Maggie et elle lancèrent en chœur :

— Surprise !

2.

Si l'un des patients de Sam était venu en consultation avec les mêmes symptômes que ceux qu'il ressentait en ce moment, il aurait aussitôt appelé une ambulance.

Le cœur qui cognait comme un fou. Le pouls qui avait grimpé dans la zone rouge. Le sang qui pompait partout où il ne devrait pas. Génial…

En un clin d'œil, sa fameuse théorie comme quoi la prochaine fois qu'il verrait Jayne Sinclair cela ne lui ferait aucun effet venait de lui exploser au visage.

Bon, elle l'avait pris au dépourvu, c'était l'explication. Car après tout, des obstacles, il en avait franchi plus d'un dans sa vie. Un mariage, un divorce et le décès de sa mère. Il avait eu du mal à traîner sa montagne de bagages émotionnels, mais à présent, il les avait déposés. À leur place, dans le passé. Il en avait peut-être retiré un peu plus de cheveux blancs que la moyenne pour un homme de trente et un ans, mais « ce qui ne nous tue pas… ».

Jayne aussi avait connu des hauts et des bas, pourtant le temps ne l'avait pas changée. Ses beaux cheveux étaient toujours aussi noirs, ses yeux bleus aussi brillants. Son teint rosé un peu pâle pour un début d'été. À cette époque de l'année, la Jayne qu'il avait connue aurait eu la peau hâlée par le soleil et une poignée de taches de rousseur sur le nez. Vingt-trois, si son souvenir était bon.

Seulement elle n'était plus cette femme. Cette Jayne-là avait disparu le jour où sa sœur était morte. La « nouvelle » Jayne ne venait en visite qu'à Noël. Elle passait une heure au pub, pas plus, et souvent même moins. Ils discutaient avec un peu de gêne – pas étonnant, face à la fille qu'il avait voulu épouser.

Lorsqu'elle lui avait rendu sa bague, il lui avait suggéré de la garder. De réfléchir. De peser le pour et le contre le fait d'abandonner tout ce dont ils avaient rêvé. Elle était en deuil, furieuse et triste de la mort injuste de sa sœur. Et puis, à la fin, il avait été à court d'arguments. Avec une clarté glaçante, il avait compris qu'elle avait choisi une autre voie. Qui ne l'impliquait plus, lui.

Au fil des années, leurs petites discussions embarrassées étaient devenues un simple signe de la main, de la tête. Trois ans plus tôt, quand il avait épousé Marie, leurs interactions s'étaient vues réduites à néant. À Noël dernier, il était resté à la maison, sa mère étant très malade. Il ne s'était pas laissé le choix de ne serait-ce qu'envisager de revoir Jayne si tôt après son divorce, craignant de rouvrir des blessures qu'il n'était pas encore capable d'examiner de trop près.

Aujourd'hui, le sourire qu'elle lui adressait paraissait aussi peu naturel que celui qu'il lui rendait.

— Salut, Sam. J'espère que ça ne te dérange pas que Maggie m'ait invitée ?

Les trois dernières années de sa vie revinrent à la mémoire de Sam comme une série de flashs.

Il avait cru que Marie et lui seraient heureux. Ils s'étaient fréquentés pendant sa dernière année à l'école de médecine puis ils s'étaient mariés. La première année, leur union avait été solide, mais pour la suivante, tout n'avait pas été aussi rose, et il avait cru pourtant qu'elle comprenait qu'il était très pris par son travail. Le cabinet à transporter dans le XXIe siècle. La grange à rénover. Le cancer de sa mère. Oui, il avait perçu quelques failles dans leur relation, pourtant, quand Marie lui avait annoncé qu'elle voulait divorcer, il était tombé de nues. Apparemment, elle ne voyait pas sa place parmi tous ses projets, toutes ses activités prioritaires.

Il avait reçu une carte de sa part après la mort de sa mère et, apparemment, elle avait déjà trouvé l'homme qu'il lui fallait. Le fait qu'il en ait été sincèrement heureux pour elle en disait long sur ses sentiments à son égard…

Ce qui le ramenait à l'instant présent, au fait que Jayne Sinclair était toujours placée, sur son échelle de Richter personnelle, à un niveau qu'elle ne devrait pas occuper.

Il se frotta la nuque et afficha ce qu'il espérait être un sourire crédible. Il devait se soucier de Maggie, pas de la débâcle qu'était sa propre vie sentimentale.

— Je t'en prie.

Il fit entrer Jayne, lui désigna un siège et inhala par accident l'effluve encore trop familier de pois de senteur et de muscade. Son cœur se serra. Comme avant.

L'effet Jayne.

Maggie et elle s'étreignirent. Par-dessus son amie, car elle la dépassait d'une bonne tête, Jayne croisa et retint son regard. Une énergie que Sam n'avait plus éprouvée depuis des années se déversa dans ses veines et à travers tout son corps.

— Tu as l'air en forme, dit-elle par-dessus la tignasse auburn de Maggie.

Elle aussi. Différente, mais en forme. Toujours mince, avec un style vestimentaire original qui indiquait la femme dont la vie tournait autour de son boulot dans un hôpital pour enfants : jupe brodée de pois, T-shirt orné d'une licorne et tongs avec des roses en satin rouge cousues sur les bandes. Ses cheveux noirs étaient toujours longs, relevés en queue-de-cheval, mais elle avait une frange, maintenant. Une touche de mascara soulignait ses yeux, couleur océan une seconde, bleu de nuit la suivante, et rien d'autre sur les lèvres qu'une fine couche de gloss. Elles n'avaient pas besoin de plus.

Il se surprit à se demander si le gloss en question avait toujours un goût de vanille et de menthe, mais se hâta de repousser cette pensée ridicule.

Ce genre d'instinct aurait dû disparaître depuis longtemps, le jour où elle lui avait rendu sa bague, en fait.

Jayne ferma les yeux une seconde avant de les rouvrir

pour les poser sur lui. Que n'aurait-il donné pour y lire tous les secrets qu'ils renfermaient !

Avant, ces yeux pareils à des joyaux s'allumaient quand ils parlaient de leur mariage. Quand ils rêvaient de terminer les travaux dans la vieille ferme. Quand ils évoquaient l'envie de Jayne de se spécialiser en pédiatrie, celle de Sam d'opter pour la gériatrie. Ils s'allumaient aussi quand elle le voyait apparaître.

La mort de sa sœur les avait éteints. Malgré tout, il avait refusé de la croire quand elle avait prétendu qu'elle ne l'aimait plus. C'était le traumatisme.

Jayne aimait Jules comme Sam aimait sa propre famille. Fort. De façon protectrice. Il ne pouvait pas lutter contre un fantôme. Il l'avait compris, mais pensait que la douleur s'estomperait. Qu'il pourrait être là pour elle. Mais elle avait refusé son soutien, encore et encore.

Des mois s'étaient écoulés avant qu'il perçoive le changement qu'elle lui avait dit ressentir à son endroit. Le changement qui lui avait fait rendre sa bague de fiançailles. Ce jour-là, elle lui avait annoncé qu'elle allait devenir chirurgien cardiaque, qu'elle ne reviendrait pas à Whitticombe, qu'elle avait repris l'appartement de Jules à Londres. Qu'il était temps pour lui de trouver quelqu'un d'autre avec qui gérer le cabinet.

C'était le coup qui lui avait fait le plus mal. Car mieux que quiconque, Jayne savait la valeur qu'il accordait à sa famille, même si c'était sa famille adoptive, et l'importance que revêtait ce projet de reprendre le cabinet de son grand-père.

Alors il avait su qu'il devait aller de l'avant dans sa vie. Sans Jayne. Cela lui avait brisé le cœur, mais tout autre choix aurait été un mensonge.

Leur échange de regards intense fut interrompu quand Maggie se libéra des bras de son amie et que toutes les deux se tournèrent face à lui.

— Tu le crois ? Jayne m'a téléphoné il y a quelques jours en m'annonçant qu'elle prenait des congés. Alors moi, évidemment, je l'ai aussitôt suppliée de venir au village étant donné que Nate est absent, qu'on a le tournoi de cricket, la fête, le salon d'art… Elle était censée arriver demain, mais quand je l'ai appelée de l'hôpital ce matin pour lui parler de la pré-éclampsie, elle a tout lâché pour venir sur-le-champ.

Surprenant… En principe, Jayne ne « lâchait pas tout » quand il s'agissait de l'hôpital.

Sam inclina la tête afin de tenter de replonger dans ses yeux. De voir s'il n'y avait pas raté quelque chose. Mais elle détourna la tête.

— J'avais une tonne de congés accumulés à prendre, au point que la RH menaçait de me les supprimer, alors…

Elle haussa les épaules et esquissa un sourire que Sam jugea peu convaincant.

Un truc clochait. S'était-il passé quelque chose à l'hôpital ? Dans sa vie privée ? Quoi qu'il en soit, il était persuadé que ce n'était pas seulement une histoire de congés en retard. Elle était rentrée à Whitticombe parce qu'elle en avait besoin.

Elle était déjà revenue. Lors de ses visites annuelles pour Noël, d'abord, et puis pour l'enterrement de sa mère – il l'avait aperçue au fond de l'église, flanquée de ses propres parents. Elle avait filé dès la fin de la cérémonie, alors même que les parents de Sam la considéraient comme un membre à part entière de la famille – plus que Marie, songea-t-il.

Mais son passé compliqué avec Jayne n'était pas la priorité du moment. Il se tourna vers Maggie, qui riait et discutait sans cesse, à croire que tous ses ennuis étaient désormais oubliés.

— Je n'en reviens pas que tu arrives pile au moment où j'ai besoin de toi !

Perdu dans ses pensées, il l'entendit vaguement évoquer le tournoi de cricket, mais ne parvint à se reconnecter qu'au moment où Jayne admonesta son amie.

— Pas question, jeune dame ! Tu dois te reposer.

— De quoi vous parlez ? demanda-t-il.

Elles tournèrent toutes les deux vers lui un regard aussi

surpris que s'il avait raté un gorille entré dans la pièce en tutu. Jayne affichait une mine réprobatrice.

— Cette folle propose d'emmener les enfants au tournoi de cricket et de dîner sur place. C'est ridicule, n'est-ce pas ?

— Euh… Pas si on veut manger correctement…, ironisa Maggie.

Là, elle marquait un point. Malgré toutes ses qualités, Jayne n'était pas une grande cuisinière.

— Quoi ? dit-elle, faisant mine de s'offusquer.

— Eh bien, avec mon ventre, j'atteins tout juste le plan de travail, et en plus, je suis censée me reposer… Si je me rappelle bien, tes talents culinaires sont à peu près aussi épatants que ta capacité à t'installer à Whitticombe.

— Aïe ! Tu frappes une femme à terre…

Jayne tapota le bras de Maggie et jeta un bref coup d'œil en direction de Sam. Bref, mais assez long pour qu'il constate que le commentaire de Maggie avait touché une corde sensible.

Maggie s'en rendit compte aussi car elle commença à se confondre en excuses : c'étaient les hormones, c'était Nathan qui n'était pas là, c'était sa pré-éclampsie qui arrivait au moment le plus chargé de l'année.

Parlant en même temps, Jayne tentait de prendre sa part de reproches. Elle était trop sensible, elle savait que Maggie plaisantait, elle était là, Maggie pouvait compter sur elle.

— Maggie a raison, intervint Sam. Pour le dîner. Le club propose effectivement un barbecue tout à fait correct ce soir, et ce serait dommage de le rater. En plus, les enfants vont adorer. Ils organisent un match pour les petits en guise de lancement des festivités. Il y aura des saucisses, des burgers, même des guimauves, je crois.

Il résista à la tentation de tendre la main et de la lui poser sur l'épaule comme il l'aurait fait avant, pour la rassurer.

— Tu as fait une longue route et Maggie a effectivement besoin de se reposer. Mes sœurs font partie des cuisinières, et, ce matin, au petit déjeuner, j'en ai entendu une mentionner une salade de pommes de terre.

Il ne précisait pas ce détail au hasard : il savait que ses sœurs faisaient la salade de pommes de terre préférée de Jayne. À moins que cela aussi ait changé.

— Hum, c'est appétissant..., commenta-t-elle avec un sourire reconnaissant.

Plus il l'observait, qui s'affairait désormais à ramasser les papiers de Maggie sur le bureau, plus il détectait quelque chose dans son regard – ou plutôt l'absence de quelque chose dans son regard. Cette étincelle. Elle avait l'air un peu fatigué, certes, mais c'était autre chose. Or cette étincelle n'avait disparu qu'une fois : quand Jayne avait été au plus bas dans sa vie.

Il en était convaincu : ce retour aux sources spontané était motivé par plus qu'un simple besoin de repos. Car enfin, elle avait réussi à éviter le plus possible le village pendant des années, alors pourquoi y revenir maintenant ?

— Ça te va si je repasse plus tard pour en discuter ? demanda-t-elle en agitant la liasse de papiers de Maggie.

— Oui, oui, absolument.

Il se surprit à sourire. Ils avaient toujours aimé parcourir ensemble les dossiers des patients. En l'occurrence, ce serait l'occasion de se rendre compte à quel point elle avait changé.

Seulement il ne devait pas oublier une chose, cette fois : sa présence n'était que temporaire. Jayne avait été on ne peut plus claire : son avenir n'était pas à Whitticombe. Et pas avec lui.

Alors que cette dernière entraînait Maggie vers le couloir, Sam s'avança machinalement pour lui poser une main au bas du dos. Il la vit remarquer son geste et se ravisa. Ce qui était ridicule. Ses doigts n'allaient tout de même pas prendre feu au contact de Jayne !

Il s'accorda quelques secondes avant de sortir accueillir son patient suivant, Tommy Stark. Un garçonnet de dix ans dont l'œil droit semblait avoir croisé un poing.

— Aïe, ça a l'air douloureux, commenta Sam en faisant entrer l'enfant et sa mère.

— Non, répondit bravement Tommy. Je l'ai fait par amour, alors ça ne fait pas mal.

Sa mère expliqua comment il s'était interposé entre un garçon et la championne d'échecs de sa classe, une fillette assez timide que Tommy révérait. Sam esquissa un sourire. Si seulement c'était aussi facile.

Agenouillée devant Maggie, Jayne lui prodiguait un massage des pieds – seul moyen qu'elle avait trouvé pour obliger son amie à rester assise, tant cette dernière était surexcitée à la perspective de leur sortie.

— Aïe, pas si fort. On va au match de cricket !

— Tu es censée te reposer, Mags. Et puis, il n'y a pas que le cricket qui m'ennuie. Il y aura tout Whitticombe.

— Et alors ?

— Alors… c'est bizarre.

Elle n'avait pas envie que tout l'univers soit au courant de son retour. C'était déjà assez difficile de se retrouver ici, surtout à cette époque de l'année. À seulement deux semaines de l'anniversaire du jour de la mort de sa sœur.

— Pourquoi ? Tu es d'ici. C'est bien normal que tu soutiennes l'équipe. Tu représenteras tes parents aussi. Comment vont-ils, d'ailleurs ?

Une lame de culpabilité s'enfonça dans la conscience de Jayne.

— Ils vont bien…

Elle leur avait envoyé un SMS pour leur annoncer qu'elle séjournerait chez Maggie et avait reçu un bref message en retour. Tout allait bien. C'était calme. Ils travaillaient beaucoup.

C'était leur unique moyen de communication depuis la mort de Jules : quelques brefs messages impersonnels. Comme si sa jumelle avait été le lien qui les retenait tous ensemble. Jayne était restée quelques mois après l'accident, mais chaque fois qu'ils la regardaient, elle ne voyait que du vide dans leurs yeux. Tout le monde savait, mais jamais personne n'osait exprimer la vérité.

Si Jayne n'avait pas appelé Jules… Si Jayne ne lui avait pas proposé d'aller au pub à vélo… Si elle avait crié assez fort… Sa sœur serait encore en vie.

La voiture de sport était arrivée si vite, à l'angle de la rue, que les cris étaient restés coincés dans la gorge de Jayne. Quand sa sœur avait été annoncée en état de mort cérébrale, ces mêmes cris s'étaient mis à hurler sans jamais s'arrêter à l'intérieur de sa tête.

Elle parvint à afficher un sourire de façade et reboucha le tube de crème de massage dont elle fit pénétrer le résidu dans ses mains.

La touche mentholée de son odeur lui rappela ce qu'elle avait ressenti quand, tout à l'heure, Sam avait tendu le bras pour poser la main au bas de son dos pendant juste une fraction de seconde. Le feu puis la glace.

— Apparemment, l'été n'est pas encore arrivé jusqu'à eux, reprit-elle. Ils sont tout au nord, dans les îles écossaises.

Maggie fit une grimace.

— Je ne pourrais pas vivre là-haut. Remarque, étant donné la météo, les gens doivent se serrer les coudes. Je parlais avec les McTavish…

Jayne haussa un sourcil interrogateur.

— Ce sont les gens qui ont échangé leur maison avec tes parents. Un couple adorable… Ils adorent mes enfants et n'ont pas de petits-enfants à eux, du coup ils sautent sur toutes les occasions de jouer avec eux. Mme McTavish a même appris à Connor à dessiner !

Voilà justement le genre de choses que le père de Jayne aurait fait avec ses enfants. Si elle s'était installée dans la vieille grange avec Sam, comme ils l'avaient projeté.

Quand elles étaient petites, son père les prenait sur ses genoux, Jules ou elle, et dessinait avec elles. Jules adorait, mais Jayne était déjà plus attirée par tout ce qui était scientifique.

Pourtant, elle n'avait jamais envisagé de devenir chirurgien. C'était la médecine générale qui la tentait, avec une spécialisation en pédiatrie. Sam s'occuperait des « vieux », elle des « petits », et ils se partageraient les autres patients. Le projet parfait pour une vie parfaite.

— Ouh-ouh ? La Terre à Jayne ! Dis donc, tu ne serais pas un peu bizarre à cause de Sam, par hasard ? reprit Maggie, les yeux écarquillés. C'est pour ça que tu traînes les pieds pour venir au cricket ?

Jayne lâcha un « pfff » assez bien rendu.

— N'importe quoi.

— Oh ! bien sûr, c'est ça !

Pas si bien rendu, apparemment.

Ce qu'elle ressentait pour Sam n'était qu'une pièce d'un immense puzzle. Quelque chose s'était déchiré en elle quand elle avait dû prononcer les mots constatant la mort de Stella. Quelque chose qu'elle avait cru guéri.

— Tu ne serais pas encore amoureuse de lui, par hasard ? insista Maggie, les deux mains sur son ventre rond.

Jayne ne prit pas la peine de répondre. Bien sûr, une partie d'elle aimait Sam. L'aimerait toujours. Leur amour était si profond que jamais il ne pourrait s'effacer. Malgré ce qu'elle lui avait dit à l'époque de leur séparation.

— Jayne… Si tu es venue reconquérir le cœur de Sam, fais très, très attention. Cet homme a traversé de nombreuses épreuves. Son divorce ne remonte qu'à un an et, bien sûr, il y a eu la mort de sa mère. Il est fort, certes, c'est Sam, mais…

— Ce n'est pas pour ça que je suis ici, l'interrompit Jayne, un peu trop sèchement.

Elle plongea dans les yeux de Maggie et y vit vingt années d'amitié. Pourquoi mentait-elle ? Pourquoi elle était là, elle le savait. C'était parce que prononcer le décès de Stella lui avait donné l'impression qu'elle avait tué sa sœur une seconde fois.

La souffrance. L'angoisse. La culpabilité.

Des sentiments qu'elle ne devrait pas éprouver. Pas en tant que chirurgien confirmé, en tout cas. Elle avait cru que transplanter ce cœur à Stella ferait disparaître les tourments qu'elle endurait depuis toutes ces années. Mais quand le corps de sa patiente avait rejeté le cœur, elle, Jayne, s'était sentie rejetée aussi.

Conclusion : si elle ne parvenait pas à trouver le moyen de se pardonner vraiment la mort de Jules et la débâcle émotionnelle qu'elle avait laissée dans son sillage, jamais elle ne pourrait opérer à nouveau. Or c'était un avenir qu'elle était tout à fait incapable d'imaginer.

— Bref, quelle que soit la raison qui t'a ramenée… Je veux juste que tu saches que je suis contente de t'avoir. Et si jamais tu as envie ou besoin de parler…

Cette proposition, Maggie la lui avait faite un nombre incalculable de fois. Mais la seule personne à qui Jayne avait failli tout avouer, c'était Sam. Elle avait beau se sentir proche de Mags, il avait toujours été la table d'harmonie dont elle avait besoin. Même jeune, il était sage, plus intelligent que la moyenne, capable de lui ouvrir des perspectives sur les choses sans lui donner l'impression qu'elle était bête.

Quand elle lui avait rendu sa bague, elle avait vu passer toutes sortes d'émotions dans ses yeux.

Le chagrin.

La colère.

La douleur.

La frustration.

L'incrédulité.

Pourtant, au lieu de s'emporter, il lui avait donné un baiser sur la joue.

— Peu importe ce que tu traverses en ce moment, lui avait-il dit. Sache qu'il y a toujours une lumière au bout du tunnel. Tu ne la vois peut-être pas encore, mais tu trouveras la voie. Tu survivras à tout ça. Crois-moi, tu es bien plus forte que tu le penses.

Si elle l'avait cru, seraient-ils ensemble maintenant ?

À l'époque, cela lui avait paru impossible. Car la seule voie à emprunter, c'était de suivre les rêves de sa sœur. Et il n'y avait la place pour personne d'autre dans sa vie.

Il avait fallu la mort de Stella pour qu'elle comprenne : rien ne ramènerait Jules.

Elle s'obligea à afficher un sourire et frappa dans ses mains.

— Honnêtement, ça va. C'est juste… juste un peu bizarre de revoir un ex, d'accord ?

Maggie inclina la tête, l'observa longuement, puis elle lança :

— Bon, alors, on va les manger, ces burgers ?

3.

Une demi-heure plus tard, la magnifique pelouse du terrain de cricket bouillonnait d'activité. Jayne ne voyait Sam nulle part, elle pouvait donc souffler, et les McTavish étaient aussi charmants que Maggie l'avait annoncé. Ils avaient emmené Connor et Cailey au match des petits avant que l'équipe principale de Whitticombe affronte celle du village voisin.

Les villageois se montraient aussi agréables qu'à chacune de ses visites pour Noël, distribuant les « bonjour » et les sourires ravis et surpris.

Les parents de Sam étaient bien connus pour leur grand cœur et leur âme charitable. D'ailleurs, ils avaient adopté Sam alors qu'ils avaient déjà trois filles, mais la mère, une travailleuse sociale, était sur place lors de l'intervention des pompiers sur un incendie au cours de laquelle ils avaient secouru le petit bébé abandonné. Jayne savait, malgré leur discrétion sur les conditions de l'adoption, qu'il leur en gardait une infinie reconnaissance et tout autant d'amour. À tous. De son grand-père aux enfants de ses sœurs désormais adultes.

Quand Jayne et Sam étaient en couple, les Crenshaw l'avaient traitée comme un membre de la famille. Qu'en serait-il aujourd'hui ?

Le club-house était rempli de monde. Des papas qui s'occupaient des énormes barbecues. Des groupes d'enfants qui ne participaient pas au match des jeunes pousses et jouaient à chat.

Jayne se surprit à trouver cela agréable. Peut-être au fond que la tristesse du passé avait commencé à se dissiper ?

— Jayne Sinclair ? C'est bien toi ?

Kate, la sœur de Sam, apparut devant elle, un énorme saladier de pommes de terre entre les mains. Et derrière elle, le reste du clan Crenshaw : Jess et Ali, les maris, leurs enfants, M. Crenshaw et son père, Ernest – le grand-père de Sam. Cette famille, elle aurait pu, elle aurait dû en faire partie.

Aussi vite qu'elle était apparue, la sensation de bien-être de l'instant d'avant s'envola. Instinctivement, elle chercha Sam des yeux dans la mêlée. Son chien-loup irlandais, Elf, veillait de près sur son maître qui soulevait l'un de ses neveux pour le prendre dans ses bras. Un geste simple, mais qui décrivait parfaitement le genre d'homme qu'il était.

Aimant. Attentif aux petits détails comme aux grands. Le cœur de Jayne manqua d'exploser quand elle songea que cet homme représentait tout ce qu'elle avait toujours recherché chez un homme et le seul qu'elle ait jamais voulu.

Mais il n'y avait aucun moyen de revenir en arrière et il était trop tard pour présenter des excuses, à présent, même si plus de six années s'étaient écoulées et que l'eau avait coulé sous les ponts… du moins pour elle.

— C'est un plaisir de te voir en dehors de tes visites habituelles, ajouta la sœur de Sam.

— Oui, euh… Je suis venue soutenir Maggie. Je reste quelques semaines, en fait.

Toutes les deux se tournèrent vers Maggie qui organisait une sorte de gigue à trois.

— Dire qu'elle est censée se reposer… Je ferais mieux d'aller l'installer sur un plaid ou quelque chose comme ça.

Et échapper à cette conversation gênante.

— Oui, oui, dit Kate avec une tape sur le bras de Jayne. Vas-y. Mais… je voulais te dire… Sam commence à envisager de sortir à nouveau avec des filles, alors…

Elle plissa le nez et esquissa un sourire difficile à interpréter.

— Fais attention si tu comptes rester un peu, d'accord ? Il a déjà traversé beaucoup de choses.

Une mise en garde. Aimable, mais une mise en garde tout de même.

— Ne t'inquiète pas, j'ai compris.

Puis elle fit ce pour quoi elle était très douée : elle tourna les talons et s'en alla.

— Coucou ! Tout va bien.

Sam la rattrapa tandis qu'elle escaladait d'un bon pas la petite colline qui surplombait le terrain. Elle fit volte-face et croisa son regard. Y plongea. Le retint. L'électricité craquait entre eux comme pendant un orage.

— Ma sœur m'a dit que tu paraissais perturbée. Qu'est-ce qui se passe ?

— Quoi ? Non, ça va.

Elle ponctua sa phrase d'un coup de poing joueur dans le bras. Comme au bon vieux temps.

Quand il fronça les sourcils, l'air peu convaincu, elle sentit une vague de chaleur malvenue monter dans son ventre alors que la chair de poule lui parcourait les bras.

Comment avait-elle pu oublier la beauté de ses yeux verts ? Sa tignasse épaisse couleur paille, un peu bouclée mais pas trop. Ses joues parsemées d'un début de barbe et sa mâchoire qui appelait les doigts des filles pour en caresser le contour avant de rejoindre ses lèvres remarquablement dessinées.

Jayne crispa les doigts sur le tronc dur d'un arbre en priant pour que cela suffise à l'empêcher de se jeter sur lui. Sans crier gare, le froncement de sourcils sexy se changea en une sorte de sourire. Un sourire méfiant. Et pourtant sexy. Le même sourire qui avait le don de l'enflammer à l'intérieur.

Il n'avait jamais réparé ce léger espace entre ses deux dents de devant. Bizarrement, cette petite imperfection le rendait encore plus parfait.

Il passa les pouces dans la ceinture de son chino, qu'il

portait assez bas sur les hanches pour laisser apparaître une bande de peau déjà un peu bronzée.

La version adulte de Sam était… hum… délicieuse. Les petites pattes d'oie au coin de ses yeux, les quelques fils blancs dans ses cheveux au niveau des tempes réveillèrent un feu d'artifice dans le ventre de Jayne.

Un feu qui s'éteignit aussitôt. Ces ridules, ces cheveux blancs, il ne les avait pas avant la fin désastreuse de leur relation. Le temps avait fait son effet. Ou plutôt, la vie. Un divorce. La perte de sa mère. Des coups pour lesquels il n'existait pas de consolation, surtout quand ils survenaient de façon aussi soudaine et rapprochée.

L'envie la tenaillait de le prendre dans ses bras. Mais leur passé commun la retenait.

— Désolée pour ton… tes… enfin, tu sais.

Il planta dans le sien son regard vert qui sembla s'enfoncer directement dans son âme. Mais il ne gratifia sa tentative d'aucune réponse.

Elle avait assisté aux funérailles avec ses parents, mais n'était pas restée pour présenter ses condoléances. Chose qu'elle regrettait parce qu'elle était triste pour lui. Pour bien plus de choses qu'elle n'avait pu l'écrire dans une carte : « Je pense à toi en cette période difficile. »

— Tu prévois de te cacher ici jusqu'à la fin du match ou tu vas aller aider Maggie ?

La lueur de défi qui s'allumait dans les yeux de Sam coupa le souffle à Jayne. Il y avait chez lui une dureté, un côté à fleur de peau auquel elle ne s'était pas attendue. Puis il changea d'attitude et lui offrit un regard presque respectueux.

— Je suis impressionné que tu sois venue. Ça doit être dur, surtout à cette époque de l'année.

À quinze jours et environ huit heures du choc, pour être précis.

Il avait été son amour de jeunesse. Son premier baiser. Sa première danse. Son premier amour. Elle avait dit « oui » quand il était tombé sur un genou pour lui offrir un diamant, un solitaire parfait. Et elle avait pleuré, toute seule, après le lui avoir rendu. Non, décidément, Sam Crenshaw n'était pas le premier venu, il n'était pas un simple copain.

Elle avait eu beau se répéter un nombre incalculable de fois que le quitter avait été la meilleure chose à faire, son cœur la suppliait de changer d'avis chaque fois qu'elle le voyait.

Un sourire pour lequel Jules l'aurait félicitée plaqué sur les lèvres, elle désigna d'un signe de tête la table où était assise Maggie, entourée de toute l'attention et la commisération des villageois maintenant que la nouvelle de ses soucis de grossesse s'était répandue.

— J'ai jeté un coup d'œil au dossier que tu m'as donné. Ça paraît pire sur le papier que ce qu'on voit dans son comportement. Comment elle va, en réalité ?

Sam entreprit d'énumérer les diagnostics sur ses doigts.

— Pré-éclampsie, diabète gestationnel, grossesse gémellaire ; pour être honnête, elle marche sur la corde raide. Pour l'instant, ça va, mais… ça ne durera pas, si elle ne commence pas à se reposer vraiment. Tu sais aussi bien que moi à quelle vitesse ces symptômes peuvent empirer.

Effectivement. Il y avait dans son hôpital une unité spécialisée pour les mères qui vivaient des grossesses à risque. Trop souvent, ses collègues avaient été obligés de prononcer des décès et Jayne se prenait à regretter de n'avoir pas effectué plus de remplacements dans ce service. Peut-être passerait-elle un coup de fil à l'un de ses collègues. Il n'était pas question une seule seconde que la grossesse de Maggie tourne mal sous sa supervision.

— Je vais les garder à l'œil, ses bébés et elle. Tout en m'assurant que les deux autres mangent autre chose que du pain grillé… brûlé de surcroît.

Sam la regardait avec l'air de celui qui ne la croyait pas vraiment. Et quand il se pencha pour lui parler à voix basse, elle s'efforça de ne pas respirer son odeur. Juste une inspiration de sa peau chaude et épicée et ses genoux se mettraient à flageoler malgré elle.

— Elle a besoin de toi, Jayne. Si tu la laisses tomber, je…

— Tu feras quoi ? marmonna-t-elle, le défiant.

— Je devrai ramasser les morceaux, compléta-t-il d'une voix dure. Mais toi, je ne te soutiendrai pas.

Elle voulut protester, dire qu'être ici n'était pas chose facile pour elle. S'il avait la moindre idée de la pénibilité…

Pourquoi ne pas le lui avouer ?

Non. Si Sam apprenait que leurs fiançailles avaient conduit à la mort de sa sœur… Pas question qu'il porte ce chapeau-là aussi. La mort de Jules, c'était sa faute à elle et à elle seule. C'était elle qui avait proposé à Jules d'aller au pub à vélo ; elle qui n'avait pas apporté son casque à sa sœur à temps ; elle qui n'avait pas hurlé assez fort pour l'avertir que cette voiture de sport arrivait dans le virage.

— J'ai promis de l'aider, dit-elle, le regard dans le sien. Alors je vais l'aider.

Les petites rides au coin de ses yeux s'accentuèrent. Assez pour envoyer un seau d'eau glacée dans les veines de Jayne.

— Tu ne me fais pas confiance ? ajouta-t-elle doucement.

Il ne répondit pas. Il n'avait pas besoin. Le nombre de fois où elle avait vu cette lueur dans ses yeux correspondait au nombre de fois où elle avait eu le cœur brisé.

Il finit tout de même par briser le silence gênant.

— Je suppose que tu es au courant ?

Elle réfléchit une seconde avant de se rappeler la nouvelle la plus récente qu'elle avait entendue concernant Sam.

— Oui ! Oui, ta sœur m'a informée de… euh… enfin… que tu sortais à nouveau !

Il haussa les sourcils et lâcha un rire sec.

— Non, je ne parlais pas de ça. Je pensais à une autre nouvelle : Kate est à nouveau enceinte. J'ai vu que vous discutiez toutes les deux.

Aïe… Non, Kate lui avait juste conseillé de bien se tenir vis-à-vis de Sam. Alors qu'elle l'observait en quête d'une éventuelle trace d'affection résiduelle, une blonde qu'elle ne connaissait pas s'approcha, deux verres de vin à la main.

— Ah, te voilà, Sam ! Je me demandais où tu étais passé.

Je croyais qu'on devait s'asseoir près du terrain ? Je me suis permis de t'apporter un verre de pinot du bar, j'espère que tu ne trouveras pas ça trop… Hum, il est délicieux et je suis assoiffée… Une amie à toi ? ajouta la petite blonde en posant ses yeux fauve sur Jayne.

— Quelque chose comme ça, répondit Sam en fixant Jayne. Un souvenir du passé.

Un nouveau feu d'artifice explosa dans le ventre de Jayne. C'était effectivement une façon de le dire.

— Jayne Sinclair, reprit-il. Jayne, je te présente Nell Pace.

Son cœur sombra immédiatement. Apparemment, Sam ne faisait pas qu'envisager de fréquenter quelqu'un… Il voyait bel et bien cette fille. Le feu d'artifice s'éteignit brusquement.

— Salut ! dit-elle d'une voix trop aiguë. Enchantée.

Sam lui jeta un drôle de regard tandis que Nell se lançait dans une explication.

— Ma tante travaille avec Sam. Je suis nouvelle dans le village et elle a pensé qu'on s'entendrait bien, alors quand j'ai entendu parler du match de cricket, je me suis dit que j'allais passer lui dire bonjour.

Sam semblait aussi mal à l'aise que Jayne l'était. Alors elle fit la seule chose qui lui vint à l'esprit pour y remédier. Elle s'esquiva. En commençant par agiter la main en direction de Maggie.

— Je dois vous abandonner, Maggie m'attend.

Elle était mortifiée. Son cœur, tout à coup, pesait une tonne. Apparemment, Whitticombe n'était pas la machine à remonter le temps qu'elle avait cru.

Jayne claqua la porte des toilettes pour dames et se dirigea directement vers le lavabo pour s'asperger le visage d'eau froide dans l'espoir d'apaiser un peu la chaleur qui lui brûlait les joues. Elle savait que revenir serait dur, mais en relevant les yeux vers le miroir, elle vit des choses à travers les failles de son armure qu'elle osait à peine s'avouer à elle-même. La solitude. La perte.

Elle ravala un grognement de frustration et tapa du pied. Non, elle vivait la vie qu'elle voulait, celle dont sa sœur avait été privée, et si cela impliquait de s'imposer Londres et les activités folles que Jules aurait dû la supplier de faire en temps normal, eh bien, soit.

Elle n'aimait pas le saut à l'élastique ? Tant pis. Le bourdonnement constant de la ville ? Tant pis. Les sorties en boîte de nuit ? Idem.

Mais elle adorait son travail, en revanche. La mort de Jules l'avait amenée à développer un amour pour la chirurgie pédiatrique dont elle ignorait tout auparavant. Raison de plus pour se demander ce qui l'avait poussée à revenir à Whitticombe, au lieu de rester à l'hôpital pour perfectionner ses techniques.

Elle ravala les larmes qui menaçaient de couler et s'efforça de se ressaisir. La perte de Stella était un drame… mais pas un échec. D'un point de vue intellectuel, elle le savait. Oui, mais perdre Stella avec ce cœur-là en particulier, et puis pleurer ensuite… était bien la preuve, si elle en avait besoin, qu'elle n'avait toujours pas surmonté la mort de Jules.

Elle releva les yeux et se contempla dans le miroir. Parfois, elle faisait semblant de regarder Jules quand elle voyait son reflet. Notamment quand elle se préparait à une opération. Elles étaient jumelles, après tout. Sauf que, récemment, c'était devenu de plus en plus difficile de considérer cette version pleine de vie et d'énergie d'elle-même. Et en cet instant, elle ne savait pas qui elle regardait. Presque sept ans à conserver un fantôme en vie, c'était long. Elle tira la langue à son reflet puis s'obligea à sourire. Elle était là pour Maggie, c'était sa chance de prouver qu'elle pouvait faire quelque chose de bien.

Elle avait six semaines. Tout pouvait arriver, en six semaines.

Elle poussa la porte, déterminée à tenter le tout pour le tout, et se heurta à un torse. Un torse qui sentait l'herbe et le bois avec une touche de pamplemousse. Bref, un torse qui sentait Sam Crenshaw.

D'une voix qu'elle s'efforça de rendre légère, voire amusée, elle plaisanta, les yeux dans les prunelles vertes :

— Écoute, Sam, je sais que je n'ai pas toujours été très douée pour m'attarder quelque part, mais je t'assure que tu peux compter sur moi, et que je n'envisageais pas de m'enfuir par la fenêtre des toilettes.

Son regard perplexe l'enveloppa.

— Je voulais juste vérifier que tu allais bien. Tu paraissais bouleversée.

Elle ne pouvait accepter sa compassion, encore moins sa pitié. Pas avec ses émotions qui jouaient au yoyo.

— Oh... Tu voulais vérifier si je n'avais pas le cœur brisé parce que tu sors avec une fille ? Ne te tracasse pas, je ne suis pas jalouse.

Il haussa un sourcil, sa marque de fabrique.

— Pardon, pardon..., reprit-elle en évitant soigneusement son regard. Je suis heureuse pour toi. Tu mérites d'être heureux.

— Et pas toi ?

Voilà une question chargée de sous-entendus... Le sourcil s'était replacé, le sourire adouci. Il leva une main puis, du dos des doigts, lui caressa la joue, et contre tout ce que son cerveau lui hurlait, elle s'abandonna à ce contact.

Son sang s'enflamma et son cœur s'emballa si fort que la licorne sur son T-shirt devait donner l'impression de galoper. Mais impossible de le vérifier car elle était incapable de détacher les yeux de ceux de Sam.

— Je t'ai manqué ? demanda-t-il d'une voix douce.

— Oui..., répondit-elle avec effort. Affreusement.

Et c'était vrai. Depuis toujours. Plus qu'elle ne l'aurait jamais avoué. Du moins, à lui. Chaque Noël au pub, elle cherchait des yeux son chien, Elf, pour le lui chuchoter à l'oreille, et le chien lui léchait le nez en guise de réponse.

Sam s'avança d'un pas supplémentaire.

— À quel point ?

Le cœur de Jayne manqua un battement. Puis quelques autres. Elle n'avait plus vu Sam de si près depuis des années. Qu'il la touche… le désir de se trouver un tout petit peu plus proche brûlait son corps… Ce n'étaient là que quelques-unes de la myriade de raisons pour lesquelles elle n'avait jamais envisagé de rentrer à la maison.

Elle sentit diminuer l'espace entre eux deux.

Peut-être était-ce l'échec de son opération. Peut-être le fait de l'avoir vu avec une autre femme. Ou alors, plus simplement, le fait qu'elle aimait Sam Crenshaw depuis toujours et que vivre sans son contact était quasi impossible.

Ils allaient s'embrasser. Elle le voyait à la position de son menton. Le sentait au contact de ses doigts sur elle. Mais alors qu'elle se haussait sur la pointe des pieds, alors que leurs bouches étaient si proches qu'elle avait l'impression de flotter, Sam recula. Il se passa les mains dans les cheveux, l'air aussi perdu qu'elle.

Qu'est-ce que cela voulait dire ? Encore un test ?

S'il s'agissait d'une expérience destinée à voir s'il y avait encore cette étincelle entre eux, ils avaient la réponse.

Mais elle émit une série de petits bruits comiques comme pour lui indiquer qu'elle voulait bien faire semblant de rien. Il s'éclaircit la gorge et se frotta la nuque. Apparemment, il ne savait plus où poser les yeux. Nulle part sur elle, en tout cas.

— Bon. Euh… J'étais en chemin pour aller passer commande au bar. Tu veux quelque chose ?

— Non, il ne vaut mieux pas. C'est moi qui ramène Maggie et les enfants en voiture.

Quand il pivota, elle s'effleura les lèvres de l'index, comme si elles étaient gonflées du baiser qui n'avait pas eu lieu. Elle le suivit des yeux tandis qu'il se dirigeait vers le bar, notant les signes de la main et les tapes dans le dos qu'il recevait sur son passage.

À l'instar de son père et de son grand-père avant lui, Sam était aimé. Respecté. Protégé.

Tout à coup, le bourdonnement du terrain de jeu se

changea en une série de cris d'effroi, rapidement suivis par des appels : on appelait Sam.

Sam courait le plus vite qu'il pouvait. Surtout quand il se rendit compte que c'était son grand-père qui était allongé à l'autre bout du terrain de cricket. Sitôt qu'il s'agenouilla au-dessus de lui, il ordonna que tout le monde s'écarte pour le laisser respirer.

— Tout va bien, Sammy, dit Ernest en essayant de se redresser. C'est juste une cheville foulée.

Son grand-père n'était pas gravement blessé, toutefois sa grimace et sa respiration rapide et courte lui indiquaient que la chute avait été rude. À soixante-dix-huit ans, ce n'était jamais bénin.

Ernest plia délicatement son poignet d'avant en arrière, signe qu'il faudrait y jeter un coup d'œil aussi. Il y avait de grandes chances pour qu'il ait tenté d'atténuer sa chute en se protégeant avec les mains par terre.

— Eh bien, grand-père, qu'est-ce que c'est que cette cascade que tu as encore tentée ? dit Sam avec un sourire. Tu croyais que tu jouais pour l'équipe d'Angleterre ou quoi ?

Son grand-père fronça les sourcils et remonta son pantalon. Les genoux n'étaient pas tachés d'herbe, ce qui signifiait qu'ils n'avaient pas heurté le sol avec violence. À cet âge, il fallait aussi se soucier du bassin, et de la possibilité d'une infection osseuse s'il y avait fracture. D'éventuels dommages causés aux nerfs ou aux vaisseaux sanguins. De l'arthrite.

La liste était longue.

Sam s'apprêtait à entamer la série de questions usuelles en cas de blessure de ce genre quand il sentit plus qu'il ne vit Jayne s'agenouiller à son côté et glisser un kit de premier secours entre eux.

Le regard de son grand-père s'illumina.

Malgré l'intensité du moment qu'ils avaient partagé plus tôt, il trouvait étrangement rassurant de la savoir là, près de lui. Certes, il ne s'agissait pas d'une blessure critique, mais il se rappelait les jours difficiles de la période où il s'était occupé de sa mère pendant qu'elle se mourait du cancer. Encore un rappel qu'être le médecin des gens auxquels on tenait, ce n'était pas forcément une bonne chose.

Ce qui lui fit penser que Jayne avait été seule quand sa sœur avait été heurtée par cette voiture de sport. Quelle terreur elle avait dû éprouver. Pour sa part, il avait revécu le scénario maintes et maintes fois dans sa tête et, chaque fois, cela se terminait de la même façon : avec une bague en diamant dans sa paume.

Avait-il été si aveuglé par le chagrin qu'elle l'ait quitté pour ne pas avoir senti combien elle était vulnérable et seule ?

Pendant la maladie de sa mère, la famille de Sam s'était encore plus rapprochée. Pour Jayne, cela avait été l'inverse. Pas étonnant, ils n'avaient pas eu le temps de se préparer au drame. Si atroce que cela ait été de voir décliner et souffrir sa mère, eux avaient eu le temps de se préparer à l'issue fatale. De se faire leurs adieux, de se dire qu'ils s'aimaient. L'univers de Jayne et de ses parents avait changé en un instant, et pour le pire.

— Jayne ? Qu'est-ce que tu fais ici ? demanda Ernest avec un clin d'œil, suivi d'une grimace de douleur. Ils ne t'ont quand même pas lâchée en hélicoptère, si ?

— Oh non, ça, c'est plutôt le genre de choses que ma sœur… Bon, j'ai apporté le kit de premier secours. Quelqu'un a parlé de civière. Je suggère qu'on commence par la glace, poursuivit-elle en tendant un sachet à Sam. Je joue l'infirmière et toi le médecin ?

La question aurait pu être lourde de sous-entendus, après tout elle était chirurgienne et lui généraliste. Mais Sam la connaissait suffisamment pour savoir qu'elle se fichait pas mal des questions de préséance.

Son grand-père avait beau avoir été élevé pendant la Seconde Guerre mondiale et être un dur de dur, il devenait de plus en plus blême. Il était urgent de l'emmener à l'hôpital pour un examen complet.

— On applique le protocole PRGCE ?

Sam hocha la tête. Protection, Repos, Glace, Compression et Élévation. Le processus le plus efficace en cas de blessure mineure des tissus.

— Il n'y a pas de fracture visible, a priori. Tu veux bien vérifier la cheville une deuxième fois ?

— J'espère que vous n'oubliez pas que je suis aussi médecin, tous les deux…, lança Ernest.

— Pas du tout, répliqua Jayne. C'est grâce à vous que j'ai voulu l'être au départ.

Souriant, Sam prit un bandage élastique pour en envelopper le poignet de son grand-père. Il se rappelait l'histoire que lui avait racontée la mère de Jayne à propos de la poupée de chiffon qu'elle avait emportée chez le médecin étant petite fille. La poupée avait été la victime d'une querelle entre les deux sœurs et Jayne, inconsolable, était allée au cabinet d'Ernest pour qu'il la soigne. Son grand-père avait installé la blessée sur la table d'examen, lui avait posé une intraveineuse tout en questionnant sa petite propriétaire. Puis, ayant tiré le rideau de la salle, il avait rapidement recousu la main arrachée avant de rendre la poupée à Jayne.

— À voir la façon dont ton poignet a enflé, grand-père, je crains qu'il te faille une radio, annonça-t-il en reportant son attention sur l'instant présent.

— La cheville aussi, ajouta Jayne, qui soulevait le pied du blessé.

— Aïe ! s'exclama Ernest. Bon… d'accord pour la radio.

Quelques hommes arrivèrent avec un brancard où ils installèrent son grand-père. Ernest se remit à rouspéter, signe encourageant s'il en était que ses lésions n'étaient pas graves.

— J'ai tout un tas de patients qui vont m'attendre, marmonna-t-il. Alors on fait vite, les gars.

Sam éclata de rire.

— Tu ne verras aucun patient d'ici au moins une semaine.

— Quoi ? Tu ne pourras jamais t'occuper du cabinet tout seul !

Sam s'apprêtait à se lancer dans son discours bien rôdé

expliquant, entre autres, que cela faisait trois ans qu'il s'y préparait, en omettant toutefois que le cabinet avait été prévu pour deux médecins à la base. Mais avant qu'il ait le temps de prononcer un mot, la voix de Jayne s'éleva par-dessus le brouhaha général.

— Je pourrais aider.

On aurait dit que le village tout entier retenait son souffle.

— Tu as déjà Maggie dont tu dois t'occuper… et les enfants.

Jayne haussa les épaules. Manifestement, elle n'était pas décidée à saisir sa perche.

— Certes, mais Maggie vit à trois maisons du cabinet. Je pourrais facilement accourir quand tu auras besoin de moi. Je crois que ces appareils servent à ça, conclut-elle en sortant son téléphone de sa poche.

Sam cherchait autre chose à arguer, mais elle leva les mains.

— Pas de souci. Je propose… tu disposes.

Puis elle s'en alla.

Lui offrant une vue qu'il connaissait. Pourtant, le balancement de ses hanches, le mouvement de ses cuisses et de ses fesses sous le tissu de sa jupe…

Il n'aurait jamais dû la toucher. Le doux contact de sa peau avait éveillé des souvenirs. Des bons, en pagaille, alors qu'il aurait dû se focaliser sur les mauvais. Sur les raisons pour lesquelles ils n'étaient pas faits pour être ensemble.

— Ça va aller, grand-père. Je peux tenir le fort quelques semaines si nécessaire.

Son grand-père secoua la tête.

— Tu viens de recevoir une offre d'aide, fiston. Tu serais bien bête de la refuser.

Il était difficile d'admettre qu'il avait besoin de soutien, mais, parfois, il fallait s'y résoudre.

Si seulement Jayne avait accepté ses offres, à lui, il serait peut-être moins compliqué d'en faire autant aujourd'hui… parce qu'elle serait déjà à ses côtés.

4.

Seulement quelques heures s'étaient écoulées dans sa journée de travail et, déjà, Sam regrettait d'avoir refusé l'offre de Jayne. Son grand-père, qui avait une fracture du poignet et une cheville foulée, serait empêché de travailler pendant quelques semaines, qu'il le veuille ou non. Greta, la réceptionniste du cabinet, réorganisait déjà le planning d'Ernest, et les patients non urgents devraient attendre.

Sam tourna le moniteur vers sa patiente qui avait la soixantaine.

— Eh bien, madame Greenfield, on dirait bien que les cachets pour la tension font leur effet. Voyez vous-même.

— Oh, pour y voir, je vois bien, Sam ! Oh, pardon, docteur Crenshaw. Je suis tellement habituée que ce soit votre grand-père, le Dr Crenshaw.

— Cela fait tout de même trois ans que je suis généraliste, lui rappela Sam en souriant.

— Je sais, mais vous êtes aussi le petit garçon qui tondait ma pelouse.

— Je suis toujours le petit gars qui tond votre pelouse.

Elle sourit à son tour.

— Oui, vous avez été adorable depuis que j'ai perdu mon Daniel, dit-elle avec un soupir attristé.

Son époux était mort depuis quinze ans et elle portait encore son… Mais où était son alliance ? Comme si elle avait lu dans ses pensées, Mme Greenfield baissa les yeux vers ses doigts croisés sur ses genoux.

— Docteur Crenshaw, est-ce que vous pensez que, plutôt que les cachets, l'amour peut faire baisser la tension ?

— L'amour !

Sans croiser son regard, la vieille dame hocha la tête. L'amour comme antidote à la tension sanguine ? En tout cas, sa tension à lui avait grimpé en flèche quand Jayne était entrée dans le cabinet la veille. Et quand ils avaient failli s'embrasser. Il ignorait quelle intervention divine lui avait permis d'éviter cette erreur, d'ailleurs, mais… Mieux valait ne pas trop y songer.

— Je déduis de votre silence, docteur, qu'il n'existe pas de preuve scientifique suggérant que l'amour soit un moyen de faire baisser la tension ?

— Pardon, madame Greenfield, dit-il en griffonnant quelques notes sur un carnet pour retrouver une contenance. Votre question m'a pris au dépourvu.

— Ça vous a donné des idées, hein ? le taquina-t-elle. On devrait peut-être prendre votre tension ? D'après ce qu'on m'a dit, la soirée a été particulièrement animée hier…

Voyant où la conversation se dirigeait, il tenta d'éteindre immédiatement le feu.

— Jayne est revenue pour Maggie. Rien à voir avec moi.

— Jayne ? Jayne Sinclair est de retour ? Non, moi je parlais de la nièce de Greta, Nell. Elle m'a raconté que vous aviez rendez-vous.

Super… Greta était la contributrice la plus assidue du moulin à ragots de Whitticombe. Et apparemment, Nell n'avait pas transmis à sa tante le « Je ne suis pas vraiment prêt pour une relation » qu'il lui avait répondu quand elle avait proposé un second verre. Un pieux mensonge, mais qui aurait au moins le mérite de les protéger tous les deux.

— Cette pauvre Jayne…, reprit Mme Greenfield. En pensant à elle, je ne peux m'empêcher d'entendre à nouveau cet atroce crissement de pneus.

Les accidents mortels n'étaient – heureusement – pas légion à Whitticombe, alors celui de Jules avait laissé des traces. Indélébiles pour ce qui concernait Jayne. Pour sa part, Sam n'en gardait pas de souvenir puisqu'il était absent, mais il avait rencontré assez de soldats à la retraite pour savoir que voir mourir quelqu'un n'était pas une chose qui s'oubliait.

Soudain, une idée lui vint : quelques mois après la mort de Jules, Jayne avait annoncé son désir de devenir chirurgien cardiaque en pédiatrie et que le seul moyen de réaliser ses rêves était d'aller s'installer à Londres. Il en avait été d'autant plus dévasté qu'elle avait toujours affirmé vouloir être généraliste, et dans ce cabinet qui plus est.

Whitticombe offrait tout ce qu'ils avaient toujours valorisé : la famille, les amis, une communauté forte et soudée. Il y avait même des hôpitaux pas loin si Jayne souhaitait poursuivre une carrière plus avancée en pédiatrie. Des centres de recherches à Oxford.

Jayne avait envoyé balader tout cela au moment où, selon lui, elle devait en avoir le plus besoin. S'était-il trompé, toutes ces années, quant aux motivations de son choix ? Jayne avait-elle fui un cauchemar plutôt que de poursuivre un rêve ? Ce regard de douleur dans ses yeux quand il lui avait demandé si elle pensait mériter le bonheur… Jayne se punissait-elle depuis le drame ?

Comment avait-il pu être assez aveugle pour ne pas voir l'évidence ?

— Pardon, madame Greenfield, dit-il en chassant ses pensées pour se concentrer sur sa patiente. Parlez-moi donc de votre théorie de l'amour.

Elle lui jeta un regard timide et ses joues rosirent.

— Eh bien, je reçois la visite d'un certain monsieur, depuis quelque temps. Rien de coquin, je vous assure, ajouta-t-elle en hâte en le voyant hausser les sourcils.

Loin d'être inquiet, il était au contraire ravi pour elle. Il l'avait prise pour la femme d'un seul homme, comme son père et son grand-père. Apparemment, les Crenshaw étaient du genre à choisir une femme et à déposer leur cœur à ses pieds pour l'aimer tout le reste de leur vie.

Il se frotta la mâchoire. Bon, pour sa part, il était moins

efficace que ses prédécesseurs. Sans doute la théorie fonctionnait-elle mieux quand la femme en question était consentante.

— Et puis-je connaître le nom de ce monsieur ?

À la façon dont la voix de sa patiente s'était adoucie, à son expression, Sam devinait qu'elle était amoureuse.

— Oh, nous avons été très proches par le passé !

— Ah bon ? Je croyais que Daniel avait été votre premier et votre seul amour ?

— Oh non, pas du tout. Enfin, ça n'était pas grand-chose, juste un petit coup de cœur dans la cour de l'école. Il s'appelle Colin… Il était ambitieux, à l'époque. Il avait de grands projets, de grands rêves, il ne voulait pas rester dans le petit village où il avait grandi, contrairement à moi. Alors… il est parti faire fortune ailleurs.

— Et il est revenu à Whitticombe retrouver son amour de jeunesse ?

— Quelque chose comme ça, dit-elle en battant des cils. Il a effectivement fait fortune, et puis il l'a perdue. Tout comme sa famille… Apparemment, son épouse a moins aimé le Colin pauvre qu'elle n'aimait le Colin riche. Bref, il a tout recommencé du début. Nouvelle affaire. Nouveaux choix de vie et… nouvelle petite amie ! ajouta-t-elle en se désignant.

Sam aurait aimé poser mille questions à Mme Greenfield. Notamment sur la confiance. Car il était là, le problème entre Jayne et lui : il ne croyait pas qu'elle pouvait rester. Hélas, son créneau de dix minutes par patient était déjà dépassé depuis longtemps.

— Eh bien, alors merci, Colin, conclut-il en déchirant l'ordonnance qu'il avait commencé à rédiger.

Le ventre noué, Jayne parcourait le couloir carrelé de style victorien qui la menait à la deuxième porte sur la droite, comme indiqué par Greta. Elle était là pour des raisons professionnelles, pourtant tout ici lui rappelait la maison.

La maison.

Quel mot chargé en sous-entendus.

Elle sursauta en entendant cette voix si familière à travers la porte. Aussitôt, elle porta les doigts à ses lèvres qu'il n'avait pas embrassées et, faisant un effort pour oublier le désir qu'elle avait éprouvé, elle les humecta de la langue pour en apaiser la chaleur.

Elle frappa.

— Entre, Maggie. Pourquoi est-ce que tu… Ah, c'est toi, dit Sam en croisant son regard.

Pas vraiment la réaction qu'elle espérait, mais sans doute ferait-elle mieux de s'y habituer. Il allait de l'avant, il passait à autre chose et elle n'était qu'un mauvais souvenir du passé.

Sam croisa les bras sur son torse. Son beau torse chaud et solide.

— Qu'est-ce que tu fais ici ?

Sympa, comme accueil.

— J'apporte du gâteau pour ton grand-père. Ne t'inquiète pas, ce n'est pas moi qui l'ai fait.

— Jayne, je suis débordé, tu aurais pu le déposer à la maison. Pourquoi es-tu ici ?

Elle ravala la réponse qui lui brûlait la langue : *Je t'ai proposé mon aide, mais tu l'as refusée devant tout le monde.*

— Je voulais revoir avec toi le dossier de Maggie, à sa demande, mais si tu es débordé, je peux appeler quelqu'un à l'hôpital pour me renseigner.

Il la fit entrer.

— Pardon, dit-il d'une voix qui exprimait tout le contraire. Le rendez-vous était pris au nom de Maggie, j'ai été surpris, voilà tout.

Il avait l'air fatigué, n'était pas rasé. Ce début de barbe mi-roux mi-doré lui allait bien, pourtant elle devinait à la façon dont il se frottait les joues qu'il n'y était pas habitué.

— Comment va ton grand-père ?

— Ça va… Enfin, il a des ecchymoses et est un peu endolori, et il rend déjà mes sœurs dingues, mais… Il a une fracture du poignet et une foulure à la cheville. Et s'il mange tous les gâteaux qu'il reçoit, il va tripler de volume !

Jayne réprima un rire à la pensée des sœurs de Sam voletant autour d'Ernest et s'occupant de lui avec le même soin que leur mère savait prodiguer à tout le monde. C'était une qualité de famille. Contrairement à la sienne qui avait préféré lécher ses blessures en privé.

Elle s'assit sur le siège que Sam ne lui avait pas encore proposé. Il s'installa à son bureau et entreprit de taper sur le clavier de son ordinateur. Sans croiser son regard. Le cœur de Jayne se serra lorsqu'elle comprit : la voir débarquer sans crier gare devait être affreux pour lui. À sa place, elle aurait probablement pris la fuite.

Comme tu l'as fait après la mort de Jules.

Non, elle n'avait pas fui. Elle avait changé. Concentré toute son énergie, sa détermination… son chagrin, aussi, sur un seul et unique but : devenir le meilleur chirurgien cardiaque en pédiatrie possible. Pour être en mesure d'agir, cette fois.

Une nausée l'envahit à la pensée des parents de Stella, la patiente qu'elle n'avait pas pu sauver. Elle aurait tant aimé en parler avec quelqu'un. Pas avec n'importe qui. Avec Sam. Lui, il comprendrait. Quand ils avaient commencé leurs études de médecine, ils discutaient au téléphone pendant des heures. Le cruel hasard de la maladie. Les limites de la médecine. Le pouvoir ou l'impuissance des médecins.

Il ne veut pas te parler.

Elle ferma les yeux afin de se ressaisir et les rouvrit juste à temps pour le voir se passer la langue sur les lèvres. Dieu qu'il était sexy. Elle croisa les jambes et se redressa sur sa chaise.

— Jayne… J'ai une salle d'attente pleine de patients. Qu'est-ce que tu veux ?

Elle sortit un carnet de son sac.

— J'aimerais avoir ton avis sur tout ce que traverse Maggie. J'ai lu les notes de l'hôpital, mais je me suis dit que tu la connaissais mieux que son médecin à mi-temps là-bas.

— Ou que son amie à mi-temps ?

Aïe ! Les mots avaient touché leur cible. Cette conversation s'annonçait compliquée, décidément.

— On échange des SMS. Et des mails.

Sam pinça les lèvres.

D'accord… Elle aurait pu être meilleure en tant qu'amie. Rentrer à la maison de façon plus régulière. Les questions s'accumulaient à la place des réponses qu'elle était venue chercher. Et si elle était restée ? Si elle s'était enfin ouverte à ses parents, à Sam, à tout le monde, en avouant ce qu'elle et elle seule savait ? Qu'elle était responsable de la mort de sa sœur ?

Si elle avait avoué cela, et que par miracle elle ait été pardonnée, elle serait peut-être mariée aujourd'hui. À Sam. Ils auraient peut-être même des enfants. Oui, mais avec des « si »… Avant le pardon devait venir le courage d'avouer ses échecs. Ceux-là mêmes qui taraudaient sa conscience chaque jour que Dieu faisait.

Elle était en vie. Sa sœur, non. Et personne d'autre qu'elle ne pouvait réaliser les rêves de Jules.

Elle porta les mains à son visage et observa Sam à travers ses doigts. Si seulement elle avait le courage de lui révéler son secret le plus sombre, le plus enfoui.

Si elle voulait surmonter son problème, rester ici, aider Maggie, il lui fallait en passer par là. Elle baissa les mains, tâchant de contrôler les vagues d'émotion qui ricochaient en elle.

— Sam… Je sais que je t'ai fait mal…

Il lâcha un rire sans joie.

— On ne parle pas de moi, là.

— Je pense que si, répliqua-t-elle. Si tu ne me fais pas confiance pour faire ce qu'il y a de mieux pour Maggie, alors ça va être très difficile.

Le regard de Sam s'alluma et elle comprit ce qu'il lui disait : non, il ne lui faisait pas confiance, il se préparait mentalement à ce qu'elle reparte.

Du plus profond d'elle-même, si profond qu'elle s'accordait rarement le droit d'y regarder, un sentiment remonta jusqu'à son cœur qui se serra.

Une envie. Celle de ramener ce regard doux qu'il arborait quand il la voyait. Le clin d'œil complice qu'il lui lançait et qu'elle seule comprenait. Le sourire qui n'était que pour elle. Instinctivement, elle porta les doigts à sa bouche.

Sam s'agita sur son siège et détourna les yeux.

— Tu peux éviter de faire ça, s'il te plaît ?

— Quoi ?

— Toucher tes lèvres comme ça.

— Tu n'aurais pas dû essayer de les embrasser, en tout cas, rétorqua-t-elle, regrettant aussitôt sa saillie.

Les traits de Sam se durcirent.

— Je pensais que c'était l'inverse, en fait.

C'était elle qui s'était haussée sur la pointe des pieds, mais c'était lui qui était venu la chercher. S'efforçant de ne pas prendre un ton défensif, elle plongea le regard droit dans le sien.

— Concentrons-nous sur Maggie, d'accord ? Je suis là aujourd'hui, je serai encore là demain. Et le jour d'après et encore d'après. Jusqu'à ce qu'elle accouche et plus s'il le faut.

Sam secoua la tête et leva la main pour la faire taire.

— Jay…

Son cœur bondit dans sa poitrine. Il ne l'avait plus appelée Jay depuis des années.

— Oui ?

Quand il croisa son regard à nouveau, elle découvrit tout le chagrin qu'elle avait causé et puis, en un clignement d'yeux, tout avait disparu.

— Tu as en partie raison. Au sujet du « moment » d'hier.

Au moins il admettait qu'il y avait eu « un moment ».

— Je n'aurais pas dû venir te trouver, poursuivit-il, les yeux baissés vers son bureau. Tu avais l'air mal, mon instinct a pris le dessus, mais… j'aurais dû te laisser tranquille. Tu es ta propre patronne, maintenant.

Ses paroles lui firent l'effet d'un coup de poing en plein ventre. Waouh, cela faisait mal… Elle arrivait trop tard pour regagner son amitié. S'était-il produit quelque chose entre hier et aujourd'hui qui l'avait rendu aussi dur ?

Eh bien, oui, idiote : le « moment ».

— Pourquoi tu m'as suivie, alors ?

— Je voulais savoir si c'était encore là.

Au moins, c'était honnête. Seulement, selon son expression, il regrettait déjà son aveu. Puisqu'ils en étaient aux aveux, autant y aller franchement. Quitte à ne pas apprécier sa réponse.

— Et alors, c'était encore là ? insista-t-elle.

Sam se frotta le menton, puis il fixa sur elle un regard que jamais elle n'oublierait. Dur, impitoyable et froid.

— Non. Plus rien.

Puis il reporta son attention sur son ordinateur et imprima les contacts de quelques personnes à l'hôpital d'Oxford, lui tendit le papier et lui suggéra d'appeler l'obstétricien de Maggie à l'avenir.

Bon, songea-t-elle en quittant son bureau, au moins elle savait à quoi s'en tenir.

Trois jours plus tard, Sam enrageait toujours d'avoir été aussi affreux avec Jayne. Certes, elle lui avait brisé le cœur. Mais c'était il y avait longtemps, elle s'en était d'ailleurs excusée. À moult reprises. Sauf qu'il n'avait jamais cru qu'elle agissait vraiment selon son cœur, à elle.

Peut-être s'était-il trompé. Si les revues médicales sur lesquelles il était tombé « par hasard » étaient exactes, elle avait atteint des sommets en matière professionnelle. On ne travaillait pas au Merryweather de Londres par miracle, mais parce qu'on était le meilleur dans son domaine.

Une image de la peine causée par ses propos reflétée dans les yeux de Jayne lui revint à l'esprit. Son cœur se serra douloureusement. Il avait voulu être clair, il n'avait pas besoin de se montrer aussi cruel pour ça. Ni de mentir.

Car si, il avait ressenti quelque chose. Évidemment. Le même désir, la même envie irrépressible de presser ses lèvres sur les siennes, de la toucher, de l'étreindre. N'empêche, tout cela n'excusait pas son attitude.

Raison pour laquelle il se tenait devant chez Maggie, un panier de croissants de la paix à la main. Les préférés de Jayne. Du moins, dans le temps.

Il sonna, à deux doigts de laisser le tout sur le pas de la porte, avant de se rappeler que les adultes ne fuyaient pas les conflits qu'ils avaient eux-mêmes engendrés. Son plan était clair : offrir le cadeau, s'excuser, accepter de passer à autre chose, retourner au cabinet où une pile de paperasse l'attendait. Reprendre le cours de sa vie. Facile…

Pourtant, à la seconde où Jayne ouvrit la porte, il comprit que son plan était faillible. Très faillible. Car la Jayne qui se tenait devant lui était celle dont il était tombé amoureux. Ses cheveux d'un noir de jais retombaient de deux vagues chignons noués de part et d'autre de son crâne. Ses yeux bleu vif étaient maquillés façon « smoky », mystérieux. Son nez était peint en noir et elle arborait une paire de moustaches de chat sur les joues, ainsi que des lèvres vermillon. Pour parfaire le tout, elle portait une combinaison moulante de Catwoman, avec une fermeture Éclair qui partait du creux de sa gorge jusqu'en bas de son ventre.

— Intéressant, le look, commenta-t-il faute de trouver mieux.

Elle parut un instant perplexe, puis :

— Ah oui, on s'est entraînés avec les enfants ce matin. J'avais oublié.

Derrière le ton cordial, elle semblait nerveuse. Comme si elle se préparait à une répétition de leur dernière entrevue.

— Et tu prévois de passer l'été en chat domestique ?

Dieu, qu'elle était adorable. Et tellement sexy…

— On prépare une saynète pour Maggie, expliqua-t-elle en se désignant, elle, puis la table de la cuisine où gisaient pêle-mêle des costumes d'enfants. Ils m'ont déguisée ce matin pendant qu'elle se reposait. Je pensais préparer leurs costumes pendant qu'ils étaient à l'école.

— Vous préparez *Cats* ?

— Oh non, je pense que tu te rappelles que ma voix n'a rien de mélodieux. Maggie est la seule douée de talent, dans ce domaine.

Elle ouvrit la partie basse de la porte de style fermier et s'écarta sur le côté pour lui laisser le passage tout en baissant la tête pour passer sous la grosse poutre qui servait d'encadrement à la porte de la cuisine.

— Ça, dit-elle en pointant du doigt son visage maquillé, c'est l'œuvre de Cailey. Histoire de combattre l'ennui.

— Celui de Cailey ou de Maggie ?

Elle se mit à rire.

— De Maggie.

— Elle s'ennuie déjà ? Je croyais qu'elle serait ravie de regarder quelques séries.

Non, en réalité, il connaissait assez Maggie pour savoir qu'elle était toujours en mouvement. Essayer de nouvelles recettes de gâteaux pour le salon de thé, organiser la fête du village, encourager son mari lors du match de foot annuel. Quand son obstétricien avait appelé Sam pour lui recommander de la mettre au repos forcé pendant les semaines restantes de sa grossesse, il avait su que ce ne serait pas une tâche aisée.

Jayne esquissa un vrai sourire, cette fois, du genre qui ferait des envieuses chez les stars de cinéma. On ne pouvait pas résister à pareil sourire. Impossible.

— Hier soir, elle a regardé des tutos pour apprendre le crochet parce qu'elle a déjà tricoté trois couvertures pour bébés.

— Quoi ? Depuis la semaine dernière ?

Jayne s'adossa au plan de travail en bois.

— Tu es peut-être au courant qu'elle n'est pas très douée pour la relaxation.

Sam se retint de répliquer qu'effectivement il connaissait Maggie mieux qu'elle étant donné qu'il la voyait presque tous les jours. Il était là pour tendre un rameau d'olivier, pas pour relancer la querelle. Ni pour reluquer ses lèvres, qu'elle mordillait en ce moment.

Inspire.

Expire.

Trois jours à faire semblant que Jayne n'était pas de retour avaient mis à mal son calme légendaire. Il l'avait blessée avec sa remarque – aussi peu nécessaire que vraie – qu'il n'avait rien ressenti quand ils avaient failli s'embrasser.

Car la vérité était tout le contraire. Il avait ressenti quelque chose. Il avait tout ressenti. Et c'était précisément pour cette raison qu'il avait nié. Parce que pour chaque once de plaisir qu'il éprouvait avec Jayne, il y avait une mesure égale de douleur.

— Alors, reprit Jayne, qu'est-ce que tu portes dans ton panier, Boucle d'Or ?

— Crois-le ou pas… C'est pour toi.

Elle lui adressa un regard incrédule en acceptant le panier dont elle inhala le fumet.

— Ah bon ? Hum, ça vient de chez Vanilla Bean ?

— Y a-t-il un autre endroit où acheter des croissants à Whitticombe ?

Il ne lui parlerait pas du haussement de sourcils de Carla quand il les avait commandés. À l'époque, il faisait quasiment tourner la boulangerie à lui seul, tant il envoyait de paquets de croissants à Jayne à l'école de médecine. Une fois leurs fiançailles rompues, les ventes avaient sacrément chuté.

Elle fit courir ses doigts sur le panier, choisit une viennoiserie et mordit dedans.

— Ooh, aux amandes. Mes préférés…. Tu t'en es souvenu ? ajouta-t-elle en rosissant.

Bien entendu. Il se souvenait de plein de choses.

La première fois qu'ils étaient allés au cinéma et qu'elle avait fait semblant d'avoir peur pour qu'il lui prenne la main.

Leur premier baiser.

La première fois qu'ils avaient fait l'amour.

Quand elle avait fait ses valises pour partir dans une autre université.

Quand il s'était tenu derrière elle aux funérailles de sa sœur.

À peu près toutes les premières fois qui comptaient dans sa vie, il les avait vécues avec Jayne.

Il se retint d'essuyer une tache de sucre glace sur sa joue.

— J'espérais qu'on puisse repartir sur de bonnes bases, dit-il simplement. Oublier l'autre jour sur le terrain de cricket, faire comme si ça s'était passé de manière plus… platonique. Ça m'a fait un choc de te voir débarquer au cabinet le lendemain. Je…

— Tu as eu comme un contrecoup ? dit-elle d'une voix douce.

Elle avait compris. Elle ressentait la même chose.

Elle se lécha la commissure des lèvres puis, comme si elle venait de prendre une décision, elle se lança :

— Je mets de l'eau à bouillir ?

— Tout dépend si tu es d'accord pour qu'on signe un traité.

Pourquoi rallumait-il cette flamme ?

Jayne se raidit.

— Je croyais que tu étais venu t'excuser.

— Oui. J'essaie…

Il faisait vraiment des efforts, pourtant. Celui de ne pas s'arracher le cœur pour le lui tendre sur un plateau, par exemple, comme il l'avait fait toutes ces années passées.

À la place, il sortit son téléphone de sa poche. Manifestement, il allait falloir plus de temps que prévu.

— Vas-y, mets l'eau à bouillir.

5.

Jayne essaya de ne pas trop écouter le coup de fil de Sam à Greta au cabinet, mais difficile de résister à la tentation de l'écouter lister tout un tas de détails complexes sur des patients, et ce sans la moindre note sous les yeux.

Quand il s'enquit d'une femme avec qui ils étaient tous les deux allés à l'école et qui venait de découvrir qu'elle était atteinte d'un cancer, Jayne alla à la salle de bains se passer de l'eau sur le visage pour ôter son maquillage de chat.

La façon dont il s'occupait de tous ceux qu'il connaissait depuis l'enfance, avec un tel professionnalisme et en même temps une telle compassion, c'était… Eh bien, c'était tout lui. Ce métier, il l'avait dans le sang, enfant adopté ou pas.

Elle inspecta son visage dans le miroir. Hélas, la fille de Maggie avait utilisé un marqueur indélébile pour les moustaches et le nez. Super… Elle retourna à la cuisine au moment où Sam remerciait son assistante qui avait promis de passer voir son grand-père afin qu'il ait son après-midi de libre. Jayne sentit son ventre se serrer : elle pensait qu'ils allaient discuter un moment, pas qu'ils passeraient le reste de la journée ensemble. Surtout s'il avait du travail.

Son cabinet, c'était sa joie et sa fierté. Il n'avait jamais caché son envie de suivre les pas de son grand-père, d'autant que c'était pour lui le meilleur moyen de montrer à sa famille adoptive combien il les aimait. Il ne faisait pas cela par devoir. Ni par punition. Non, c'était par amour. Et c'était là l'une des qualités les plus aimables de Sam : sa capacité à aimer, sa fidélité en amour.

Quand il la vit revenir encore barbouillée, il eut une grimace comique. Les battements du cœur de Jayne s'apaisèrent un peu : au moins, il était d'assez bonne humeur pour plaisanter. Cependant, si elle voulait se tirer des griffes du passé, elle devait admettre une chose : la situation avait changé. Sam avait changé.

Certes, il avait quelques cheveux blancs aux tempes, mais cela ne s'arrêtait pas là. Quand ils avaient rompu, il avait protesté, argué qu'il ne croyait pas qu'elle ne l'aimait plus. Mais quand elle avait répliqué que son objectif était de devenir chirurgien dans un hôpital pour enfants, il avait lâché prise. Pas de gaieté de cœur, mais il comprenait l'idée de vocation.

La sienne était de travailler au cabinet. De rester auprès de sa famille, d'aider sa communauté. C'était le Sam qu'elle connaissait. Mais le Sam qu'elle avait face à elle avait vécu un divorce et la mort de sa mère. Le Sam adulte. Et cet adulte-là lui demandait de se confronter à leur affaire laissée en suspens.

D'une façon ou d'une autre, il semblait déterminé à en finir.

— C'est bon ! lança-t-il en raccrochant.

En la rejoignant à la cuisine, il remarqua son rire nerveux tandis qu'elle posait les tasses de thé et un plateau de croissants sur la table.

— C'est un peu formel, non ? demanda-t-elle en le regardant s'asseoir face à elle.

— Disons que je te dois sans doute un peu plus que quelques croissants.

Elle secoua la tête.

— Sam, tu ne me dois rien du tout.

— Si. Je n'aurais pas dû essayer de t'embrasser et je n'aurais surtout pas dû mentir quant à l'effet que tu me fais.

— Ah… Et donc ?

Il prit une profonde inspiration. Cet instant, cela faisait près de sept ans qu'il le préparait.

— Et donc, il est temps que nous passions tous les deux à autre chose.

— Quoi ? Tu veux que je m'en aille ?

— Non, pas du tout. J'ai mal choisi mes mots. Mais il reste manifestement…

Il chercha le mot qui décrirait la myriade d'émotions qui l'assaillait en la voyant.

— Une histoire non résolue. On doit trouver le moyen de laisser le passé de côté. D'avancer.

Son téléphone tinta et, étant le seul médecin de garde, il s'excusa tout en baissant les yeux vers son écran.

— C'est grave ?

Il releva sur elle un sourire amusé.

— Ça dépend : tu as envie de déjeuner avec mes sœurs ?

Elle haussa les sourcils.

— Vraiment ? Elles veulent parler ? Avec moi ? Comment elles savent que tu es ici, d'ailleurs ?

— Greta…

— Évidemment. Je ne sais pas, reprit-elle en secouant la tête. J'ai vu Kate, l'autre jour, et elle ne m'a pas donné l'impression de vouloir discuter.

Sa sœur lui avait avoué à demi-mot qu'elle avait « peut-être lâché par accident ou exprès » qu'il envisageait de nouveau des rendez-vous, le soir du cricket. La grande sœur protectrice par excellence.

— Regarde, insista-t-il en lui montrant le message sur son portable : « Est-ce que Jayne serait partante pour un dej entre filles un de ces jours ? » Elle a même ajouté un smiley et pas des couteaux. Jay, ce n'est pas pour une séance d'inquisition…, reprit-il en la voyant toujours crispée. Elles ne t'ont pour ainsi dire pas vue depuis des lustres, elles ont envie de savoir comment ça se passe pour toi. Dans ta vie.

Comme lui, d'ailleurs.

— Bon… Mais toi, Sam, qu'est-ce que tu attends ? demanda-t-elle tout à trac. De moi ?

Plus que tout, il aurait voulu que le passé n'ait pas

influencé son présent. Il aurait voulu être heureux et marié, aller voir ses enfants jouer pour la kermesse de l'école. Il aurait voulu vivre sa vie, pas effectuer des va-et-vient entre le passé et le présent chaque fois que Jayne était en ville. Avait-il souhaité faire tout cela avec elle ? Oui, bien sûr ; il y avait bien longtemps. Donc…

— On doit trouver un moyen de devenir amis.

En voyant sa grimace et son froncement de sourcils, il devina qu'elle venait de se mordre l'intérieur de la joue. Sa réaction quand elle était stressée. Finalement, elle relâcha les épaules.

— Je suis désolée, Sam.

Ce n'étaient pas des excuses ordinaires.

— Pour quoi ?

— Tout… Je le pense vraiment. Tu es l'un des hommes les plus gentils, courageux et généreux que j'aie connus. La dernière chose que je voulais, c'était te faire du mal, pourtant…

Sam esquissa un sourire triste. Du mal, elle lui en avait fait. Plus que quiconque.

— C'est assez vaste, comme excuses.

Elle souffla sur quelques mèches de cheveux échappés devant ses yeux. La bouche ouverte, elle semblait sur le point de répondre, mais aucun son ne sortit. Alors il prit un croissant qu'il contempla avant de le reposer.

— Comment ça se passe à Londres ? Tout va bien ?

Une drôle de lueur assombrit son regard.

— J'ai eu une opération qui a mal tourné à l'hôpital.

Voilà qu'enfin ils avançaient. Il savait depuis le début qu'elle n'était pas revenue en vacances.

— Quel genre d'opération ?

— Une greffe cardiaque.

Jayne ne fut pas étonnée de voir les sourcils haussés de Sam. Il ignorait qu'elle avait atteint son objectif. Atteint et échoué, plutôt.

— Impressionnant… Tu étais chirurgien en chef ?

— Pour la première fois, oui. Comme tu le sais, j'ai étudié la cardiologie pédiatrique. Je souhaitais ajouter la corde « transplantation » à mon arc, ajouta-t-elle avant qu'il tire de fausses conclusions. Alors j'ai pris des gardes en chirurgie générale, en pédiatrie, en néonat…

Quand elle marqua une pause pour reprendre son souffle, Sam poursuivit à sa place :

— Six mois en transplantation, en hépato-biliaire, en cardio-vasculaire…

Puis il continua d'énumérer chaque spécialité sans en oublier aucune. Un médecin généraliste n'était pas censé savoir tout cela.

— Samuel Crenshaw ! Tu as suivi ma carrière ?

Il esquissa un haussement d'épaules nonchalant.

— J'ai lu les revues médicales, et il se peut qu'à l'occasion je sois tombé sur ce qui se passait dans ton hôpital pour enfants. Tout ça pour me tenir à jour d'un point de vue médical, bien sûr, pour mes patients…

Elle voyait une étincelle dans son beau regard, maintenant. De l'humour. Une bouffée de chaleur la parcourut.

— Et donc, qu'est-ce qui s'est passé durant cette opération ? reprit-il.

Elle le dévisagea longuement. Avant, Sam était LA personne à qui elle pouvait tout dire. Jamais il ne portait de jugement. Il écoutait, c'est tout. Et à l'occasion, il donnait un conseil judicieux. Attentif.

Alors elle s'ouvrit à lui. Et une fois qu'elle commença à parler, elle ne put plus s'arrêter. Elle lui raconta tout dans les moindres détails. Le problème cardiaque de Stella, comment elle l'avait gardée en vie pendant des mois avec un cœur artificiel. L'opportunité, enfin, de la greffe. La proposition de se charger de l'opération.

— Et quelque chose est allé de travers ? Ou bien les parents cherchent un coupable ?

Toujours aussi rapide à la déduction.

— Non. Ce n'est pas à cause des parents que j'ai décidé de faire un break.

Au contraire, ils avaient été incroyables, allant même jusqu'à la remercier d'avoir accordé quelques mois de sursis précieux à leur fille.

— Y a-t-il eu quelque chose qui te pousse à penser que tu aies commis une erreur ? demanda-t-il.

À contrecœur, elle hocha la tête.

— Enfin, pas d'un point de vue technique, non. Mais en tant que chirurgien, oui, j'ai échoué.

Il parut perplexe.

— Comment ?

— L'un des jeunes chirurgiens m'a raconté d'où venait le cœur greffé.

— Ça ne fait pas partie du protocole ?

— Si, seulement là, il m'a raconté toute l'histoire du donneur. C'était une jeune femme qui faisait du vélo sur une route de campagne et avait été heurtée par une voiture.

Sam émit un long sifflement.

— Eh bien, Jay… Sacrée coïncidence.

— Que de tous les chirurgiens du monde, ce cœur ait fini entre mes mains, à moi…

Il ne comprenait donc pas ? Le fait d'avoir été autant affectée signifiait qu'elle n'avait peut-être pas la trempe pour faire l'opération. Il y aurait d'autres cœurs, d'autres accidents horribles.

— Stella est morte pendant l'intervention ?

— Non, l'opération s'est parfaitement déroulée. Elle est morte trois jours plus tard. Un rejet…

Sam se leva de table, comme si l'affaire était réglée.

— D'accord, un simple rejet. Il n'y a rien que tu aurais pu faire. C'est triste, mais ça arrive.

— Ça n'aurait pas dû m'arriver à moi. Pas avec cette fille ! Pas avec ce cœur !

Les larmes qu'elle contenait péniblement se mirent à couler. Sam la prit dans ses bras avant qu'elle ait compris ce qui se passait et, inévitablement, la sensation fut parfaite.

Se laisser réconforter par quelqu'un, elle qui avait pris l'habitude de repousser les gens. De repousser Sam. Elle pleura, pleura et pleura encore, accepta mouchoir après mouchoir, colla son cœur contre le torse qu'elle connaissait si bien jusqu'à ce que le bruit de ses sanglots se calme et qu'elle n'entende plus que les battements de son cœur. À lui.

— Salut, vous deux !

Maggie apparut dans l'encadrement de la porte.

Ils s'écartèrent brusquement, comme pris en faute, mais le regard de Maggie brillait d'une lueur malicieuse.

— Oh, excusez-moi si j'interromps quelque chose ! Qu'est-ce qui se passe ici ?

Jayne n'avait pas la moindre idée de la réponse à donner. Elle était censée veiller sur son amie, pas se liquéfier dans les bras de son ex.

Sam lui coinça une mèche de cheveux derrière l'oreille.

— Je crois que notre amie ici présente a peut-être autant besoin qu'on s'occupe d'elle que toi, Mags.

Sam s'apprêtait à passer son sac par-dessus son épaule quand il entendit un petit coup frappé à la porte, aussitôt suivi d'un « Ouh-ouh, Sa-mu-el ? » qui ne pouvait appartenir qu'à sa sœur Kate.

Il sortit dans le couloir pour la trouver déjà entrée et occupée à son inspection habituelle de grande sœur. Un doigt passant sur la poutre de chêne encadrant la cheminée, un redressement de la pile de magazines sur la table de la salle de séjour…

— Tu bois toujours cet horrible café le matin ? demanda-t-elle sans préambule, le nez plissé.

— Si par « horrible » tu entends le café vietnamien pour lequel je vendrais mon bras gauche, oui.

— Sammy, ce truc va…

— Me garder éveillé tout le jour, finit-il à sa place.

— Tu n'as pas bien dormi ? Je t'ai dit d'embaucher quelqu'un pour t'aider au cabinet.

— Ce n'est pas un souci. J'adore mon boulot. Du coup, le double de travail signifie le double de bonheur.

Au son qu'émit sa sœur, il devina qu'elle ne le croyait pas. Ce qu'on pouvait appeler l'intuition féminine. Cela dit, elle n'avait pas tort. Lui aussi, son instinct lui soufflait quelques bricoles qu'il tentait d'ignorer.

— Grand-père en a encore pour cinq semaines de plâtre, Sam. Plus longtemps s'il ne fait pas plus attention. Sois honnête, Sam. Comment ça va au cabinet ?

— Super, mentit-il.

Il était déjà bien occupé, mais avec le début de la saison des rhumes des foins, l'arrivée imminente des touristes, les beaux jours et leur lot de blessures sportives… Sans parler des classiques toux, bilans, otites des enfants, plaies et autres bosses…

— Mon petit doigt me dit que tu es passé voir Maggie après le travail.

Et par Maggie, elle entendait Jayne.

— Oui, dit-il en fourrant une liasse de papiers dans sa sacoche, histoire de signifier à sa sœur qu'il devait vraiment y aller. Son état est sérieux, tu sais.

— Je suis au courant que tu la joues médecin de campagne avec visites à domicile, Sam, mais Maggie a un chirurgien qui vit sous son toit, si je ne m'abuse, non ?

— Oui, eh bien…

Sa sœur leva les yeux au ciel.

D'accord, il était passé chez Maggie pour voir Jayne aussi. Et la façon dont elle lui avait parlé, leur échange et leur étreinte, leurs rires… Pour la première fois, il se demandait depuis quand il ne s'était pas senti aussi complet. Et s'il se montrait honnête, il avait l'impression que la vie lui proposait peut-être une seconde chance.

Par sur l'aspect romantique de la relation – il ne savait même pas quoi faire de cette alchimie, de cette électricité qui subsistait entre eux –, mais quelque chose de plus profond se mettait en place. Quelque chose qu'ils n'avaient jamais eu l'opportunité d'explorer par le passé.

— Tu n'essaies pas encore de jouer ton chevalier blanc, j'espère ? demanda sa sœur.

— Quoi ?

Kate désigna un siège et s'assit dans l'autre. Oh non, la conversation sérieuse entre frère et sœur.

— Sam !

— Kate…

— Tu sais aussi bien que tout le monde au village que la raison pour laquelle tu t'es mis avec Marie, c'est que tu voulais la secourir.

— De quoi tu parles, bon sang ?

— Oh, ça va ! Elle était super, je ne dis pas le contraire, mais… Elle avait un ex atroce, a quitté la ville pour le fuir, est venue se réfugier à Whitticombe pour recommencer de zéro. De ton côté, tu menais une vie parfaite avec ta maison, ton travail au cabinet, et il ne te manquait qu'une femme pour compléter le tableau.

— À t'entendre, je passe pour un rustre.

— Ne sois pas bête. On sait que tu l'aimais. Mais on sait aussi que tu ne t'es jamais vraiment remis de ton histoire avec Jayne.

Pas étonnant que Jayne ait manifesté de l'inquiétude à la mention du « dej entre filles ». Une seule frangine suffisait à le faire tourner en bourrique, alors toutes ensemble…

— Jayne et moi, c'est de l'histoire ancienne.

Kate pinça les lèvres.

— Tu sais que je n'ai pas pour habitude de dire des gros mots, mais là, c'est de la connerie en barre, Samuel Crenshaw. On adorait Marie, tout comme toi, mais vous deux… ça n'a jamais été pareil que Jayne et toi. Tu es le seul à ne pas le voir. Bon, personne ne peut te reprocher quoi que ce soit, Sam. Tu as fait tout ce qui était en ton pouvoir pour l'aider.

— Merci du rappel. Tu dois aussi te rappeler qu'elle m'a conseillé de vivre mes rêves parce qu'elle voulait vivre les siens. Seule…

Il avait essayé de la raisonner. Elle n'écoutait pas. Il lui avait dit qu'il était là pour l'écouter. Elle n'avait rien à dire. Pendant les premiers mois, elle était un zombie, d'où le choc quand elle lui avait annoncé qu'elle partait poursuivre ses études à Londres.

Par la suite, au cours de ses brèves visites à Whitticombe, seul un imbécile aurait manqué de remarquer qu'elle était devenue une autre femme. Une femme différente de celle dont il était tombé amoureux.

Avec un soupir, Kate lui prit la main et la serra.

— Après la mort de Jules, Jayne était comme une âme en peine. Elle n'avait pas la moindre idée de ce qu'elle voulait vraiment. Toi, tu savais exactement ce que tu voulais. Et à cet âge, c'est dur de renoncer à ses rêves.

Il n'en revenait pas.

— Tu es en train de sous-entendre que j'ai choisi ma vie ici plutôt que Jayne ?

— Pas du tout. Je dis que tu étais jeune, que tu avais décidé de vivre la vie dont vous aviez toujours rêvé à deux. Seulement, pour Jayne, cette vie n'existait plus.

Là, elle marquait un point. Après la mort de Jules, Jayne était si choquée qu'il n'avait pas su comment aider quelqu'un qui vivait un tel chagrin.

Pas surprenant qu'elle ait revécu le traumatisme quand elle avait dû effectuer une greffe d'un cœur provenant d'une femme victime d'un accident similaire. Cependant, il avait perçu autre chose. Quand elle lui avait parlé de la mort de Stella, elle semblait… hantée. Comme si, en choisissant la chirurgie pédiatrique, elle avait cru pouvoir éradiquer les accidents de vélo. Ou… ramener sa sœur à la vie chaque fois qu'elle réparait le cœur d'un enfant.

— Qu'est-ce qui te fait froncer les sourcils comme ça ?

Sans répondre, il attira sa sœur dans ses bras pour un câlin.

— OK, je vais réfléchir à tout ça. Promis.

— Tu sais que j'ai raison, n'est-ce pas ?

Il allait répliquer, mais s'abstint. C'était Kate qui l'avait poussé à passer son examen de médecine alors que la boîte contenant la bague de Jayne était toujours au fond de son sac. Il l'avait encore, d'ailleurs. Il n'avait pas jugé correct de faire sa demande à une autre avec la bague de Jayne.

Dieu du ciel, Kate avait raison. Il avait tenté de reproduire avec Marie la vie rêvée qu'il avait prévue avec Jayne. Marie avait souvent dit qu'elle avait l'impression de vivre avec un fantôme, dans cette maison.

Ce fantôme, c'était Jayne.

C'était elle qui avait un jour contemplé la vieille bâtisse de brique et dit : « Elle ferait une jolie maison. » Elle avait eu raison : les hauts plafonds voûtés, les fenêtres de deux mètres de haut qui voyaient le lever du soleil dans la chambre et le coucher dans la pièce à vivre ouverte.

Sa sœur tendit la main par-dessus l'îlot de la cuisine et piocha un grain de raisin dans un bol.

— Sammy… Fais attention.

— À Jayne ? Tout va bien. On est seulement amis.

En théorie, c'était la vérité. Si ce n'était ce « truc » qui bourdonnait entre eux.

— D'accord, dit Kate. Si tout va si bien entre vous, alors pourquoi ne pas lui demander de t'aider au cabinet ? On l'a tous entendue te le proposer.

— Les bandages, les gorges rouges, les nez qui coulent, je ne pense pas que ce soit son truc…, ironisa-t-il.

— Pourquoi ? Elle est médecin, non ?

Le problème, ce n'était pas le choix de carrière de Jayne, c'était de l'avoir à quelques mètres de lui, de l'autre côté du couloir, dans le cabinet où ils avaient prévu de travailler ensemble. Ce serait comme jouer à être celui qu'il n'était pas.

Kate posa sur lui un regard pareil à un rayon X.

— Pourquoi ne la laisses-tu pas en décider ? Si vous êtes vraiment amis, elle aura à cœur de t'aider. Et sinon, elle repartira comme elle est venue.

Puis elle fit le geste de s'essuyer les mains, tel celui qui vient de résoudre l'un des grands mystères de l'univers.

— Organise-toi pour qu'elle reçoive les enfants, par exemple. Vas-y, Sam, ajouta-t-elle en avalant un autre grain de raisin. Du nerf !

En arrivant au cabinet et en voyant la liste interminable des patients qui viendraient le consulter en une journée, il sut que sa sœur avait raison. Il avait bel et bien besoin d'aide. Et Jayne se trouvait à quelques portes de là.

Le moment était peut-être venu de prendre ce risque.

6.

— Tout va bien se passer.

Sam lui tendit une tasse de café bien fort, bien noir, avec deux morceaux de sucre, comme elle l'aimait.

Jayne était stressée. Pas par rapport au fait de recevoir des patients, mais de le faire ici, dans le cabinet de Sam.

— Greta va t'envoyer tous les rendez-vous pédiatriques, mais comme ta formation a couvert toutes les bases, tu pourras aussi gérer tout le reste.

Elle grimaça.

— Je ne connais pas les gens aussi bien que toi.

Il haussa les épaules.

— Parfois, c'est mieux. Il arrive souvent que les parents te cachent la vérité s'ils te connaissent trop bien.

Elle détourna les yeux. Savait-il qu'elle lui cachait des choses, depuis toutes ces années ?

— Je sais que vous êtes amies, reprit Sam après avoir bu une gorgée de son café, mais peut-être que la distance explique pourquoi Maggie a fait appel à toi plutôt qu'à moi. Elle adore tes massages de pieds, entre parenthèses.

Jayne masqua son soulagement derrière un geste désinvolte de la main. Ouf, il ne parlait pas de cela…

Il l'emmena ensuite dans la salle d'examen de son grand-père. Les murs étaient couverts de photos de familles et de cartes de remerciements. Et à la place d'honneur, au centre de son bureau, un grand portrait de famille avec tous les Crenshaw, épouses, enfants, etc. Un seul coup d'œil suffit à Jayne pour se rendre compte de tout ce qu'elle avait raté en s'expatriant.

— Je serai juste à côté. Si tu as besoin de moi, appelle ou frappe ou…

Lui aussi, il semblait un peu stressé. Il s'approcha et lui donna une solide poignée de main.

— Bonne chance, docteur Sinclair.

Puis il lui adressa un clin d'œil et sortit. Le clin d'œil, leur clin d'œil ! Juste le coup de fouet dont elle avait besoin. Sans se laisser le temps de réfléchir plus avant, elle sonna Greta et demanda qu'elle lui envoie son premier patient.

Deux minutes plus tard, une petite Poppy lui racontait tout sur son ongle de pied légèrement incarné.

— Maman dit que je ne peux pas porter mes chaussures préférées pour le concert ! gémit-elle.

La mère de Poppy adressa à Jayne un sourire las.

— Elle est comme ça depuis deux jours. De mauvaise humeur… J'en déduis donc que son orteil la fait plus souffrir qu'elle ne me le dit. Et c'est assez enflé.

— Non, ça ne fait pas mal. Je veux juste porter mes jolies sandales ! insista Poppy.

Jayne plaça un petit escabeau près de la table d'examen.

— Tu veux bien monter là-dessus et me parler de ce concert ? Tu joues de quel instrument ?

Distraire les enfants qui souffraient, c'était la base.

— Je chante, répondit fièrement Poppy, qui entreprit de lui offrir un panel de ses plus belles prestations.

Jayne en profita pour lui retirer sa chaussure et examiner l'orteil gonflé. L'ongle était effectivement un peu incarné, mais pas au point de l'envoyer chez un pédicure.

Quand Poppy termina une version particulièrement puissante de *Matilda*, Jayne applaudit.

— C'était super… Alors, voici la bonne nouvelle : tu n'as pas besoin d'une opération, ni de voir un spécialiste. En revanche, tu vas devoir bien t'occuper de cet orteil.

Elle nota une liste de traitements recommandés, tout en les expliquant à la mère et la fille. Les enfants étaient souvent plus malins que la plupart des adultes le croyaient, il valait donc mieux les inclure à la conversation si possible.

— Vous voulez que je mette du vinaigre de cidre sur mon orteil ? s'étonna Poppy en grimaçant.

— Inutile de le verser directement sur l'orteil. Si tu le trempes dans de l'eau tiède savonneuse ou de l'eau tiède avec du vinaigre de cidre, ça aidera à stopper l'infection.

— Et si ça empire ? demanda sa mère.

— Dans ce cas, revenez et je vous enverrai voir un pédicure. Tenez-moi au courant si jamais elle fait de la fièvre, car alors il lui faudra des antibiotiques.

Elles la remercièrent et, après ce bon départ, la journée fila à la vitesse de l'éclair. Un nez ensanglanté suite à un accident de scooter. Une profonde entaille qui nécessita quelques points de suture. Un petit garçon qui présentait de sérieuses allergies et qu'elle envoya consulter un spécialiste à l'hôpital le plus proche.

Quand arriva la pause déjeuner, elle avait l'impression que la petite partie d'elle qui s'était fermée le jour de la mort de Stella recommençait à s'ouvrir.

— Tu sembles bien contente de toi.

Jayne prit la tasse à café vide des mains de Sam pour la laver avec la sienne dans la petite cuisine au fond du cabinet. Installé dans une ancienne maison, il jouissait d'une vraie cuisine, avec assez de place pour une table qui avait manifestement vu passer son lot de déjeuners pris à la hâte.

Sam sortit une boîte en plastique du réfrigérateur.

— Paella…, dit-il en la lui tendant. Ma sœur est passée la déposer ce matin. Tu en veux ?

— Non, je pensais rentrer chez Maggie pour lui préparer à manger.

— Oh-oh… Elle te laisse accéder à sa cuisine ?

— Hé ! Je ne suis pas si nulle que ça…, dit-elle, faisant mine de s'offusquer. Oui, bon, je lui ai dit que je ferais un détour par le salon de thé, où Dolly prépare des sandwichs.

— Je suis étonné que Maggie n'ait pas installé des caméras cachées partout au salon de thé.

— Tu plaisantes ? Si elle pouvait, elle en aurait fait installer dans tout le village. Plus ça va, plus elle devient curieuse. Il faut qu'elle surveille tout le monde. Enfin, pour ce qui est des repas, je pense qu'on a fait le tour de tous les plats à emporter disponibles au village.

Sam se mit à rire de bon cœur.

— Et si je venais vous préparer à dîner un soir ?

Une vague de chaleur la traversa tandis que leurs yeux se croisaient.

— Maggie adorerait. Les enfants aussi.

— Et toi ?

Se rapprocher de Sam, c'était risquer de retomber amoureuse de lui, forcément. Non, elle ne pouvait pas se le permettre. Elle aurait toujours des sentiments pour Sam, mais tomber amoureuse… Il y avait trop de démons et trop de culpabilité dans la balance, et…

— Je pourrais vous préparer mon poulet rôti.

— Avec de l'ail ?

— Des tonnes d'ail.

Elle ne pouvait pas dire « non » à cette proposition.

— Ce serait très bon pour la pré-éclampsie de Maggie, non ? dit-elle sur un ton faussement professionnel.

L'ail recelait tout un tas d'autres avantages pour les femmes enceintes. Il boostait le poids du bébé, réduisait le cholestérol de la mère, aidait à prévenir le cancer et les protégeait tous les deux des infections et autres rhumes.

Sam prit les tasses et les essuya.

— Je ne suggérais pas cette recette pour ses propriétés médicinales, Jayne.

Leurs yeux s'aimantèrent, mués par le même souvenir. Sam lui avait préparé du poulet rôti à l'ail le soir où ils avaient fait l'amour pour la première fois. Ses parents étaient absents tout comme ses sœurs et il vivait dans un petit appartement au-dessus de leur garage. Sam et elle avaient dix-huit ans et ils s'apprêtaient à partir chacun dans une université différente.

Après moult rires sur le plaisir d'embrasser quelqu'un

qui avait mangé de l'ail, ils étaient devenus très sérieux. Ils s'étaient promis de se rester fidèles malgré la distance. Cette nuit-là, ils avaient commencé à planifier leur avenir ensemble, ici à Whitticombe.

Un souvenir doux-amer s'il en était.

— Ce serait très sympa, Sam, dit-elle.

Il parut aussi surpris qu'elle.

— Oh, super ! J'irai faire des courses après le rush de l'après-midi et te retrouverai chez Maggie.

— Parfait.

Puis, sur un sourire, elle se faufila dehors, en direction du chemin qui conduisait chez Maggie.

C'était peut-être ainsi que commençait le pardon. On revisitait l'histoire en y ajoutant de nouvelles couches à mêler au tissu de leur passé partagé. Petit pas par petit pas.

Son pouls accéléra à la pensée qu'elle pourrait peut-être faire la paix avec le passé ainsi, et avec tous les gens qu'elle avait fait souffrir sur son passage pour rebâtir une forme d'équilibre dans sa vie.

Les patients n'étaient pas des doublures de sa sœur. Ils étaient des individus qui méritaient son respect et ses soins. Pas le naufrage émotionnel qu'elle avait vécu des années auparavant.

Comme Sam. Quand elle était revenue au village, il aurait pu renoncer à se montrer aussi ouvert et gentil qu'avant. Pourtant, c'était le cas et il faisait un véritable effort pour recommencer depuis le début.

Avec cette pensée en tête, elle se jura de dire « oui » plus souvent. À Sam. À des amitiés qu'elle avait laissées faner. À la vie. Même si cela faisait peur. Même si cela impliquait de tester les limites de son cœur.

Sam regarda par la fenêtre et sourit. Ce soir, il avait rendez-vous avec Jayne. Non, pas un rendez-vous car il y aurait aussi Maggie, Connor et Cailey.

Il passait en revue le dossier de sa dernière patiente de la journée avant de la faire entrer quand on frappa à la porte.

— Sam ? Je pense que tu devrais venir vite. Greta appelle une ambulance.

Le ton de la voix de Jayne le fit bondir de son fauteuil et, en trois enjambées, il l'avait rattrapée dans le couloir et courait vers la salle d'attente.

— Que se passe-t-il ?

— Mme Maynard, il semblerait qu'elle fasse un AVC.

L'épicière était venue le consulter une fois ou deux au cours des mois écoulés, se plaignant de symptômes qui ressemblaient fort à un AIT. Les accidents ischémiques transitoires n'étaient pas aussi graves qu'un AVC, mais constituaient un indicateur qu'un AVC se préparait peut-être. Il l'avait envoyée consulter à l'hôpital, mais peut-être avait-elle oublié.

À la seconde où il la vit, assise sur une chaise devant laquelle sa nièce Deanna, il sut que Jayne avait raison.

L'acronyme américain FAST lui vint aussitôt à l'esprit, moyen mnémotechnique pour savoir comment réagir. *Face*, pour visage ; *Arms*, pour bras ; *Speech*, pour langage et *Time*, pour le temps.

À la confusion peinte sur le visage de la patiente et la drôle de manière dont elle se tenait, Jayne avait eu raison de ne pas attendre pour faire appeler une ambulance.

Sam adressa un sourire rassurant à Deanna et s'agenouilla devant Mme Maynard.

— Madame Maynard ? Comment vous sentez-vous ?

Elle tenta de répondre, mais ses paroles étaient inaudibles et un côté de son visage s'affaissait.

— On rentrait de son rendez-vous régulier pour sa tension et la vérification de son diabète quand elle s'est mise à se comporter bizarrement, intervint Deanna. Elle se disait nauséeuse, et puis elle a trébuché. Heureusement, on n'était qu'à deux pas d'ici, mais en arrivant… Ça va aller ?

Instinctivement, Sam aurait voulu la rassurer, mais les

AVC étaient un domaine complexe. Certains étaient bénins, d'autres plongeaient leur victime dans le coma. Voire pire.

— Il semble qu'elle ait fait un AVC. Difficile de dire de quelle gravité, mais les secours arrivent. Essayez de répondre à mes questions, madame Maynard. Sans stress. Sans pression.

Elle hocha vaguement la tête puis sa main glissa de ses genoux, tel un poids mort, ce qui indiquait peut-être une paralysie.

— Vous pouvez sourire, madame Maynard ?

Elle obtempéra, et un côté de son visage parut encore plus affaissé.

— OK. Maintenant, essayez de tendre les mains devant vous, à plat.

Elle leva un bras, mais celui qui était tombé de ses genoux ne bougea pas. Une lueur paniquée s'alluma dans son regard.

Sam lui tapota l'épaule. Pauvre femme… L'afflux de sang était interrompu vers une partie de son cerveau, ou juste réduit, et l'empêcher de paniquer était essentiel.

Jayne apparut à son côté.

— Tenez, de l'aspirine et un peu d'eau.

— Super, merci. Vous pensez pouvoir avaler ça ?

La prise d'aspirine dans les premières quarante-huit heures était toujours utile. Avec un peu d'aide, la patiente fut en mesure d'avaler son cachet.

Sam lui prit sa tension, qui était haute mais pas au-delà de la norme. Son taux de sucre dans le sang était un peu bas. Il lui fallait un scanner afin de déterminer s'il y avait ou pas un saignement à l'intérieur du cerveau. Et si tel était le cas, elle aurait besoin de médicaments. D'ici trois heures à partir des premiers signes, selon les recommandations.

Environ dix minutes plus tard, ils entendirent la sirène et peu après les ambulanciers chargeaient la patiente sur un brancard. Sam leur décrivit ses symptômes et leur tendit les chiffres qu'ils avaient. Il lui fallait un neurologue en urgence. Quand Deanna expliqua qu'elle devait aller chercher ses enfants à l'école, Sam se proposa pour accompagner Mme Maynard aux urgences.

— Je vais me charger des enfants de Maggie, je les fais manger et je viens te récupérer, lui annonça Jayne.

Elle arborait le calme d'une femme qui gère des situations de stress intense au quotidien. Le genre de médecin que l'on voulait à ses côtés quand le sol se dérobait sous vos pieds.

— Parfait, merci. Dis à Deanna que je lui enverrai des nouvelles par SMS.

Elle hocha la tête et lui sourit. Leur connexion était magnétique, et alors que les portes de l'ambulance se refermaient, Sam sut qu'il avait eu raison d'envisager leur dîner comme un rendez-vous.

Parce que tout ce qu'il faisait avec Jayne impliquait son cœur. La manière dont il le gérait, c'était une tout autre histoire…

Ayant été informée que Mme Maynard n'avait eu qu'un AVC mineur, Jayne arriva à l'hôpital quelques heures plus tard, stupéfaite de découvrir le bâtiment récemment rénové qu'elle n'avait jamais vu. À l'intérieur des murs de style géorgien, l'endroit recelait tout le matériel moderne dont un médecin pouvait rêver. Il y avait un service d'urgences, une maternité et un service de pédiatrie, une aile pour la cancérologie et un hospice.

Elle se gara devant et entra sans perdre de temps.

Sam était adossé à un comptoir de réception central et discutait en riant avec des médecins en tunique bleue. Elle aimait le voir ainsi. À l'aise. Il se tourna au son des portes qui s'ouvraient et sourit. Ce fut le premier sourire vraiment détendu et paisible qu'elle recevait de sa part depuis des années et il l'emplit de… tout un tas de choses.

Il ajouta quelque chose à l'attention des médecins et les salua.

— Des amis à toi ? demanda-t-elle.

— En quelque sorte. Dans ce coin perdu, tout le monde finit par se connaître.

Elle balaya les lieux du regard. Le couloir éclairé aux néons, l'aire de jeux pour les enfants, les salles de part et d'autre du couloir où les familles apprenaient souvent les pires nouvelles. Elle s'était assise dans une salle de ce genre avec les parents de Stella. Et aussi quand les médecins urgentistes avaient demandé à ses parents si Jules était donneuse d'organes.

Elle se détourna, mais pas assez vite pour que Sam ne voie pas le voile qui obscurcissait soudain ses yeux. À sa surprise, il lui passa un bras autour des épaules pour la serrer doucement contre lui. Ses câlins étaient semblables à une couverture moelleuse par une journée d'hiver. Parfaits…

— Tu as été efficace aujourd'hui. Tu as perçu les signes immédiatement, appelé l'ambulance. Je suis juste désolé qu'on doive reporter notre poulet à l'ail. Je n'ai pas eu le temps de faire les courses.

— C'était le protocole standard, dit-elle. Il faut agir vite. FAST, comme on dit !

Ils se mirent à rire et Sam ôta la main de son épaule pour la poser brièvement au creux de son dos tandis qu'ils quittaient la zone d'attente pour sortir dans la tiédeur du soir.

Jayne regrettait encore la chaleur de son contact quand il écarta les bras et inspira profondément.

— Tu ne trouves pas ça trop bon ?

— Quoi, exactement ?

Son regard captura le sien et son sourire s'adoucit. Et là, soudain, il apparut. Ce regard qu'elle avait cru ne jamais revoir.

Cela signifiait-il que Sam éprouvait la même chose qu'elle ? Cette attirance inévitable, associée à un profond respect mutuel ?

— L'été, bien sûr, répondit-il, les yeux toujours rivés aux siens. Tu n'aimes pas ?

— Si, murmura-t-elle. J'adore.

7.

Maggie lâcha un soupir frustré.

— Si je stérilise mes gants à vaisselle, tu voudrais bien les enfiler pour sortir ces bébés de mon ventre ?

— C'est ce que tu me conseillerais si j'envisageais de sortir un gâteau du four aux trois quarts de son temps de cuisson ? ironisa Jayne.

En réalité, avec le beau soleil qui brillait, elle ne pouvait blâmer son amie pour son impatience. Tout le monde était dehors et, en temps normal, Maggie aurait été occupée à un million d'activités au village.

Le salon de thé lui manquait, elle craignait que le chiffre d'affaires baisse, et quand on lui annonçait qu'il n'en était rien, bien au contraire, elle était triste que tout tourne parfaitement sans elle. Ce matin, c'était Nate qui lui manquait atrocement. Elle n'avait pas vu son homme depuis plus de deux mois, et elle craignait de ne pas survivre un jour de plus sans un baiser.

Cela aussi, Jayne le comprenait parfaitement. À présent que Sam et elle avaient décidé d'un commun accord de « donner une chance à leur amitié », elle avait toutes les peines du monde à convaincre son corps de s'en tenir là.

Travailler au cabinet, c'était génial, seulement, chaque fois que leurs mains se frôlaient ou que leurs chemins se croisaient, elle éprouvait des envies… coquines. Cet homme réveillait toutes sortes de besoins qu'elle avait oubliés.

Ce qui constituait un rappel frustrant du temps qui s'était écoulé depuis sa dernière relation sexuelle. Une ou deux aventures à Londres, peut-être trois, mais… rien n'avait tenu. Personne n'avait eu ce petit truc spécial.

Sauf Sam.

La vérité était claire : elle le désirait, lui.

Refermant la machine à laver, elle tourna les yeux vers le cabinet médical. Était-ce si mal, de le désirer ?

Oui, si vous devez être amis.

Elle se surprit à passer les doigts sur ses lèvres en repensant au moment où ils avaient failli s'embrasser. Elle se sentait pareille à une adolescente.

Son regard se porta malgré elle sur le calendrier. Deux jours. Dans deux jours, cela ferait sept ans que sa sœur était morte. Bon, mieux valait s'occuper. Au travail !

Le moment était venu de dévoiler à Maggie la surprise qu'elle lui avait préparée. Puisqu'elles ne pouvaient pas vraiment se déplacer, elle avait décidé de faire venir la surprise à la maison.

Quelques minutes plus tard, elle poussait une Maggie, yeux bandés, dans la chambre d'amis.

— Qu'est-ce que tu as fait ? demanda son amie avec un petit rire. Tu as installé tout le magasin de déco ici ?

— Presque. Et je suis passée chez papa et maman. Les McTavish m'ont laissée farfouiller dans leur atelier en quête d'aquarelle et… ta-ta ! Leur pistolet à colle !

Maggie ouvrit de grands yeux. Jayne s'abstint de lui raconter combien c'était bizarre de se retrouver là-bas sans ses parents, partis en Écosse.

— Tu les as appelés ? demanda Maggie.

Jayne secoua la tête, honteuse. Peut-être pour le jour anniversaire ? Ou après.

— Donc voilà : opération artistique, annonça-t-elle pour changer de sujet. Qu'est-ce que tu en penses ? Je me suis dit qu'on pouvait se lâcher pour ta Foire aux arts.

Maggie rayonnait. Pas étonnant car Jayne n'y était pas allée de main morte sur le matériel : paillettes, sequins, toiles, piles de tissu, rouleaux de papier de couleur, ciseaux, peinture. Tout y était.

— Génial ! J'ai déjà une idée avec le pistolet à colle…

Maggie s'interrompit et se plaqua les mains sur le ventre.

— Une crampe ?

— Mmm… Rien de grave, je pense.

— Tu as eu des saignements, aujourd'hui ?

— Pas plus que d'habitude.

Les saignements n'étaient pas chose inhabituelle durant une grossesse. Mais à trente-deux semaines, plus elle présentait de symptômes, plus le risque que les bébés soient prématurés augmentait. Il y avait peu de risques qu'elle les perde, mais plus elle les garderait au chaud, mieux cela vaudrait.

Une fois sa crampe passée, Maggie se munit du pistolet et, au bout de quelques minutes de silence concentré et créatif, elle montra son œuvre à Jayne.

— Qu'est-ce que tu en penses ? Tes parents pourraient le faire passer pour l'une de leurs œuvres ?

— Tu sais bien qu'ils sont davantage dans les paysages et les sculptures.

Et la désertion à cette époque précise, et pleine de souvenirs, de l'année. Toutefois, Jayne devait admettre que son retour était sans doute facilité par l'absence de ses parents. Car chaque fois qu'elle les regardait, c'était la perte de leur fille qu'elle voyait dans leurs yeux, et sa décision de devenir chirurgien en pédiatrie n'avait rien changé. Au contraire, ils étaient devenus encore plus distants.

Contrairement aux parents de Sam qui l'avaient soutenue après la mort de Jules. Et traitée comme un membre à part entière de la famille – ce qu'elle était encore censée devenir, à ce moment-là.

Comme si ses pensées l'avaient appelé, Sam frappa à la porte à moitié ouverte de la maison. À cet instant, Jayne se rendit compte qu'elle ne portait qu'une robe d'été hyper légère. Dès qu'elle croisa son regard, elle sentit la chair de poule lui courir sur les bras.

— Mmm, ça sent…

Jayne leva les yeux au ciel.

— Je sais, je sais, le pain brûlé. Nous sommes tous au courant que je ne remporterai jamais le concours de la meilleure cuisinière. Grâce à vous, je me rends compte qu'à Londres je me nourrissais quasi uniquement chez le traiteur du coin de la rue.

— Tu ne cuisines pas du tout ?

— Je ne suis pas souvent à la maison, en fait. Et quand on a toutes les cuisines du monde à portée de main…

Maggie et Sam la regardaient comme si elle était folle. Ils avaient raison, sa vie privée était pitoyable. La preuve, l'appartement qu'elle occupait était quasiment comme Jules l'avait laissé. Frigo vide. Deux ou trois conserves dont la date avait expiré dans un placard très peu rempli. Deux assiettes, deux tasses, deux fourchettes…

« Pourquoi m'installer puisque je n'ai qu'une idée en tête : m'en aller ? » disait Jules. Puis elle désignait les lumières du centre de Londres avec la même lueur dans les yeux que Jayne quand elle envisageait d'emménager dans l'ancienne grange avec Sam un jour.

Pas étonnant qu'elle n'ait jamais appris à cuisiner. Elle vivait dans l'appartement de Jules. À essayer de vivre la vie de Jules. La seule chose qu'elle avait réussi à faire sienne, c'était son travail.

Maggie tenta en vain de s'extraire de la chaise longue que Jayne avait apportée à la cuisine afin que son amie puisse diriger les opérations confortablement installée.

— Je vais faire un tour, annonça-t-elle.

— Quoi ? Et tes œuvres d'art ?

Jayne et Sam se précipitèrent vers Maggie. Sam lui prit le pouls, pas très discrètement, et Jayne s'agenouilla pour l'aider à enfiler ses pieds enflés dans la seule paire de tongs qui lui allaient encore – celles de Nate.

— J'en ai assez de vous deux, je vais au salon de thé. Si je n'ai personne à enguirlander dans les minutes qui viennent, ça va vous retomber dessus. Alors aidez-moi à me lever pour que j'aille passer ma mauvaise humeur sur Dolly.

— Il fait chaud, dit Sam. Tu devrais peut-être prendre une ombrelle ou quelque chose comme ça.

— On n'est plus au XIXe siècle ! La seule personne qui pourrait me calmer, c'est Nate, et il n'est pas là…

Le front plissé, elle fit la même moue que sa fille quand elle ne voulait pas finir ses légumes. Sam et Jayne échangèrent un regard dans son dos. L'absence de Nate commençait vraiment à lui peser. Or plus elle était stressée, plus elle était en danger.

— OK, mais vas-y doucement avec Dolly, intervint Jayne alors que Maggie s'éloignait. Je viens te récupérer dans une heure si tu n'as pas réapparu !

Sitôt qu'elle eut disparu, Sam se lança dans une série de questions : où en était sa tension, avait-elle saigné, comment évoluaient ses maux de tête, ses nausées, était-elle enflée ?

Jayne sortit son téléphone portable.

— Je suis connectée avec l'un des meilleurs obstétriciens du monde, au Merryweather de Londres, dont tout le personnel se consacre aux femmes vivant une grossesse à problèmes. Je les harcèle. Appels vidéo, revues médicales… Je ne fais que ça de mes nuits.

À ce stade, elle commit l'erreur de plonger dans les yeux verts de Sam. Oui, bon, d'accord, elle fantasmait aussi un peu sur lui la nuit. Mais elle essayait de faire en sorte que ce monde-là n'entre pas en collision avec le vrai.

— Bref, si quoi que ce soit tourne mal, j'ai une hotline des meilleurs médecins du pays, conclut-elle en rempochant son téléphone.

— Londres est bien plus éloigné qu'Oxford.

Elle posa une main sur le bras de Sam.

— Sam… Quand et si Maggie a besoin d'un hôpital, elle y sera. On a rendez-vous là-bas chaque semaine, à compter de maintenant, je vais donc pouvoir chronométrer les temps de trajet. Je te promets que je serai là pour elle.

Les lignes soucieuses se détendirent sur son beau visage et il promena les yeux à travers la cuisine, ou plutôt le chaos général qui y régnait. Puis il se tourna vers elle avec un large sourire.

— Alors comme ça, tu ne fais jamais à manger, à Londres ?

Sur un ton plus aguicheur qu'elle ne l'aurait voulu, elle répliqua :

— Je n'ai personne à impressionner, à Londres.

Sam s'accouda au comptoir en secouant la tête.

— Je n'en crois pas un mot.

Elle hésitait à se montrer complètement honnête. Une amie pourrait témoigner de la vacuité de sa vie sociale…

— C'est pourtant vrai…, lança-t-elle en riant.

— Une belle femme comme toi ? Les hommes doivent se presser devant ta porte.

En la voyant rougir, Sam se donna un coup de pied aux fesses mental. Pourquoi questionnait-il Jayne sur sa vie amoureuse ? Il voulait l'entendre parler des hommes avec qui elle était sortie à peu près autant qu'elle de son ex-femme.

— Je suis sortie avec un gars ou deux, dit-elle sans le regarder. Surtout des rencards arrangés, du genre la copine qui t'invite pour être la quatrième parce qu'elle ne veut pas aller à un premier rendez-vous seule. Pas vraiment mon truc… Mon but, à moi, c'était d'en arriver où j'en suis dans le domaine professionnel, alors…

— Idem…

Elle écarquilla les yeux.

— Quoi ? Je croyais que tu maîtrisais parfaitement l'équilibre vie personnelle et vie professionnelle ?

— Pas tant que ça, non. Je pense que mon ex-femme ne serait pas de cet avis.

C'était la première fois qu'il évoquait ouvertement sa femme devant elle. Jayne la connaissait, l'avait aperçue à Noël, mais…

— Ça la rendait dingue, le temps que je passais au cabinet.

— C'est un peu injuste ! Tu venais de t'installer !

Il sourit de la voir prendre sa défense. Puis, comme si elle venait de s'en aperçoive, elle ajouta :

— Elle ne se rendait pas compte que ça prenait du temps, de voler tous les patients de ton grand-père ?

Il éclata de rire.

— Pour dire la vérité, je réalise avec le recul, qu'on s'est mariés trop vite.

— Trop vite ? murmura-t-elle.

— Trop vite après toi.

Il vit ses joues se creuser tandis qu'elle assimilait l'information : il n'était pas guéri d'elle quand il s'était marié. Sa sœur avait raison, et son ex aussi. Il ne s'en était pas rendu compte, à l'époque, croyant vraiment être passé à autre chose. Mais non. Et son cœur, qui battait comme un fou en ce moment même, lui disait qu'il aurait dû le savoir depuis le début.

Jayne Sinclair était l'amour de sa vie.

Peut-être qu'il ne s'en remettrait jamais ; en tout cas, une chose était sûre : il devait trouver le moyen de vivre avec cette prise de conscience.

— Eh bien… Elle aurait dû comprendre que tu ne fais pas les choses à moitié. C'est dommage qu'elle n'ait pas insisté. Ça prend du temps de surmonter les moments difficiles.

Elle se tut, comme si elle aussi avait compris que ses paroles pouvaient s'appliquer à elle. À eux.

— Et toi, ça a marché le « travail travail et puis c'est tout » ?

— Je pense que tu connais la réponse. Ma première greffe de cœur s'est achevée sur mon effondrement, donc… Je déteste l'admettre, mais oui, j'avais effectivement besoin d'une pause. Histoire de prendre un peu de recul…

Elle se passa la langue sur les lèvres tout en le fixant droit dans les yeux. Les émotions que Sam tâchait de contrôler s'envolèrent à cette seconde.

— Sam, je… Je sais que toi et moi on a un passif et ça complique un peu tout. Mais je te dois un « merci ». Tu es génial depuis mon retour. Plus que je ne le mérite…

Il baissa les yeux vers sa robe en tissu vert parsemé de cerises. Avec des bretelles toutes fines qui appelaient sa main pour les faire glisser sur les épaules laiteuses…

Une vague de désir le submergea. Un tsunami qui traversa allègrement toutes les défenses qu'il avait pu ériger. Il releva les yeux vers les siens. Ses longs cils battirent et, sans détour, elle soutint son regard.

L'atmosphère venait de changer. L'air crépitait. Les instincts prirent le dessus. Avant d'avoir eu le temps de réfléchir, il prit le visage de Jayne entre les paumes et l'approcha si près qu'il sentit son odeur. Coton. Pois de senteur. Sucre.

— Qu'est-ce que tu veux de moi, Jayne ?

Au lieu de lui répondre, elle se haussa sur la pointe des pieds et accepta le baiser qu'il brûlait de lui donner. Ce qui suivit fut doux, charnel et très agréable. Le cerveau de Sam avait tout juste le temps de suivre ce que faisait son corps. Embrasser. Goûter. Toucher. Et Jayne répondait à chacun de ses gestes. La même attirance qui les avait unis se réveilla. À croire qu'il ne s'était pas écoulé un seul jour depuis la dernière fois qu'ils avaient fait l'amour.

Il glissa les doigts dans ses cheveux à la base du cou pour l'attirer encore plus près. Son corps était consumé par le besoin de la goûter. Les lèvres, la langue, le petit creux à la base de sa gorge. Il déposa une ligne de baisers le long de son épaule et lui mordilla le lobe de l'oreille jusqu'à l'entendre gémir. L'évidence de son plaisir se manifesta dans le bas de son ventre.

Il savait comment la faire réagir, quels endroits titiller pour lui faire serrer les cuisses et coller son bassin contre le sien. Même proche, ce n'était pas assez. Il lui fallait sa peau.

Il se recula, juste le temps de lui montrer la chaleur qui lui embrasait les yeux. Puis il saisit l'une de ses minuscules bretelles et la fit tomber sur son bras, et l'autre suivit. À peine la robe avait-elle glissé au sol que, déjà, il prenait les seins de Jayne au creux de ses mains qu'il promena ensuite sur son ventre, ravi des frissons qui lui répondaient. Sans attendre, le slip rejoignit la robe.

C'était de la folie, mais tellement bon à la fois. Un rappel torride et intense de la magie qu'avait été l'alchimie sexuelle qui les avait unis. Il le voyait dans ses yeux. Elle le désirait tout autant que lui.

Le téléphone sonna.

— Ne réponds pas, marmonna Jayne.

— Ce n'est pas le mien, répliqua-t-il.

Elle tâtonna sur le plan de travail pour trouver et sans doute pour éteindre l'appareil, mais elle le saisit et le tendit derrière son épaule tandis qu'il écartait une pile de tissus pour faire de la place aux fesses de Jayne.

Il défit sa ceinture. De sa main libre, elle caressait son pénis en érection quand elle se figea brusquement.

— Tout va bien ? demanda-t-il contre ses lèvres.

— C'est l'hôpital. Ils veulent que je les rappelle.

Tout à coup, la chaleur du volcan se changea en glacier.

Jayne sursauta en entendant des pas. Elle avait cru avoir le petit cimetière pour elle seule, mais quand elle releva les yeux, son souffle se bloqua dans sa gorge.

Sam.

Ils ne s'étaient pas vraiment parlé depuis le moment de folie et de désir auquel ils avaient failli succomber chez Maggie, avant qu'elle prenne l'appel de l'hôpital. Un réflexe machinal chez elle. Même si elle avait tenté de se justifier, affirmé qu'il aurait fait pareil… il était parti sans un mot.

Ce matin, elle s'était rendue au cabinet comme prévu, mais quand son dernier patient était reparti, elle avait ressenti le besoin de venir rendre visite à sa sœur. Pour lui demander pardon.

— Je pensais te trouver là.

La voix de Sam l'enveloppa telle une couverture en cachemire. Chaude et douillette. Protectrice.

Elle posa sur lui un regard reconnaissant. Malgré le ping-pong émotionnel qui l'agitait, entre son cœur, sa tête et son instinct, voir arriver Sam lui faisait plaisir.

C'était la première fois qu'elle était à Whitticombe le jour anniversaire de la mort de Jules, et malgré son envie première de le passer seule, elle était contente de constater que d'autres personnes pensaient à sa sœur.

Cela ferait-il du bien à ses parents de voir combien sa tombe était fleurie par tous ceux qui l'avaient connue ? Sam déposa une plante en pot à la base de la dalle et s'assit à côté d'elle, à même le sol.

— Je peux me joindre à toi ?

— Bien sûr. Elle est belle, cette fleur.

— C'est un aster. Ça veut dire astre, et en grec, c'est le symbole de la variété. Je me rappelle que Jules aimait ça.

— Oui, effectivement, admit Jayne en riant malgré elle.

Le rire de Sam vint se mêler au sien et alors que leurs yeux se croisaient, elle sut qu'il était là pour toutes les bonnes raisons.

Jambes croisées, il s'appuya en arrière sur les mains, ses longs doigts disparaissant dans l'herbe.

— Elle aurait apprécié une patiente que j'ai eue aujourd'hui.

— Ah oui ?

Jayne arracha une jonquille et retira les pétales un à un.

— Une fillette de huit ans aussi obsédée par son trampoline que Jules par la course à vélo sur les chemins. Une véritable accro à l'adrénaline…

— Elle est venue consulter pour quoi ? demanda Jayne d'une voix qu'elle espéra calme.

— Fracture tibia-péroné, suite à un saut périlleux particulièrement énergique.

Jayne prit une brusque inspiration.

— Ses parents n'avaient pas installé un filet de protection autour du trampoline ?

— Si, si. Ils l'avaient même fixé dans le sol. Ils avaient aussi mis un revêtement mou tout autour, mais Carlee est intenable. Elle va sans doute devenir une habituée de l'hôpital Grandpont.

— Celui d'à côté ?

Il hocha la tête et elle se prit à se demander si c'était

ainsi que son grand-père avait considéré Jules. Un électron libre qui, malgré la surveillance et les soins de ses parents, allait forcément se mettre dans des situations dangereuses.

Un silence s'installa, que Sam interrompit enfin :

— Désolé que ça se soit un peu échauffé, l'autre jour.

— Tu n'as pas à t'excuser, j'étais là aussi, je te rappelle.

Même s'ils ne se regardaient pas, elle sentait l'énergie qui crépitait entre eux.

— Je suis content que tu sois là, ajouta-t-il. Je sais qu'il y a pas mal de questions à résoudre, mais avec le travail qu'on a au cabinet et Maggie qui a besoin de toi, c'est un cadeau de Dieu.

— J'ai l'impression qu'on s'est parlé plus honnêtement au cours des deux semaines écoulées que pendant des années.

Il sourit.

— Pour être franc, on n'avait pas vraiment parlé depuis qu'on s'était séparés..

Exact. Car elle avait peur d'avouer à Sam que c'était elle la responsable de la mort de Jules. Pourtant, elle aurait dû lui faire assez confiance pour le lui dire. À présent, elle le savait.

Au bout de quelques minutes de silence, elle se leva et s'étira.

— Bon, il faut que j'aille voir si tout va bien pour Maggie. Et les enfants ne vont pas tarder à rentrer de l'école.

Le regard de Sam s'alluma.

— Hé, tu veux passer jeter un coup d'œil à la vieille grange en chemin ?

Un sentiment étrange gonfla le cœur de Jayne.

— Oui, avec plaisir !

Sam n'en revenait pas d'être aussi nerveux. La maison, que son père architecte et lui avaient passé des années à concevoir, était belle, il le savait. Ils avaient accordé une attention toute particulière au moindre détail. Les tuiles comme ci, les boiseries comme ça, les fenêtres qui devaient être parfaites.

La maison avait d'ailleurs été un vrai sujet de dispute avec son ex-femme. « Tu aimes cette maison plus que moi. » Il protestait, arguant qu'elle était ridicule. Pourtant, quand elle était partie, la maison n'avait pas semblé plus vide. Et là, bien sûr, il avait compris que jamais elle n'avait été *leur* maison.

Quand ils tournèrent à l'angle de l'allée pavée menant à la grange, Jayne porta la main à sa bouche. Il la vit admirer chaque détail. Le toit pointu. Les poutres sombres qui ressortaient sur les murs de calcaire doré.

— Oh ! Sam… Elle est parfaite. Exactement comme je l'avais imaginée.

8.

Sam entra au cabinet en sifflotant.

— Eh bien, quel bel enthousiasme…, commenta Greta.

— Couché tôt et une tasse de bon café ce matin, ma recette miracle.

Après le départ de Jayne, la veille, il s'était fait un dîner léger et avait fini la soirée en lisant des magazines médicaux. Pour une fois, rester à la maison ne lui avait pas fait l'effet d'un vide en attendant de retourner au travail. Non, il avait apprécié.

Il avait aussi adoré voir la maison à travers les yeux de Jayne. Ce qui le ramena à la conclusion qui lui serrait le cœur : jamais il n'avait éprouvé pour son ex-femme les sentiments qu'il avait pour Jayne. Cette pensée lui pesait, et il fut soulagé quand Greta lui tendit la liste des patients de la journée. Elle serait bien remplie. Comme Jayne emmenait Maggie à son rendez vous à l'hôpital, il ne bénéficierait pas de son aide.

Quelques heures, une pile de papiers et une dizaine de patients plus tard, Greta le bipa.

— Je peux vous envoyer un patient supplémentaire qui vient juste d'arriver ?

— Absolument !

— Docteur Sinclair…

— Ah, monsieur Sedlescombe, dit-il en accueillant le vieux professeur de maths. Entrez donc, venez, que je vous approche un siège.

Il prit l'une des cannes de son ancien professeur et lui soutint le coude tandis qu'il s'installait.

— Alors, monsieur Sedlescombe, que puis-je pour vous ?

— Eh bien, c'est un peu embarrassant.

— Rien n'est embarrassant ici. Vous savez comme moi que rien ne sortira de cette pièce.

Le vieil homme, dont les prunelles aqueuses brillaient un peu, s'appuya sur l'une de ses cannes et jeta un bref regard en direction de la porte.

— Je suppose que tu as entendu parler de la fête pour ma retraite, bientôt ?

— Absolument. Elle sera donnée en même temps que la fête du village, c'est ça ?

— Voilà, oui. Et ils dévoileront une plaque ainsi que le nouveau défibrillateur automatisé externe. Un vieux et un défibrillateur, c'est gai…, ironisa-t-il.

— Je suis sûr que c'est une coïncidence, dit Sam en souriant.

— Enfin, ma question, c'est plutôt…

Il fouilla dans sa poche et en sortit une tablette de petites pilules bleues.

— Oh !

Sam n'en revenait pas. Après une matinée de cas d'arthrite, d'otites et de tests de tension, il ne s'était pas attendu à cela.

— Dois-je en déduire que vous envisagez une soirée à deux après votre fête de retraite ?

— Quelque chose comme ça. seulement, ils disent ici qu'il y a des risques de crise cardiaque, ajouta-t-il en montrant une coupure de journal à Sam.

Sam lut l'article en diagonale.

— Dans le cas décrit ici, la personne a apparemment dépassé la dose prescrite. Montrez-moi vos comprimés.

À première vue, les pilules avaient été commandées sur Internet mais étaient conformes. Sam aurait pu lui en prescrire à acheter à la pharmacie, seulement M. Sedlescombe semblait lui cacher quelque chose.

— Y a-t-il quelque chose qui vous tracasse concernant ces cachets ?

Le vieil homme se caressa le menton et finit par croiser le regard de Sam.

— En vérité, ils sont pour Vera…

— Votre épouse ? Pourquoi ?

Ancienne professeur de littérature, Vera avait souffert d'un AVC quelques années auparavant, mais au vu de ses examens réguliers, tout était rentré dans l'ordre.

— Elle pense que ça pourrait l'aider.

Soudain, Sam comprit.

— Vous n'auriez pas consulté Internet au sujet de la perte de mémoire ?

M. Sedlescombe parut soulagé. Manifestement, il n'était pas très à l'aise de mentir sur l'objet de sa visite.

— D'accord, on parle des essais cliniques qui ont été faits sur la démence vasculaire, c'est ça ?

Lui aussi, il avait lu des articles. On faisait des tests sur des quinquagénaires et des sexagénaires qui avaient souffert d'un AVC ou de pertes de mémoire.

— Si je me rappelle bien, le but est d'augmenter l'afflux de sang en dilatant les vaisseaux sanguins ?

— Oui. Vera a commandé ça. Comme elle l'a fait à mon nom, c'est moi qui ai ouvert le paquet et je voudrais donc que tu la dissuades de prendre ce truc.

— Le mieux serait peut-être de la faire venir ici, qu'on en discute. Car ce ne sont pas les mêmes pilules qu'ils utilisent pour les tests cliniques et puis… ce ne sont que des essais.

Terry Sedlescombe opina du chef.

— C'est ce que je lui dis, mais elle n'en démord pas. Sans vouloir vous offenser, ton grand-père et toi, elle a décrété qu'elle préférait en parler avec une femme.

Il y avait une généraliste femme dans le village voisin qui venait ici une fois par semaine pour ce genre de cas, mais son époux et elle étaient partis en Mongolie pour l'été. Avec tout le travail qui l'avait assailli, Sam n'avait pas pris le temps de chercher une remplaçante.

— Vous vous souvenez de Jayne Sinclair ? On était dans la même classe.

Terry fronça les sourcils.

— Bien sûr. La jumelle qui a perdu sa sœur. Ses pauvres parents…, ajouta-t-il en tournant les yeux vers la flèche de l'église, visible par la fenêtre. Je me demande comment ils ont pu rester ici, après ça.

Sam hocha la tête. Les gens du coin faisaient souvent cette réflexion. Par ailleurs, il était frappé par le fait qu'ils se rappelaient Jayne comme « la pauvre sœur qui avait survécu ». Quelle croix à porter ! Pas étonnant qu'elle ait voulu vivre ailleurs. Le passé la menottait à la période la plus pénible de sa vie.

D'ailleurs, peut-être avait-il fait pareil. Focalisé sur son sentiment de rejet, il avait omis de prendre du recul et de considérer les choses du point de vue de Jayne. À sa réaction après la mort de Stella, il était évident qu'elle prenait son travail très à cœur. Se retirer pour être sûre d'offrir le meilleur à ses patients avait dû lui demander beaucoup de courage et de force.

C'était une fierté pour lui aussi : ne donner que le meilleur à ses patients. Comment se faisait-il qu'il n'ait pas pu en faire autant avec sa vie privée ?

La réponse lui apparaissait soudain clairement.

Il avait essayé de consoler Jayne en insistant pour qu'ils poursuivent leurs rêves. Les fiançailles, le mariage, le cabinet, la vieille grange… Oubliant au passage que tout avait changé pour elle.

Il s'agita sur son siège et sourit à Terry.

— Jayne est au village pour quelques semaines. Elle n'est pas généraliste, mais c'est un médecin très respecté et je suis sûr qu'elle serait heureuse de parler à votre femme. Je peux l'appeler, si vous voulez.

Nouvelle vague de soulagement visible sur les traits de son ancien professeur de maths.

— Tu ferais ça ?

— Avec plaisir.

Après avoir vérifié que tout allait bien côté santé, Sam raccompagna le vieil homme, rasséréné et satisfait.

— Tout s'est bien passé à l'hôpital ?

Jayne hocha la tête.

— Oui, aussi bien que possible. Maggie ne se repose pas autant qu'ils voudraient, mais les bébés sont toujours bien accrochés. Je l'ai scotchée dans un fauteuil avec une téléréalité sur la pâtisserie de l'extrême, avec l'espoir fou que ça la tienne occupée une heure ou deux.

— Scotchée dans un fauteuil ? répéta Sam.

— Oui, dit-elle avec un haussement d'épaules. C'est comme ça qu'on fait à Londres. Alors, parle-moi de Mme Sedlescombe…

Bizarrement, elle était nerveuse. Discuter avec son ancienne professeur de littérature anglaise de l'opportunité ou non de prendre des pilules contre les dysfonctionnements érectiles, c'était plutôt… intime. Un peu comme fouiller dans le tiroir à culottes de sa grand-mère.

À croire que Sam percevait sa gêne car il lui pressa l'épaule. Elle mit de côté les réactions de son corps à ce simple contact et se concentra sur les mots qui sortaient de sa bouche. Cette bouche qu'elle avait embrassée quelques jours plus tôt. Mmm, cette bouche…

Concentre-toi !

— Ne te tracasse pas, ils savent que tu n'es pas spécialiste des accidents cérébraux. Mme Sedlescombe pensait juste qu'il lui serait plus aisé de parler avec une femme. Je pense qu'elle a plus honte qu'autre chose.

Chose que Jayne comprenait. Ce n'était pas une conversation qu'on avait tous les jours.

— Et tu dis que M. Sedlescombe vient aussi ?

Son professeur de maths qui lui avait appris les fractions, l'algèbre, tout ce qui ferait les fondations de son goût pour les sciences.

Sam se tourna en souriant vers la salle d'attente.

— Ils sont mariés depuis toujours, alors il est inquiet. C'est adorable, je trouve. Il veut s'assurer que la femme qui vit à ses côtés reste elle-même le plus longtemps possible. Quitte à passer par un rendez-vous gênant chez le médecin.

Eh bien… Si cela n'agissait pas sur les ficelles émotionnelles, rien n'y parviendrait. C'était la vie dans un village… On se soutenait du mieux qu'on pouvait.

— Il vous faut une généraliste femme au village.

Sam lui jeta un regard. Aïe ! C'était elle qui était censée devenir cette personne.

— Nous en avons une qui vient de Farmstone une fois par semaine, mais elle est en congé longue durée. Tu as raison, cela dit. Avec le départ de grand-père, il nous faudra quelqu'un d'un peu plus permanent.

Jayne évitait son regard, et Sam pressait ses mains l'une contre l'autre, manifestement embarrassé aussi.

— Bon, je les fais entrer ?

— D'accord. Je vais attendre dans la salle d'examen.

Elle entra dans la pièce et s'assit. Puis se releva. Puis prit une pause qu'elle espérait naturelle près de la table d'examen. Pourquoi était-elle aussi mal à l'aise ? Ses patients londoniens avaient été tout aussi importants à ses yeux. Oui, mais ils ne l'avaient pas connue quand elle portait des tresses. Et ils n'avaient pas assisté aux funérailles de sa sœur.

Elle ravala la boule dans sa gorge. Nombre des patients de Sam étaient présents aux obsèques. Aider Mme Sedlescombe était le moins qu'elle puisse faire.

C'était peut-être aussi ce que ressentait Sam. Il était reconnaissant à ses parents adoptifs et à cette communauté qui l'avait accueilli. Les aider n'était pas une pénitence, c'était un plaisir.

La vérité la frappa avec la violence d'un coup de fouet. Si elle s'était mis tellement de pression pour l'opération de Stella, c'était dans l'espoir de faire enfin pénitence. Comme si cela pouvait suffire à remettre son monde à l'endroit. Mais sa mission avait échoué car elle s'était fixé le mauvais but.

Sam arriva sur ces entrefaites, fit asseoir le couple,

et, comme par enchantement, tout rentra dans l'ordre. À croire qu'elle avait eu ce genre de conversations toute sa vie. Elle montra à Mme Sedlescombe que les pilules qu'elle avait achetées sur Internet n'étaient pas identiques à celles utilisées pour les tests cliniques. Elle lui fit aussi remarquer que les résultats de la deuxième vague de tests n'était pas encore connus. Et, argument final, elle mit en avant les effets secondaires potentiels, à savoir une perte de mémoire soudaine et drastique.

Le couple se regarda, sous le choc. Et un peu soulagé.

— J'ignorais que la perte de mémoire était un effet secondaire possible, dit Vera en pressant la main ridée de son mari. J'aurais pu aggraver les choses, si tu n'avais pas insisté pour que je vienne consulter.

— Mais ça n'est pas arrivé, chérie. On est venus et le Dr Sinclair nous a remis sur la bonne voie.

— Je me sens bête.

— Non, votre réaction était humaine, intervint Jayne. Qui n'a pas envie de soigner quelque chose qui vous échappe ? Je peux vous donner quelques astuces que je donne à mes patients en pédiatrie si les pertes de mémoire vous inquiètent vraiment.

— J'ignorais que ça pouvait arriver aux enfants, commenta Terry, la main toujours dans celle de Vera.

Jayne leur expliqua que n'importe qui pouvait souffrir d'accident cérébral.

— Le truc, c'est de garder votre cerveau stimulé. J'imagine le choc qu'a dû être l'AVC de Vera, mais j'espère que ça n'a pas changé votre vie en termes de stimuli mentaux.

— Non, je lis toujours autant qu'avant.

Jayne sourit au souvenir de la classe de Vera. Remplie de livres.

— Vous jouez aux échecs ?

Vera opina du chef.

— Il nous arrive de sortir le plateau au pub.

Jayne se rappelait effectivement qu'ils avaient tout un tas de jeux de société.

— Super, continuez comme ça… Fréquenter des gens aide aussi. Tenez, ajouta-t-elle après avoir imprimé une liste qu'elle tendit à Vera. Ce sont juste des conseils que l'on donne à tous les…

— Les vieux croulants ?

Jayne sourit.

— Je n'allais pas le formuler comme ça, mais… en gros, oui. Avec les années, il faut faire un peu plus attention à soi.

— Eh bien, j'ai de la chance d'avoir celui-ci à mes côtés, alors, déclara fièrement Vera en aidant Terry à se relever.

Il prit ses deux cannes dans une main et passa son bras libre sous celui de sa femme. Jayne les raccompagna dehors, fière et rassurée. En revenant, elle remarqua que le couloir était orné de quelques toiles de son père représentant des champs de fleurs sauvages.

Elle devrait appeler ses parents. Leur donner des nouvelles de Whitticombe, pour une fois, et pas l'inverse.

— Comment ça s'est passé ? demanda Sam en apparaissant à la porte du bureau.

— Super ! Quel couple adorable ils forment !

— C'est un vrai gentleman, commenta-t-il en les suivant des yeux par la fenêtre.

— Toi aussi, Sam.

Il s'avança dans la pièce et passa le dos des doigts sur sa joue. Un courant électrique la traversa en même temps que son cœur effectuait une petite danse de joie.

Puis il revint s'adosser à l'encadrement de la porte. Ses cheveux blonds effleuraient le bois et elle ne parvenait pas à quitter des yeux ses avant-bras musclés. Les mêmes qui l'avaient soulevée pour la poser aussi facilement que si elle pesait une plume sur le plan de travail.

Avant de pouvoir s'en empêcher, elle demanda :

— Tu veux qu'on se voie plus tard ?

Sa voix rauque ne laissait aucune place au doute. En un clin d'œil, l'atmosphère entre eux bourdonnait à nouveau de la même alchimie sexuelle qui les avait assaillis dans la cuisine de Maggie.

Le regard de Sam, sur elle, était si intense que cela aurait pu être ses mains. La peau de Jayne picotait, son sang bouillonnait dans ses veines et battait à ses oreilles.

— Et si je t'emmenais quelque part, plutôt ? proposa-t-il. Un bon vieux rencard à l'ancienne ? Dîner ? Ciné ?

— Quoi ?

— On n'est pas très doués pour le truc « on est juste copains », mais… (Il inclina la tête vers l'endroit où les Sedlescombe s'étaient assis.) En matière de relation, je veux avec toi la même chose que les Sedlescombe. J'ai cru le vouloir avec Marie, mais depuis le début c'était toi. Alors… Bon sang, je n'en reviens pas d'être en train de te dire ça…

Il écarta les paumes, comme pour lui ouvrir son cœur.

— Je ne veux pas être ton pansement anticrise avant que tu rentres à Londres. Je veux plus et cela implique de reprendre du début : être honnête, discuter. On est humains, on a commis des erreurs, et on doit découvrir si elles sont surmontables, si on peut se les pardonner. Alors, tu en dis quoi ? Un rencard ce soir, ça te tente ? conclut-il avec son fameux clin d'œil.

Elle se mordit l'intérieur de la joue. Fort. Son cœur vibrait sous l'effet des bombes que Sam venait de lâcher tout autour d'elle.

Elle aussi rêvait d'une seconde chance avec lui. Sans l'ombre d'un doute. Seulement, cela ne fonctionnerait pas si elle ne lui disait pas tout sur Jules.

Voudrait-il encore d'elle alors ?

Il n'y avait qu'un moyen de le découvrir. Les mots qui franchirent ses lèvres étaient différents, mais elle espérait qu'il verrait qu'elle essayait de dire « oui ». Oui, elle était d'accord pour essayer.

— Maggie va avoir besoin d'aide pour le dîner et le coucher des enfants…

Sam inclina la tête et sourit, de ce sourire heureux qui était le sien.

— Et si on leur préparait à manger ensemble ? Ce serait

la première partie du rendez-vous, et, ensuite, je t'emmènerais au Golden Acorn.

— Quoi ? dit-elle avec un rire nerveux. Le pub au milieu du village ?

Celui où ils s'évitaient consciencieusement tous les Noël passés ?

— Oui. Ils font de super burgers. On se danse autour depuis des années, Jay, et j'en ai assez.

Soudain, la chaleur de son corps se changea en un froid glacial. Elle recula et se heurta au mur.

— Non, ne fais pas ça. Ne fuis pas, dit-il, ses yeux verts brillant de détermination. Je tiens à toi, Jay. Profondément… Je suis sûr que tu ressens la même chose, sauf qu'on ne se connaît plus, toi et moi. Alors, à partir de maintenant, si tu me veux… tu vas devoir sortir avec moi et parler. On a sept années à rattraper.

Avant qu'elle puisse arguer que c'était trop, trop tôt, que son ultimatum ne tiendrait pas, il fit courir un doigt le long de sa mâchoire.

— Je ne te demande pas de m'épouser, juste de faire ce que font les gens normaux. On n'est plus les gamins qu'on était avant.

— Si ça se trouve, on a tellement changé qu'on n'est plus faits pour être ensemble, répliqua-t-elle sans trop y croire, mais… c'était une possibilité.

— Si nos rendez-vous se passent bien, on pourra peut-être passer au stade supérieur, Jayne. À quelque chose de plus… intime.

Jayne se liquéfia.

Il ne le formulait pas, mais elle comprenait le sous-entendu : elle allait devoir tout déballer. Expliquer pourquoi elle avait rompu leurs fiançailles. Et ensuite, ils décideraient s'ils continuaient ou pas.

— Et que se passera-t-il une fois que Maggie aura accouché et que mon congé prendra fin ?

— On aura tout le temps de penser à ça le moment venu. Moi, j'ai ma vie ici avec mes amis, ma famille. J'aimerais que tu les voies. C'est ici que je veux vivre, ici que je suis le plus heureux. Si tu décides de retourner à Londres et que ta vie est là-bas, eh bien, on ira chacun de notre côté. Pour de bon…

Elle était tendue comme un arc. Sam, au contraire, paraissait extrêmement calme. Maître de son destin. Il passa le gras du pouce sur les lignes qui lui plissaient le front comme pour les lisser. Comme s'il avait tout le temps devant lui. Elle arrivait tout juste à respirer quand il se pencha pour murmurer :

— J'ai besoin de vivre une bonne fois pour toutes avec ou sans toi, Jayne Sinclair. Faire comme si tu n'existais pas n'a pas fonctionné et être copains non plus, alors essayons une thérapie en immersion, d'accord ?

C'était la proposition la plus folle qu'on lui ait jamais faite. Et la plus irrésistible. Impossible de dire « non ».

— D'accord, murmura-t-elle.

— D'accord quoi ?

— Faisons-le. Le dîner, le rendez-vous. Tout.

Elle se mordit la lèvre inférieure, tentant de juguler sa panique.

— Tu es sûre ? Il faut penser à Maggie. Si tout ça te fait fuir à nouveau, oublie. C'est tout ou rien.

— Absolument. Je veux sortir avec toi et je resterai pour Maggie quoi qu'il arrive.

La seule question, c'était : aurait-elle le courage, la force dc s'ouvrir complètement à lui sur le passé ?

Mais le sourire de Sam valait tous les efforts du monde. De prendre ce risque. Le genre de risque qu'aurait pris Jules. Tout risquer pour un seul moment de perfection.

— Bon, eh bien… Alors on a rendez-vous, conclut-il en lui plantant un baiser sur la joue. On se voit à 18 heures. J'apporte le poulet.

9.

— Tu éminces tes échalotes ou tu tentes de les assassiner ? lança Maggie depuis sa chaise longue.

Sam baissa les yeux vers la pauvre échalote.

— Un peu des deux. Ça fait ressortir la douceur naturelle de procéder ainsi, plaisanta-t-il.

Qu'est-ce qui lui était passé par la tête de proposer à Jayne qu'ils entament une série de rendez-vous sur la durée de l'été ? Soit il était masochiste, soit il avait enfin visé juste.

Il l'aimait. Depuis toujours. Pour toujours. Mais la forme que cet amour allait prendre restait à définir.

Il tourna les yeux vers Jayne qui coupait en deux des tomates cerise, l'air distrait, à la table où les enfants coloriaient. Comme toujours, ses cheveux s'échappaient du vague chignon dans lequel elle les avait entortillés. Ses yeux bleus ne cessaient de se poser sur lui et ses lèvres avaient la couleur vermillon suscitée par une chose, et une seule : un afflux d'émotions.

Sam devait se concentrer pour ne pas sortir le poulet à moitié cuit du four, le poser sur la table puis prendre la main de Jayne et l'emmener jusque chez lui.

Il posa le saladier sur la table.

— Tu peux y mettre les tomates quand tu auras terminé, chérie.

Tous les sourcils de la pièce se haussèrent d'un coup. Jamais il n'avait appelé Jayne « chérie ». À en juger par le rouge à ses joues et le sourire sur ses lèvres, elle ne semblait pas s'en formaliser. Le flirt à l'ancienne, c'était peut-être cela dont ils avaient besoin : la cour, les bonnes manières, le respect.

— Joli ! s'exclama Maggie avec un regard canaille à l'attention de Jayne. Et je ne parle pas des dessins des enfants.

À la grande satisfaction de Sam, Jayne s'empourpra de plus belle.

Il coupa des petits morceaux de bacon qu'il jeta dans une poêle. Maggie prétendait que ses enfants ne mangeaient pas de petits pois, mais aujourd'hui, ils en mangeraient car aujourd'hui, Sam se sentait capable de tout.

— Où sont passées toutes les décorations pour la fête ? Je croyais que vous aviez toute une galerie d'art en cours de conception ?

— Exact, mais Jayne a tout déplacé, répondit Maggie.

— Où ça ?

— Dans notre chambre, dit Connor. Elle a dit qu'elle ne voulait pas que tu penses qu'on vivait dans un bazar.

— Ah oui, elle a dit ça ?

Jayne se passa la langue sur les lèvres.

— N'importe quoi… On avait besoin de place à la cuisine, c'est tout.

— Dis plutôt que tu voulais impressionner Sam, intervint Maggie, moqueuse.

— Bon, si c'est comme ça, je monte me changer, dit Jayne, faisant mine de s'offusquer. À tout à l'heure au pub, Sam.

— Quoi ? Je pensais qu'on irait ensemble dès qu'on aurait terminé de tout préparer pour ces messieurs-dames.

Elle agita l'index.

— Ah, non, désolée, mais si c'est censé être notre premier rendez-vous, je tiens à faire une entrée remarquée.

Sam passa les quinze minutes qui suivirent, pendant qu'il finissait les préparatifs du repas, à siffloter gaiement.

Jayne s'observa dans le miroir puis elle attrapa un coton et retira sa troisième tentative de maquillage à la fois naturel et sexy. Elle ferma les yeux en se demandant pour la énième fois ce qui avait bien pu lui prendre d'accepter la grande idée de Sam.

Sortir avec lui jusqu'à la fin de l'été. Une folie…

Quoi qu'il en soit, elle devait tout de même lui accorder qu'il avait raison sur un point : elle tenait à lui. Profondément. Plus que cela, même. Elle l'aimait. Mais l'aimer et faire ce qu'il fallait, c'étaient deux choses différentes. La dernière chose dont elle ait envie, c'était lui briser le cœur à nouveau.

Si étrange que cela puisse paraître, elle était contente de son retour à Whitticombe. De s'acquitter des tâches ménagères et autres pour Maggie. D'emmener les enfants aux fêtes d'anniversaire et autres kermesses. De travailler au cabinet. Tout cela lui avait fait comprendre ce que Maggie et Sam répétaient : c'était bon de savoir qu'on pouvait toujours s'adresser à quelqu'un si on avait besoin de sucre. Les gens étaient gentils, généreux, attentionnés.

Tous ces gens qui, eux aussi, ignoraient qu'elle était la cause de la mort de sa sœur. Cependant, des erreurs avaient commencé à apparaître dans l'histoire qu'elle se racontait depuis des années. Y avait-il la moindre possibilité que, même sans elle, Jules ait eu ce terrible accident de vélo ? Sa sœur avait toujours été casse-cou.

— Comment ça, tu n'es plus « sur le marché » ?

Ethel dévisageait Sam comme s'il venait de lui pousser une deuxième paire d'oreilles.

— Je veux dire : « Merci, Ethel, de me proposer de m'organiser un rencard, mais… ça va aller, merci. »

Ethel plissa les paupières.

— Oh-oh ! Donc monsieur a un plan, c'est ça ? dit-elle en tirant une pinte de bière. Tu comptes m'en parler, ou est-ce qu'il faut que je devine ?

Sam but une longue gorgée de sa bière, pas peu fier de lui. Avec un peu de chance, Ethel ne tarderait pas à avoir sa réponse.

Soudain, la porte du pub s'ouvrit et un silence se fit. Sam déglutit.

Elle avait détaché ses cheveux qui lui balayaient les épaules comme un flot de soie liquide. Ses yeux bleus étaient dénués du maquillage qu'elle portait souvent, avec peut-être juste une touche de mascara. Rien sur les lèvres. Elle n'en avait pas besoin. Et sa robe… à tomber par terre. Le tissu bleu rappelait ses yeux, la coupe rappelait les années 1950 et soulignait à merveille sa silhouette.

Puis il entendit le commentaire d'Ethel.

— Ah, OK, je crois que je viens de comprendre.

Sans quitter Jayne des yeux, il hocha la tête, attendant que ses poumons veuillent bien se remplir à nouveau. Il se leva et alla l'accueillir, se penchant pour lui donner un baiser sur la joue. Hum… Cannelle et une touche d'autre chose. Orange ? En tout cas, c'était un nouveau parfum, et il sentait aussi bon qu'elle était belle.

Il contempla les citrons qui parsemaient le tissu de la robe dont Jayne lissait les plis puis recula.

— J'ai opté pour une citronnade.

Autrement dit, et sous-entendu, ce soir serait un nouveau départ. Il lui tendit son bras replié à la façon dont Terry Sedlescombe le ferait pour sa femme.

— Puis-je me permettre ?

Tout sourires, elle accepta son bras.

— Avcc plaisir.

Ils s'arrêtèrent au bar et commandèrent un verre de vin pour Jayne. Alors qu'Ethel jetait à Jayne un regard indéchiffrable, cette dernière la complimenta sur les améliorations qu'ils avaient apportées au pub – ce qui la ramena aussitôt dans les petits papiers de la serveuse.

Une fois assis, Sam leva son verre pour un toast.

— Santé, ma chère.

— Santé à toi aussi, Sam.

Ils trinquèrent puis burent.

— Bon, reprit-il après une gorgée, parle-moi de toi.

*
* *

Trois heures plus tard, Jayne ne se rappelait pas la dernière fois où elle avait autant ri. Elle avait oublié le talent de Sam pour raconter les histoires, or Whitticombe en était une source intarissable. Elle adorait le contempler pendant qu'il les revivait, la façon dont ses prunelles vertes s'allumaient à un souvenir amusant, s'obscurcissaient s'il était triste.

Elle rit tant qu'elle en pleura.

— On n'a pas d'anecdotes aussi cocasses au Merryweather. Du moins pas dans mon service, dit-elle.

— Je suppose que c'est un peu plus des cas de vie ou de mort, commenta-t-il en redevenant sérieux.

Elle acquiesça : quand des parents venaient dans son service au Merryweather, c'était parce que ce service était leur dernier espoir.

— Mais tu aimes ça, non ? C'était ton rêve ?

Elle but une gorgée de vin pour se donner le temps de réfléchir à sa réponse. La vie à Londres ? Bof. Son travail ? Elle l'adorait. Mais elle venait de découvrir brutalement que cela ne suffisait pas. En revanche, elle ne se sentait pas prête à se confier pour l'instant. Alors elle changea de sujet, une technique peaufinée avec le temps.

— Comment va ton père ? Depuis… qu'il est seul. Ça doit lui faire bizarre, dans cette grande maison.

Sam sourit malgré le sérieux du sujet.

— Tu crois que mes sœurs le laissent seul chez lui ?

— Non, dit-elle, amusée.

— Quand maman est morte, il s'est porté volontaire pour s'occuper d'Elf. Maintenant, chaque fois que je passe récupérer le chien, j'ai l'impression de lui arracher son meilleur ami. J'ai l'impression que je vais bientôt devoir prendre un autre chien.

Il eut un rire triste et Jayne eut mal au cœur pour lui. C'était évident que sa mère lui manquait. Elle tendit la main pour lui effleurer le bras.

— Je suis vraiment désolée, pour ta maman.

— Merci, c'est gentil, répondit-il d'une voix rauque.

— Et très, très tardif.

Déjà venir à l'église lui avait demandé un effort herculéen. Les funérailles et Whitticombe, ce n'était pas son truc. Sam cessa de jouer avec son sous-bock.

— Tu as des nouvelles de tes parents ?

Comme elle secouait la tête, assaillie par un accès de mauvaise conscience, il ajouta :

— Tu prévois de les appeler ?

— Oui, oui, mais… c'est compliqué. À mon départ pour Londres, on a… Bref, disons que c'était plus simple pour tout le monde d'avancer chacun de notre côté, à notre façon. Mais toi, pourquoi tu n'es jamais venu à Londres ? Tu avais prévu d'y faire une année dans un hôpital, non ?

— Tu sais bien pourquoi, répondit-il en haussant les sourcils. C'est toi qui m'as dit : « Ne me suis pas. Fais ta vie. C'est fini entre nous. »

Elle se prit le visage entre les mains.

— Mon Dieu, j'ai vraiment été horrible avec toi.

— Je ne peux pas te contredire sur ce point, mais bon, la vie n'était pas exactement un lit de roses pour toi non plus. Enfin, du moment que tu es heureuse à Londres, tout est bien qui finit bien.

Elle souffla sur quelques mèches retombées sur son front. Il lui prit les mains et, dans ses yeux, elle vit tout ce qu'elle avait espéré. La gentillesse, l'amour, la confiance.

— J'adore l'hôpital, mais… Je n'ai pas vraiment de vie.

Il la relâcha et elle sentit aussitôt le manque de son contact.

— Je croyais que tu sortais tout le temps. Les boîtes, les rencards, la grande vie, quoi…

— J'ai peut-être un tout petit peu exagéré sur ma vie sociale, dit-elle en crispant les poings.

Elle avait tenté de faire tout ce qui aurait plu à Jules : les sorties à gogo, le saut en parachute qui lui donnait encore la chair de poule quand elle y pensait… Mais rien de tout cela ne lui avait plu.

*
* *

Sam tira la chaise de Jayne, puis lui prit le bras quand ils s'engagèrent sur le sentier bordé de rosiers qui conduisait au cottage de Maggie.

Comme premier rendez-vous, la soirée n'avait pas été mémorable. Ils avaient parlé de son ex-femme, de sa mère décédée, de son père veuf et puis, à la marge, de la vie pas totalement satisfaisante de Jayne à Londres.

Mais au moins ils se parlaient. Ouvertement, honnêtement. Il ne s'attendait quand même pas à ce qu'elle lui annonce qu'elle abandonnait son poste et revenait s'installer définitivement à Whitticombe… Ou peut-être que si !

Quand ils arrivèrent chez Maggie, elle lui sourit.

— Merci pour la soirée.

Il l'attira dans ses bras et l'étreignit pour la première fois véritablement depuis des lustres.

Les choses avaient changé, oui. Ils avaient tous les deux vécu des épreuves qui avaient laissé des traces indélébiles dans leur cœur. Mais, parfois, ces cicatrices vous rendaient plus fort.

Il lui passa un doigt sous le menton pour lui relever la tête et plonger dans ses yeux.

— Pour un premier rendez-vous, on ne s'en est pas mal tirés.

Elle éclata de rire.

Mais c'était bizarre. En revanche, cette étreinte était tout sauf bizarre. La tenir dans ses bras. Sentir ses cuisses contre les siennes. Ses seins plaqués à son torse. Ses lèvres à quelques centimètres des siennes.

— Suffisamment pour un deuxième ? chuchota-t-elle.

Alors il la vit : la vulnérabilité dans ses yeux. Et tout son être brûla de la rassurer. Même si aucun d'eux ne savait quelle forme prendrait leur relation, elle existerait.

— Absolument, dit-il en lui déposant un baiser sur les lèvres, sur le nez, sur le front. Dors bien, chérie.

Tout sourires, elle lui envoya un baiser en grimpant les marches jusqu'à la porte.

— Toi aussi.

Il attendit que la porte se referme avant de tourner les talons. C'était un début modeste, mais il avait quelque raison d'être un peu optimiste.

— Tu me sembles bien guillerette aujourd'hui, commenta Maggie tandis que Jayne essuyait les miettes du petit déjeuner – des toasts non brûlés, pour une fois.

Comment pourrait-elle ne pas être gaie ? Ce seul baiser devant la porte de chez Maggie lui avait valu sa seule nuit sans cauchemars depuis des années. Bon, la soirée avait été inhabituelle en termes de sujets abordés, mais si tentant qu'il soit de s'enfermer dans une bulle romantique, ils avaient choisi d'évoquer les thèmes importants. Autrement dit : comment allaient-ils réussir à se faire confiance ? Ou plutôt, comment Sam pouvait-il lui faire confiance ?

— Oui, enfin tu fredonnes…, ajouta Maggie. Ils allaient comment, mes petits monstres, quand tu les as envoyés à l'école ce matin ? Désolée de n'avoir pas réussi à me lever.

— Ils ont été monstrueux… Non, je plaisante, et ne t'inquiète pas pour ça, c'est aussi pour cette raison que je suis là. D'ailleurs, va t'asseoir.

— Pfff, tu es sûre que ce truc peut me contenir ?

— Il te contient depuis plusieurs semaines, je ne vois pas pourquoi ça changerait.

Maggie désigna le cabinet de toilette du rez-de-chaussée.

— Je viens de monter sur la balance.

Jayne s'efforça de conserver une expression neutre. Prendre du poids pendant une grossesse était normal, mais si c'était trop rapide, surtout avec la pré-éclampsie de Maggie, cela pouvait indiquer quelque chose de très négatif.

— Et alors ?

— Environ trois kilos.

— OK. On revérifiera d'ici une heure ou deux, histoire de voir si ça a évolué.

C'était beaucoup, mais pas au point de s'inquiéter. Pas encore, du moins.

Maggie s'allongea sur le canapé et, avec l'aide de Jayne, installa ses jambes sur les coussins. Puis elle donna ses instructions.

— Bon, approche cette table, là-bas. Il me faut un tissu à pois et celui avec les papillons. Et les rubans, s'il te plaît.

Une fois entourée de son matériel à portée de main, tissus, boutons, rubans, ciseaux, Maggie se focalisa sur les costumes pour la kermesse tandis que Jayne repensait à ce qui s'était passé depuis son retour. Partager les détails de l'opération de Stella et son issue avec Sam l'autre jour avait été douloureux, mais il ne l'avait pas jugée. Au contraire, il l'avait soutenue. Lui avait dit qu'elle guérirait, que tout le monde l'aiderait, qu'ils étaient là pour elle. Dans les bons comme dans les mauvais moments.

Vivre avec son secret avait creusé un tel fossé entre elle et la vie dont elle rêvait à présent, faite d'équilibre et, surtout, d'amour. Sam était l'amour de sa vie et tant qu'elle ne serait pas honnête avec lui, toutes ses bonnes résolutions ne serviraient à rien.

Sa mère l'avait chargée de veiller sur Jules. Quand sa casse-cou de sœur avait insisté pour qu'elles fêtent dignement ses fiançailles, la première idée de Jayne avait été de sortir leur vélo pour filer au pub. Sans s'imaginer un instant qu'au bout du chemin sa sœur trouverait la mort.

Elle avait essayé de la rattraper, ses poumons la brûlaient sous l'effort, tandis qu'elle poussait sur les pédales. Mais elle n'avait pas été aussi rapide que la voiture de sport.

Depuis ce jour, sa vie était devenue une course sans fin. Comme si elle pouvait rattraper ce que Jules ne vivrait pas.

Jayne s'interdit de fermer les yeux, sachant que la scène se rejouerait derrière ses paupières. Au lieu de quoi, elle tenta de se concentrer sur les boutons qu'elle était censée coller.

Depuis quelques semaines, il s'était passé des tas de

belles choses. Des amitiés s'étaient ravivées, d'anciennes blessures avaient commencé à se refermer. Elle ne voulait pas perdre tout cela. Mais l'honnêteté lui apporterait-elle plus de bien ou concrétiserait-elle au contraire ses pires craintes ? Elle ne voulait pas que la famille et les amis qu'elle aimait lui tournent le dos comme elle l'avait fait pour eux afin de ne pas leur montrer sa douleur.

Elle baissa les yeux vers son ouvrage et fut frappée par une évidence : en matière artistique aussi, elle devait être la honte de ses parents. Elle s'était promis de les appeler ce soir, de tout leur dire. Même de prendre l'avion pour les rejoindre si besoin car un face-à-face serait peut-être plus adapté.

Mais il y avait les enfants, Maggie qui avait besoin d'elle. Bon, les sœurs de Sam pouvaient prendre le relais et Sam pourrait passer préparer son fameux poulet.

— Jayne ?

Maggie se passa une main sur les joues pour essuyer des larmes, son autre main pressée sur son ventre.

— Maggie, qu'est-ce qui se passe ? Tu as besoin de quelque chose ? demanda-t-elle en se précipitant.

En approchant, elle découvrit la tache écarlate qui répondait à sa question. Oui, son amie avait besoin de quelque chose.

Une ambulance.

10.

— L'ambulance arrive quand ?

C'était à peu près la quinzième fois que Jayne posait la question depuis qu'elle l'avait appelé à la rescousse.

— Bientôt, répondit Sam.

Il glissa la couette sous le dos de Maggie pendant que Jayne la bloquait sur le flanc. Cela ferait office de brancard de fortune si les ambulanciers ne parvenaient pas à passer leur civière dans la vieille cuisine. Une fois la couette en place, Jayne posa un linge humide sur le front de Maggie, histoire de détourner son attention, en réalité.

— Mags, essaie de ne pas trop t'agiter, d'accord ? Sam doit t'insérer une canule dans le bras.

Même si rien ne transparaissait dans sa voix, Sam voyait la peur dans les yeux de Jayne. La grossesse de Maggie venait de prendre un tour dangereux et l'heure d'arrivée des urgentistes pouvait effectivement être une histoire de vie ou de mort.

— Le magnésium devrait soulager tes crampes, Mags.

— Tiens-lui le bras, dit Sam. À trois, je vais insérer la canule. Un, eux, trois. Et voilà, c'est fait.

— Les enfants…, murmura Maggie, très pâle. Ne les laissez pas me voir comme ça.

Sam avait appelé l'école avant de quitter le cabinet en trombe, mais sans parvenir à joindre la directrice.

— J'y vais, annonça-t-il. Toi, reste avec elle. Il y a du diazépam si elle convulse ou si les contractions deviennent trop fortes. Je lui en ai déjà passé cinq milligrammes.

Jayne lui souffla un « merci » muet tout en continuant calmement de mettre Maggie aussi à l'aise que possible. C'était la Jayne que voyaient ses patients : sérieuse, compassionnelle et déterminée. Son hôpital avait un sérieux atout, avec elle.

Il tomba sur une maman qui sortait justement de l'école avec les enfants et quand il lui eut expliqué la situation, elle proposa aussitôt de les garder pour la nuit.

Quand il retourna au cottage de Maggie, Jayne lui reprenait sa tension, et son expression soucieuse suffit à répondre à la question qu'il n'osait pas poser. L'hypertension, c'était vraiment la dernière chose qu'il fallait pour Maggie. Elle prenait déjà des cachets pour la faire baisser, mais ils avaient manifestement cessé de faire effet. Les conséquences étaient nombreuses et graves : AVC, problème cardiaque, anévrisme… La liste était longue.

— Je ne vais pas perdre mes bébés, hein ?

La voix de Maggie sortait par saccades essoufflées.

Non seulement elle pouvait les perdre, mais ils pouvaient la perdre elle, aussi. Sam le savait aussi bien que Jayne.

— Ça pourrait être le HELLP syndrome, dit-il à voix basse.

— C'est quoi ? gémit Maggie.

— Ça peut compliquer la grossesse, répondit Jayne, préférant éluder.

Si Maggie n'arrivait pas à l'hôpital très vite, l'issue risquait d'être fatale. Incapable de dormir après le baiser échangé avec Jayne la veille, Sam avait lu des articles médicaux sur la pré-éclampsie et sa cousine encore plus méchante, HELLP, qui se caractérisait par une hypertension et la présence de protéines dans les urines. En gros, les globules rouges mouraient et les enzymes du foie endommageaient des cellules de l'organe qui mourait. En parallèle, le nombre de plaquettes chutait et provoquait des saignements internes.

Maggie transpirait de plus en plus, sa respiration devenait difficile – signe qu'elle avait du liquide dans les poumons.

— On n'est sûrs de rien tant qu'on ne t'a pas emmenée

à l'hôpital, ma belle, dit Jayne d'un ton rassurant. Elle a pris du poids ces dernières semaines – rétention d'eau, apparemment. Et elle se plaignait aussi de fourmis dans les mains. J'ai cru que c'était à cause de sa tendance à vouloir trop en faire, pas vrai, madame je-ne-m'arrête-jamais ?

Sam acquiesça. Pas facile effectivement d'obtenir que Maggie se repose vraiment.

— Juste avant ton arrivée, elle a eu mal à l'épaule et sa vision s'est troublée. Et puis il y a eu les crampes.

Classique du HELLP, même si c'était un syndrome difficile à diagnostiquer. Surtout sans tests sanguins et urinaires.

Enfin, le hurlement des sirènes résonna, se rapprochant. Sam se précipita dehors et expliqua tout le scénario aux ambulanciers tandis qu'ils accouraient avec un brancard sur roulettes.

Ils arrivèrent dans la cuisine au moment où Jayne effectuait l'examen des cervicales d'une Maggie blême.

— Elle doit être conduite au bloc sur-le-champ, sinon elle va avoir ses jumeaux ici même.

Ils la transférèrent sur le brancard et lui apposèrent un masque à oxygène. Quand le moment vint de sauter dans l'ambulance, Jayne se tourna vers Sam.

— Vas-y, c'est toi son médecin.

— Non, tu es son amie.

Jayne monta et, au moment où ils allaient refermer les portes, elle lança à Sam :

— Tu nous rejoins ?

Il comprit le sens de sa question : elle n'avait pas besoin de lui, mais elle avait envie de l'avoir à son côté. Alors elle n'eut pas à répéter la question.

Il prit sa voiture et suivit l'ambulance, courant dans le parking pour les rattraper quand ils arrivèrent à destination. Jayne s'apprêtait à suivre l'équipe de chirurgiens en salle d'opération, mais l'un d'eux s'interposa.

— On s'en occupe. Les amis et la famille attendent dehors.

— La tension monte ! cria une infirmière.

Le visage de Maggie se vida de toute couleur. Elle risquait

de mourir. Sam enlaça Jayne par-derrière pour l'empêcher de bondir à la suite du brancard malgré les consignes du chirurgien. Il avait raison, elle était trop impliquée. Et même s'il la sentait rageuse, Sam percevait aussi son acceptation.

Les médecins s'activaient dans la salle d'opération avec des lampes, des potences à intraveineuses, et Maggie fut installée en moins de temps qu'il n'en fallait pour le dire.

— Regardez..., intervint Jayne. Elle se gratte les mains.

Ils savaient tous ce que cela signifiait : insuffisance hépatique.

— S'il vous plaît, laissez-moi me préparer.

Le chirurgien secoua la tête.

— Appelez plutôt le père.

Sam passa un bras ferme autour de Jayne. Elle revivait son pire cauchemar. Voir un proche se battre pour sa vie, sans être capable de faire quelque chose. Il comprenait, Maggie était son amie aussi, mais dans la survie, il fallait aussi savoir quand lâcher prise.

— Il a raison, Jayne. Laissons-les travailler.

Elle fit volte-face, paraissant furieuse et perplexe à la fois.

— Je devrais être avec elle !

— Non. Maggie, c'est comme ta famille. Elle ne t'a pas appelée parce que tu es médecin, tu sais.

— Bien sûr que si. Je suis à peine revenue à Whitticombe en sept ans, je connaissais à peine ses enfants. Je n'ai pas été une bonne amie, ni pour elle, ni pour toi, ni pour personne.

— Peu importe. Ce que je vois, moi, c'est que tu es l'amie qu'elle voulait à ses côtés. Et tu es là.

Il la conduisit vers la salle d'attente.

— Pardon, dit-elle enfin. Je...

Elle revivait de mauvais moments, il comprenait. Mais pas question de la laisser retomber dans ses vieilles habitudes. Pas après l'immense pas en avant qu'ils avaient effectué.

— Je sais que ça fait mal, que tu veux essayer de réparer. Mais là, il ne s'agit pas de travail et encore moins du passé. C'est la famille, Jayne, ajouta-t-il en lui prenant le visage entre les mains. Or les familles, ça se serre les coudes. Surtout quand c'est dur.

Elle s'était déjà trouvée dans une salle d'attente du même style. À espérer. À prier. Couverte de sang, comme aujourd'hui. C'était quitte ou double, maintenant. Soit elle choisissait l'amour et la famille, les amis, soit elle retournait à Londres pour réparer des petits cœurs, inlassablement, en espérant qu'un jour cela guérisse les blessures qui manifestement n'étaient pas refermées.

Il voyait sur son visage qu'une bataille faisait rage entre son cœur et sa tête. Les lèvres tremblantes, elle lâcha un soupir saccadé. Et, sur le ton le plus terrorisé qu'il lui ait jamais entendu, elle demanda :

— Tu penses qu'elle va s'en sortir ?

Si horrible que ce soit de l'admettre, il n'en savait rien. C'était une course contre la montre, seul le temps apporterait une réponse.

Tandis qu'ils s'asseyaient pour attendre, Sam tenta de s'imaginer à la place de Jayne. Bien que déclarée morte sur le lieu de l'accident, Jules avait tout de même été emmenée à l'hôpital pour vérifier encore une fois s'il n'y avait pas trace d'activité cérébrale. Puis Jayne avait vu le défilé des médecins, la mine sombre, qui venaient annoncer l'issue fatale. Elle avait entendu les cris et les pleurs de ses parents. Leur souffrance. Leur désespoir.

Il lui prit la main et en caressa le dos du pouce. Elle ne la lui arracha pas, ce qu'il prit pour un signe d'écoute, même si elle ne le regardait pas.

— Je ne sais pas si ça peut te réconforter, mais quand je repense à Jules, à toi et à moi, à tout ce qui est parti en vrille après sa mort, j'essaie de me rappeler ce qu'il en est ressorti de bon au bout du compte.

— De quoi tu parles ?

Il y avait dans sa voix une froideur qui l'effraya, pourtant il persista.

— Les vies que Jules a sauvées grâce aux dons d'organes. Enfin, Jayne, tu te rappelles forcément. Si elle a pu être donneuse d'organes, c'est grâce à toi. C'est parce qu'elle a vécu assez longtemps pour ça.

Elle libéra sa main et serra les poings sur ses genoux.

— N'importe quoi. Si elle est morte, c'est à cause de moi, pas l'inverse.

— Comment ça ? dit-il, pris de court par sa réaction. Vous étiez à vélo, ce n'est pas ta faute si cette voiture de sport a surgi à cette allure.

Elle plongea son regard dans le sien.

— En revanche, c'est ma faute si elle, elle était là à ce moment-là.

— Quoi ?

Soudain, les vannes semblèrent s'ouvrir et les mots se déversèrent presque trop vite.

— Elle était venue fêter nos fiançailles. Tu la connais, elle ne pouvait rien faire de façon classique. Un gros câlin, un baiser, ça ne suffisait pas. Elle voulait autre chose de plus marquant. Alors j'ai suggéré qu'on aille à vélo au pub, et elle a voulu faire la course.

Sam sentit son estomac se nouer. Il devinait où elle allait en venir.

— Elle roulait très vite pour sentir le vent dans ses cheveux, comme elle disait, du coup, elle a retiré son casque qu'elle a jeté dans une haie. Il m'a fallu quelques minutes pour le récupérer, et je n'ai jamais pu la rattraper. J'ai essayé de toutes mes forces, en vain.

La peau moite, il comprenait soudain : Jayne se sentait responsable de la mort de sa sœur. Quel fardeau à porter ! Perdre un être proche, c'était déjà dur. Mais se le reprocher en plus… Comment se relevait-on d'un sentiment de culpabilité pareil ?

Il fallait absolument lui montrer les choses sous une autre perspective. C'était le seul moyen pour qu'elle s'autorise enfin à vivre à nouveau.

Avec cette logique qu'elle s'appliquait, il était complice car s'il ne l'avait pas demandée en mariage… En suivant ce raisonnement, c'était sans fin. Tout le monde finissait par avoir sa part de responsabilité. S'ils n'avaient pas fréquenté la même école. Si ses parents n'avaient pas emménagé à Whitticombe. Si les parents de Sam ne l'avaient pas adopté.

La vie ne fonctionnait pas ainsi. Jules était accro à l'adrénaline et le chauffeur de cette voiture de sport conduisait trop vite. Point final.

— Jayne, tu as pratiqué un massage cardiaque sur elle. Grâce à toi, le travail du cœur et l'afflux de sang vers les organes ont continué. C'est grâce à ça qu'elle a pu être donneuse. Tu as sauvé au moins trois vies, ce jour-là.

Elle leva les yeux au plafond et se passa les doigts dans les cheveux.

— Peu importe combien de vies ont été sauvées ! Non, je ne voulais pas dire ça. Bien sûr que non. Ce que je veux dire, c'est que j'ai détruit LA vie qui comptait pour ma famille. Pour moi.

Ses mots firent à Sam l'effet d'un coup de couteau en plein cœur. « LA » vie qui comptait pour elle ? Mais là encore, les choses ne fonctionnaient pas ainsi. Il pensa à son père dont l'univers tournait autour de sa mère. Sa mort l'avait-elle empêché de continuer à vivre ? Pendant un moment, oui ; mais pas éternellement. Le chagrin creusait des blessures, mais les cœurs et les âmes guérissaient et les cicatrices les rendaient plus forts. Plus résilients. Capables d'un amour plus profond et plus déterminé.

Il voyait le chagrin dans les yeux de Jayne, un chagrin qu'il était impuissant à apaiser. Tant qu'elle ne se pardonnerait pas, elle n'avancerait pas. Quant à eux deux, ils n'avaient aucune chance si elle faisait passer en priorité sa culpabilité. Le moment était venu de lui poser les questions qu'il avait eu trop peur de poser toutes ces années passées.

— C'est pour ça que tu m'as rendu ma bague ?

Elle hocha la tête.

— Je ne voulais pas que tu t'encombres d'une femme qui avait fait quelque chose d'aussi affreux. Je sais, ce n'était pas juste vis-à-vis de toi, mais je n'étais pas très objective. Et une fois que je suis partie à Londres… J'ai cessé de considérer les choses de mon point de vue, j'ai tout vu du sien. Les clubs où elle n'irait pas, les nuits qu'elle ne passerait pas à faire la fête, les opérations qu'elle ne réussirait pas. Je ne supportais plus l'idée que ses rêves ne se réaliseraient pas.

— Et donc tu es restée à Londres pour ça ?

— Oui. C'était cruel pour toi. Pourtant, je t'aimais tellement.

Jayne avait changé son cursus médical pour devenir chirurgien cardiaque… pour suivre le rêve de Jules. Pas étonnant qu'elle ait craqué quand l'opération de Stella avait mal tourné. Elle avait eu le sentiment d'échouer à réaliser le rêve de sa sœur.

Un goût amer lui emplit la bouche. Ce qu'il adviendrait de Maggie et de ses jumeaux serait le début ou la fin de tout. Pour elle. Et pour eux.

Il pouvait s'en aller maintenant. Admettre la défaite. Ou alors il pouvait tenir bon et se raccrocher à sa conviction qu'ils étaient faits l'un pour l'autre. Personne, pas même la fille qui risquait de lui briser le cœur pour la seconde fois, ne méritait de supporter autant de chagrin.

— Tes parents savent que tu portes ce fardeau ?

Elle haussa les épaules.

— On n'en a jamais vraiment discuté. Ils étaient si… Ma mère m'avait demandé de veiller sur elle, tu sais. Ils savaient qu'elle était casse-cou, qu'il fallait la surveiller, et moi, je ne l'ai pas fait.

— Tu leur as demandé s'ils t'en veulent pour ça ?

Les yeux mouillés de larmes, elle secoua la tête.

— Disons que les actes parlent mieux que les mots.

Les parents de Jayne n'avaient jamais été du style démonstratif ou tactile. Après l'accident, ils s'étaient encore plus refermés sur eux-mêmes, allant jusqu'à embaucher quelqu'un pour tenir leur galerie à leur place.

Comment Jayne pouvait-elle être heureuse si elle passait le reste de ses jours à essayer de réaliser les rêves de sa sœur aux dépens des siens ?

Ne sachant plus quoi dire, il lui prit la main.

*
* *

Jayne s'agitait sur sa chaise de plus en plus inconfortable. Elle avait l'impression d'attendre là depuis des jours, pourtant il ne s'était écoulé qu'une heure, voire deux maximum. Bref, pas assez.

Si elle regardait le bon côté des choses – méthode Sam –, Nate était en chemin, sa hiérarchie au Moyen-Orient l'ayant mis dans un hélicoptère pour l'aéroport, et il serait de retour au Royaume-Uni bientôt.

Ensuite, Sam n'avait pas pris ses jambes à son cou quand elle lui avait révélé ses pensées les plus noires. Au contraire, il continuait à la soutenir.

Restait le problème de ses parents. Tant qu'elle ne leur aurait pas parlé avec la même honnêteté qu'elle avait montrée à Sam, elle ne saurait pas.

Il fallait qu'elle bouge. Aller chercher un café ou autre chose.

— Je vais faire un tour, annonça-t-elle à un Sam aux yeux vides – il faisait semblant de lire la même page de magazine depuis une heure.

Il hocha la tête sans croiser son regard.

— Je t'appelle si quelqu'un sort.

Elle exerça une pression sur son épaule.

— Merci.

Il lui adressa un rapide sourire puis se replongea dans son magazine.

Alors qu'elle arpentait les couloirs, elle eut beau faire, ses pensées retournaient systématiquement vers Sam. C'était un homme bien. Il ne l'avait pas jugée. Il avait fait ce qu'elle avait espéré le voir faire sans avoir osé s'ouvrir à lui jusqu'à présent. Il l'avait apaisée. Lui avait assuré qu'elle avait fait de son mieux dans une situation impossible.

Cependant, depuis, il restait très silencieux. Quelque chose avait changé en lui depuis qu'il connaissait toute l'histoire. Elle le voyait dans ses yeux. Dans son comportement.

Soudain, la vérité la frappa en pleine face : elle avait choisi son chagrin plutôt que sa vie avec Sam. Peut-être était-ce même plus profond que cela : elle avait choisi le chagrin plutôt que la vie.

Alors, certes, elle était devenue un super chirurgien. Elle sauvait des vies. Mais la vie, le cœur qui comptait le plus, elle les avait laissés derrière elle.

Il lui avait tendu son cœur sur un plateau d'argent, et elle n'avait pas fait de même alors qu'elle l'aimait de tout son être. À cause de sa peur de l'accabler d'une culpabilité qu'elle ne voulait pas le voir porter.

Était-il trop tard pour recoller les morceaux ? La situation lui permettait aujourd'hui de voir les choses avec clarté. Elle devait affronter la vérité qui l'attendait depuis des années.

Elle ne pouvait pas vivre la vie de Jules à sa place. Jules était morte. À moins de vivre sa propre vie, jamais elle ne serait heureuse. Or sa vie, celle qu'elle voulait, incluait Sam. Et Maggie. Elle incluait Whitticombe, les fêtes au village et tout ce qui allait avec. Et donc… ses parents.

Elle devait les voir. Ce dont ils avaient besoin de parler était trop important pour un simple coup de fil.

Une liste de ses priorités s'afficha clairement dans sa tête : être là pour voir Maggie et les bébés ressortir de salle d'opération ; s'assurer que Nate soit aux côtés de sa meilleure amie ; donner sa démission au Merryweather.

Elle voulait continuer d'être chirurgien, mais aussi avoir une vie en dehors de l'hôpital.

Ensuite, elle prendrait un avion pour l'Écosse.

Avec cette idée en tête, elle rebroussa chemin dans le couloir… et tomba sur Sam.

— Ça va, Jay ?

Sa voix lui coula le long du dos, chaude, réconfortante, aimante. Comme toujours.

Elle lui donna un coup d'épaule amical, sachant que si elle parlait elle lui dirait sur-le-champ à quel point elle l'aimait.

Or elle devait d'abord parler avec ses parents.

À cet instant, deux chirurgiens apparurent à l'angle du couloir.

Les chirurgiens de Maggie.

Le cœur de Jayne bondit dans sa poitrine.

Ils paraissaient épuisés.

Elle sentit la main de Sam saisir la sienne, et ils serrèrent fort tous les deux.

11.

Le sang cognait si fort aux oreilles de Jayne qu'elle dut lire sur les lèvres du chirurgien. Et quand elle vit se dessiner un sourire radieux sur le visage de Sam, elle eut confirmation qu'elle avait bien compris : Maggie et les jumeaux s'en étaient sortis.

Sam la souleva du sol et la fit virevolter aussi joyeusement que s'ils avaient été un couple de jeunes mariés. En plongeant dans ses yeux brillants, elle se rendit compte que des instants comme celui-ci elle en avait rêvé toute sa vie.

Une lueur qu'elle ne sut déchiffrer s'alluma dans les prunelles de Sam, comme s'il avait pensé la même chose, avant de se rappeler qu'ils n'étaient pas un couple. Il la reposa aussi vite qu'il l'avait étreinte et reporta son attention sur le médecin.

Et les mots qu'il leur dit, Jayne les entendit comme dans un brouillard. Urgence. Césarienne. Cathéters. Épidurale. Anesthésiste. Tension élevée. Cordon autour du cou des bébés. Pas de manque d'oxygène. Maman réveillée pour les entendre pleurer tous les deux.

Elle porta la main à sa bouche pour réprimer un sanglot. Et Sam leva le poing, aussi fier que s'il avait été l'heureux papa.

— Ils sont en soins intensifs de néonat, l'informa le chirurgien quand elle demanda si les bébés étaient avec Maggie.

— Garçons ? Filles ?

— Un de chaque.

Jayne posa les yeux sur Sam. Exactement ce que Maggie avait espéré sans vouloir le découvrir à l'avance. Ils échangèrent l'un de ces sourires qui aidaient à tout faire rentrer dans l'ordre. Dieu qu'elle aimait cet homme. Et elle voulait la même chose que lui : l'amour, le mariage, autant d'enfants qu'ils pourraient en élever, se tenir la main à quatre-vingts ans. Pourtant, elle percevait une réserve dans ses yeux. Une réserve qui en disait long.

Il savait qu'elle ne s'était pas pardonnée. Et tant que cela ne serait pas réglé… Comment tout ce dont elle rêvait pouvait-il être si proche et si éloigné à la fois ?

— Ils sont un peu petits, poursuivit le chirurgien, mais vous savez que de nombreux jumeaux arrivent en avance. Pas toujours dans un tel stress, mais s'ils ressemblent à leur mère, ce sont des combattants.

— Et Maggie, elle va bien ?

— Elle va aller bien. La rétention d'eau a posé problème. Elle a perdu beaucoup de sang et la césarienne l'a épuisée, mais le fait qu'elle ait tenu bon jusque-là est à mettre à votre crédit, à tous les deux. Vous avez des nouvelles de l'horaire d'arrivée du papa ?

Sam sortit son téléphone et lut son dernier SMS.

— Apparemment, d'ici quelques heures. Au lever du soleil… Ils ont dû l'attacher à son siège pour qu'il ne prenne pas lui-même les commandes de l'avion.

Sam brûlait de prendre Jayne dans ses bras à nouveau. Il lisait de la force dans son regard. De l'amour aussi, même si elle n'était pas encore prête à l'admettre. Peu importait, il avait le temps. Ses prunelles bleues brillaient de tout ce qu'il y avait vu le jour où il l'avait demandée en mariage : l'espoir et l'amour. Il lui prit la main.

Le chirurgien les salua après leur avoir indiqué où se trouvait la chambre de Maggie. Sans surprise, elle était endormie, un T-shirt de Nate serré contre elle. Sur la suggestion de Jayne, ils se rendirent en néonat pour apercevoir les bébés. Ils n'étaient pas autorisés à entrer, n'étant pas les parents, mais une infirmière fit rouler l'incubateur près de la vitre afin qu'ils puissent les admirer.

Longtemps après, main dans la main, ils retournèrent au chevet de Maggie.

— On devrait rentrer dormir, dit Sam à voix basse.

— Ce fauteuil s'abaisse en position allongée, répliqua-t-elle en désignant un gros fauteuil près de la fenêtre. Tu pourrais prendre le premier tour de repos, vu que tu as travaillé toute la journée, ajouta-t-elle en lui tendant une couverture trouvée dans le placard de la chambre.

— Tu es sûre ?

— Oui. Tu me connais, je ne tiens pas en place. Je vais appeler la maman qui garde Cailey et Connor pour qu'elle leur dise que tout va bien.

Il y avait autre chose, il le sentait.

— Jayne, qu'est-ce qui se passe ?

Elle prit une profonde inspiration, comme pour se donner du courage, puis elle se lança :

— Il faut que je parte. J'ai quelques choses à régler dans mon « autre vie ».

Il se raidit.

— Comment ça ? Tu rentres à Londres maintenant que ta mission est terminée ici ?

— Non, ce n'est pas ça. Du moins, pas pour le moment, dit-elle sans croiser son regard. Je… je sais que tu as du mal à me faire confiance, avec tout ce qu'on a traversé, mais si je ne fais pas ça… Oh ! Sam… S'il te plaît, fais-moi confiance, je fais ce qu'il y a de mieux. Pour nous.

Elle lui déposa un baiser sur la joue, un sur le front de Maggie, puis elle quitta la chambre. Le laissant avec un millier de nouvelles questions sans réponse.

Alors que son avion s'apprêtait à atterrir, Jayne ne s'était toujours pas remise de la manière dont elle avait laissé Sam. Mais il était prêt, elle le savait. Prêt à s'embarquer pour le reste de sa vie. Or elle voulait être la femme avec qui il effectuerait ce voyage. Seulement pour cela, elle devait mettre les choses à plat avec ses parents.

En partant de Whitticombe, elle avait commencé par s'arrêter à Londres. Elle avait annoncé au Merryweather qu'elle allait postuler pour un travail dans l'unité pédiatrique de l'hôpital d'Oxford. Ils avaient été surpris, mais ils comprenaient et l'avaient assurée de leur soutien, ajoutant qu'il y aurait toujours une place pour elle lors des opérations particulièrement délicates. Enfin, ils lui avaient tendu une lettre de remerciement de la part des parents de Stella qui avait bien failli lui briser le cœur.

Elle l'avait lue dans l'avion. Ils lui disaient qu'ils avaient survécu à ces cinq mois terribles aux côtés de leur fille grâce à sa présence à elle. Ils savaient que les greffes ne se faisaient pas sans risques, et qu'ils avaient pu profiter de cinq mois de plus avec leur fille qu'ils n'auraient jamais eus si Jayne n'avait pas été leur médecin.

Après avoir quitté le petit aéroport, elle s'engagea dans le village et tomba sur une rangée de cottages bas, tout en pierre, exactement comme le lui avaient indiqué les McTavish. Elle s'avança jusqu'au dernier, celui aux encadrements de fenêtres rouge vif. Les fleurs débordaient de leurs jardinières, ici aussi.

Arrivée devant la porte, elle leva la main et frappa.

Sam dévisageait le maire de Whitticombe sans l'entendre. L'amour de sa vie avait disparu. Encore.

À la différence que, cette fois, il avait été averti :

Je rentre dimanche.

Qui envoyait un SMS pareil ? Une femme qui n'avait pas trouvé le moyen de se pardonner.

— OK, dit le maire. Je propose qu'on mette ça au vote.

Sam leva une main sans réfléchir. L'histoire se répétait. Allait-elle revenir pour couper les liens une bonne fois pour toutes ? Ou pour le supplier de ressortir cette bague qu'il n'avait jamais réussi à rapporter au bijoutier ?

Depuis qu'il avait pénétré dans la salle de réunion du comité des fêtes aujourd'hui, en tant que représentant de Maggie, il était bombardé de questions de ce genre et n'écoutait rien des débats ni des résultats des votes.

D'autres questions le taraudaient : comment allait Maggie ? Les bébés ? Et Nate ? Quand rentraient-ils à la maison ? Seraient-ils revenus à temps pour la fête ?

Où était Jayne ?

À cette question-là, il ne savait pas répondre. Sans doute à Londres. Comprendre qu'elle culpabilisait pour la mort de sa sœur avait été une révélation. Il n'en avait pas eu la moindre idée. Il avait aussi constaté son soulagement quand elle s'était ouverte à lui et qu'il n'avait pas pris ses jambes à son cou. Si seulement il avait su, à l'époque… Un fardeau partagé était moins lourd à porter. Mais bref, elle devait se pardonner et il ne restait plus qu'à savoir si elle en était capable. Sans doute le saurait-il dimanche. Dans quarante-huit très, très longues heures.

En attendant, il était là, à essayer de décider si la course en sac devait avoir lieu avant la course à l'œuf. À moins qu'on n'en soit encore au problème des gâteaux volés par les cygnes ?

— Sam ?

Je rentre dimanche.

— Sam ?

Il s'efforça de se concentrer sur Mme Sedlescombe qui répétait sa question.

— Jayne sera-t-elle disponible pour la fête ?

Il n'en savait rien.

— Peut-être. Elle a dit que oui.

Elle avait aussi dit qu'elle l'épouserait.

Ce qu'il ignorait, c'était à quel point elle était tombée bas. Il l'avait laissée partir, sans se battre comme il l'aurait pu – à quoi bon, se disait-il. Il était trop jeune pour comprendre. Trop inexpérimenté pour gérer un rejet aussi violent et inattendu.

Il avait cru qu'il passerait à autre chose, était sorti avec quelques filles. Avait rencontré et épousé une femme extra. Il avait aimé Marie. Sincèrement… Mais il voyait bien maintenant que son amour pour elle était largement insuffisant. Comment aurait-il pu en être autrement quand il était si occupé à se jeter à corps perdu dans ce qu'il aurait dû faire avec Jayne ? Sans entendre les reproches de sa femme : ils devaient avoir des rêves à eux, des objectifs à eux. Et ne pas suivre ou vivre ceux de quelqu'un d'autre.

Quelle ironie ! Le même problème qui avait empêché le bonheur de Jayne avait aussi empêché le sien.

Si douloureux que ce soit de l'admettre, son ex-femme n'avait été qu'un pansement. Un pansement sur la blessure infligée par l'amour de sa vie.

Son seul soulagement, c'était de savoir Marie heureuse maintenant.

Soudain, la question de Jayne au pub l'autre soir lui revint en mémoire. « Pourquoi tu n'es jamais venu à Londres ? » Il avait cru qu'elle parlait du travail. Mais peut-être n'était-ce pas du tout le cas. Peut-être lui demandait-elle pourquoi il n'était pas venu à Londres la retrouver ?

Il baissa les yeux sur sa montre. S'il partait maintenant, il pouvait être à Londres dans deux heures. Peut-être avant qu'elle se réinscrive sur un planning à l'hôpital.

Ce n'était pas là-bas, sa place. Pas du tout. Elle était faite pour vivre à Whitticombe. Avec lui. Il avait vu comme elle était heureuse, ici. Combien elle aimait s'occuper des enfants de Maggie. La lueur dans ses yeux, en néonat, quand elle avait collé le nez à la vitre. Elle voulait ce qu'elle voulait, mais elle avait trop peur pour l'attraper.

Comme tout le monde, finalement. Lui aussi, il avait peur. Mais cette fois, il ne laisserait pas la peur s'immiscer sur le chemin de leur bonheur.

— Sam ?

Tout le monde sursauta quand il frappa dans ses mains.

— Bon. Course à l'œuf en premier, course en sac ensuite. C'est plus drôle. Les gâteaux, on les éloigne de la rivière. OK, c'est décidé. Autre chose ?

Oli Dickinson, le boucher, sortit un morceau de papier d'un blanc douteux et se mit à le lire lentement.

— Qu'est-ce qu'on décide pour le Chass'Taupes…

— C'est toujours un succès, répondirent en chœur les membres du comité.

— Ethel s'occupe des pommes dans l'eau, moi de la pêche aux canards.

Sam entendait à peine ce que disait Oli. Le temps pressait.

— Bien. Autre chose ?

Oli annonça deux ou trois autres idées, dont Sam ne comprit pas la moitié. Il était sur le point de changer définitivement le cours de sa vie, comment pouvait-il se concentrer sur autre chose ?

— Bien sûr, il nous faut un volontaire pour tenir le stand de Dolly, ajouta encore Oli.

— Je m'en charge, déclara Sam.

Plus vite ils termineraient, mieux ce serait. Dolly devait vouloir organiser un stand avec des gâteaux et des scones du salon de thé dont elle offrirait le produit de la vente à l'hôpital où séjournaient Maggie et les bébés.

Tout le monde parut surpris.

— Quoi ?

Des regards entendus s'échangèrent, des sourires.

— Du moment que tu es content comme ça, Sam, dit Dolly. J'apporterai des serviettes et des lingettes.

— Pour quoi faire ? demanda-t-il distraitement.

Il se frotta la mâchoire. Zut, il aurait dû se raser et enfiler une chemise un peu plus belle. Vu qu'il s'apprêtait à faire la plus grande déclaration d'amour de sa vie.

— Tu viens de te porter volontaire pour le stand de l'entartage.

Ah, bon…

— Oui, oui. Ensuite ?

— C'est tout.

— Super !

Il devait filer à Londres, trouver la fille de ses rêves, lui passer la bague au doigt et puis la ramener à Whitticombe, chez elle.

— À dimanche après-midi.

Deux heures de circulation intense et une amende pour excès de vitesse plus tard, tous les espoirs de Sam retombèrent en piqué jusqu'au centre de la terre.

Jayne était effectivement passée à l'hôpital. Juste le temps de donner sa démission.

Partie sans laisser d'adresse. Du moins ne lui en avait-on pas donné. C'était une information personnelle, lui avait indiqué la secrétaire des ressources humaines. Qu'on ne transmettait qu'à la famille.

Il voulait des réponses.

Il venait de les avoir.

Seulement ce n'étaient pas celles qu'il avait espérées.

12.

Jayne n'en croyait pas ses oreilles. Ses parents qui lui présentaient leurs excuses. À elle.

A priori, ils s'étaient tous imposé leur propre forme de torture et, avec la clarté qu'offrait le recul, elle voyait à présent qu'ils avaient eu tort de traverser ce chagrin seuls alors qu'ils auraient pu le surmonter ensemble, comme une vraie famille.

Ils avaient perdu un membre de leur famille et personne n'était préparé à un tel désastre. Maintenant qu'ils étaient à nouveau ensemble, une chose lui apparaissait avec évidence : le moment était venu d'en finir avec la douleur. De guérir. Ensemble. Comme une famille.

Pour la première fois depuis des années, sa mère prit ses mains dans les siennes. Un contact chaud et réconfortant. Des larmes lui emplirent les yeux tandis qu'elle parlait.

— On a tellement mal géré cette tragédie… Plus on s'éloignait, plus on voyait Jules en toi. Cet esprit combatif qui la faisait aller de l'avant quoi qu'il advienne.

La mère de Jayne tendit une main vers son mari.

— Tu semblais bien mieux équipée que nous pour t'occuper de toi, alors… à notre grande honte… on t'a laissé faire. On t'a laissée tomber, Jayne.

Si la petite fille en elle avait besoin d'entendre que ses parents étaient conscients qu'ils auraient dû agir différemment, elle savait désormais que la culpabilité n'appartenait pas à un camp uniquement.

Les excuses logées au fond de sa tête pendant toutes ces années sortirent enfin.

— Non, vous ne m'avez pas laissée tomber. Si je vous avais parlé, à l'époque, si je vous avais raconté ce qui s'était passé, on aurait peut-être pu traverser ça ensemble.

Ses parents posèrent sur elle un regard attentif.

— Comment ça ? Qu'est-ce qui s'est passé exactement ? demanda son père.

— C'est moi qui ai suggéré qu'on prenne notre vélo, dit-elle d'une voix tremblante.

Son père blêmit et sa mère laissa échapper un petit sanglot. Jayne s'obligea quand même à poursuivre.

— J'ai proposé qu'on aille fêter mes fiançailles au pub, et lancé l'idée d'y aller à vélo. Jules a voulu faire la course comme quand on était gamines. En chemin, elle a jeté son casque dans le fossé pour sentir le vent dans ses cheveux. Vous savez comment elle était…

Ils hochèrent la tête tous les deux. Inutile de leur rappeler le casse-cou qu'était Jules.

— Je l'ai ramassé, et du coup, j'ai pris du retard. J'ai vu la voiture arriver, mais je n'ai pas hurlé assez fort. J'ai essayé… J'ai essayé de toutes mes forces. Hélas, je n'ai pas été assez rapide pour l'aider.

Enfin, elle parvint à pleurer. À pleurer dans les bras réconfortants et apaisants de ses parents.

Au bout d'elle ne sut combien de temps, ils interrompirent leur étreinte.

— Jayne, chérie, tu te fais ce reproche depuis tout ce temps ? demanda son père.

— Évidemment. C'est ma faute. Si je n'avais pas suggéré cette sortie…

— Non, ce n'était pas ta faute, dit sa mère d'une voix ferme.

Ses yeux étaient rougis, ses joues mouillées de larmes, pourtant il émanait d'elle une résolution que Jayne n'avait pas vue depuis des années.

— C'était un terrible, un affreux accident. Rien de plus. Tu as fait tout ce que tu pouvais.

Une main caressant le dos de sa mère, son père tourna vers Jayne ses grands yeux doux.

— Je pense qu'on vient d'apprendre tous les trois qu'on s'est détournés les uns des autres au moment précis où on aurait dû se rapprocher. Ta venue ici nous a aidés à voir ça de manière un peu plus claire.

— Je dois admettre que toutes ces années j'ai eu l'impression… que vous m'en vouliez.

— Quoi ? firent-ils en chœur, sidérés.

— Ce n'est pas vrai du tout, protesta sa mère. On t'aime, et jamais une seconde on ne t'en a voulu. Ce n'était pas ta faute.

Jayne leva les mains.

— OK, je nous absous. Tous les trois. On est humains, après tout. Il y a des tas de choses qu'on aurait pu mieux faire. Comme se serrer les coudes, par exemple.

Ou, pour sa part, dire à Sam qu'elle l'aimait. Elle aurait dû le faire avant de partir. Au lieu de lui envoyer ce SMS ridicule.

Pourvu qu'elle n'ait pas tout gâché avec lui.

Son père lui coinça une mèche de cheveux derrière l'oreille, comme il le faisait quand elle était fillette.

— Nous sommes si fiers de toi, chérie. Tellement fiers de tout ce que tu as fait de ta vie. Nous espérons juste que, désormais, tu puisses vivre pour toi. Jules était une belle étoile très brillante, et nous avons eu beaucoup de chance de l'avoir, mais, à présent, il nous faut la garder ici.

Il désigna son cœur.

En cet instant, une vie d'éloignement et d'incompréhensions fut effacée. Jayne savait ce qu'elle voulait, elle savait où elle allait et ce qu'elle faisait. Et, surtout, elle savait avec qui elle voulait le faire.

— Ça vous tente, un petit voyage à Whitticombe ?

— Allez, les gars, montrez-moi ce que vous valez !

Sam faisait de son mieux pour encourager les participants au lancer de tarte. Malgré son état d'esprit tout sauf festif.

On ne transmet ces informations qu'à la famille.

Jayne était sa famille. Elle devait devenir sa femme. Il avait même retrouvé la bague dans son tiroir, et la sentait maintenant qui brûlait la poche de son pantalon.

L'avantage, quand on avait le visage couvert de tarte à la crème, c'était qu'on pouvait grimacer et froncer les sourcils sans gâcher la bonne ambiance de la fête.

Je rentre dimanche.

Il était déjà 13 heures et, pour le moment, aucun signe de Jayne.

Un nouveau candidat s'approcha. Une candidate qui tenait sa tarte devant son visage. Pourtant, il l'aurait reconnue entre mille.

Jayne Sinclair.

La manière dont son cœur bondit dans sa poitrine lui confirma, si besoin était, qu'il ne s'attendait vraiment pas à ce qu'elle revienne. Et surtout pas avec un si beau sourire.

Plusieurs personnes vinrent s'aligner à côté d'elle. Nate, tenant Cailey et Connor par la main. Son père était là aussi. Ses sœurs. Son grand-père. Les parents de Jayne.

Il lâcha un sifflement médusé. Pour une surprise… Voilà qui expliquait le mystérieux départ précipité de Jayne. Ils se donnaient la main, souriants et sereins. Rayonnants, à l'image d'une Jayne qu'il avait espéré revoir ainsi un jour.

Quant à cette dernière, elle n'était pas coiffée, ses vêtements étaient froissés, elle avait l'air d'avoir voyagé toute la nuit. Bref, elle était magnifique.

— Tu lances ou quoi ?

— Peut-être, mais avant je voulais te dire que je t'aime.

Son cœur manqua un battement.

— Ah oui ? Et tu vas faire quoi, du coup ?

Elle sourit. Tout le monde s'avança d'un pas.

— Je vais rester dans les parages un moment.

Il lui faudrait plus d'un « moment » pour mordre à l'hameçon.

— Ou une vie, si ça te convient, ajouta-t-elle.

— Et l'hôpital de Londres ? Ils m'ont dit que tu avais remis ta démission.

Elle écarquilla les yeux.

— Tu es allé au Merryweather ?

— Bien sûr. Je n'allais quand même pas laisser la femme de ma vie s'enfuir une seconde fois. Pas question.

Un mélange d'émotions diverses passa sur son beau visage.

— J'aurais dû t'en parler. Une femme ne doit rien cacher à son amoureux.

— Son amoureux ?

— Tu veux bien être mon fiancé, Sam Crenshaw ?

Le sang lui monta au cerveau, si vite qu'il vit des étoiles. Quand il parvint à se concentrer à nouveau, Jayne était là, tout près, ses grands yeux emplis d'espoir, ses joues rosies par l'excitation mêlée d'inquiétude. Jayne qui s'ouvrait à lui devant tous les gens qu'ils aimaient.

— Bien sûr, tu es l'amour de ma vie, ma chérie.

Une vie de bonheur, est-ce que cela pouvait être aussi facile ? Ils avaient un passé compliqué. Mais ils pouvaient aussi avoir un avenir beau, riche et épanoui. Du moment qu'il lui faisait confiance pour rester auprès de lui.

Elle se mordit la lèvre inférieure.

— Comme j'ai un passif assez peu glorieux, je me suis dit que ça pourrait te rassurer.

Elle s'agenouilla devant le stand où il se tenait, couvert de crème, et lui tendit un morceau de papier.

— C'est quoi ?

— Un contrat.

— De mariage ?

Mais non. C'était une offre de travail au nom de Jayne à l'hôpital pour enfants d'Oxford. Est-ce que cela suffisait ? Était-ce assez pour lui prouver qu'elle resterait, cette fois ?

Le cœur de Jayne battait si fort qu'elle le voyait presque faire bouger le tissu de son T-shirt.

Ce qu'elle ressentait en cet instant, c'était ce qu'elle attendait depuis toujours.

L'espoir.

L'espoir que son amour pour Sam puisse enfin s'épanouir au grand jour, devant tous ceux qu'elle aimait. L'espoir qu'ils parviennent à surmonter leurs problèmes ensemble, si dur que cela soit. L'espoir qu'ils forment une famille à eux.

Rien ne changeait en un claquement de doigts, mais elle était prête à essayer.

Les yeux plongés dans ceux de l'homme qu'elle aimait, elle tentait de déchiffrer le mélange d'émotions qui tantôt allumait, tantôt assombrissait ses si beaux yeux verts.

Le plus gros problème, c'était la confiance. Elle n'avait rien fait, au fil des années, pour la gagner. Tout le contraire, en fait.

— Samuel Crenshaw, commença-t-elle de la voix la plus forte possible afin que tous l'entendent, je t'aime. Je t'aime de tout mon cœur. Je sais que je n'ai pas été très fiable jusqu'à présent, mais s'il est une chose que j'ai apprise, c'est que rien ne vaut l'honnêteté. Or toutes ces années, je me suis menti en me racontant que je pouvais survivre sans toi. J'avais tort. Complètement tort… Je t'aime. Et rien, absolument rien ne m'empêchera de t'aimer de tout mon cœur jusqu'à la fin de mes jours. Si tu veux bien de moi.

Il la dévisagea. Cilla. Et tourna les talons.

Ou plutôt contourna le stand pour la soulever du sol. Avant qu'elle ait le temps de réagir, Sam était là, il l'embrassait. Là, devant tout le village. Comme s'ils étaient seuls au monde. Et alors qu'elle se cambrait à sa rencontre, elle commença à comprendre ce qui venait de se passer.

Il disait oui. Sam lui disait « oui ». Il acceptait d'être son fiancé. Et un jour, il serait son mari. Tous les deux, ils feraient tout pour rester ensemble. Avec franchise. Et avec le soutien de tout leur entourage.

Ce fut le moment que l'entourage en question choisit pour les bombarder de tartes à la crème.

Ils continuèrent à s'embrasser sous la pluie de pâtisseries. Crème à la banane. Citron meringué. Chocolat. Tous les parfums possibles et imaginables. Un vrai chaos. Un véritable amour fou.

— Ça te dit de plonger dans la rivière, histoire d'officialiser ces fiançailles ? proposa Sam en la débarrassant d'une éclaboussure de crème sur le front.

— Pourquoi pas ? C'est parfait, une plongée dans l'eau, pour symboliser un nouveau départ.

Ils se prirent par la main et, ensemble, en couple, ils sautèrent dans la rivière en riant et en criant. Parce que, avec l'amour, tout se terminait toujours bien.

13.

— Oh ! Maggie, c'est sublime !

Rayonnante, Maggie installa soigneusement un autre cupcake sur la pièce montée.

— Rien n'est trop beau pour ma meilleure amie !

Jayne effleura tendrement le collier autour de son cou que Maggie avait porté à son propre mariage.

— Et puis, merci pour le « quelque chose d'emprunté ».

— Absolument. Le « quelque chose de neuf », c'est ton incroyable robe.

Elles souriaient toutes les deux tandis que Jayne effectuait un petit tour sur elle-même, envoyant voleter les épaisseurs de tulle de sa longue robe plissée.

— Quelque chose de vieux ?

Jayne tendit un pied de sous son jupon.

— Les chaussures de mariage de ma mère.

Maggie applaudit.

— Quelque chose de bleu ?

Jayne tendit son poignet pour lui montrer son bracelet.

— Oh, qu'il est joli ! Il est neuf ?

— Non, je l'ai trouvé dans la boîte à bijoux de Jules. On en avait acheté deux il y a des années, mais j'avais perdu le mien. J'ai trouvé que ce serait une belle façon de partager le jour de mon mariage avec elle.

Avant qu'elle ait le temps de fondre en larmes, on frappa à la porte.

— Sam Crenshaw ! Tu ne sais pas que ça porte malheur de voir la mariée avant la cérémonie ? marmonna Maggie.

— Il y a pas mal de choses qu'on n'a pas faites selon la règle, alors pourquoi commencerait-on maintenant ?

Sam entra à grandes enjambées, vint caresser le ventre arrondi de Jayne sous la robe blanche et lui déposa un baiser sur la joue.

— Tu es superbe. Je t'ai apporté un cadeau.

— Tu n'avais pas besoin de faire ça, chéri. Tu es le seul cadeau dont j'aie besoin.

Maggie leva les yeux au ciel.

— Bon, je vais vous laisser… Je vois ce regard amoureux cucul dans vos yeux à nouveau.

— Comment pourrait-il en être autrement quand je suis à dix minutes d'épouser l'homme de mes rêves ?

— Bien vu. À tout à l'heure. Le pub est rempli de gens qui n'attendent qu'une chose : voir l'heureux couple redescendre l'allée de l'église.

— Qu'Ethel leur dise d'aller s'installer et qu'on arrive dès qu'on est prêts, répliqua Jayne en riant.

Une fois Maggie partie, Sam la serra contre lui autant que son ventre le permettait.

— Tu es prête à devenir Mme Crenshaw ?

Jayne fronça les sourcils, incapable de s'empêcher de sourire en même temps.

— Hum… Je voyais plus quelque chose du genre Sinclair-Crenshaw.

Sam lui rendit son sourire.

— Peu m'importe comment tu t'appelles du moment que tu es à l'église et que tu me laisses te passer la bague au doigt.

Jayne lui répondit par un baiser. Évidemment… Rien ne pourrait l'en empêcher.

— Alors, c'est quoi, ce cadeau ?

— Vas-y, ouvre-le.

Les larmes lui montèrent aux yeux quand elle le découvrit. Il s'agissait d'une plaque.

— La Fondation cycliste Jules Sinclair ?

Sam hocha la tête, les yeux humides.

— Je me suis dit que, comme on ne va pas tarder à avoir des petits, on pourrait faire en sorte que leur tatie Jules les aide quand ils seront en âge de faire du vélo.

Il lui expliqua qu'il avait déjà tout prévu pour que l'organisation caritative offre des casques gratuits et des séances d'apprentissage du vélo à tous les enfants de Whitticombe, et fasse apposer des panneaux de mise en garde un peu partout dans le village.

— Oh, Sam ! C'est une super idée.

— Je suis content qu'elle te plaise.

Il se penchait pour lui donner un vrai baiser quand il s'écarta.

— Quoi ? Je suis trop grosse pour que tu puisses m'embrasser ? demanda-t-elle en riant.

— Ce n'est pas ça. La prochaine fois que je t'embrasserai, je veux que tu sois ma femme.

— Bon, allons-y, alors, dit-elle en le poussant en direction de la porte. On l'a tous les deux suffisamment attendu, ce baiser.

Quelques minutes plus tard, son père à son bras et sa mère de l'autre côté, Jayne se tenait à l'entrée de l'église, souriant à son futur mari qui l'attendait près de l'autel.

Ils avaient mis du temps à en arriver là. Mais si elle avait bien appris une chose, c'était que certains risques valaient la peine d'être pris. Surtout celui de tomber amoureux.

ALISON ROBERTS

La nouvelle vie d'Olivia

Traduction française de
FRANÇOISE PINTO-MAÏA

Blanche

HARLEQUIN

Titre original :
MELTING THE TRAUMA DOC'S HEART

1.

Zac Cameron renversa la tête en arrière et inspira longuement l'air vif pour se calmer. Puis, consterné, il fixa le téléphone au creux de sa main.

L'intonation cassante de sa propre voix résonnait encore à ses oreilles. Bon sang, qu'est-ce qui lui avait pris ? Il n'aurait pas dû faire ça, cette histoire ne le concernait pas ! Peut-être devrait-il rappeler et laisser un nouveau message pour s'excuser ?

Hésitant, il promena son regard sur les majestueux sommets enneigés de la province d'Otago, dans l'île du Sud de la Nouvelle-Zélande.

Depuis près d'un an qu'il vivait et travaillait ici, il ne se lassait pas d'admirer le panorama des Southern Alps. Ce paysage lui était devenu si familier qu'il semblait faire partie de lui-même. Certes, il était d'abord venu dans ce coin perdu pour oublier et essayer de retrouver au fond de lui-même quelque chose de l'homme qu'il avait été, mais ce lieu représentait à présent beaucoup plus qu'un simple refuge.

Il s'était attaché à la petite communauté de fermiers installés autour du village de Cutler's Creek et à l'hôpital rural où il exerçait. Il appréciait surtout Don Donaldson, l'homme qui s'efforçait de faire fonctionner l'établissement depuis des décennies comme son père avant lui, et ce malgré les menaces répétées de fermeture.

C'était pour lui venir en aide qu'il avait passé ce coup de

téléphone, et il n'allait pas rappeler pour s'excuser. Parce que, finalement, il ne regrettait rien de ce qu'il avait dit.

Surtout, ne pas faire de sentiment…

Il était venu ici pour ne rien ressentir, et il n'était pas question de revenir en arrière. Ne pas s'impliquer émotionnellement, mais s'intéresser suffisamment à une cause qui en valait la peine, n'était-ce pas une façon de donner du sens à la vie ? En suivant cette ligne de conduite, il se sentait de nouveau humain et osait croire en un avenir qui apportait la satisfaction, à défaut du bonheur.

Il glissa le téléphone dans la poche de sa blouse de médecin, ouverte sur sa chemise et son jean.

Cette femme qu'il n'avait jamais rencontrée répondrait-elle à son message ? Était-elle sensible aux valeurs qui étaient devenues essentielles pour lui en l'espace d'un an ? Sans doute que non. Alors, elle se ficherait bien d'entendre le sermon qu'il lui avait adressé. Chacun avait besoin d'une petite leçon à un moment ou à un autre, n'est-ce pas ? Il avait reçu la sienne, et ça l'avait décidé à postuler dans cet hôpital rural. Il avait lu dans le journal cette annonce issue d'un tout petit pays situé à l'autre bout du monde, dont il avait à peine entendu parler avant d'y mettre les pieds. Le directeur et médecin chef de l'hôpital de Cutler's Creek n'avait pas été enchanté de le recevoir.

— Vous êtes beaucoup trop qualifié. Que ferions-nous d'un chirurgien en traumatologie avec des compétences comme les vôtres ? Et en premier lieu, pourquoi venir vous enterrer ici ? Vous allez mourir d'ennui !

— J'en ai assez des grandes villes et des zones de guerre, et de réparer des blessures qui n'arriveraient pas si les gens avaient un peu plus d'humanité. J'ai besoin de faire un break. En plus de la traumatologie, j'ai des compétences en médecine générale qui pourraient vous être utiles. Et j'ai rencontré toutes sortes de situations où j'étais seul à assurer les soins.

C'était peut-être le souvenir de ces responsabilités qui l'avait poussé à passer ce malheureux coup de téléphone à l'instant. Mais il était trop tard maintenant pour s'inquiéter des répercussions.

L'air était froid, et les météorologues annonçaient une tempête imminente qui marquerait le début de la saison hivernale.

Il scruta le ciel puis se retourna vers le bâtiment.

L'hôpital, une longue bâtisse blanche de style colonial, avait une capacité de dix lits, maternité et gériatrie comprises, un service de soins ambulatoires, une salle d'opération qui n'avait pas servi depuis des années et une plus petite dédiée aux interventions mineures. Celle-ci faisait office de service d'urgence avec tout l'équipement pour réaliser échographies, radios et électrocardiogrammes. C'était le seul pôle médical pour une communauté de plusieurs milliers d'habitants, et ils n'étaient pas trop de deux médecins pour le faire fonctionner.

Comme il allait pénétrer dans le hall, l'homme qui avait développé l'hôpital et le maintenait à flot vint à sa rencontre.

Don Donaldson avait l'air maussade.

Quand Zac l'avait rencontré pour la première fois, le vieux médecin avait déjà cette mine-là. Depuis, il avait appris à connaître son patron et, comme le reste du personnel, il savait que l'homme avait un cœur d'or sous ses dehors bourrus. Et qui pouvait l'en blâmer, connaissant les cartes que le destin lui avait mises en main ? Don Donaldson ne s'était jamais remarié après que sa femme l'avait quitté vingt-cinq ans plus tôt, emmenant leur enfant unique à l'autre bout du monde. Il était revenu à Cutler's Creek, et avait secondé son père à l'hôpital. Celui-ci était décédé d'un cancer quelques années plus tard, et Don avait ensuite consacré sa vie à offrir à la communauté un service médical dont il pouvait être fier. Mais maintenant, ses efforts risquaient fort d'être anéantis.

— Zac ? Ah, vous êtes encore là. Tant mieux.

Zac hocha la tête.

— Avant de rentrer, je vais faire une dernière tournée des patients et réceptionner Faye Morris. D'après son appel, le travail semble avoir commencé pour de bon, cette fois. Debbie l'accompagne, mais je préfère être disponible au cas où elles auraient besoin d'aide. Quoique… vu l'expérience de sage-femme de Debbie, je n'aurai sans doute rien d'autre à faire que lire quelques comptes rendus.

— Très bien, répondit Don, qui s'éclaircit la voix. Je voulais juste m'assurer que… Que vous ne direz rien de ce que vous avez vu et entendu. À personne. Vous savez comme les nouvelles vont vite, par chez nous, et je ne veux pas chagriner ma mère. Surtout pas en ce moment, alors qu'elle se prépare pour une grande fête. Cette affaire ne concerne que moi, et c'est à moi de décider qui en avertir et quand.

Trop tard, pensa Zac avec embarras.

Il leva les yeux vers les montagnes autant pour éviter le regard du médecin que pour lui cacher sa gêne d'avoir révélé une confidence, même si celui-ci ne lui avait pas demandé de garder le silence sur le moment.

— Je ne suis toujours pas d'accord avec vous, Don. Comment pouvez-vous vous diagnostiquer un cancer du pancréas puis laisser tomber ? Avez-vous pensé à demander l'avis d'un confrère ? Vous ne traiteriez pas un patient de cette façon. Alors, pourquoi cette négligence envers vous-même ?

— Parce que j'ai vu mon père suivre exactement les conseils que vous me donnez, répliqua le Dr Donaldson. Il a demandé un diagnostic formel, s'est laissé convaincre de subir une opération, puis une chimiothérapie. Oh ! peut-être a-t-il obtenu quelques mois de vie supplémentaires ! Mais quel bénéfice pour lui-même et pour les siens ? Il souffrait, était alité, s'éteignait à petit feu. Je ne veux pas finir comme ça, merci bien ! J'ai du travail à terminer ici, et j'ai l'intention de l'assurer le plus longtemps possible.

— Mais vous ne savez même pas si vous avez raison ! Laissez-moi vous examiner et faire des analyses. Au moins une échographie.

— Je présente exactement les mêmes symptômes que

mon père. Vous savez comme moi que les mutations génétiques peuvent se transmettre de parent à enfant et que dix pour cent des cancers du pancréas sont d'origine génétique, n'est-ce pas ? Écoutez, je *sais* ce que j'ai, et depuis un certain temps déjà. Voilà plus de quarante ans que je diagnostique des maladies. Essayez-vous de me dire que je ne suis pas compétent comme médecin ?

— Bien sûr que non ! protesta Zac. Et je vous soutiendrai autant que je le peux, vous le savez.

Il n'avait pas l'intention de laisser tomber le sujet, mais il sentait qu'insister ne ferait que pousser Don à se fermer complètement. C'était un homme peu expansif, et il le comprenait d'autant mieux qu'il en était un lui-même.

— J'ai besoin de savoir que vous garderez ça pour vous, déclara Don. Je n'en aurais pas parlé si vous n'étiez pas entré dans mon bureau sans frapper…

Il jeta un regard de côté, et Zac sut qu'il était embarrassé. Il l'aurait été à sa place, étant donné ce qu'il avait surpris.

— Vous m'avez vu dans un moment de faiblesse, ajouta Don. Mais ça n'arrivera plus.

« Un moment de faiblesse » ? Don était en larmes ! En tournant la tête pour essayer de masquer son émotion, il avait laissé tomber la boîte d'archives qu'il voulait remettre en place en haut de l'étagère. Au lieu de sortir du bureau, comme son patron le lui ordonnait, Zac s'était baissé par réflexe pour ramasser le contenu de la boîte – une quantité de lettres et de paquets non ouverts. Sur chaque courrier s'étalaient à l'encre rouge les mentions : *Inconnu à cette adresse. Retour à l'envoyeur.*

— Qui est Olivia Donaldson ? avait-il demandé.

— Personne. Maintenant, sortez, je vous prie, Zac.

— Pas avant que vous m'ayez expliqué ce qui se passe. C'est votre fille, n'est-ce pas ?

— Était.

— Elle est… décédée ?

— C'est tout comme. Nous n'avons plus de contacts

depuis plus de vingt ans. De toute façon, ça n'a pas d'importance… Ou ça n'en aura plus bientôt.

Grâce à Internet, il avait fallu peu de temps à Zac pour retrouver la trace de celle qui n'avait jamais ouvert ces lettres. Un appel téléphonique à un ami d'Auckland lui avait permis d'obtenir le numéro privé d'Olivia Donaldson. Bon, il n'aurait sans doute pas dû la contacter de façon si directe, mais voilà, c'était fait, et il était trop tard pour avoir des regrets.

— Allons à l'intérieur, Don, suggéra-t-il. Ce vent qui souffle de la montagne est glacial.

— Oui… Une tempête se prépare, c'est sûr.

Il préférait ne pas penser au double sens de ces mots, dont lui seul avait conscience.

Des années plus tôt, il avait appris à vivre l'instant présent et à faire face à l'imprévu, ce qui lui avait permis de se sortir des pires situations. Donc, non, il n'était pas inquiet.

Le martèlement de ses talons aiguilles sur le marbre de la prestigieuse clinique donnait à Olivia une satisfaction certaine. Elle savait aussi que son tailleur chic et sa coiffure impeccable renvoyaient d'elle-même une image positive. Celle d'une chirurgienne esthétique ambitieuse qui rêvait avant tout de devenir spécialiste en microchirurgie reconstructrice.

Certes, avant de postuler à l'Institut de chirurgie plastique d'Auckland situé à quelques pas de là, elle s'était interrogée sur l'intérêt de remodeler l'apparence d'une clientèle fortunée qui courait après l'illusion de la perfection. Mais après tout, les liftings requéraient les mêmes compétences qu'une opération de microchirurgie, et le salaire et les horaires lui offraient la liberté de compléter ses études médicales pour accéder à la carrière qu'elle visait. Elle avait pratiqué plusieurs interventions le matin même, et il était temps de rendre visite à ses patientes, toutes opérées des seins. Une augmentation mammaire pour une quadragénaire mère de trois enfants, une réduction pour une femme plus âgée, et l'enlèvement d'un implant défectueux chez une patiente de son âge.

— Surtout, dormez en vous tenant bien droite les deux prochaines nuits, conseilla-t-elle à la première. Calez-vous contre une pile d'oreillers ou utilisez une chaise longue dont vous relevez le dossier.

— C'est plus douloureux que ce qu'on m'avait dit, docteur.

— On vous donnera de quoi supporter la douleur. Mais attendez-vous à ce que vos seins restent enflés quelques jours.

— Il paraît que je dois éviter toute activité fatigante pendant deux semaines au moins ? Ça ne va pas être facile avec trois enfants en bas âge.

Olivia dut faire un effort pour lui offrir un sourire compatissant.

— Non, bien sûr. Mais c'est important que vous suiviez les instructions. Surtout, ne portez pas vos enfants. Vous risqueriez de déchirer vos cicatrices.

Heureusement, la patiente suivante était plus enthousiaste à la vue de ses nouvelles courbes sous les pansements et le soutien-gorge chirurgical.

— Je ne sais pas pourquoi je n'ai pas fait cette opération il y a quelques années. Je regrette seulement de ne pas avoir eu affaire à vous pour le remodelage du ventre, docteur Donaldson.

— Nous en parlerons une autre fois. L'opération d'aujourd'hui était assez lourde. Quel est votre niveau de douleur ?

— Mais je suis bien trop contente pour y penser ! Quand puis-je retourner travailler ? J'ai tellement hâte de me montrer.

— Dès que vous n'aurez plus besoin d'antalgiques. Dans une semaine, normalement. Mais nous en parlerons quand vous viendrez à la consultation postopératoire à l'Institut.

— C'est vous que je verrai ?

— Oui, c'est moi qui vous recevrai, répondit Olivia avec un sourire un peu forcé.

Elle passait beaucoup de temps en consultation dans le luxueux cabinet de l'Institut de chirurgie plastique, entre les rendez-vous préliminaires, l'évaluation et le planning des interventions, le suivi de la cicatrisation et des éventuelles complications. Depuis six mois qu'elle occupait ce poste, elle voyait même certaines patientes reprendre rendez-vous pour entreprendre d'autres transformations. C'était flatteur d'une certaine façon, mais un peu effrayant aussi.

Elle trouva la dernière jeune femme qu'elle avait opérée en larmes, ce qui l'inquiéta.

— Je ne veux pas regarder ! s'exclama la patiente. Je vais être plus affreuse qu'avant la pose des implants, n'est-ce pas ? Aucun homme ne voudra me regarder. Je vais retrouver une poitrine plate, avec toutes les cicatrices en plus. J'ai été stupide d'avoir recours à ça, alors que je n'ai que trente ans ! Pourquoi choisit-on de faire ça ?

— Jay, ça ne sert à rien de vous fustiger, dit Olivia.

Elle prit le temps de rassurer la jeune femme et de lui parler des services d'aide psychologique dont l'Institut disposait et qui pourraient lui être utiles. Elle se mettait en retard pour son rendez-vous de 18 heures, mais tant pis.

Au moment où elle sortait de la chambre, Jay l'interpella :

— Vous avez beaucoup de chance, docteur Donaldson. Vous n'avez pas besoin d'avoir recours à la chirurgie esthétique, vous.

Olivia quitta la clinique pour se rendre à pied à l'Institut, l'un des nombreux bâtiments de cette banlieue cossue d'Auckland dédiés à la médecine privée. Les manoirs convertis en cabinets médicaux s'alignaient le long d'avenues bordées d'arbres.

Normalement, elle aimait passer dans les tourbillons de feuilles d'automne. Mais ce soir, elle n'y prêta pas attention. Pourquoi sa journée lui procurait-elle un tel sentiment d'insatisfaction ? Les opérations s'étaient parfaitement déroulées, et le personnel du bloc l'avait félicitée pour ses compétences. Il est vrai qu'elle avait souvent pratiqué ce genre d'intervention, pendant sa formation, sur des femmes ayant subi une ablation du sein. Elle avait alors mis tout son savoir-faire à réparer leur poitrine détruite. Ce travail-là au moins avait été satisfaisant, pensa-t-elle en soupirant.

La salle d'attente de l'Institut était comble, comme souvent.

— Je passe juste pour le rendez-vous de 18 heures, dit-elle à Sharon, la responsable de l'accueil. Je crois que le Dr Ellis voulait me voir ?

— Il vous attend.

Olivia nota le regard entendu de l'employée.

Quelqu'un de l'administration avait-il lancé une rumeur sur elle et son patron ? Sans doute pensaient-ils tous qu'il se passerait quelque chose entre eux, que ce n'était qu'une question de temps. Elle était célibataire, après tout. Et quelle femme résisterait au charme de l'un des hommes les plus en vue de la bonne société d'Auckland ?

Elle, justement.

Elle soutint le regard de l'employée jusqu'à ce que celle-ci baisse les yeux en rougissant légèrement.

— Hum. Voulez-vous lui dire que son prochain patient vient d'arriver, docteur Donaldson ? demanda Sharon sur un ton d'excuse.

Olivia acquiesça d'un signe de tête.

Le cabinet du Dr Simon Ellis comprenait un immense bureau, des fauteuils de cuir et une vitrine où était exposée une collection d'instruments chirurgicaux anciens.

— Sharon me charge de te prévenir que ton patient est ici, annonça-t-elle à son patron.

— Oh ! il peut attendre une minute ou deux ! Oui, un homme, pour changer. Notre campagne pour les persuader que la chirurgie esthétique n'est pas seulement une affaire de femmes semble payer. Au sens propre comme au figuré.

Olivia repensa au compliment que sa dernière patiente de la journée lui avait fait sur son physique. On aurait pu en dire autant à Simon Ellis. Ses traits séduisants parfaitement symétriques, sa silhouette svelte et son élégance vestimentaire le faisaient paraître plus jeune que ses quarante-cinq ans. Même les quelques traits argentés dans sa chevelure brune impeccablement coupée semblaient ajouter à son charme. Quand il se leva et enfila sa veste, elle pensa qu'il ressemblait à un mannequin tout droit sorti des pages d'un magazine. D'une publicité pour de luxueux costumes italiens peut-être…

— Bon, as-tu lu mon message ?

— Euh… Désolée. J'ai eu une journée chargée. C'était à quel sujet ? répondit-elle, contrite.

— Je vois. Tu as encore oublié de rallumer ton portable en sortant du bloc. Je t'ai transmis une invitation de dernière minute à un gala de charité qui a lieu demain soir. Le conférencier invité est un médecin de Londres qui a appelé ici ce matin en demandant à te parler. Il a bien connu ta mère et voulait te présenter personnellement ses condoléances. Il était à l'étranger au moment des obsèques, et quand il est rentré en Angleterre, tu t'étais déjà envolée pour la Nouvelle-Zélande.

Tous ceux qui exerçaient une certaine influence à Londres avaient connu sa mère. Janice Richer avait été l'un des meilleurs cardiologues de la capitale, et son cabinet de Harley Street était réputé. Cette renommée avait rejailli sur sa fille. Olivia n'avait jamais été à l'aise avec cela. Pour échapper à cette surexposition, elle avait choisi de retourner vivre à Auckland, là où elle était née. Elle prit un air grave.

— Je ne suis pas sûre d'y aller, Simon. Je n'ai jamais aimé être au milieu d'une foule d'inconnus, et les quelques robes élégantes que je possède sont encore dans le box avec le reste de mes affaires jusqu'à ce que je trouve un appartement à acheter.

— Mais tu as un jour de congé demain, non ? Tu pourrais en profiter pour faire les magasins et te trouver une robe. Ce gala est l'occasion de rencontrer du monde. Des gens importants.

Toute la vie sociale de sa mère avait tourné autour d'événements mondains de ce genre. C'était aussi lors d'un gala de charité auquel elle assistait avec sa mère qu'elle avait rencontré Patrick Pauvert. Tout le monde avait espéré que cela finirait par un mariage. Elle aussi. Malheureusement…

Elle se mordit la lèvre.

Leur rupture avait été la raison principale de son retour en Nouvelle-Zélande. Pour prendre un nouveau départ… Une chose était sûre, l'échec de leur relation n'aurait pas affecté sa mère. Quant au gala du lendemain, elle savait parfaitement ce que Janice aurait dit à ce sujet.

« Vas-y, Olivia. C'est important d'être vue pour ta carrière. C'est la seule chose qui compte vraiment dans ta vie. »

— Tu n'es pas obligée d'y aller seule, ajouta Simon avec un sourire encourageant. Je serai là, et je resterai avec toi. Promis.

Elle ne put s'empêcher de jeter un coup d'œil furtif vers la porte.

Simon ne pouvait pas savoir à quel point il lui mettait les nerfs à vif avec cette suggestion. Cela lui rappelait comment sa relation avec Patrick avait commencé… Et comment elle s'était arrêtée de façon désastreuse peu après le décès de sa mère parce qu'il avait rencontré une autre femme qui lui offrait une meilleure opportunité de s'élever socialement.

Simon avait suivi son regard.

— Tu as raison, dit-il. Je ferais mieux de recevoir mon patient.

Il alla ouvrir la porte et l'invita à le précéder.

— Fais-moi savoir ce que tu as décidé. On pourrait se retrouver autour d'un verre avant le gala. Comme ça, tu n'aurais pas à entrer seule.

En quittant l'Institut, elle sortit son téléphone de sa poche et le ralluma.

C'était une mauvaise habitude de ne pas le rallumer en sortant du bloc, mais elle savait qu'on pouvait facilement la prévenir en cas de problème avec un patient, et elle détestait par-dessus tout être distraite par une sonnerie intempestive quand elle était en plein travail.

Entendant le signal d'un appel entrant, elle consulta la messagerie, pensant qu'il s'agissait du message de Simon.

Mais non. On l'avait appelée deux heures plus tôt à partir d'un numéro inconnu.

Piquée par la curiosité, elle entra son code dès qu'elle s'installa au volant de sa voiture. Au moment où elle tournait la clé de contact, l'enregistrement démarra.

— Mon nom est Isaac Cameron, déclara une voix masculine teintée d'un léger accent. Je suis médecin à l'hôpital de Cutler's Creek. »

Sous le choc, elle reetint son souffle.

Ce dernier nom la troublait, c'était le moins qu'on puisse dire. Sur une impulsion, elle voulut effacer le message, mais trop tard. La voix de l'inconnu reprenait, captant son attention.

— Je ne pense pas que vous désiriez entendre ceci, Olivia Donaldson, mais je vais quand même vous le dire.

Elle perçut qu'il prenait une inspiration comme s'il était sur le point de raconter une longue histoire. L'intonation froide lui procura un frisson d'appréhension.

Coupant le moteur, elle s'adossa contre le siège puis activa la fonction haut-parleur.

Elle n'avait aucune idée de ce que ce message signifiait, mais cela semblait important. Terriblement important, même.

— J'ai pensé que vous deviez être avertie, dit la voix masculine. Votre père est condamné. Il souffre d'un cancer du pancréas, la maladie qui a tué son propre père il y a vingt ans. D'après ce que j'ai entendu dire, ça vous a laissée indifférente et vous n'êtes pas venue à l'enterrement de votre grand-père…

Le ton sentencieux la mit en colère.

Hé ! Elle n'avait que treize ans ! Elle ne se souvenait même pas d'avoir rencontré son grand-père. Elle n'avait pas revu son père depuis qu'il les avait abandonnées, sa mère et elle. Qui s'attendait à ce qu'elle traverse la moitié du globe pour assister aux obsèques d'un inconnu ?

— Je n'aurais jamais entendu parler de vous, disait Isaac Cameron à présent, si je n'avais pas surpris votre père en larmes devant un carton de vieilles lettres et de paquets. Des courriers que vous lui avez renvoyés pendant des années sans même les ouvrir.

Elle resta ébahie.

Cet homme lui parlait d'une chose qu'elle ignorait totalement. Des lettres ? Des paquets ? Elle n'avait jamais rien reçu de son père. Pas même un coup de téléphone. Elle se rappelait avoir versé toutes les larmes de son corps le premier Noël après qu'il les avait quittées. Sa mère avait essayé de la consoler.

« Je sais que c'est difficile, Olivia. Mais tu ne voudrais pas grandir dans un endroit comme Cutler's Creek, crois-moi. Je ne pense pas qu'il y ait une école correcte là-bas. Mon nouveau travail à Londres va nous offrir de bien meilleures opportunités. Tu pourras même avoir le poney que tu réclames depuis si longtemps. »

Sa mère avait-elle vu ces courriers ? Avait-elle cru bien faire en la coupant de toutes ses attaches avec la Nouvelle-Zélande ? C'était possible, car elle avait été déterminée à l'intégrer totalement à leur nouvelle vie.

Olivia écouta la suite du message vocal.

— Il vous aime. Il voudrait avoir la chance de vous le dire avant de mourir. Je ne sais pas combien de temps il lui reste, mais pas longtemps j'imagine, car il refuse de se faire soigner.

Mais pourquoi ? Ce type de cancer pouvait vous emporter en quelques semaines si rien n'était tenté. Pourquoi son père refusait-il de se battre ? N'y avait-il personne autour de lui pour le persuader que ça valait la peine de lutter ?

Comme pour répondre à sa question, Isaac Cameron déclara sur un ton empreint de colère :

— Vous ne le savez sans doute pas, et vous vous en moquez peut-être, mais il y a toute une communauté ici à Cutler's Creek qui tient votre père en haute estime. C'est un homme bon, et je trouve honteux que vous lui ayez tourné le dos !

— Mais ce n'est pas vrai ! s'exclama-t-elle, outrée. C'est le contraire qui s'est passé…

— Peut-être est-il temps de faire table rase du passé, poursuivit la voix de l'inconnu comme s'ils avaient une vraie conversation. Si les gens d'ici étaient au courant, ils remueraient ciel et terre pour réaliser les dernières volontés de votre père. Mais il ne veut pas en parler autour de lui. Il n'y a qu'une personne avec qui il puisse le faire, c'est *vous*. Vous pourriez lui ôter ses regrets et faire en sorte qu'il meure apaisé…

Il y eut un silence.

Son interlocuteur essayait-il de reprendre le contrôle de ses émotions ? Oui, car lorsqu'il reprit la parole, ce fut d'une voix plus calme.

— Je ne vous connais pas, Olivia Donaldson, et je ne suis pas sûr d'avoir envie de connaître une personne capable de tourner le dos à un père qui l'aime autant. Mais je trouve normal que vous soyez au courant avant qu'il soit trop tard. Et si vous avez hérité d'une fraction de la compassion que votre père a pour les autres, vous ne refuserez pas de lui donner la seule chose qui lui tient à cœur…

Elle perçut un soupir, puis :

— On ne sait jamais. Un jour, c'est peut-être vous qui regretterez de ne pas lui avoir laissé une chance.

Un clic signala la fin de l'appel.

Olivia éteignit le téléphone et resta là de longues minutes, tremblante et hébétée.

Pourquoi était-elle bouleversée à ce point ? C'était de l'histoire ancienne. Peut-être était-elle juste en colère qu'un inconnu lui fasse des reproches parfaitement injustes. Lui dire qu'elle avait causé du chagrin à ce père qu'elle n'avait jamais revu, au point que, après toutes ces années, il s'était mis à pleurer ?

Alors, ça !

Elle déglutit pour chasser le nœud qui se formait dans sa gorge.

Elle ne se souciait pas de son père ! Elle le détestait, même. Il l'avait abandonnée sans le moindre remords.

Mais était-ce la vérité ? Que signifiaient ces courriers ? Qu'y avait-il eu dans ces colis ? Des livres, peut-être…

Un souvenir indésirable s'insinuait dans son esprit : son père lui avait toujours offert des livres. C'était lui qui lui lisait des histoires le soir. Elle se blottissait dans l'anse de son bras pour l'écouter…

Elle ferma les yeux et sentit le picotement des larmes sous ses paupières.

Il y avait très longtemps qu'elle n'avait plus versé de larmes en pensant à Don Donaldson, mais le souvenir de ces lectures du soir réveillait une foule de choses enfouies au fond d'elle-même. Il lui avait terriblement manqué au début. Oh ! cette lueur qu'il y avait dans son regard quand il était fier d'elle, son rire si particulier… Et jusqu'à l'odeur qu'il dégageait, qui venait de l'après-rasage à l'ancienne qu'il s'obstinait à utiliser.

Le nœud dans sa gorge se resserra jusqu'à devenir douloureux. Elle se sentait assaillie de toutes parts par les émotions. Elle avait perdu sa mère quelques mois plus tôt et restait hypersensible.

Quel rôle Janice avait-elle joué exactement ? Il était possible que sa mère l'ait trahie. Mais dans ce cas, pourquoi son père n'avait-il pas fait plus d'efforts pour reprendre contact ? Il aurait baissé les bras pour ensuite *la* blâmer ? C'était terriblement injuste. Certes, elle avait refusé d'aller aux funérailles de son grand-père quand sa mère lui avait appris la nouvelle. Elle avait envoyé à son père une lettre cinglante, disant qu'elle ne voulait plus jamais entendre parler de lui, mais elle n'était qu'une adolescente, alors que lui était l'adulte. S'il s'était vraiment soucié d'elle, il aurait essayé de la contacter, de maintenir des liens, non ? Et comme si ça ne suffisait pas, il y avait ce parfait inconnu qui la jugeait et décidait qu'elle n'était pas digne d'être connue !

C'était tellement odieux qu'elle ne pouvait pas laisser passer ça sans répliquer. Elle allait rappeler cet Isaac Cameron et lui dire ce qu'elle pensait des gens comme lui qui s'en prenaient aux autres sans rien savoir d'eux. Peut-être écrirait-elle aussi une lettre à son père pour mettre les choses au clair au sujet de qui avait tourné le dos à qui…

Elle ralluma son téléphone.

Mais elle pouvait aussi régler ses comptes avec lui en face. Comme une adulte et non plus comme une adolescente irascible. Ainsi, elle saurait avec certitude où était la vérité. Elle avait besoin d'en avoir le cœur net.

Finalement, elle appuya sur l'icône du navigateur, juste pour savoir comment se rendre à Cutler's Creek.

Dunedin était la ville la plus proche, et il y avait un aéroport, comme à Queenstown. Avec une voiture de location, il ne faudrait pas beaucoup de temps pour arriver jusqu'au fin fond de la campagne de l'île du Sud. Et en partant assez tôt, elle pourrait être de retour à Auckland le lendemain soir. Pas assez tôt pour assister au gala mais, pour être honnête, le plan qu'elle ébauchait n'en devenait que plus attrayant.

Quand elle sortit du parking et se faufila dans la circulation dense de l'heure de pointe, elle avait organisé en ligne sa journée de congé et envoyé un texto à Simon.

> Vraiment désolée, mais je ne vais pas pouvoir venir demain soir, finalement. Quelque chose est arrivé, et je dois me rendre dans le Sud pour la journée. C'est personnel.

2.

Olivia avait gardé des souvenirs d'Auckland, la plus grande ville du pays, où elle avait vécu jusqu'à l'âge de huit ans. En revanche, elle n'était jamais allée à Cutler's Creek, une bourgade perdue au fin fond de la campagne.

Le long de la grand-rue se dressaient l'église, la mairie, la station-service et le pub. Le quartier commerçant, qui commençait après le monument aux morts, était assez grand pour accueillir un supermarché, quelques cafés et des magasins d'articles d'occasion. Tout au bout, juste avant les habitations, elle repéra la caserne de pompiers devant laquelle stationnait une ambulance.

Elle gara la voiture de location et descendit se dégourdir les jambes.

Le trajet depuis l'aéroport avait réclamé toute son attention, surtout la dernière partie de la route en lacet à travers une gorge étroite. Elle avait aussi besoin de souffler avant de prendre la direction de l'hôpital local, indiquée par un panneau jaune.

Ses talons cliquetèrent sur le trottoir tandis qu'elle s'approchait du poste de secours qui lui sembla désert.

Peut-être l'équipe d'intervention était-elle seulement composée de volontaires ? Oui, sans doute. Dans une bourgade perdue au milieu de nulle part, l'argent de l'État servait à autre chose qu'à rémunérer les pompiers. C'était étonnant d'ailleurs que Cutler's Creek ait encore son hôpital.

Il y avait un terrain de rugby et quelques baraques de clubs sportifs entre la caserne et la première des habitations en bois à l'architecture coloniale. De la fumée s'échappait de quelques cheminées, mais toujours aucun signe de vie. L'endroit était affreusement désolé, comparé à l'effervescence des rues d'Auckland.

Oh… Quelqu'un venait dans sa direction sur le trottoir d'en face. Une femme d'un certain âge qui promenait un grand chien noir. Elle portait des bottes en caoutchouc et un long ciré jaune. En arrivant à sa hauteur, elle lui jeta un regard hostile. Le chien parut en faire autant.

Olivia ne put s'empêcher d'être mal à l'aise.

Pourquoi avait-elle choisi de mettre ce tailleur chic à la jupe crayon ? Elle avait troqué ses escarpins pour des chaussures à petits talons, mais ça ne suffisait apparemment pas pour avoir le style champêtre local.

Tournant le dos à la passante, elle leva les yeux.

Il fallait admettre que la chaîne de montagnes enneigées qui dominait la petite ville était spectaculaire. Cette nature majestueuse lui donnait l'impression d'être minuscule et insignifiante.

Vulnérable ? Non, quand même pas. Les gens vulnérables n'entreprenaient pas ce genre de choses, n'est-ce pas ?

Elle remonta en voiture et prit à droite la direction de l'hôpital, déterminée à prendre le taureau par les cornes.

Les maisons qui bordaient la rue disposaient de grands jardins. Il y avait aussi des parcelles nues avec des animaux. Des chèvres, un cochon, un poney protégé par une vieille couverture…

Un souvenir s'infiltra dans son esprit.

Le poney qu'elle avait eu dans son enfance avait droit à une écurie chauffée, songea-t-elle avec nostalgie. Cher Koko… Il avait été aussi choyé qu'elle dans ce pensionnat huppé situé à une heure de route de Londres.

Arrivée aux abords de l'hôpital de Cutler's Creek, elle aperçut un vieil homme qui travaillait sur une parcelle. Il se redressa et, appuyé sur le manche de sa bêche, regarda avec une évidente curiosité la voiture passer.

Eh bien, quoi ? Ils n'avaient jamais vu de visiteurs par ici ?

Il portait lui aussi des bottes en caoutchouc. À Auckland, les gens l'auraient regardé d'un drôle d'air s'il avait déambulé dans cet accoutrement. Quoique… Sa mère lui avait appris que, dans une grande ville, il fallait déployer beaucoup d'efforts pour être remarqué. Celle-ci avait été fière de sa fille sur ce point : prix d'excellence en classe et lors de concours hippiques, meilleurs résultats à la faculté de médecine, choix d'une carrière prestigieuse en chirurgie plastique, plus récemment sa relation avec Patrick Pauvert, un excellent parti…

Mais Olivia n'avait pas aimé être dans la lumière, pas plus en réussissant par elle-même qu'en étant la fille de son illustre mère. Les regards portés sur elle la mettaient mal à l'aise, elle se sentait jugée, comme, en cet instant, par ce jardinier.

Elle arriva devant la vieille bâtisse.

Quel contraste avec la structure ultramoderne de la clinique où elle travaillait ! Devant la porte principale, il y avait quelques places de parking et elle choisit de se garer là. Puis, abaissant le pare-soleil, elle vérifia dans le miroir l'aspect de son rouge à lèvres. Enfin, prenant une profonde inspiration, elle descendit de voiture et claqua la portière.

Elle commençait à avoir de sérieux doutes sur le bien-fondé de sa démarche. Mais puisqu'elle était là, autant en finir tout de suite, se dit-elle en s'avançant résolument vers l'entrée.

La femme aux cheveux gris assise derrière le bureau dans la zone d'accueil parut aussi surprise de la voir que le jardinier ou la passante. Au moins ne portait-elle pas de bottes en caoutchouc.

— Puis-je vous aider ? demanda-t-elle aimablement.

— Eh bien, je l'espère, répondit Olivia. Je suis ici pour rencontrer le Dr Donaldson. Don Donaldson.

— Avez-vous rendez-vous ?

Comme Olivia hésitait, la femme observa sa tenue.

— Ah… Vous êtes déléguée médicale ?

Olivia sentit son assurance s'effriter.

— Non. En fait, je m'appelle…

— Olivia ? fit une voix profonde empreinte d'étonnement. C'est bien vous, n'est-ce pas ?

Elle pivota pour voir qui entrait derrière elle.

L'homme était grand, avait des cheveux noirs ébouriffés et portait une blouse blanche par-dessus… un jean ! Il la fixait avec un mélange d'incrédulité et d'hostilité, comme si elle était la dernière personne qu'il s'attendait à voir là – ou la dernière qu'il ait envie de rencontrer.

— Et vous êtes Isaac Cameron, je présume ? dit-elle froidement.

Son interlocuteur esquissa une moue de mépris.

— Lui-même. Comment avez-vous deviné ? Moi, j'avais un avantage : j'avais vu votre photo en cherchant votre trace sur Internet.

C'était bien sa voix, et ce léger accent qui se remarquait davantage maintenant qu'il était en face d'elle. Irlandais, peut-être ? En revanche, elle n'avait eu aucune idée de ce à quoi il pouvait ressembler, et elle était… stupéfaite.

Plus que ça, admit-elle. *Époustouflée.* Isaac Cameron était le plus bel homme qu'elle ait jamais rencontré. À cet instant, elle se demanda pourquoi elle avait trouvé des hommes comme Simon Ellis et Patrick Pauvert séduisants. Parce qu'ils étaient en toutes circonstances d'une élégance impeccable ? Isaac Cameron était tout le contraire. Ses cheveux trop longs effleuraient le col de sa blouse, des mèches au bord du front avaient été ramenées en arrière – probablement avec les doigts —, et l'ombre d'une barbe lui couvrait les joues.

— Je ne pense pas que cet hôpital soit assez grand pour employer plus de deux médecins, dit-elle pour répondre à sa question. Et comme vous n'êtes pas mon père…

La réceptionniste ravala son souffle de façon audible derrière le bureau. Olivia sentait son regard lui transpercer le dos comme une brûlure.

Donc, le Dr Cameron n'était pas la seule personne à l'avoir jugée indigne ?

Un frisson de crainte lui courut dans le dos.

En cet instant, elle aurait donné n'importe quoi pour être ailleurs. Elle avait commis une erreur en venant ici. Mais le plus incompréhensible, c'était ce frémissement étrange au creux du ventre, tandis qu'un regard fascinant d'un brun ambré retenait le sien.

Seigneur... Serait-elle attirée par cet homme ?

En tout cas, il ne semblait pas percevoir d'alchimie incongrue dans l'atmosphère entre eux, car il se mit à la détailler de la tête aux pieds. Le pli de sa bouche suggérait qu'il s'attendait à ce qu'elle porte exactement ce genre de vêtements. Il la jugeait de nouveau, à travers ses vêtements, son style de vie, la relation qu'elle n'avait pas avec son père...

— Vous vous souvenez donc de son physique ? Ça fait plaisir à entendre, dit-il, sarcastique.

Elle retint de justesse une exclamation de rage.

Derrière elle, la réceptionniste s'éclaircit la gorge comme si elle se retenait de rire. À moins qu'elle ait voulu adresser un signal parce qu'on risquait de surprendre leur conversation ?

La voix de quelqu'un venant du couloir retentit soudain.

— Ah, vous voilà, Zac. Où diable avez-vous mis le dossier de Goeffrey Watkins ? J'ai besoin de voir son dernier électrocardiogramme...

Cette fois, l'onde de choc qui balaya Olivia n'avait rien à voir avec une quelconque attirance. Elle connaissait cette voix presque aussi bien que la sienne. L'entendre, c'était comme si une porte s'ouvrait sur une pièce remplie de souvenirs qu'elle ne voulait pas revisiter. Parce que l'homme qui venait de parler lui avait brisé le cœur à jamais.

Lentement, très lentement, elle se détourna, dans l'attente de la confrontation.

Elle le reconnut instantanément, mais Don Donaldson ne lui accorda aucune attention. Comme il se dirigeait vers eux, son regard restait concentré sur Isaac. Puis son pas hésita, il tourna la tête vers elle, et son visage devint blême.

L'espace d'une fraction de seconde, elle eut peur que le

choc de sa visite soit trop violent et qu'il ait une attaque ou une syncope.

Mais Don ouvrit la bouche et articula d'une voix désincarnée :

— *Libby ?*

Oh… Cela faisait atrocement mal. Elle n'avait jamais autorisé personne à l'appeler ainsi depuis qu'il les avait quittées, sa mère et elle, quand elle avait huit ans.

— Mon nom est Olivia, dit-elle d'un ton appuyé.

— Mais… Que diable fais-tu ici ?

Olivia écarquilla les yeux.

— Pardon ? J'ai cru comprendre que c'était ton idée… Ce que *tu* voulais.

Son père était toujours livide et comme en état de choc. Pas du tout comme si sa dernière volonté venait d'être exaucée de façon inattendue.

— Hum, dit Zac en levant les mains. Si nous allions dans la salle de repos ? Je pourrais tout vous expliquer.

— Dans *mon* bureau ! lança Don sèchement. Je n'ai pas envie qu'on déballe davantage ma vie privée devant tout le monde, merci bien.

La réceptionniste pinça les lèvres, offusquée.

— Docteur Donaldson ! Je pensais que vous me connaissiez mieux que ça.

Il bougonna quelque chose d'inintelligible qui pouvait passer pour une excuse.

Olivia lui emboîta le pas en fronçant les sourcils.

Ce vieil homme grincheux était très différent du père qu'elle avait connu. Mais peut-être était-ce une bonne chose, au fond. Ce serait plus facile de reléguer le passé. Tout ce qu'il lui restait à faire, c'était de dissiper l'injustice dont elle était l'objet et de retourner vers le monde auquel elle appartenait.

Zac sentit un nœud se former dans sa gorge tandis qu'il suivait la fille de Don vers le bureau de celui-ci.

Tout cela était sa faute. Mais pour sa défense, il ne s'attendait absolument pas à ce qu'Olivia Donaldson débarque à l'hôpital sans prévenir. Et dès le lendemain de son coup de téléphone ! À croire qu'il avait touché un nerf sensible.

Même s'il avait vu sa photo sur le trombinoscope du personnel de l'Institut de chirurgie plastique d'Auckland, il n'avait pas prévu qu'elle serait si… si ravissante en vrai. Elle était grande, mince, avec de longs cheveux blond doré retenus en une tresse impeccable. Et ses yeux étaient si bleus qu'on se demandait s'ils étaient réels. Il savait évidemment qu'elle était respectée en tant que chirurgienne, mais elle aurait pu tout aussi bien faire carrière dans le mannequinat. Ce n'était pas seulement son physique qui la rendait si séduisante. Il y avait quelque chose dans sa façon de se mouvoir qui retenait l'attention. Son parfum, peut-être aussi… Il n'avait pas imaginé un instant être attiré par cette femme. Il n'empêche que son corps semblait vouloir défier sa raison. Bah, ce n'était sans doute qu'une illusion, il était juste déstabilisé par sa visite impromptue.

Toujours est-il qu'il était responsable de cette réunion familiale qui promettait d'être embarrassante, pour ne pas dire dommageable pour tout le monde, lui même y compris.

Dès que la porte du bureau fut refermée, son patron se tourna vers lui, l'air furieux.

— Vous lui avez tout raconté, hein ? Après que je vous ai demandé de garder ça pour vous !

Théoriquement, Zac avait contacté Olivia Donaldson *avant* que Don précise que l'information était confidentielle. Mais même s'il ne le savait pas à ce moment-là, il n'aurait pas dû faire ça.

— Désolé, Don… Je pensais bien faire en avertissant votre fille. Elle devait savoir que…

— Que ta dernière volonté avant de mourir était de me revoir ? dit Olivia. Mais si je comprends bien, ça n'est pas vrai, n'est-ce pas ?

Les traits de Don s'assombrirent dangereusement et il continua de s'adresser à Zac.

— Vous lui avez dit *ça* ?

— Je ne me rappelle pas mes paroles exactes, avoua Zac. J'étais un peu remonté après avoir vu toutes ces lettres que votre fille a refusé de lire.

— Je *n'ai pas* refusé de les lire ! s'exclama Olivia, outrée. Je ne les ai jamais reçues. J'ai même du mal à croire qu'elles existent.

Zac ne put s'empêcher de jeter un coup d'œil furtif vers l'étagère où était posée la boîte d'archives. L'instant d'après, il vit qu'Olivia et Don le fusillaient du regard. Leurs expressions étaient si semblables qu'il se retint de sourire : il était clair que le père et la fille avaient des choses en commun.

— Elles n'existent plus, dit Don d'une voix bourrue. Je les ai passées à la déchiqueteuse. Et même si elles étaient encore dans ce carton, quelle importance ? Tout cela, c'est de l'histoire ancienne.

Zac vit Olivia déglutir pour accuser le coup.

Ces lettres avaient représenté quelque chose pour elle, devina-t-il. Peut-être disait-elle la vérité en affirmant qu'elle ignorait leur existence. Aurait-elle aimé les voir ? À sa manière de reprendre son souffle, il comprit qu'elle était blessée et qu'elle essayait de surmonter sa déception. En dépit de son allure impeccable et son air guindé, Olivia Donaldson cachait des fragilités. Le haussement d'épaules qu'elle ébaucha était clairement défensif.

— Ça ne m'intéresse pas vraiment, de toute façon, dit-elle d'un ton faussement dégagé. Et je suis presque certaine que me voir avant de mourir ne figurait pas sur la liste de tes priorités. Après tout, tu as eu vingt-cinq ans pour le faire. Non, la vraie raison de ma venue, c'est que je tenais à te dire que tout cela est profondément injuste…

Zac nota le léger tremblement dans sa voix et regretta de lui avoir laissé ce message.

Mon Dieu ! Qu'avait-il fait ? Pourquoi était-il intervenu dans une affaire qui ne le regardait pas pour bouleverser la vie de ces deux personnes ?

Don était de plus en plus pâle, comme s'il était sur le

point de s'effondrer. Si cela arrivait, il s'en voudrait terriblement. Olivia aussi était pâle. Entre le père et la fille, de vieilles blessures se rouvraient devant lui. Des blessures profondes, c'était évident.

Olivia reprit enfin la parole.

— Ce n'est pas juste de faire croire que je t'ai rejeté, alors que c'est exactement l'inverse qui s'est passé. Quel genre de père est capable d'abandonner son enfant sans le moindre regret ?

« Il le regrettait hier, je l'ai vu pleurer », faillit répondre Zac. Mais il préféra se taire. Il avait fait suffisamment de mal comme ça.

— Seuls les salauds font ça, répondit Don d'une voix sourde. Je ne t'en veux pas de me détester. Ce que j'aimerais comprendre, c'est pourquoi tu as pris la peine de faire tout ce chemin pour me retrouver.

— Parce que quelqu'un m'a laissée entendre que je risquais de regretter de ne pas saisir la dernière chance que j'aurais de te voir, dit Olivia en redressant le menton. Et j'ai décidé que je te dirais en face ce que je pense de toi. Pas grand-chose, en fait, que ce soit en tant que père ou en tant que mari. Maman m'a raconté le peu de soutien qu'elle avait reçu de ta part dans sa carrière. Et je ne pense pas grand-chose de toi comme médecin, puisque tu refuses de suivre un traitement. Quel exemple donnes-tu à tes patients ? Comment peuvent-ils te faire confiance pour leur apporter les meilleurs soins quand tu n'appliques pas cette règle pour toi-même ?

Zac était médusé.

Waouh, quel tempérament ! Des sentiments profonds s'exprimaient dans cette colère. Mais il percevait autre chose dans ce qu'elle disait : la détresse d'une petite fille perdue parce que son père l'avait abandonnée.

Qu'est-ce qui avait pu pousser Don à faire une chose aussi terrible ?

Il avait presque envie de s'avancer vers Olivia et de l'entourer de ses bras. Un geste qu'elle prendrait certainement très mal, d'autant qu'il n'avait rien à faire ici et que cette histoire ne le concernait absolument pas.

Comme en écho à ses pensées, Don déclara :

— Ça ne regarde que moi.

Mais Zac nota qu'il s'adressait à sa fille, pas à lui.

— Je ne t'ai pas demandé de venir, et tu n'aurais pas dû faire le déplacement, dit-il encore. Tu n'es pas à ta place ici. Ta mère non plus n'appartenait pas à ce milieu. Alors, tu ferais mieux de reprendre la route tant que c'est encore possible.

Oh non, pas ça ! Comment la situation pourrait-elle s'arranger après ça ?

Comme il s'y attendait, Olivia tourna les talons.

— Oh ! ne t'inquiète pas, c'est exactement ce que je compte faire !

La porte claqua derrière elle.

Zac se força à rencontrer le regard de son patron, sachant que Don avait toutes les raisons de lui en vouloir.

Sauf qu'il n'était nullement en colère, constata-t-il avec surprise. Il semblait en proie à une infinie tristesse.

— Vous pouvez y aller aussi, dit-il d'une voix sans timbre. Laissez-moi tranquille, maintenant.

Les mains d'Olivia tremblaient si fort qu'elle s'y prit à deux fois pour démarrer. Puis les larmes lui brouillèrent la vue, de sorte qu'elle dut s'arrêter non loin de la caserne de pompiers, là où elle avait fait une halte en venant.

Elle s'essuya les joues d'un revers de main et prit de longues inspirations pour tâcher de se calmer.

Pourquoi se mettait-elle dans un état pareil ? Qu'avait-elle attendu de la part d'un homme qui avait froidement décidé de ne plus faire partie de sa vie à une époque où elle avait tant besoin de lui ? Avait-elle nourri quelque espoir secret que son père l'aimait toujours, comme Isaac Cameron l'avait suggéré dans son message ?

Mais tout ça n'était que du vent, des idées sans fondement qui n'existaient que dans l'imagination de quelqu'un qui n'avait rien à voir dans l'histoire et n'aurait jamais dû intervenir. Son père ne l'aimait pas et n'avait jamais formulé le désir de la revoir avant de mourir.

Ça faisait mal. À quoi bon remuer ces choses douloureuses qui auraient dû rester dans le passé ? Elle verrouillerait sa douleur au fond d'elle-même, une fois de plus. Elle avait commis une erreur en venant à Cutler's Creek, c'était tout. Pour surmonter ce revers, le mieux était de quitter cet endroit au plus vite et d'essayer d'oublier.

Elle reprit la route, laissant la bourgade derrière elle. De chaque côté de la chaussée s'étendaient des champs à perte de vue. Bientôt, elle s'engagerait dans les premiers virages de la gorge étroite.

Ce n'était pas facile de chasser de son esprit ces minutes intenses. Et pas seulement à cause de l'horrible scène avec son père, qu'elle rangeait déjà dans le coin de sa mémoire où étaient enfouis ses autres souvenirs de Donald Donaldson. Car il y avait un autre homme qu'il lui serait difficile d'oublier : le fauteur de troubles, le type irresponsable qui s'était immiscé dans sa vie pour la mettre sens dessus dessous.

Oui, elle risquait de penser à Isaac Cameron pendant un certain temps. Elle n'avait jamais ressenti jusque-là ce tressaillement étrange au fond d'elle, pas même avec Patrick. Et elle se demandait si elle éprouverait de nouveau un tel élan de désir... D'ailleurs, le seul fait de penser à cet homme ravivait la sensation.

Oh ! là là... C'était plus qu'un simple courant électrique qui la traversait tout entière. Un bourdonnement lui emplissait les oreilles avec une intensité grandissante.

Le son devint tellement fort qu'elle se surprit à lever les yeux vers le haut du pare-brise, et immédiatement, elle appuya sur la pédale de frein.

Un avion léger venait de surgir de nulle part et traversa la route à quelques mètres d'elle, presque en rase-mottes. Le moteur vrombit, tandis que l'appareil regagnait de l'altitude, mais presque aussitôt il émit des ratés, et l'avion piqua du nez. Le pilote essayait-il de se poser en urgence dans un champ ? Mais si c'était le cas, il devait remonter très vite pour éviter le bois de pins.

Elle vit avec horreur le train d'atterrissage toucher la cime des arbres, puis les ailes se mettre à osciller dangereusement. L'avion se rapprochait du sol à toute vitesse. Dans le champ, les moutons affolés s'éparpillaient en tous sens. Une des roues toucha terre, faisant rebondir l'appareil. L'instant d'après, il piqua du nez et s'écrasa, retourné, dans un vacarme épouvantable.

Elle se figea, horrifiée. Puis d'un bond, elle sortit de la voiture, son téléphone à la main, et composa le numéro des secours.

— Bonjour, d'où appelez-vous ? demanda une voix.

— Je suis sur la nationale 1, à dix minutes de Cutler's Creek en direction de Dunedin.

— Quel est le problème ?

— Un avion vient de s'écraser dans un champ… Un petit appareil, type Cessna.

— Avez-vous une idée du nombre de personnes impliquées ?

— Non… Je n'ai pu apercevoir que le pilote quand l'avion est passé au-dessus de moi.

— Que voyez-vous maintenant ?

— Eh bien… Pas grand-chose.

De la fumée montait de l'endroit où l'avion s'était écrasé, mais elle était trop loin pour voir s'il y avait du mouvement à l'intérieur ou autour de l'avion. Pour se rapprocher, il lui fallait franchir un fossé et une clôture en fils barbelés.

— Restez en ligne, lui dit-on. Les secours arrivent.

Elle regarda de part et d'autre de la route.

Dans combien de temps seraient-ils sur place ? En attendant, une voiture allait sûrement passer et quelqu'un lui viendrait en aide. Du côté de Cutler's Creek, le bruit d'une sirène de défense civile retentissait. Était-ce pour appeler les pompiers volontaires à rejoindre la caserne ?

Mais il leur faudrait sûrement plusieurs minutes pour arriver jusqu'ici. Des minutes cruciales si des vies étaient en danger.

Elle était médecin et ne pouvait rester là à ne rien faire, même si la perspective d'être la première sur les lieux était plutôt terrifiante. Elle avait travaillé dans les services d'urgence, avec à sa disposition tout l'équipement et le personnel pour sauver des vies, mais ici, elle était seule dans un endroit inhospitalier. Elle ne pouvait compter que sur elle-même et devait agir vite.

D'abord, franchir cette clôture…

Heureusement, les fils barbelés n'étaient pas électrifiés. Elle écarta les deux plus bas, passa la tête dans l'intervalle, puis une jambe. Elle se glissa ensuite assez facilement de l'autre côté, bien qu'elle ait senti la couture de sa jupe accrocher et se déchirer.

Tant pis !

Elle se mit à courir vers l'avion à travers le terrain inégal, se demandant si elle réussirait à ouvrir les portes, à secourir les occupants blessés et comment elle allait s'y prendre pour leur prodiguer les premiers soins.

Elle ralentit en arrivant à proximité de l'avion, pour reprendre son souffle et surtout pour évaluer les lieux de l'accident. C'était la première chose à faire : voir s'il y avait des dangers potentiels qui lui feraient courir un risque, comme des débris de verre, des fuites de carburant ou des lignes électriques à terre. Un regard vers la route lui indiqua que les lignes électriques les plus proches semblaient intactes.

Elle vit aussi un véhicule muni d'un gyrophare franchir la barrière de l'enclos qui se trouvait un peu plus loin. Ce n'était ni un camion de pompiers ni une ambulance, on aurait dit un 4x4, et il roulait vers elle à vive allure.

Il se trouvait encore trop loin pour pouvoir reconnaître le conducteur, mais elle n'avait aucun doute sur son identité. Et peu importait que ce soit la personne qui venait de chambouler son esprit. Jamais elle n'avait été aussi heureuse de voir quelqu'un venir vers elle.

Elle n'était plus seule à faire face à ces circonstances dramatiques, et c'était tout ce qui comptait.

3.

Zac n'avait pas pensé une seconde qu'il reverrait la jeune femme.

Elle n'était certainement pas la collègue qu'il aurait choisie pour le seconder dans une situation d'urgence, mais il l'avait vue courir à travers le champ avec l'intention évidente de porter secours. Un bon point pour elle, pensa-t-il en arrêtant le véhicule. Elle avait dû déchirer son tailleur chic dans l'aventure, et ses chaussures étaient sans doute maculées, mais ces détails ne l'avaient pas arrêtée.

Il prit en hâte sa trousse qui se trouvait à l'arrière et descendit.

— Vous l'avez vu s'écraser ?

Ce disant, il posa son matériel au bout d'une aile accidentée puis se baissa pour atteindre le fuselage.

— Oui, il est passé juste devant ma voiture.

— Donc, il essayait d'atterrir en catastrophe ?

À cet instant, il aperçut la silhouette recroquevillée d'un homme dans le cockpit.

— Je pense, répondit Olivia. Le moteur avait des ratés. Les roues ont accroché les arbres. À la dernière seconde, l'avion s'est retourné et s'est immobilisé dans un fracas terrible.

Il n'en était pas surpris. L'hélice était profondément plantée dans le sol. Le pare-brise brisé portait des traces de sang. Il approcha son visage de la portière.

— Je ne vois aucun passager. À mon avis, il n'y a que le pilote.

Il cogna contre la vitre.

— Hé ! Vous m'entendez ? Je suis médecin. Nous allons vous aider.

— Est-il… vivant ?

— Je n'obtiens pas de réponse, dit-il à l'adresse d'Olivia.

Il essaya de manœuvrer la porte. Comme celle-ci s'entrouvrait de quelques centimètres seulement, Zac s'arc-bouta contre l'aile et tira avec force. À la troisième tentative, il réussit à l'écarter suffisamment pour atteindre la victime.

Il redressa l'homme autant qu'il put afin de dégager ses voies respiratoires et lui soutint la tête pour protéger la nuque. Un filet de sang coulait sur son front, venant d'une coupure dissimulée dans les cheveux. Voilà sans doute qui expliquait les traces sur le pare-brise. Cette blessure pouvait être sérieuse.

Le pilote laissa échapper un gémissement.

— Où avez-vous mal ? s'enquit Zac.

L'homme lui était inconnu, et il en éprouva du soulagement.

Dans la petite communauté de Cutler's Creek, un accident impliquait forcément des personnes qu'on avait l'habitude de côtoyer, et c'était dévastateur moralement. Sur un plan plus personnel, chaque situation d'urgence lui faisait craindre le retour de ces visions pénibles qui l'avaient hanté pendant des mois, en même temps que le souvenir de Mia. D'où la capacité qu'il avait développée à moins ressentir – une technique qui lui donnait peut-être une trop grande maîtrise de soi, mais qui était bien utile dans certaines circonstances, comme lorsqu'il avait dû prendre en charge le fils de Bruce, le policier, après son accident. Quand le patient était un inconnu, c'était nettement plus facile.

— Mon dos, murmura l'homme. Et ma jambe…

— Pouvez-vous respirer normalement ?

— Non, j'ai mal…

Zac nota que sa respiration était faible et rapide, mais l'espace était trop étroit pour pouvoir évaluer quoi que ce soit.

— Votre nom ?

— Dave… Wilson. Oh ! je… Que s'est-il passé ?

Il essaya de dégager sa tête, et Zac dut le maintenir plus fermement.

— Vous avez eu un accident. Essayez de ne pas bouger, Dave. On va vous sortir de là, d'accord ?

Il se tourna vers Olivia.

À ses yeux écarquillés, il sut qu'elle était effrayée, ce qui n'était guère étonnant. Habituée à l'environnement impeccable des hôpitaux ultramodernes, elle était très loin de sa zone de confort. Néanmoins, une expression déterminée marquait son visage. Ramenant une mèche de cheveux en arrière, elle redressa le menton, et il sut qu'elle ne laisserait pas ses nerfs prendre le dessus.

— Il y a un collier cervical dans ma trousse, lui dit-il. Pouvez-vous me le passer ?

— Bien sûr.

Quelques secondes plus tard, il avait la minerve en main. Il la mit en place avec précaution autour du cou du pilote.

Dave laissa échapper une nouvelle plainte.

— Désolé, dit Zac. Ce n'est pas confortable, mais il faut protéger votre nuque. Nous vous donnerons quelque chose contre la douleur dès que nous aurons réussi à vous extraire de l'avion.

« Nous ». Comme si Olivia Donaldson et lui formaient une équipe. Il savait que les secours étaient en route. Des voix confuses provenaient de la radio du 4x4. D'ailleurs, il devait les tenir au courant et demander qu'on envoie un hélicoptère sur place. Mais pour le moment, lui et la fille de Don formaient une équipe, c'était indéniable.

Gardant une main sur le front du pilote, il essaya de déverrouiller le harnais de sécurité.

— Bonté divine !

— Que se passe-t-il ? demanda Olivia.

— Je n'arrive pas à atteindre le boîtier central.

— Attendez, je peux peut-être y arriver, dit-elle en se coulant dans l'espace étroit qu'il avait ménagé à l'entrée du cockpit.

— Faites attention, la tôle arrachée est coupante.

Le corps pressé contre le sien, elle progressa vers l'intérieur de l'avion et saisit le harnais.

— Il saigne beaucoup, indiqua-t-elle.

— Vous localisez la plaie ?

— Non, je ne vois pas… Le bas de la jambe, peut-être. Je sens le boîtier, mais… Ah, zut ! Il ne fonctionne pas.

Elle plissait le front et se mordait la lèvre inférieure sous l'effort.

Comment l'aider ? Elle était plaquée contre lui, et il ne pouvait bouger le bras.

— Ma poche arrière, dit-il. J'ai un couteau multi-usage dans la poche arrière de mon jean. Prenez-le et coupez le harnais.

Olivia suivit ses instructions. Il sentit ses doigts s'introduire dans sa poche.

Il ne devait penser qu'au blessé, dont il maintenait les cervicales et surveillait les mouvements du torse, mais…

Les doigts de la jeune femme étaient si délicats qu'il avait l'impression qu'elle caressait son postérieur nu, comme si l'épaisseur du jean et du caleçon avait brusquement disparu. L'espace d'une seconde, il ressentit une vive chaleur. Comme une brûlure ardente, fulgurante.

C'était la première fois qu'il éprouvait ce genre de sensation depuis…

Oh ! mon Dieu ! Ce n'était pas seulement cette scène d'accident qui déclenchait le souvenir de Mia, n'est-ce pas ? Il s'efforçait de rester dans une totale maîtrise émotionnelle, mais quand les émotions s'avéraient incontrôlables, l'effet était dévastateur.

— Ôtez la sûreté du couteau, dit-il d'un ton âpre. Il y a une encoche. Glissez-le sous les sangles et tirez !

Il tenait le blessé à deux mains tandis qu'Olivia s'efforçait de cisailler les lourdes sangles.

Même s'il l'avait trouvée nerveuse et angoissée en arrivant, elle n'avait pas hésité à faire ce qu'il lui demandait, s'assurant que le blessé était bien maintenu avant de couper la deuxième lanière. Cela fait, elle replaça la sûreté sur le couteau et le rangea dans la poche de son tailleur.

Ses gestes étaient minutieux et assurés. Et rien qu'à voir la façon dont elle s'était hissée dans cet amas de tôle, il pouvait affirmer qu'elle était courageuse. Un moment plus tard, quand elle souleva les jambes de Dave tandis que lui-même supportait le haut du corps, il dut reconnaître qu'Olivia avait aussi une force impressionnante pour une femme.

Ensemble, ils sortirent le pilote de la carcasse de l'avion et l'étendirent sur l'herbe. Aux cris de douleur du blessé, il évalua que ses voies respiratoires étaient dégagées, mais son souffle était faible, et il avait besoin d'oxygène. De calmants aussi, et cela impliquait la pose d'une perfusion. Il fallait également stopper tout saignement important. Étant donné son état d'agitation, il pouvait s'avérer nécessaire de l'endormir, puis de l'intuber pour que l'équipe de secours puisse le transporter en toute sécurité.

Il poussa un soupir de soulagement en entendant la sirène de l'ambulance au loin.

Olivia n'avait jamais vu un médecin travailler ainsi. Isaac Cameron ne disposait que de sa trousse, mais on aurait dit qu'il inventait autour de lui tout un service d'urgence bien équipé tant il employait ces ressources avec efficacité. Elle en faisait partie, comme les deux ambulanciers qui arrivèrent peu après qu'ils eurent sorti Dave de l'appareil.

À partir de ce moment, ils prirent les choses en main. Elle plaça une perfusion au bras de Dave pendant que Zac évaluait la gravité de ses blessures. Les ambulanciers surveillaient les saignements d'une fracture ouverte à la jambe, quand l'un d'eux releva la tête.

— Vous sentez cette odeur ?

Zac ôta son stéthoscope et inspira l'air.

— Tu as raison, Ben. Il y a une fuite de carburant quelque part.

— Au moins, les pompiers arrivent. J'entends la sirène.

— Oui, mais il faut le bouger, et vite, dit son collègue. Je vais chercher la civière.

— Reculez, ordonna Zac à Olivia. Mettez-vous au moins de l'autre côté de l'ambulance. C'est trop risqué.

Elle secoua la tête.

— Je ne vais nulle part, répondit-elle avant de se pencher au-dessus de Dave. Êtes-vous allergique à un médicament ?

— Je ne crois pas… Oh ! bon sang ! J'ai mal…

— Je sais. Je vais vous administrer quelque chose contre la douleur. Vous allez vous sentir dans les vapes.

Elle prépara la seringue puis releva la tête. Elle savait que Zac l'observait, et elle jugea qu'il serait poli d'attendre son approbation. En dépit de l'urgence de la situation, elle était consciente qu'il était le responsable des opérations et qu'elle était sur *son* territoire.

Leurs regards se rivèrent, et elle lut dans le sien quelque chose d'autre que la simple permission de faire l'injection. Du respect, peut-être ? Quoi qu'il en soit, l'expression était suffisamment positive pour dissiper les restes de sa nervosité.

Les ambulanciers revinrent avec une civière d'évacuation.

— Nous allons le tourner de chaque côté et glisser les deux parties de la civière qu'on assemblera sous le corps, expliqua Zac à Olivia. Surtout, il est important de respecter l'alignement de la colonne vertébrale. Je surveille la tête, tenez-lui les bras, et les ambulanciers feront le reste. Prêts ?

Avec précaution, ils roulèrent le pilote sur un côté puis l'autre. Une fois la civière fixée, les trois hommes portèrent le blessé vers l'extrémité du champ à l'écart de l'avion accidenté.

Elle rassembla ce qu'elle put du matériel et se mit à courir derrière eux. Du coin de l'œil, elle vit le camion de pompiers entrer dans le champ.

Tout à coup, il y eut une explosion derrière elle. Le carburant prenait feu ! Elle sentit le souffle brûlant dans son dos, trébucha sur quelque chose et tomba à terre.

Une seconde plus tard, elle prit conscience qu'elle n'avait pas trébuché, mais que deux bras solides l'avaient plaquée au sol. Un corps masculin couvrait le sien. Mais le plus surprenant, c'était le regard mordoré dont l'éclat intense la transperçait. Un regard qui semblait hanté par… la peur ?

Elle sentit son cœur manquer un battement, mais l'expression disparut aussitôt, et Zac se remit debout. Il lui tendit une main pour l'aider à se relever.

— Désolé, dit-il. Je ne savais pas à quelle distance nous étions de l'explosion.

Donc, il s'était jeté sur elle pour la protéger ? *Waouh !*

— Vous n'êtes pas blessée, au moins ? ajouta-t-il d'une voix empreinte d'inquiétude.

Elle prit une longue inspiration pour recouvrer son souffle.

— Non. J'ai juste eu un peu peur, c'est tout.

Elle jeta un rapide regard vers les flammes qui dévoraient la carcasse de l'appareil et réprima un frisson.

Vu ce qu'il avait pensé d'elle quand il lui avait laissé ce message vocal, elle n'avait pas envie qu'il la trouve pathétique en plus de tout le reste. Mais cette fois, il n'avait pas du tout l'air de la juger. Il la contemplait avec une sorte de compréhension et cette autre expression qu'elle avait prise pour du respect tout à l'heure et qui lui avait redonné confiance en elle.

L'avait-elle vraiment impressionné ?

— Tout va bien. Les pompiers vont s'occuper de ça. Nous sommes en sécurité ici, dit-il sur un ton apaisant.

En effet, le camion stoppa à proximité de l'avion en feu. Des hommes déployèrent aussitôt le matériel. Elle remarqua alors que la barrière du champ était restée ouverte et que les moutons paniqués s'échappaient sur la route.

Le blessé avait-il conscience de tout ce désordre autour de lui ? Toujours est-il qu'il commençait à s'agiter violemment.

— Dave ? Vous m'entendez ? criait Ben. Ne bougez pas !

Olivia et Zac se précipitèrent.

Bien qu'agité, Dave gardait les yeux fermés et émettait des plaintes incohérentes.

— Combien de temps pour l'hélicoptère ? demanda Zac en s'adressant à Ben.

— Dix ou quinze minutes.

— Je vais réaliser une intubation en séquence rapide, dit-il. Il est trop instable.

Le jeune ambulancier lui tendit la pochette qui contenait les instruments et les médicaments nécessaires.

— Vous voulez m'assister ? demanda Zac en levant les yeux vers Olivia.

— Bien sûr, répondit-elle d'emblée.

Elle était formée à cette pratique qui consistait à introduire un tube dans la trachée du patient. Mais elle n'avait réalisé ce geste que dans un bloc opératoire stérile, avec le personnel et l'équipement adéquats en cas de problème. La perspective de faire cette opération dans un champ avec un avion en flammes non loin et des gens qui criaient sur la route pour essayer de contenir un troupeau de moutons était pour le moins surréaliste. Mais le défi était d'autant plus excitant.

Elle injecta l'anesthésique puis observa Zac agenouillé à la tête de la victime, prête à l'aider à placer le tube. D'une main, il manipulait le laryngoscope, tandis que l'autre insérait la sonde endotrachéale. Cela ne prit que quelques secondes. Déjà, il fixait le ballonnet de la sonde, tout en utilisant son stéthoscope pour écouter la respiration et vérifier le bon positionnement.

La procédure avait été si rapide et si maîtrisée qu'elle en resta béate d'admiration.

Quelle habileté, quelle sûreté du geste !

Le bruit de l'hélicoptère se fit entendre. Il s'apprêtait à atterrir quand ils s'aperçurent qu'un autre appareil le suivait.

— La télévision nationale, dit l'un des ambulanciers.

Le premier appareil se posa à une certaine distance, mais elle ressentait la vibration des rotors jusque dans son propre corps. Les deux hommes de l'équipage semblaient bien connaître Zac, ils communiquèrent avec lui par signes, chargèrent rapidement la civière et levèrent le pouce à leur intention avant de décoller. Le second hélicoptère tournoyait au-dessus du champ. Après avoir filmé la fin du sauvetage du pilote, les journalistes prirent des images de la zone de l'accident, puis l'engin s'éloigna à son tour.

Zac se tourna alors vers Olivia et esquissa une sorte de sourire en coin qui éclaira ses traits.

Était-ce l'effet de l'adrénaline, après être intervenus sur cet accident extraordinaire, ou du vacarme de l'hélicoptère dont les vibrations la traversaient encore ? Toujours est-il que l'exaltation qui s'empara d'elle dépassa en intensité la sorte de coup de foudre qui l'avait traversée à la vue de cet homme dans le hall du petit hôpital.

Décidément, sa rencontre avec Isaac Cameron risquait de devenir l'expérience la plus mémorable de toute cette expédition. C'était si déroutant qu'elle détourna les yeux et consulta sa montre d'un air absorbé, comme si l'heure devenait tout à coup une affaire essentielle.

Eh bien, justement, c'était le cas.

— Oh… Flûte !

— Un problème ? s'enquit Zac.

— Je ne peux plus espérer retourner à Dunedin à temps pour prendre mon avion. Flûte et flûte !

Remarquant qu'il souriait de nouveau, elle lui lança un regard furieux – il trouvait ça amusant peut être ? –, avant de se rendre compte qu'il la détaillait de la tête aux pieds.

Non, mais quelle audace ! Il la toisait délibérément.

— Et vous n'avez pas emporté de tenue de rechange, j'imagine ?

— Pardon ?

Elle ne s'était pas occupée de savoir dans quel état elle s'était mise, mais la question de Zac lui rappela qu'elle avait déchiré sa jupe sur le barbelé. Elle baissa les yeux et ferma brièvement les paupières en laissant échapper un gémissement.

Son tailleur clair n'était pas seulement déchiré, il était sale, maculé de boue, de sang, de traces d'herbe et de… – oh, Seigneur ! – de *déjections* de moutons ? Quant à ses chaussures, elles étaient sans doute irrécupérables.

Les pompiers se préparaient à partir. Les ambulanciers

aussi chargeaient le reste de leur matériel à l'arrière de l'ambulance.

— Nous avons rangé ta trousse dans ta voiture, Zac.

— Merci, les gars.

— À bientôt. Une séance d'entraînement demain soir ?

— Sûrement, si le temps ne se dégrade pas d'ici là.

— C'est vrai. Si la tempête se déclenche tôt, nous risquons d'être appelés à porter secours. Bah, de toute façon, on se reverra vite.

Au moment où Zac et elle atteignaient le 4x4, une voiture de police entra dans le champ et ralentit en arrivant près d'eux. La vitre du conducteur s'abaissa.

— Hé, Zac… Une intervention mouvementée pour toi, à ce que j'ai entendu dire ?

— Oui, on peut le dire. Si tu as besoin d'un rapport, le Dr Donaldson ici présente est ton interlocutrice, Bruce. Elle a assisté au crash.

— Le… Dr Donaldson ? dit le policier avec surprise.

Puis se reprenant :

— En effet, un rapport serait bien utile. Je reste sur place jusqu'à l'arrivée des enquêteurs de l'Aviation civile. Ils voudront l'interroger, je pense.

Il porta son attention vers elle.

— Vous restez quelque temps ?

— Non, je rentrais à Auckland. C'est ma voiture là-bas, dit-elle en montrant la route.

Mais elle n'aperçut que le toit du véhicule, car les moutons s'étaient agglutinés autour.

— Ce serait utile que vous restiez, le temps de nous donner votre témoignage.

— Et vous aimeriez sans doute prendre une douche et faire nettoyer vos vêtements, renchérit Zac. Revenez à l'hôpital avec moi, nous allons arranger ça.

— Pas question !

Elle n'avait pas l'intention de s'approcher de nouveau de l'hôpital de Cutler's Creek. Jamais ! Il lui semblait encore entendre la voix de son père lui disant froidement qu'elle n'aurait pas dû venir et qu'elle devait partir tant que c'était encore possible. Elle n'avait pas oublié non plus les regards des autres personnes présentes. Curieux, voire suspicieux, comme celui que lui jetait ce policier en cet instant.

Il sortit un carnet de sa poche.

— Ce serait une bonne idée de rester en ville quelques heures, insista-t-il. Pouvez-vous me donner votre numéro de téléphone pour que je puisse vous joindre quand les enquêteurs seront là ? Ça ne devrait pas prendre beaucoup de temps.

Il inscrivit le numéro qu'elle lui donna, puis la voiture s'éloigna vers l'épave de l'avion.

Zac jeta un regard interrogateur vers elle.

— Que diriez-vous de venir chez moi, alors ? Ce n'est pas très loin d'ici, et à l'écart de la ville. Je dois retourner travailler, mais vous pourrez utiliser la douche et le lave-linge. Et aussi le wi-fi. Vous pourrez changer votre billet d'avion et prendre un vol plus tard ce soir. Et sans fuir devant la loi, puisque vous aurez le temps de faire votre déposition, dit-il en souriant. Non que je vous croie capable de faire quelque chose d'illégal…

Il y avait quelque chose de déroutant chez lui, pensa-t-elle. Là, il semblait complètement détendu et confiant, alors que, à d'autres moments, il était distant et suspicieux, voire arrogant, comme lorsqu'il lui avait laissé ce message vocal. Et après l'explosion de l'avion, elle aurait juré qu'il y avait eu dans son regard une terreur contenue.

Qu'est-ce qui l'avait provoquée ?

Force lui était d'admettre qu'elle était curieuse à son sujet. Quant aux options qui se présentaient à elle… Elle ne pouvait plus partir. Et pas seulement parce qu'elle était obligée de s'entretenir avec les gens chargés de l'enquête sur l'accident. Il lui était tout simplement impossible d'aller quelque part dans cette tenue. Il y avait sûrement une boutique de vêtements dans le centre de la bourgade, mais elle en avait déjà assez du regard que les gens d'ici portaient sur elle. Par ailleurs, le vent était devenu glacial, et la perspective de prendre une douche chaude était plus qu'attirante. Même s'il y avait un motel dans cette petite ville, il lui faudrait du temps pour le trouver. Zac Cameron lui offrait donc de loin la meilleure solution.

— Très bien, répondit-elle du bout des lèvres. J'irai chez vous… Tant que vous n'y êtes pas, précisa-t-elle pour justifier sa promptitude à accepter son offre.

Zac haussa les sourcils, et elle eut soudain honte d'elle-même.

— Merci, ajouta-t-elle. J'apprécie votre offre.

— C'est la moindre des choses. Et merci pour votre aide. Il se peut que nous ayons sauvé une vie.

Elle se mordit la lèvre, refusant de montrer combien ce compliment la touchait ou que sauver une vie était de loin la chose la plus satisfaisante qu'elle ait réalisée dans son métier. Elle marmonna une vague réponse, puis tourna la tête vers la centaine de moutons rassemblés autour de sa voiture de location.

— Comment vais-je retourner à ma voiture ? s'exclama-t-elle, perplexe.

Zac esquissa un sourire.

— Vous êtes une pure citadine, n'est-ce pas ?

En fait, non. Ses parents l'avaient envoyée en pension à la campagne quand elle n'avait que cinq ans. Il y avait aussi des moutons là-bas. Puis sa mère avait choisi cet autre pensionnat, en Angleterre cette fois, où elle avait enfin eu son poney. Mais, oui, elle aurait préféré être une pure citadine et vivre avec sa famille… Mais en quoi cela intéressait-il Isaac Cameron ? Elle n'était pas prête à lui dire quoi que ce soit qu'il puisse répéter à son père – lequel avait adhéré au projet de sa mère de l'envoyer en pension.

Elle préféra ne pas répondre.

Zac haussa les épaules.

— Vous n'avez rien à craindre des moutons, vous savez. Quelqu'un va les rassembler et les ramener ici dès que nous serons partis. Montez, dit-il en lui tenant la portière ouverte. Je vous ramène à votre voiture. Après, vous n'aurez qu'à me suivre.

Zac fit entrer Olivia dans le vestibule.

Heureusement, il avait fait un peu de rangement ces derniers jours. Le plan de travail de la cuisine n'était plus encombré de casseroles et d'assiettes sales, et il y avait des serviettes de bain propres.

— La salle de bains est au fond. Vous trouverez du linge propre dans la commode de ma chambre. Le dernier tiroir contient des caleçons et des sweat-shirts que j'utilise pour les entraînements. Ce sera un peu grand, mais ça devrait vous tenir chaud…

Il serra les dents, chassant les images incongrues du corps d'Olivia sous ses vêtements, ou nu sous sa douche.

Plus tôt il retournerait à l'hôpital, mieux cela vaudrait.

— Je vais mettre quelques bûches dans le poêle de la cuisine. Je n'ai pas de sèche-linge, mais si vous mettez vos vêtements sur le fil au-dessus de la cuisinière, ils sécheront en un rien de temps.

Olivia le suivit alors qu'il allait ranimer le feu.

— Avez-vous un code pour votre wi-fi ?

— Oui, il est affiché sur ce panneau.

— En partant, voulez-vous que je ferme à clé ?

— Je ne le fais jamais. Cutler's Creek est un endroit sûr.

Il referma le poêle, un peu nerveux.

La vue des flammes lui rappelait la sensation de chaleur soudaine, la menace de l'explosion… Il était beaucoup plus secoué qu'il ne le pensait.

— Bon, je ferais mieux d'y aller. Je dirai à Bruce où vous trouver lorsqu'ils seront prêts à recevoir votre déposition.

— Et moi, je ferais mieux d'aller me laver. Merci encore, Zac.

De façon inattendue, elle lui sourit, et il sentit sa bouche s'assécher.

Waouh ! C'était la première fois qu'il voyait un sourire

sur ses traits, et quel sourire ! Généreux et chaleureux, il incurvait ses lèvres de façon divine. Il savait déjà qu'Olivia Donaldson était probablement la plus belle femme qu'il ait jamais rencontrée, mais ce sourire le troublait plus encore que la vue des flammes.

Il partit sans un mot, en ébauchant un geste de la main.

Olivia ne serait plus là dans quelques heures, quand il rentrerait. C'était une bonne chose, car il allait lui falloir faire des efforts pour surmonter le désarroi dont elle était en partie responsable. Des échos douloureux risquaient de le hanter, de ceux qui ne s'estompaient pas facilement.

4.

En rentrant chez lui, Zac ne fut pas peu surpris de voir la petite voiture rouge toujours garée devant la grange, et en ouvrant la porte d'entrée, il sentit son pouls s'accélérer.

Parce que la surprise était agréable, ou au contraire parce qu'il prévoyait des ennuis ?

Il trouva Olivia dans la cuisine, vêtue d'un de ses vieux joggings. Il était un peu trop grand pour elle, et elle avait dû relever les manches du sweat-shirt. Ce spectacle le déconcerta, d'autant plus qu'elle avait lavé ses cheveux qui retombaient en vagues souples dans son dos et que le parfum de shampoing qui flottait dans l'air lui était familier. Cela lui donnait l'impression qu'elle était à sa place chez lui. Démaquillée, elle aurait dû paraître moins séduisante, mais c'était tout le contraire. Olivia Donaldson était incroyablement belle au naturel. Elle semblait aussi beaucoup plus accessible, comme si elle avait été une jolie voisine au lieu d'avoir l'air d'un top model se prétendant chirurgienne.

Il s'était remis de la sombre frayeur qui l'avait saisi sur le lieu de l'accident, et l'hostilité d'Olivia vis-à-vis de lui semblait s'être estompée. Donc, oui, la surprise était agréable.

— Désolée, déclara-t-elle d'emblée. J'avais prévu de partir, mais j'attendais la fin du cycle de lavage. Puis les enquêteurs sont venus m'interroger, et j'ai oublié de retirer mon linge de la machine pour l'étendre. Résultat, je suis toujours là, dit-elle en plissant le nez d'un air penaud.

— C'est ce que je vois, dit-il, charmé par cette grimace

juvénile. Aucun problème. Avez-vous réussi à changer votre vol ?

— Oui, mais je ne peux pas prendre un avion avant demain après-midi. J'ai aussi essayé de trouver un motel dans le coin, mais le seul endroit à cinquante kilomètres à la ronde est le pub de Cutler's Creek. C'est ça ?

— Oui. Il n'y a rien d'autre.

Et ce n'était pas une très bonne idée qu'elle aille passer la nuit au pub. La nouvelle de sa venue circulait déjà dans le village. Tout le monde savait à présent qu'elle avait vu son père et qu'elle était repartie aussitôt en claquant la porte comme une enfant gâtée. Et, bien entendu, on la jugeait avec sévérité.

Sans doute devina-t-elle ses pensées, car elle secoua la tête en laissant échapper une sorte de hoquet incrédule.

— Ils ne veulent pas accueillir la fille prodigue, je me trompe ? Alors, je vais prendre la route et trouver un motel à Dunedin.

— Je ne vous le conseille pas. La nuit va tomber, et vous n'êtes pas habituée à conduire dans les virages de la gorge. En plus, le vent se lève.

— Oh…

Une expression angoissée se répandit sur les traits d'Olivia, et cet air de vulnérabilité le toucha au plus profond de lui. Puis une question lui envahit l'esprit, achevant de le dérouter : avait-elle cet air perdu le matin, quand elle s'éveillait dans un lit qu'elle ne connaissait pas après une nuit passionnée dans les bras d'un nouvel amant ?

De là à s'imaginer être cet homme-là. Cet homme terriblement chanceux…

Était-ce son imagination, ou voyait-il les pupilles d'Olivia se dilater et donner à ses prunelles bleues une nuance plus sombre ? En revanche, il fut sûr de ne pas rêver quand elle s'humecta les lèvres d'un petit coup de langue. Ce geste provoqua immédiatement chez lui une réaction bien masculine.

Avait-elle elle aussi pris conscience de la brusque tension sexuelle qui régnait dans la cuisine ?

— Que me conseillez-vous, alors ? demanda-t-elle avec une intonation délicieusement rauque.

Comme en réponse, des fantasmes ridicules se bousculèrent dans le cerveau de Zac. Il lui venait l'envie folle de l'enlacer et de couvrir sa bouche de la sienne, juste pour savoir si ses lèvres étaient aussi savoureuses qu'il l'imaginait. Ou, mieux, de l'embrasser comme un fou, de la soulever et l'emporter dans sa chambre pour la faire sienne comme un sauvage…

Oh ! bien sûr, il ne ferait rien de tout ça ! Ce serait une terrible erreur.

Non qu'il ait vécu comme un moine depuis la mort de Mia, loin de là. Depuis des années, le sexe lui procurait une satisfaction purement physique le temps d'une aventure éphémère. Mais cette fois, il sentait que ce serait différent. D'abord, parce que cette jeune femme suscitait en lui des sensations trop intenses pour son propre équilibre. Ensuite, parce que celle qu'il désirait n'était autre que la fille de son patron – un homme pour qui il avait beaucoup d'estime. Ce qui la rendait d'autant plus… dangereuse ?

Non, car il contrôlait parfaitement la situation.

— Je suis sûr que nous trouverons une solution en attendant que vos vêtements soient secs. Et dans le pire des cas, dit-il d'un ton neutre en se tournant vers la fenêtre, il y a un lit d'appoint ici.

Olivia sentit ses joues s'enflammer.

Oh ! là là, ce regard que Zac lui avait lancé ! Aucun homme ne l'avait contemplée ainsi, comme si… Comme s'il voulait la traîner par les cheveux jusqu'à son antre pour en faire son jouet !

Son cœur battait si fort qu'elle avait l'impression qu'il allait jaillir de sa poitrine. Heureusement, il ne pouvait remarquer son trouble puisqu'il regardait par la fenêtre.

Elle ne pouvait pas rester sous le même toit que cet homme, c'était impossible ! Parce qu'elle savait ce qui risquait d'arriver. Or, l'idée d'une aventure d'une nuit avec un inconnu l'avait toujours révulsée, et elle n'allait pas enfreindre son code de conduite maintenant. Elle avait même attendu pour coucher avec Patrick qu'il lui déclare qu'il voulait avoir une relation sérieuse avec elle.

Mais Patrick ne l'avait jamais regardée comme Isaac Cameron venait de le faire. Qui sait si quelqu'un d'autre le ferait après lui ? Elle était dévorée de curiosité, inutile de le nier. Si un homme était capable de vous troubler rien qu'avec les yeux, quelles émotions susciterait-il en utilisant ses mains, sa langue ou… ?

— Vous avez peut-être raison pour la route…, dit-elle d'un ton affreusement rauque.

Au comble de l'embarras, elle s'interrompit pour s'éclaircir la voix.

— Mais je ne peux pas rester.

« Bien sûr que si », souffla la voix insidieuse dans son esprit. Juste pour une nuit. Une seule nuit dans sa vie, et personne d'autre n'aurait besoin de le savoir. D'ailleurs, elle ne savait même pas s'il se passerait quelque chose. Peut-être avait-elle imaginé ce regard concupiscent.

Zac reporta son attention sur elle.

— À vous de voir. Vous avez encore le temps de réfléchir pendant que vos vêtements sèchent. Je sors voir Chloé.

Elle écarquilla les yeux.

Parlait-il d'une voisine ? D'une petite amie ? À cette pensée, elle se sentit terriblement déçue…

Oh ! elle était ridicule à la fin !

— Chloé ?

— Vous n'avez pas vu la jument gigantesque au bout du jardin ?

Ce disant, Zac disparut dans ce qui semblait être un cellier et en ressortit avec une botte de carottes.

— N'hésitez pas à vous servir un verre si ça vous dit, ajouta-t-il en désignant les bouteilles rangées dans un casier sur le réfrigérateur. Vous trouverez le tire-bouchon dans le tiroir près de l'évier.

Là-dessus, il sortit de la maison.

La fatigue du voyage et les émotions intenses de la journée rendaient la proposition alléchante. Même si elle n'était pas prête à l'admettre, elle voyait un autre avantage à s'offrir un peu de vin : après un verre ou deux, la question de savoir si elle reprendrait la route ce soir ne se poserait plus, et sa conscience serait ainsi apaisée.

Elle déboucha la bouteille. En remettant le tire-bouchon à sa place, elle jeta un coup d'œil par la fenêtre. La botte de carottes dans une main et des pains d'avoine dans l'autre, Zac marchait vers une barrière qu'elle distinguait au fond du jardin, sous une arche de verdure. Une jument se tenait là. Avec les montagnes enneigées en toile de fond, l'image ressemblait à un décor de carte postale.

Touchée par cette beauté paisible, elle sentit sa gorge se nouer. Et quand Chloé hennit de contentement en voyant arriver de la compagnie et de la nourriture, elle cilla furieusement, car des larmes lui piquaient les yeux.

Oh ! ce doux hennissement de plaisir... Elle avait l'impression de sentir contre elle la chaleur du cher poney de son enfance, de respirer son odeur, comme lorsqu'elle passait les bras autour de son cou pour enfouir le visage dans sa crinière...

Ce souvenir lui serra le cœur, tout comme ceux qu'elle avait exhumés un peu plus tôt, liés à ce père qu'elle avait adoré et qui ne semblait plus exister. Peut-être les images qu'elle gardait de lui n'étaient-elles même pas réelles ? Les aurait-elle fabriquées pour qu'elles correspondent au père que tout enfant rêve d'avoir ?

Elle se versa un verre de vin et but une longue gorgée. Reportant son attention vers la fenêtre, elle vit que Zac avait ouvert la barrière et que la jument frottait la tête contre son bras. C'était une bête gigantesque, en effet. Zac était grand, mais sa tête n'arrivait pas à l'épaule de Chloé. Dans le jour qui diminuait rapidement, les fanons derrière ses boulets et la marque blanche sur son chanfrein n'en étaient que plus visibles.

— Chloé est un Clydesdale, n'est-ce pas ? demanda-t-elle quand Zac revint dans la cuisine.

— Pas un pur pedigree, à ce qu'on m'a dit. Mais assez proche de cette race, oui.

— Vous la montez ?

Zac se mit à rire.

— Vous n'y pensez pas ! Il me faudrait une échelle pour me mettre en selle. Et quelle chute pour en descendre ! Cela dit, elle est pleine. Enfin, apparemment.

— Apparemment ?

— Cette jument va avec la maison. Le propriétaire est à l'étranger. Il cherchait quelqu'un pour s'occuper de son bien, de ses poules et de Chloé. Mais cela fait presque un an que j'habite ici, et toujours aucun signe de poulain. Je pense qu'il va être déçu.

Zac regarda le verre vide qu'elle tenait.

— Je vous ressers ?

C'était le moment de prendre une décision. Après un second verre, elle ne prendrait pas le volant.

Elle ouvrit la bouche, et la réponse qui fusa spontanément n'était pas celle qu'elle avait prévue.

— Pas si je suis seule à boire.

Oh ! mon Dieu ! Il lui lançait encore ce… ce regard.

— Un seul pour moi, alors, murmura Zac. Je ne suis pas de service ce soir, mais on ne sait jamais ce qui peut arriver, n'est-ce pas ?

Incapable de répondre, elle se laissa bercer par sa belle voix grave. Son accent, qui était plus prononcé quand il parlait doucement, la charmait. Mais c'était surtout l'allusion contenue dans ses paroles qui la laissait à court de mots. Car il ne voulait pas seulement évoquer de possibles urgences médicales, n'est-ce pas ?

Il lui sembla que l'atmosphère de la pièce était devenue tout à coup irrespirable. Tous ses sens étaient en alerte. Elle avait conscience du rouge profond du vin, de la proximité de la main de Zac qui remplissait les verres, mais aussi de sa respiration tiède. Elle sentait sur lui une faible odeur de cheval, ainsi que le parfum enivrant de sa peau, et même la chaleur qu'elle dégageait.

C'était certainement une erreur de rester, mais rien au monde n'aurait pu la persuader de partir d'ici.

Zac reposa la bouteille avec un soin exagéré.

Bon sang ! À quoi pensait-il, pour jouer ainsi avec le feu ? Essayait-il juste de se prouver qu'il avait toujours la situation en main ?

Oui. C'était sans doute ça.

Il invita Olivia à s'asseoir autour de la vieille table en pin de la cuisine et s'installa à son tour.

Elle laissa son regard errer autour de la pièce, s'attardant sur les casseroles en cuivre accrochées au mur et sur le poêle dans la cheminée en brique.

— C'est joli, déclara-t-elle. Rustique.

Il acquiesça.

— Je me plais ici. Ça me rappelle un peu la ferme dans laquelle j'ai grandi, dans le comté de Cork, en Irlande.

— Je pensais bien que vous aviez l'accent irlandais.

L'expression qu'il lisait dans ses yeux bleus suggérait qu'elle était aussi heureuse de l'écouter parler. Peut-être n'était-ce pas seulement son accent qu'elle aimait chez lui ?

Cela lui plaisait en tout cas d'avoir son attention, sc dit-il. Oui, cela lui plaisait même beaucoup.

— Zac, qu'est-ce qui vous a amené jusqu'ici, dans un des coins les plus perdus de la Nouvelle-Zélande ?

— C'est l'un des quelques pays que je ne connaissais pas encore. Et j'en avais assez des grandes villes. J'avais besoin de changement.

— Vous avez beaucoup voyagé, alors ?

— Oui… Je suis né avec cette passion. J'ai toujours cherché l'aventure et l'action. Pas étonnant que ma pauvre mère ait eu des cheveux blancs si jeune.

— Pourquoi avoir choisi de devenir médecin, dans ce cas ? Vous auriez pu être… Je ne sais pas, pilote d'hélicoptère, par exemple.

— Vous seriez surprise si je vous disais combien de fois j'ai pris l'hélicoptère en tant que médecin. Surtout si on se porte volontaire pour travailler en zone de guerre ou si on exerce dans un service de traumatologie dans un grand hôpital comme Chicago ou Boston.

Les yeux d'Olivia s'agrandirent démesurément.

— Vous êtes allé en zone de guerre ?

— Dès que j'ai été diplômé. Mais on ne peut pas travailler dans ces conditions toute sa vie. C'est très pénible.

— Je ne peux même pas essayer d'imaginer comment c'est, avoua Olivia, la mine grave.

Elle soutenait son regard, et il y lut du respect et quelque chose d'autre. De l'inquiétude ? De l'empathie ?

— Cela explique pourquoi vous avez réagi si vite quand l'avion a explosé, ajouta-t-elle. Et pourquoi vous étiez si…

Zac avala une gorgée de vin sans la quitter des yeux. Qu'avait-elle vu en lui ? En quoi cela l'intéressait-il ?

— Si quoi ?

— Je ne sais pas, répondit Olivia. Comme si vous étiez hanté par un cauchemar. Comme si vous reviviez quelque chose de terrible qui vous est arrivé dans le passé.

— C'était il y a longtemps, dit-il lentement. Je pensais que c'était derrière moi. Les explosions ne se produisent pas si souvent par ici, mais elles déclenchent de vilaines choses que je préférerais oublier. Il m'a fallu du temps pour surmonter ces flash-back récurrents.

Olivia ne répondit pas, mais il savait qu'elle l'écoutait avec attention.

Oui, elle savait vraiment écouter. Peut-être fut-ce pour cette raison qu'il eut l'impulsion de lui raconter ce qu'il n'avait jamais partagé avec personne. Sans doute cherchait-il aussi à repousser des limites personnelles. Était-il vraiment prêt à évoquer cette vieille blessure pour s'assurer qu'il en était complètement guéri ?

— J'avais une amie qui était médecin militaire, déclara-t-il. Elle s'appelait Mia. Elle était plus qu'une amie puisque nous avions prévu de nous marier quand la mission prendrait fin. Un jour, alors qu'elle était devant moi, elle a marché sur une mine.

Oui, il était capable maintenant de prononcer ces mots-là et de garder la bonne distance. C'était un peu comme s'il décrivait une scène d'un film.

— Elle a eu les deux jambes arrachées. Elle est morte en quelques minutes.

Le temps de rejoindre Mia, la tenir dans ses bras et recevoir son dernier soupir…

Il laissa cette pensée remonter à la surface, et il lui sembla qu'il pouvait la supporter. Aucun signe qu'un barrage mental était sur le point de se rompre pour le submerger d'émotion et le noyer. Cependant, il décida de ne pas aller plus loin. Il n'avouerait pas que ce qui était arrivé à Mia était sa faute. Parce qu'elle n'aurait pas dû se trouver là. C'était lui qui l'avait persuadée de rester quelques semaines de plus jusqu'à ce qu'il soit prêt à partir.

Olivia avait porté une main à sa bouche, horrifiée. Mais ne serait-elle pas autrement choquée d'apprendre que la mort de sa fiancée lui avait appris à ériger des défenses et à ne pas s'impliquer émotionnellement ? Et que c'était encore pire quand on y parvenait, parce qu'on pouvait alors voir quelqu'un mourir – même un enfant – et ne rien ressentir ? Que c'était à ce moment-là qu'il avait songé à abandonner définitivement la médecine ?

Non, il ne dirait rien de plus. C'était mieux comme ça. Il n'aurait même pas dû lui faire cette confidence, pour commencer, mais la journée avait pris un tour très étrange. Il n'avait pas prévu qu'Olivia Donaldson ferait irruption dans sa vie, ni qu'il serait amené à intervenir sur un accident d'avion. Les deux événements entraient dans la catégorie des cas uniques.

— Bon… Je vous ai donné beaucoup plus d'informations que nécessaire, mais c'est en partie ce qui m'a amené ici. Je voulais passer du temps ailleurs. Si nous parlions de vous, maintenant ? Je suis curieux de savoir pourquoi il a suffi d'un coup de téléphone pour vous faire venir à Cutler's Creek. Votre père aurait pu vous appeler lui-même il y a des années. Pourquoi ne l'a-t-il pas fait ?

Olivia haussa les épaules.

— Vous devriez lui poser la question.

— Olivia, vous n'avez pas envie de savoir ?

— Je ne sais pas. Comme vous, il y a des choses que je préférerais oublier.

— Soit.

Dans un coin de son esprit, il continuait de se débattre avec les vérités pénibles qu'il lui cachait.

Pourrait-il jamais oublier qu'il avait tenu ce pauvre gosse mourant et qu'il n'avait pas senti son cœur se déchirer ? Qu'il n'avait pas éprouvé la moindre pitié ?

Ayant besoin de se distraire de ses sombres pensées, il leva la bouteille et regarda le verre d'Olivia qui ne contenait plus qu'un doigt de vin.

— Je vous ressers ?

— C'est un très bon vin, déclara-t-elle, mais non merci.

Inconsciemment sans doute, elle humecta sa lèvre inférieure d'un bref coup de langue.

Il fixa sa bouche, fasciné.

Si elle levait les yeux vers lui maintenant et qu'il retrouvait la petite flamme qu'il avait vue briller dans ses prunelles un peu plus tôt, il serait impossible de revenir en arrière.

Vivement, il repoussa sa chaise et se leva pour prendre les biscottes et le beurre de cacahuète sur le bar, et il jeta un coup d'œil à la fenêtre.

Dehors, il faisait complètement nuit. Les rafales de vent faisaient vibrer les carreaux. Il n'était plus question qu'Olivia prenne la route, surtout après un deuxième verre de vin.

Savoir qu'ils seraient sous le même toit cette nuit, c'était...

Il se détourna à demi, comme si regarder Olivia lui fournirait le mot qu'il cherchait. Mais elle avait quitté la table. Elle avait pris son verre et se tenait juste derrière lui.

Un long moment, leurs regards restèrent rivés l'un à l'autre. Il y avait dans ce face-à-face la reconnaissance silencieuse d'une attirance mutuelle irrésistible. Il était peu probable qu'ils se revoient un jour. Ce désir l'un de l'autre n'en était pas moins lourd de sens. Vu les événements qu'ils avaient traversés dans la journée, un pan de la personnalité de chacun s'était dévoilé, cette part d'eux-mêmes qu'ils gardaient normalement secrète. Il comprenait qu'Olivia souffrait toujours de ce qu'elle percevait comme un abandon de la part de son père, et lui-même venait de lui confier une chose extrêmement personnelle, parce qu'elle avait su voir au-delà de l'image lisse qui lui servait de bouclier.

Ce sentiment de connexion le poussait à relâcher le contrôle qu'il exerçait sur lui-même. Si c'était une erreur, il en subirait les conséquences le lendemain, mais pour l'heure, la tentation de s'offrir une parenthèse hors du temps dans les bras d'Olivia Donaldson était trop forte pour qu'il puisse résister. D'autant qu'il savait qu'elle partageait son désir.

Lentement, délibérément, il lui prit le verre des mains et le posa sur le bar.

Olivia sentait le sol se dérober et son corps pencher dangereusement vers Zac.

Deux verres de vin sur un estomac vide, cela suffisait-il à produire ce genre d'effet ? Non, cette sensation-là ne se trouvait pas dans une bouteille, et elle avait la certitude que peu de gens la ressentaient dans leur vie. C'était une attirance intense, bouleversante, et à l'évidence réciproque. La collision devenait inévitable…

Une sorte d'explosion s'ensuivit, et tout l'oxygène de la pièce parut se dissoudre. Non qu'elle pense à respirer en cet instant. Rien d'autre ne comptait que…

Oh ! le contact des lèvres de Zac sur les siennes, la caresse dansante de sa langue, la chaleur de ses mains qui s'aventuraient sous le sweat qu'elle portait. Et la peau lisse et délicieusement tiède sur laquelle elle laissait ses doigts errer…

Leur baiser prit fin, et ils s'écartèrent, le souffle court.

Il était encore temps de changer d'avis, se dit-elle obscurément. Puis elle vit Zac jeter un coup d'œil vers la porte avant de reporter son regard sur elle. C'était une invitation silencieuse à prolonger cette étreinte dans un endroit plus confortable.

— Je ne…

Difficile d'affirmer avec sincérité qu'elle ne voulait pas aller plus loin. Elle dut aspirer une bouffée d'air pour se ressaisir.

— Je ne suis pas… Enfin, je ne veux pas que vous pensiez…

— Je ne pense rien, répondit-il d'une voix rauque. Sauf que vous êtes exceptionnelle, qu'il se trouve que nous sommes ensemble pour cette nuit et que nous ne nous reverrons probablement jamais, n'est-ce pas ?

Elle secoua lentement la tête.

Elle avait eu la même pensée, mais son esprit devenait confus. Une seule chose était claire : elle ne voulait pas s'arrêter là. Le désir qu'elle avait de cet homme était si puissant qu'il menaçait de l'engloutir.

Un fracas se fit entendre au-dessus d'eux, comme si une rafale de vent venait de soulever une partie du toit en tôle avant de la rabattre brutalement. Puis une pluie abondante se mit à crépiter, si fort qu'on aurait cru un roulement de tambour, rendant plus dramatique encore la tension qui les enveloppait.

Elle en avait conscience, elle n'aurait jamais l'occasion de vivre une passion comme celle-là. Alors, elle brûlait d'envie d'essayer. Juste une fois…

5.

Le roulement du tonnerre réveilla Olivia. Elle n'ouvrit pas les yeux immédiatement, préférant se lover davantage sous la couette et goûter encore la chaleur du lit.

Elle savait que la place auprès d'elle était vide et qu'elle pouvait s'étirer à son aise et laisser son esprit divaguer vers les souvenirs d'une nuit qu'elle n'oublierait jamais.

Elle avait vécu pleinement ce fantasme sexuel, sachant que l'occasion de cette folie ne se représenterait pas. Elle n'avait pas imaginé que le sexe puisse être aussi bon, ni qu'un homme puisse l'exciter à ce point. Jusqu'à ce qu'elle n'y tienne plus et qu'il la fasse chavirer dans un océan de plaisir où elle avait cru se noyer.

Et que dire des attentions qu'elle avait eues pour lui…

Elle s'empourpra en y repensant. Elle n'aurait jamais cru être si désinhibée.

Bon, il était temps d'arrêter de se repasser en boucle ces souvenirs torrides. Elle n'était pas vraiment surprise de ne pas avoir senti Zac quitter le lit. Il l'avait prévenue qu'il serait probablement parti à son réveil. Elle avait été si profondément endormie qu'elle en conclut qu'ils avaient cessé de faire l'amour peu de temps auparavant, se trouvant trop épuisés pour recommencer. Son corps était las et endolori quand elle tira la couette à elle pour s'en envelopper avant de se lever.

Quelle heure était-il ? Elle devait prendre la route et gagner l'aéroport, remettre les pieds dans la vraie vie.

— Zac ?

Sa voix résonna dans le vestibule silencieux. L'air était parfaitement immobile, et elle sut qu'il était parti. L'atmosphère chargée de tension sexuelle de la veille n'était plus qu'un souvenir.

Elle prit une douche rapide puis, pieds nus, alla dans la cuisine décrocher ses vêtements de la corde à linge au-dessus du poêle.

Mon Dieu, de quoi aurait-elle l'air dans cette tenue affreusement froissée ! Sans compter que sa jupe déchirée était à peine décente. Tant pis, elle ne pouvait pas y remédier, de toute façon. Il y aurait bien une boutique à l'aéroport où acheter quelques vêtements pour le voyage.

Comme il lui était impossible de donner à ses cheveux leur aspect lissé habituel, elle les rassembla en une natte assez lâche. Quant au maquillage, elle avait toujours une petite trousse dans son sac fourre-tout.

La cuisine était en désordre, ce qui la fit sourire malgré elle.

Ils s'étaient sentis affamés au milieu de la nuit et s'étaient préparé des œufs frits et des sandwichs à la confiture d'oignons. Ils avaient aussi fini la bouteille de vin entamée.

Elle avait trouvé ce repas improvisé succulent.

Elle eut l'impulsion de laver la poêle et les assiettes empilées dans l'évier. Mais elle risquait de se replonger dans le souvenir de ce dîner et de ce qui avait suivi dès qu'ils l'avaient terminé…

Non ! Elle avait beau avoir largement le temps de se rendre à l'aéroport, elle devait prendre de l'avance pour conduire prudemment quand elle aborderait les virages de la gorge. D'autant plus que le temps semblait empirer. Il y avait eu des averses pendant la nuit, mais maintenant un orage s'annonçait, et le roulement de tonnerre qui l'avait réveillée signifiait qu'il était tout proche.

Par la fenêtre, elle observa le ciel plombé, d'une teinte gris acier. Les nuages sombres étaient auréolés d'une clarté étrange. Un éclair aveuglant, près des cimes, la fit se détourner.

Plus vite elle partirait, mieux ça vaudrait. Mais…

À la périphérie de son champ de vision, quelque chose l'avait intriguée. Elle se tourna de nouveau vers la vitre. Ravala son souffle.

La barrière au bout du jardin ! Elle était grande ouverte, et Chloé se tenait dans le potager.

Elle n'avait peut-être pas l'obligation de faire la vaisselle avant de partir, mais elle ne pouvait laisser la jument dans un endroit non sécurisé. Si jamais il lui prenait l'envie de contourner la maison et de rejoindre la route… Il restait sans doute des carottes dans le cellier. Avec ça, elle pourrait persuader Chloé de retourner dans son enclos.

Mais quand elle sortit par la porte de derrière, aucun hennissement ne l'accueillit. La jument gardait la tête au ras du sol, et son flanc était marqué par une bosse assez effrayante. Le temps qu'Olivia parcoure la courte distance qui les séparait, Chloé s'était couchée sur le flanc.

Elle s'accroupit près de la bête pour la caresser.

— Oh ! mon Dieu ! Qu'est-ce qui t'arrive ? Je vais appeler Zac, il saura quoi faire.

Elle n'avait pas son numéro, mais elle trouverait bien les coordonnées de l'hôpital.

Elle se releva et courut vers la maison.

Comme elle faisait la recherche en ligne, la connexion fut brusquement interrompue.

Son téléphone avait besoin d'être rechargé !

Zut, elle n'avait pas pris la peine d'emporter le chargeur, puisqu'elle avait pensé être de retour à Auckland dans la journée. Cela tournait au cauchemar. Que faire ? Laisser Chloé et filer à l'hôpital pour avertir Zac ?

Elle prit une profonde inspiration et ressortit dans le jardin.

Rien n'avait changé. La jument restait étendue et laissait échapper des plaintes rauques. Une membrane blanche sortait de son arrière-train. Olivia comprit aussitôt ce qui se passait. Chloé allait mettre bas ! Avait-elle défoncé le portillon de bois pour chercher de l'aide quand elle avait senti les premières douleurs ?

Olivia se pencha et lui flatta l'encolure.

— Tout ira bien, murmura-t-elle. N'aie pas peur, je serai là.

Oui, aussi longtemps qu'il le faudrait et quelles que soient les conséquences. Car il était hors de question qu'elle parte maintenant. Elle attendrait que le poulain naisse, en espérant que ce soit le plus facilement possible, et elle les mettrait à l'abri, lui et sa mère. Avant que l'orage éclate, de préférence.

Laissant Chloé, elle alla inspecter la grange accolée à la maison et fut soulagée de la trouver vide. Il y avait juste un abreuvoir dans un coin et des balles de paille. Coupant la ficelle d'une des balles, elle répandit la paille sur le sol pavé puis revint vers la jument.

Les sabots avant et la tête du poulain apparaissaient à travers la poche blanchâtre.

— Tu es formidable, Chloé. Continue… Pousse très fort !

Les gémissements de la jument semblaient presque humains. Sa masse énorme tremblait tout entière sous l'intensité des contractions. Olivia essayait de la rassurer tout en surveillant le travail.

N'était-ce pas trop long ? Et si les choses se présentaient mal et nécessitaient l'intervention d'un vétérinaire ?

Enfin, dans une contraction plus violente, la jument expulsa le poulain.

Olivia sut alors ce qu'elle devait faire. Contournant Chloé, elle ouvrit la membrane et en écarta les bords pour laisser le poulain prendre son premier souffle. La jument leva la tête, puis, pliant les pattes avant, elle se releva, coupant le cordon ombilical dans le mouvement. Elle vint flairer son petit avec précaution. Il n'arrivait pas encore à redresser la tête, et il faudrait un peu de temps avant qu'il tienne sur ses pattes grêles, jugea Olivia.

Une rafale de vent et de pluie lui fouetta le visage. Il était grand temps de mettre les bêtes à l'abri.

Le poulain était grand. Au prix d'un énorme effort, elle parvint à le soulever, puis, le portant et le traînant à demi, elle le rentra dans la grange. Heureusement, Chloé ne fit aucune objection et la suivit à l'intérieur. Elle se mit à lécher la tête de son petit. Olivia frottait le reste du corps avec une grosse poignée de paille. Il bougea de nouveau et réussit cette fois à dresser la tête.

— Voilà… Tu y es ! Chloé, regarde ton petit, il est magnifique ! Maintenant, tu sais ce que tu as à faire, n'est-ce pas ?

Pendant plusieurs minutes, elle regarda, attendrie, la jument et son poulain faire connaissance.

Le petit cherchait maladroitement à se tenir sur ses pattes. Il ne tarderait pas à téter.

Olivia sentait son sourire s'élargir et des larmes rouler sur ses joues.

Il était temps qu'elle retourne dans la maison se changer. Son tailleur était vraiment fichu cette fois, et elle n'avait d'autre choix que de remettre les affaires que Zac lui avait prêtées la veille. Ensuite, elle prendrait la direction du bourg de Cutler's Creek. Même si elle s'était juré de ne jamais remettre les pieds dans cet hôpital, Zac devait être averti de la naissance. Cela représentait un détour d'une vingtaine de minutes, mais avec un peu de chance elle arriverait à temps à l'aéroport.

Avec *beaucoup* de chance, plutôt, se dit-elle une fois au volant, en voyant deux éclairs aveuglants zébrer le ciel.

Le coup de tonnerre qui suivit lui indiqua que l'orage éclatait juste au-dessus de sa tête. Presque immédiatement, une pluie torrentielle s'abattit. Même avec les essuie-glaces fonctionnant à vitesse maximale, la visibilité était quasiment nulle.

Elle serra les dents.

Il fallait continuer, elle n'avait pas le choix.

Bon sang ! C'était à croire que cet endroit était maudit…

Personne ne voudrait la croire quand elle raconterait la série d'événements extraordinaires auxquels elle était confrontée depuis vingt-quatre heures. Cela alimenterait les conversations des dîners entre amis pour les années à venir. Être le seul témoin d'un accident d'avion, assister à la naissance d'un poulain, conduire sous un orage d'apocalypse, s'offrir une nuit torride avec l'homme le plus séduisant du monde…

Non ! Elle n'aborderait jamais ce dernier sujet. C'était une affaire strictement privée qui ne regardait qu'elle. Elle et Isaac Cameron.

— Regarde ça, George. Tu vas rentrer à la maison sous un beau déluge !

Debout près de la fenêtre, Zac tenait dans ses bras le bébé âgé d'un jour de Faye Morris. Il se tourna vers la mère qui rangeait ses affaires dans une petite valise, aidée de Debbie.

— Vous êtes sûre que vous ne voulez pas attendre que ça se calme, Faye ? demanda-t-il.

Ce disant, il pensait à Olivia. Celle-ci avait-elle déjà dépassé la gorge sur la route de Dunedin ? Il l'espérait, car l'endroit était terriblement dangereux par une météo aussi désastreuse.

— Je préfère rentrer à la ferme, docteur, répondit Faye. Jamie, mon aîné, fait tourner son père en bourrique. À deux ans, il est terrible !

Levant les yeux vers la fenêtre, elle ébaucha une grimace.

— C'est vrai que le temps est exécrable. Il faudra courir jusqu'à la camionnette. En parlant de courir… Voilà quelqu'un qui est bien pressé.

Ils entendirent une voiture s'arrêter devant la porte de l'hôpital dans un crissement de pneus.

Zac sentit un frisson glacé lui parcourir la nuque. Ça ne pouvait être qu'une urgence.

Il remit le bébé dans les bras de Faye et sortit précipitamment, suivi de Debbie.

Il déboucha dans la zone d'accueil au moment où les occupants de la voiture passaient le seuil. Mais il avait entendu les cris depuis le couloir.

Il reconnut l'homme qui tenait dans ses bras une adolescente en train de hurler. Mike était l'un des pompiers qui étaient intervenus la veille sur les lieux de l'accident d'avion. C'était la plus jeune de ses filles qui était blessée. Elle pressait une serviette tachée de sang sur son visage.

— Venez par ici, Mike.

Il le conduisit dans la salle de soins qui tenait lieu de service d'urgence.

— Que s'est-il passé ?

— Shayna allait prendre le bus pour se rendre au lycée. Elle a été touchée par un morceau de ferraille. Sans doute arraché d'un hangar par le vent.

— De quoi avez-vous besoin, Zac ? demanda Debbie qui était restée en retrait.

— Un kit de pansements pour l'instant, merci. Et du sérum physiologique.

Shayna criait toujours. Zac aida Mike à l'allonger sur la table de soins.

— Shayna, respire et essaie de te calmer. Je dois comprendre ce qui t'est arrivé.

Puis il se tourna vers le père.

— A-t-elle été assommée ?

— Je ne crois pas. J'étais à la maison… Je l'ai vue tomber, puis se relever. Elle était couverte de sang. Alors, j'ai pris un linge propre pour compresser la plaie.

— Bon réflexe, répondit Zac en ôtant doucement la serviette. Le saignement s'est arrêté, c'est une bonne chose.

En revanche, la plaie était profonde, et un triangle de peau pendait au-dessus de l'œil.

— C'est mon œil, dit Shayna en sanglotant. Je suis aveugle…

Avec précaution, il souleva le lambeau de peau et le maintint en place à l'aide d'une compresse stérile. Même si l'arcade sourcilière était endommagée, la paupière semblait intacte.

— Si tu ouvrais les yeux, Shayna, je pense que tu y verrais tout à fait normalement.

— Je ne peux pas ! Le sang va m'aveugler.

— Écoute, je vais poser un pansement et une bande pour

empêcher la blessure de saigner. Ensuite, on va t'examiner de façon plus approfondie.

Tous les examens se révélèrent satisfaisants. Zac prit Mike à part pendant que Debbie lavait le sang séché sur le visage et les mains de la jeune fille.

— Elle va bien, dit-il au père inquiet. La peau est lacérée, mais il n'y a aucune trace de traumatisme crânien ou de nerf endommagé.

— Mais elle va avoir besoin de points de suture, n'est-ce pas ?

— Oui. La blessure est trop large et trop profonde. Comme il s'agit du visage, l'opération doit être réalisée par un spécialiste pour que la cicatrice soit le moins visible possible. Je pense que nous devrons la transférer à Dunedin. Ils la dirigeront vers un chirurgien plastique.

Un chirurgien plastique…

Une chaleur vibrante fusa dans tout son être.

Combien de fois allait-il penser à Olivia aujourd'hui ? La nuit qu'il avait partagée avec elle avait été… magique ! Comment pourrait-il l'oublier ?

— Elle n'ira nulle part aujourd'hui, fit remarquer Mike. Personne ne prendra le risque de piloter un hélicoptère par ce temps, et Bruce envisage de fermer la route de la gorge. Le vent est trop fort. Il y a déjà eu des appels à la caserne pour des toitures envolées. Ce qui me fait penser… La réception est mauvaise par ce temps, et je dois leur dire où je suis. Où est votre ligne fixe ?

— Dans la zone d'accueil, sur le bureau de Jill. Venez.

Il avait lui-même besoin de passer quelques coups de téléphone pour faire venir du personnel en renfort, car la journée promettait d'être rude. Combien de blessures liées à la tempête aurait-on à soigner ?

— Jill, où est Don ? demanda-t-il à la réceptionniste pendant que Mike appelait la caserne.

— Il est en route. Il est allé voir si sa mère allait bien. Des vitres ont volé en éclats chez elle… Ah ! s'exclama-t-elle en tournant la tête. C'est probablement lui qui arrive.

Mais elle se trompait. Ce n'était pas Don qui entrait, mais sa fille. Et elle avait l'air d'un épouvantail, constata-t-il, médusé. Des mèches échappées de sa tresse étaient collées sur son visage. Ses chaussures étaient boueuses. Et pourquoi diable portait-elle toujours les vêtements qu'il lui avait prêtés ?

— C'est votre jument, dit-elle. Chloé vient d'avoir son poulain !

— *Quoi ?*

Zac rencontra ses yeux fascinants et, l'espace de quelques secondes, il eut l'impression que le monde extérieur cessait d'exister.

— Est-ce que… tout va bien ? demanda-t-il, troublé.

Olivia hocha la tête en souriant.

— Oui, je suis restée avec elle. Je les ai mis à l'abri dans la grange. Ils ont de la paille, du foin, de l'eau. J'ai pensé que vous deviez être au courant, mais mon téléphone était déchargé…

Elle jeta un coup d'œil en direction de Mike qui téléphonait.

— Serait-il possible d'utiliser votre fixe ? Je voudrais avoir des informations au sujet de mon vol.

Mike posa le combiné. Il avait entendu ces derniers mots.

— L'aéroport de Dunedin est fermé, dit-il. Tout comme ceux de Queenstown et d'Invercargill. Et vous n'irez nulle part en voiture, car la police vient de fermer la route de la gorge. Il y a eu un éboulement.

— Mais… Il le faut ! Je ne peux pas rester ici.

Zac vit qu'elle jetait un regard autour d'elle comme si elle craignait de voir apparaître son père. De fait, quelqu'un venait du couloir, mais ce n'était que Debbie.

— Shayna vous demande, dit-elle à Mike. Elle veut savoir quand sa mère arrivera…

Sa voix mourut sur ses lèvres quand elle découvrit Olivia. Tout le monde à présent fixait celle-ci, et Zac sentit le besoin de voler à son secours. Il était évident qu'elle n'avait aucune envie d'être là. Il avait eu le privilège de la connaître intimement, et il savait qu'elle était différente de ce que l'on pensait d'elle. Olivia Donaldson était aussi intelligente que belle. Elle était passionnée, généreuse, avec un côté vulnérable qui lui venait d'une enfance compliquée. Il l'avait jugée sans connaître la vérité et lui devait des excuses.

Il fit un geste dans sa direction et, captant son attention, lui fit comprendre du regard qu'il la soutenait. Puis il se tourna vers les autres.

— Voici le Dr Olivia Donaldson. Oui, elle n'est autre que la fille de Don, mais ceci ne nous regarde pas. À cause des intempéries, elle se trouve bloquée ici jusqu'à ce que la route soit rouverte. Alors, réservons-lui le meilleur accueil.

Baissant la voix pour n'être entendu que d'Olivia, il ajouta :

— Désolé, mais il n'y a rien d'autre à faire que de s'accommoder de la situation.

Comme pour lui donner raison, il y eut un formidable coup de tonnerre. Les lumières vacillèrent puis s'éteignirent tout à fait. On aurait cru que le soir tombait brusquement.

— Oh ! s'exclama Debbie. Je dois retourner auprès de Shayna.

— Ne vous affolez pas, dit Zac. Le groupe électrogène va prendre le relais.

Mike avait l'air inquiet et indécis.

— Je dois me rendre à la caserne, mais je ne veux pas laisser Shayna avant que sa mère arrive.

— Nous nous occupons d'elle, assura Zac. Vous savez, c'est un sacré coup de chance qu'Olivia soit bloquée ici avec nous. Elle est chirurgienne plastique. C'est la spécialiste qu'il nous faut pour réparer au mieux la blessure de Shayna.

Puis se tournant vers Olivia :

— Nous avons ici une jeune fille avec une lacération du visage. Puis-je vous demander de l'examiner et de me donner votre avis ?

Il vit Olivia redresser le menton.

— Certainement, docteur Cameron. Laissez-moi juste cinq minutes, le temps de faire un brin de toilette et de passer une blouse.

Il apprécia sa réaction. Elle se trouvait malgré elle dans un endroit qu'elle détestait, et contrainte par les circonstances d'y rester. Elle était mouillée et échevelée, ce qui n'était certainement pas l'image qu'elle voulait donner. Pourtant, faisant appel à toute sa volonté, elle s'était mise sur-le-champ en mode professionnel, prête à offrir ses compétences.

Comme Zac la remerciait d'un sourire, les portes de l'hôpital coulissèrent, laissant entrer un vent glacial chargé de pluie.

— Oh ! non…

La réaction à peine audible d'Olivia était si désespérée qu'il fit instinctivement un pas vers elle. Comme il se tournait vers l'entrée, son épaule toucha celle d'Olivia, et il lui sembla que ce contact la rassurait et qu'elle se penchait vers lui.

Son père venait d'entrer, soutenant d'un bras une femme âgée. De l'autre, il tenait un parapluie qui s'était retourné. Tous deux étaient trempés et ébouriffés.

Il reçut un choc en découvrant Olivia.

— Tu es encore là ?

Zac sentit la tension d'Olivia s'accroître. Elle semblait chercher en elle-même la force de faire face à cette situation difficile, et il ne put s'empêcher de l'admirer.

Malgré son trouble, Olivia nota que son père semblait étrangement mal à l'aise. Il était évident qu'il n'avait aucune envie de la voir. Pour autant, il n'était pas en colère. Nerveux plutôt. La vieille dame, petite et replète, la regardait par-dessus ses lunettes.

— Eh bien… En voilà une surprise !

Puis, s'adressant à Zac, elle ajouta :

— Don a insisté pour que je vienne ici. J'ai fait une petite chute en voulant m'éloigner de la fenêtre cassée. Il tient à me faire passer une radio du poignet.

— Aucun problème, Mabel, répondit Zac. Je vous fais ça tout de suite.

La vieille dame se tourna alors vers elle et la dévisagea d'un regard si insistant qu'elle sentit un frisson la parcourir.

— Vous devez être Olivia, dit-elle en ébauchant un

large sourire. J'ai appris votre venue. Je suis si heureuse que vous soyez encore là !

Voyant la vieille femme se rapprocher, Olivia se sentit incapable de faire un geste.

Son visage ridé était empreint d'une douceur chaleureuse. Elle souriait toujours, comme si elle était sincèrement heureuse de la voir.

— Je suis Mabel Donaldson, votre grand-mère, dit-elle.

6.

La lumière revint brusquement. Au même moment, Olivia sentit Mabel lui caresser la joue.

— Ma chérie ! Quelle joie de te rencontrer. J'ai hâte que nous puissions bavarder un peu toutes les deux.

Olivia n'en revenait pas. Elle ne s'attendait certainement pas à rencontrer un autre membre de sa famille à Cutler's Creek. Son grand-père était décédé vingt ans plus tôt, et elle n'avait pas pensé que sa femme puisse être encore en vie. Les paroles de sa grand-mère étaient tout aussi surprenantes. Personne ne l'avait jamais appelée « ma chérie ». Ni ses parents ni même Patrick.

La sonnerie du téléphone retentit soudain.

— L'hôpital de Cutler's Creek, j'écoute, répondit Jill. Que puis-je faire pour vous ?

Elle écarta le combiné, le temps d'annoncer :

— C'est pour vous, docteur Donaldson.

Don s'avança vers le bureau, mais Jill secoua la tête.

— Non… L'autre Dr Donaldson. Quelqu'un du nom de Simon Ellis.

— Qui est-ce ? s'enquit Don, surpris.

Olivia prit une profonde inspiration.

— Mon patron.

Mon Dieu ! Comment celui-ci allait-il réagir ? se demanda-t-elle nerveusement en prenant le combiné. Il était forcément déçu qu'elle ne soit pas venue au gala. Et maintenant, elle devait le prévenir qu'elle ne reviendrait pas travailler tout de suite…

— Dieu merci, tu vas bien, dit-il aussitôt. J'ai essayé de te joindre toute la matinée.

Olivia réprima un soupir de soulagement en constatant qu'il n'était pas en colère.

— Désolée, je n'avais pas emporté mon chargeur. Je ne pensais pas prolonger mon séjour ici, mais il y a eu un accident, et…

— Je sais. Je t'ai vue dans le reportage à la télé. J'ai fait en sorte que les médias sachent que tu es employée par l'Institut. C'est une publicité en or pour nous. Les chirurgiens plastiques sont aussi de vrais médecins, cela va enfin se savoir.

Olivia devina son sourire satisfait. Cependant, ce qu'il venait de dire la choquait.

— Je suis bloquée ici à cause de la tempête, expliqua-t-elle. Les aéroports sont fermés, et la route est barrée.

— Tu n'as pas à t'inquiéter. Tous nos patients seront pris en charge. Ce n'est pas un problème.

— Merci, Simon.

Il y eut du mouvement autour d'elle. Mike quittait l'hôpital, son père et sa grand-mère s'éloignaient vers un couloir. Mais Zac restait là, et elle sentait son regard peser sur elle comme une caresse.

— Il faut que j'y aille, dit-elle à l'adresse de Simon. Une patiente m'attend.

— N'en fais pas trop, d'accord ? Et surtout, ne tente rien qui puisse mal finir.

« Et causer une mauvaise publicité à la clinique » ? comprit-elle, désabusée.

— Je te rappelle dès que j'en sais davantage, dit-elle avant de raccrocher.

Zac attendait visiblement qu'elle ait terminé sa conversation téléphonique.

— Je te montre où se trouvent le vestiaire et la salle de bains. Et où me rejoindre quand tu seras prête pour l'intervention.

Son sourire fut bref, mais elle sentit une douce chaleur

l'envahir. Après le ton abrupt de Simon, sa voix teintée d'accent irlandais était encore plus mélodieuse.

Elle préférait être là qu'à Auckland, finalement. Si son père n'était pas content de la revoir, du moins Zac appréciait-il sa présence. Et sa grand-mère semblait ravie de faire sa connaissance.

Dieu seul savait combien de temps cette tempête durerait et quand elle pourrait retourner à sa vie normale. Mais la vraie question n'était pas là. Elle avait aussi l'impression que le monde qui était jusque-là le sien vacillait sur ses bases…

Mais elle n'avait pas le temps d'y réfléchir. Elle devait faire face à d'autres événements imprévus, à commencer par cette jeune fille blessée qui risquait d'être défigurée.

Elle prit la direction de la salle de soins que Zac lui avait indiquée. Mais arrivée à l'angle du couloir, elle pila net.

— Lib… Olivia. Puis-je te parler un instant ?

Son père se dressait devant elle.

Elle songea à le contourner, mais ses jambes se mirent à trembler, et elle fut incapable d'avancer.

— Je pense que je te dois des excuses, ajouta-t-il. J'ai été dur, hier.

Elle n'allait pas le contredire là-dessus.

Ils restèrent un moment à se dévisager, puis Don s'éclaircit la voix pour reprendre la parole.

— Je ne m'attendais pas à te trouver encore ici.

— Ce n'était pas prévu. Mais rassure-toi, je vais partir dès que possible.

— Ta grand-mère voudrait s'entretenir avec toi.

— C'est ce que j'ai cru comprendre.

Une partie d'elle-même désirait sincèrement connaître cette vieille dame souriante. Elle n'avait pas eu de grands-parents du côté maternel… Ou alors elle n'en avait jamais entendu parler, car elle commençait à douter sérieusement de tout ce que sa mère lui avait raconté.

— Elle ne sait rien au sujet de… de mon cancer, dit son père avec une intonation urgente dans la voix. Et je te serais reconnaissant de ne rien lui dire.

Olivia resta ébahie.

Il ne voulait pas avertir sa mère qu'il allait mourir ?

— On va fêter son quatre-vingt-dixième anniversaire dans deux semaines, expliqua-t-il. Cutler's Creek lui prépare une grande fête, et je ne veux surtout pas lui gâcher cette occasion. Je lui parlerai après.

Olivia sentit une vague d'amertume monter en elle, qui venait se mêler à ses vieilles blessures.

Au moins, il se souciait de sa mère…

— Comme tu l'as si bien dit, répondit-elle, ça ne me regarde pas, n'est-ce pas ? Donc, la question ne se pose pas.

Même si, malgré tout, il lui était impossible de rester insensible.

— Merci, murmura son père. Et je…

Il ravala son souffle tandis qu'une expression douloureuse traversait ses traits.

— Je suis… désolé. Pour tout.

Elle sentit l'inquiétude la gagner.

Souffrait-il physiquement ? Ou était-ce seulement l'émotion ? Quant à ses excuses…

— Tu penses que ça répare tout ? Qu'il te suffit de dire que tu regrettes ce que tu as fait ? Ce que tu *n'as pas* fait, devrais-je dire.

— Tu ne sais pas tout ce que j'ai essayé d'entreprendre pour me rapprocher de toi. Malheureusement, j'ai échoué.

— Tu n'as pas réussi à être un bon mari, rétorqua-t-elle, acerbe. Ni un bon père.

— Certains mariages ne fonctionnent pas, Olivia. Parfois, les gens attendent des choses différentes de la vie au point d'être prêts à blesser leurs proches pour obtenir ce qu'ils veulent.

— De quoi parles-tu ? Tu tenais tellement à revenir ici que ta famille ne comptait plus ?

— J'ai toujours eu l'intention de revenir à Cutler's Creek. Ta mère avait accepté de me suivre au début, mais c'était une citadine dans l'âme et elle n'imaginait pas ce à quoi elle s'engageait. Finalement, elle a refusé. Elle ne supportait pas l'idée que tu vives dans un endroit comme celui-ci. Elle disait que ce coin perdu n'avait rien à t'offrir, et elle voulait te donner ce qui était le meilleur selon son propre barème.

Ces paroles réveillèrent en elle un souvenir lointain.

Sa mère lui avait dit que Cutler's Creek ne possédait même pas une école digne de ce nom. Zac aussi lui avait dit qu'elle était terriblement citadine, mais il ne la connaissait pas vraiment, n'est-ce pas ? Elle n'avait jamais pensé qu'elle ressemblait à sa mère, et elle était encore moins sûre à présent de vouloir privilégier comme elle sa carrière au détriment de sa vie personnelle. Mais tout n'était pas uniquement la faute de sa mère, non ?

— Tu aurais pu faire l'effort de garder le contact, dit-elle d'un ton accusateur. Sais-tu seulement ce que je ressentais, *moi* ?

Don ferma les paupières et parut retenir son souffle, attendant que la douleur qui le traversait se calme. Quand il reprit la parole, sa voix était rauque et saccadée.

— Des excuses ne suffiront jamais, c'est évident. Mais c'est tout ce que j'ai à offrir…

Non, ça ne suffirait pas. Mais elle ne pouvait s'empêcher de fixer son père. Dans ses yeux bleu foncé si semblables aux siens, elle lisait quelque chose d'infiniment sincère. Elle capta aussi une bouffée d'after-shave à l'ancienne, et ce fut comme si elle embarquait dans une machine à remonter le temps. Elle sut alors qu'elle n'avait pas inventé les souvenirs qu'elle avait gardés de lui. Ils étaient authentiques, et elle redevenait du coup la petite fille qui brûlait de se jeter dans ses bras pour qu'il la serre contre lui et lui fasse un merveilleux câlin. Elle voulait accepter ses excuses, retrouver le chemin de leur complicité d'autrefois…

— Olivia ?

Elle accueillit l'appel de Zac avec soulagement.

Sans le savoir, il lui offrait de fuir le dangereux tumulte émotionnel dans lequel la plongeait le face-à-face avec son père.

— Je suis prête, dit-elle en tournant le dos à ce dernier. Voyons si je peux être utile à votre patiente.

C'était une grande satisfaction de se concentrer sur une tâche qui requérait ses compétences professionnelles. Elle examina Shayna, puis Zac l'entraîna à l'écart pour connaître son avis, laissant Debbie tenir compagnie à la jeune fille.

— Alors, qu'en penses-tu ?

Zac lui faisait confiance, et ça aussi c'était gratifiant.

— Aucune lésion de la branche frontale du nerf facial, mais la plaie est profonde, et le remplissage capillaire sur les bords est médiocre. Si elle est simplement recousue, cela pourrait laisser une vilaine cicatrice qui nécessitera une chirurgie réparatrice plus tard.

— Tu peux t'en charger ?

— Bien sûr, mais la qualité de l'intervention dépend du matériel à disposition. Loupe frontale, matériel de suture, instruments de chirurgie ?

— Oui, nous avons tout ce qu'il faut, répondit-il. Ton père a toujours eu le soutien des gens d'ici pour équiper l'hôpital.

— Je pourrais réaliser un bloc supra-orbitaire pour l'anesthésie, mais étant donné l'état de nervosité de Shayna, mieux vaut recourir à la sédation. Dans l'idéal, je l'opérerais sous anesthésie générale, mais je ne pense pas que ce soit envisageable ici, n'est-ce pas ?

— Nous avons un bloc opératoire équipé, mais il n'a pas servi depuis des années. Il faudrait une urgence vitale pour prendre ce risque.

— Ce sera la sédation, donc. Mais j'ai besoin que tu la surveilles.

— Je suis à ta disposition, déclara Zac avec un sourire chaleureux. Merci, Liv. J'apprécie énormément ce que tu fais.

L'utilisation de son diminutif paraissait parfaitement naturelle, venant de lui. Comme s'ils étaient amis depuis toujours. Et son sourire rassurant la troubla au point qu'elle se sentit fondre intérieurement.

Mais ce n'était pas le moment de s'attarder sur cette

réaction, et encore moins sur ce qu'elle signifiait. Les projecteurs étaient braqués sur elle, et elle avait l'intention de faire vraiment de son mieux.

Pour Shayna… Et pour Zac.

Waouh… Quel talent !

Zac observait Olivia avec attention, et il était subjugué par sa dextérité et son assurance. Ils étaient seuls dans la salle de soins avec Shayna, car Debbie était allée faire une tasse de thé pour la mère de la jeune fille qui venait d'arriver.

— Tu vois cette teinte bleue ? dit Olivia en pressant les bords de la plaie avec une pince hémostatique. Pas de remplissage capillaire. Ce tissu cutané ne supportera pas la suture.

— Quelle est la solution ? Recouper la peau ?

— Un truc que j'ai appris il y a des années. Regarde.

Olivia prit l'aiguille courbée qu'elle avait préparée sur le plateau stérile pendant qu'il pratiquait l'anesthésie par intraveineuse de Shayna.

— Je fais un point de surjet pour rapprocher les chairs, dit-elle. Maintenant, je coupe le fil de chaque côté. Tu vois ? Les bords saillants sont réunis. La fermeture sera plus aisée, et la cicatrice sera moins visible. À présent, il faut suturer le tissu sous-cutané avec le fil résorbable.

Elle travaillait vite, maniant l'aiguille d'un côté puis de l'autre, avant d'effectuer un nœud de blocage avec une telle habileté qu'il lui fut presque impossible de suivre son geste.

— Tu es douée, murmura-t-il, admiratif. Et je sais de quoi je parle, j'ai moi-même recousu un bon nombre de plaies en l'espace de quelques années.

— J'aime beaucoup ça, avoua Olivia. Mais j'ai encore à apprendre. En suivant les formations nécessaires, je pourrai me consacrer davantage à la chirurgie reconstructrice, tout ce qui améliore vraiment le bien-être des malades.

— C'est ce qui t'intéresse vraiment ?

— Oui. Je voudrais faire bien plus que de la chirurgie esthétique.

Il avait déjà deviné qu'elle ne se souciait pas seulement de satisfaire les caprices de ses riches patients. Étrangement, il avait l'impression d'assez bien la connaître. Elle avait peu parlé d'elle-même, mais il avait vu son expression perdue quand elle avait parlé à son père dans le couloir. Et quand il l'avait appelée, elle avait semblé heureuse de le voir. Il avait alors ressenti quelque chose qu'il n'avait plus éprouvé depuis… Depuis Mia. Et cela remontait à des années. Il retrouvait ce besoin ardent de se rapprocher de quelqu'un, l'envie de tout faire pour conquérir l'autre avec l'espoir que ce sentiment grandirait…

En un sens, il était soulagé de constater qu'il était encore capable d'avoir ce genre de désir. D'un autre côté, cela ressemblait à un avertissement, car s'impliquer, c'était courir le risque d'être blessé. À force, on finissait par perdre foi en l'humanité et en soi-même. Il savait exactement comment faire face à ce genre de situation. Il en avait fait suffisamment l'expérience ces dernières années. Partir pour un endroit inconnu, côtoyer des gens totalement étrangers, s'impliquer juste assez pour leur prodiguer les meilleurs soins, mais ne jamais franchir cette limite. Parce que c'était moins dangereux de vivre en loup solitaire…

— J'ai presque fini, murmura Olivia en souriant. Juste à temps, on dirait. Car l'anesthésie commence à s'estomper.

Shayna, en effet, laissa échapper une faible plainte, presque un soupir.

— Exact, répondit-il. De quoi as-tu besoin pour le pansement ?

— D'une crème antibiotique et juste une gaze pour le premier jour. Elle pourra nettoyer et panser son front elle-même ensuite. Je ferai des recommandations à sa mère.

— Je vais la chercher. Je dois aller faire la radio de ta grand-mère, de toute façon. J'espère qu'elle ne sera pas dans le plâtre pour son anniversaire. Cela risque d'être compliqué pour danser.

Il lut une lueur de surprise – ou peut-être d'intérêt – dans le regard qu'Olivia levait vers lui. Mais l'étincelle s'éteignit presque aussitôt, et il comprit qu'elle ne voulait pas parler de sa famille.

Voyant que Shayna se réveillait et qu'il n'y avait aucun risque à la laisser seule maintenant, il ajouta :

— En passant, je demanderai à Debbie de te montrer notre salle de repos. Prends un café, des biscuits. On ne sait jamais, nous aurons peut-être encore besoin de tes services avant la fin de la tempête.

« On ne sait jamais. »

Était-ce l'expression favorite de Zac ? se demanda Olivia. La veille, il n'avait accepté qu'un verre de vin, avant de déclarer : « On ne sait jamais ce qui peut arriver. »

Elle soupira.

Eh bien, maintenant, ils savaient.

Seule dans la salle de repos, elle ne put s'empêcher de se remémorer cette nuit magique.

C'était si facile de se rappeler chaque caresse, chaque baiser de Zac et la tendresse qu'il lui avait distillée au cœur de la passion. Et comment ne pas y songer quand les coups de tonnerre qui ébranlaient la vieille bâtisse semblaient aiguiser ses sens ? Cette aventure sans lendemain ne devait rester qu'un merveilleux souvenir, mais, à quoi bon le nier, le désir de la renouveler montait en elle, de plus en plus fort.

Et quand, au bout d'une heure, Zac entra dans la petite pièce et lui sourit, cette tentation était devenue si irrésistible qu'elle eut l'impression que son cœur s'arrêtait de battre.

— Le poignet de ta grand-mère n'est que foulé, annonça-t-il.

— Oh… Tant mieux.

Elle avait parlé d'une voix étranglée, mais Zac ne parut pas le remarquer. Il alla se servir un café.

— Je peux aussi te dire qu'elle prévoit de te remettre une invitation pour sa fête d'anniversaire. Elle a insisté pour qu'on la ramène chez elle afin d'en prendre une spécialement pour toi. J'ai cru comprendre qu'elle a aussi quelque chose à te montrer.

Olivier haussa les épaules.

— Je doute fort que je reviendrai ici pour une fête. D'ailleurs, ça m'étonnerait que j'y revienne tout court.

Zac se tourna vers elle, une tasse à la main.

— Bizarre… D'après Mabel, c'est en substance ce que ta mère a dit la seule fois où elle est venue à Cutler's Creek. Elle a ajouté qu'elle n'avait jamais vu quelqu'un d'aussi déterminé.

— Je n'ai pas envie d'écouter les ragots du coin au sujet de ma mère, merci beaucoup, répondit-elle sèchement.

— Même s'ils peuvent te permettre de comprendre pourquoi ton père a renoncé à essayer de te contacter ? dit Zac sans se démonter.

Elle demeura silencieuse un instant, accusant le choc de sa question.

— De quoi parles-tu ? s'enquit-elle, la gorge nouée.

— Tes parents se sont séparés d'un commun accord. Don a dû revenir ici pour aider son père, car l'hôpital était menacé de fermeture. Il n'était pas d'accord pour que ta mère t'emmène hors du pays, mais c'est ce qu'elle a fait. Elle a aussi fait appel à des avocats pour lui interdire d'entrer en contact avec toi sous peine de poursuites. Quand il téléphonait, elle refusait qu'il te parle, disant que tu avais déjà assez de difficultés à t'adapter à ton nouvel environnement et que, s'il tenait vraiment à toi, il attendrait. Alors, il a attendu. Longtemps. Il t'a envoyé des lettres et des cadeaux qui lui ont toujours été retournés. À chaque fois, il en avait le cœur brisé. Jusqu'à ce que tu lui envoies une lettre lui demandant de rester en dehors de ta vie.

Elle ferma les yeux un long moment.

Des difficultés d'adaptation ? Elle avait surtout beaucoup pleuré parce que son père lui manquait terriblement. Sa mère avait-elle vraiment cru préparer le meilleur avenir pour elle en faisant en sorte que rien ne la détourne d'une brillante carrière ? Avait-elle renvoyé ces lettres et ces colis de peur de voir ses préceptes réduits à néant ? Quant à la lettre… Oui, elle s'en souvenait, bien sûr. Elle avait écrit des mots durs parce qu'il lui était alors plus facile de se réfugier dans la colère pour supporter son chagrin.

— Ça va ?

Elle ne s'était pas rendu compte qu'elle s'était pris la tête à deux mains, parce que tout s'était mis à tourner autour d'elle. Ni que Zac avait posé sa tasse et s'était rapproché.

Doucement, il s'empara de ses doigts et les garda entre ses paumes. Bizarrement, ce geste l'apaisa.

— Tu crois que c'est la vérité ? dit-elle en levant les yeux.

— Je sais seulement que ta grand-mère était parfaitement sincère. Je sais aussi qu'elle n'est pas médisante, et j'ai vu de mes yeux ton père pleurer en regardant ces vieilles lettres.

Elle déglutit péniblement.

— Même si c'est vrai, c'est trop tard maintenant. On ne peut rien changer.

Zac lui pressa les doigts avant de les relâcher.

— Tu en es sûre ? Don n'est pas un mauvais homme, Liv. Il est même tout le contraire. Parfois…

Il laissa échapper un soupir.

— Il arrive parfois qu'on se renferme sur soi-même devant une trop grande souffrance. Pour éviter qu'elle vous détruise complètement…

Il alla prendre sa tasse de café, la vida dans l'évier et la rinça.

Elle fixait sa silhouette, suivant chacun de ses gestes.

Zac savait de quoi il parlait. Lui aussi s'était renfermé sur lui-même parce qu'une tragédie l'avait cruellement blessé. Cela avait dû être déchirant pour lui de perdre la femme qu'il aimait dans de telles circonstances. Mais il avait dit que la mort de sa fiancée n'était qu'une des raisons qui l'avaient poussé à s'établir dans cet endroit isolé. Quelles autres choses terribles avait-il fuies ? Les événements traumatisants dont il avait été témoin l'avaient-ils gravement affecté ?

Elle avait les mains glacées maintenant qu'il ne les tenait plus entre les siennes. Elle aurait voulu le toucher à nouveau et, d'une façon ou d'une autre, l'aider à surmonter ce qui le hantait. Elle avait envie de s'approcher et de le prendre dans ses bras pour lui dire qu'elle le comprenait, qu'elle tenait à lui et qu'elle voulait lui rendre la vie plus belle.

Ce désir était si puissant qu'elle en eut le souffle coupé. Comment pouvait-on ressentir un besoin aussi vif envers un homme qui, vingt-quatre heures plus tôt, était encore un parfait inconnu ? Mais l'idée que Zac avait été un inconnu était tout aussi absurde. C'était comme si, sans le savoir, elle avait cherché quelque chose toute sa vie et qu'elle l'avait finalement trouvé. Non pas quelque chose, mais quelqu'un.

Pour autant, elle ne croyait ni à l'âme sœur ni au coup de foudre, des émotions excessives qui ne faisaient que perturber et rendre vulnérable. Zac le disait lui-même : cela risquait de vous détruire.

L'espace d'une seconde, elle ressentit l'aiguillon de la peur, mais l'instant d'après, l'excitation le remplaça.

Elle était trop impliquée déjà. Le destin l'obligeait à séjourner dans cet endroit qui l'entraînait vers le passé. Vers un père qu'elle avait adoré jadis et une grand-mère qu'elle ne connaissait pas mais qui l'accueillait à bras ouverts. Sans oublier un homme extraordinaire qu'elle attendait peut-être depuis toujours.

7.

La tempête sévissait toujours. Mabel n'était pas encore de retour, et en attendant de savoir ce qu'elle tenait tant à lui montrer, Olivia s'aventura dans l'établissement. Elle fit la connaissance de Betty, la dame charmante qui s'occupait des repas et de la laverie. Elle préparait des sandwichs toastés au fromage et une délicieuse soupe de légumes. Chacun, qu'il travaille à l'hôpital ou pas, semblait être le bienvenu dans sa cuisine.

Zac entra et annonça en souriant que tous les malades hospitalisés mangeaient avec appétit et le chargeaient de transmettre leurs compliments à la cuisinière. Il accepta le mug de soupe que Betty lui tendit et prit un sandwich sur le plateau.

Bruce, le policier, arriva à son tour.

— Je suis passé devant chez toi il y a un moment, dit-il à Zac. Le toit tient toujours, et la grange est bien fermée. Heureusement que le poulain n'est pas dehors par ce temps.

— C'est grâce à Liv, répondit-il.

— Je ne savais pas que vous étiez restée, dit Bruce à Olivia. Ce n'est pas la première fois que vous vous trouvez au bon endroit au bon moment, on dirait.

Il faisait sans doute allusion à l'accident d'avion de la veille, mais elle eut l'impression qu'il accompagnait ses paroles d'un clin d'œil. Elle s'empourpra et se concentra sur son bol de soupe.

Maintenant qu'on savait qu'elle avait passé la nuit à Cutler's Creek, et chez le Dr Cameron de surcroît, les rumeurs devaient aller bon train. C'était typique des petites villes, n'est-ce pas ? Tout le monde était au courant des faits et gestes de chacun. Jamais elle ne voudrait habiter dans un endroit comme celui-là, et elle comprenait que sa mère ait été affolée à cette perspective.

Ben, l'ambulancier, arriva quelques minutes plus tard.

— Je pensais bien avoir senti la bonne odeur de votre soupe, Betty.

— Servez-vous. Un toast avec ça ?

— Ça n'est pas de refus.

— Tu ne reviens pas d'une urgence, j'espère ? demanda Zac. Je n'ai pas été prévenu.

— Non, mais j'ai fait une tournée. J'ai pris des nouvelles de Bert et lui ai rappelé qu'il doit utiliser son spray quand son angine le fait souffrir au lieu de nous appeler.

— L'un de nos plus fameux clients, dit Zac en souriant. Merci d'être passé le voir, Ben.

— Aucun problème. Comme Rob habite tout près, j'en ai profité pour l'avertir que notre séance d'entraînement de ce soir est reportée.

— J'espère qu'elle pourra avoir lieu bientôt. J'ai envie d'améliorer ma technique de rappel.

— De rappel ? dit Olivia avec surprise. N'est-ce pas une séance de formation médicale pour les ambulanciers ?

— C'est un échange de savoir, lui apprit Ben. Zac nous enseigne des trucs, et nous lui en apprenons d'autres. La plupart d'entre nous font aussi partie de l'équipe de secours en montagne. Nous ne sommes pas réquisitionnés très souvent, mais les interventions peuvent être très intenses.

Debbie les rejoignit à cet instant.

— Shayna et sa mère sont bien rentrées. Elle a appelé pour vous remercier encore une fois, docteur Donaldson. Elle était tellement contente que nous ayons eu un chirurgien plastique à disposition.

— C'était un plaisir, répondit Olivia, intimidée par ces compliments. Et appelez-moi Liv. Ça évitera la confusion avec…

Sa voix mourut sur ses lèvres. C'était bizarre de dire « mon père » en public.

— Où est Don ? demanda quelqu'un.

Les regards se portèrent en tous sens. Betty eut un léger claquement de langue.

— Dans son bureau, je parie. Il ne prend pas assez soin de lui, cet homme. Quelqu'un veut aller le chercher pour qu'il déjeune ?

— Je crois qu'il a ramené sa mère chez elle, dit Zac. Elle voulait rapporter quelque chose pour Liv. Ils ne vont pas tarder.

— J'ai entendu dire que Mabel avait fait une chute ? dit Bruce. J'en ai parlé à Mike, et il est allé condamner sa fenêtre avec un collègue. Comment va-t-elle ?

À peine venait-il de poser la question que Mabel Donaldson apparut sur le seuil de la cuisine. Olivia eut un choc, car la vieille dame si pimpante le matin même était loin d'être en forme. Mabel était affreusement pâle et même… effrayée.

— J'ai besoin de votre aide, dit-elle d'une voix tremblante. C'est Don… Il est… Il ne va pas bien du tout.

— Où est-il ? demanda Zac en se levant d'un bond.

— À l'accueil.

Olivia courut derrière lui. Ils trouvèrent Jill à genoux auprès de la silhouette recroquevillée de Don. Elle avait ôté son cardigan pour le couvrir.

Zac s'agenouilla et prit le pouls de Don.

— Que s'est-il passé ?

Son père était terriblement pâle, nota Olivia. La sueur perlait à son front, et des traces de sang lui barraient la joue.

Zac fronçait les sourcils comme si ce qu'il sentait sous ses doigts l'inquiétait.

— Tachycardie ? demanda-t-elle.

Il acquiesça.

— Le pouls est très faible. Je pense qu'il est en hypotension.

— D'où vient ce sang ?

Don se frotta la joue.

— Ce n'est rien… Aidez-moi juste à me relever.

Il regarda autour de lui, et Olivia se rendit compte que tous ceux qui étaient présents dans la cuisine les avaient suivis. Ils avaient tous une mine angoissée, et Betty avait passé un bras autour des épaules de Mabel.

— Il a eu une douleur terrible, déclara Mabel. À l'estomac… Il était presque incapable de sortir de la voiture et… et… il a vomi du sang. C'était effrayant.

Olivia échangea un regard avec Zac.

Ils savaient tous deux ce que ça signifiait. La situation était grave. Don présentait tous les symptômes d'un choc hypovolémique suite à une perte massive de sang.

— Bruce ? Ben ? Aidez-moi à porter Don dans la salle de soins, dit Zac en gardant son calme.

— Je peux marcher ! protesta Don. Arrêtez de faire tant d'histoires.

— Ne discutez pas, répondit Zac avec fermeté. Cette fois, c'est nous qui décidons. Liv et moi.

Olivia capta le regard de son père. Malgré ce qu'il disait, il avait l'air effrayé. C'était compréhensible, puisqu'il n'ignorait pas la gravité de son état. Elle lut aussi une supplique sur ses traits.

La priait-il de lui sauver la vie ? De l'écouter, parce qu'il avait des choses à lui dire ? Ou tout simplement de rester près de lui ?

Elle n'avait pas l'intention de partir, de toute façon.

Elle avait conscience que ce qui se passait était terriblement important. Et pas seulement parce qu'il s'agissait d'une urgence vitale. Elle avait lu la peur dans les yeux de son père. Même si elle n'était pas prête à lui pardonner, elle ne tenait pas à le perdre et s'inquiétait à son sujet beaucoup plus qu'elle n'aurait voulu l'admettre.

Elle prépara la perfusion pendant que Zac examinait Don et que Debbie lui plaçait un masque à oxygène sur le visage, puis posait des électrodes sur son torse.

— Attention, je pique, annonça Olivia. Maintenant, ne bouge pas pendant que je fixe la canule.

— Je n'ai rien senti, répondit son père.

En revanche, il semblait sentir la main de Zac qui lui palpait l'abdomen.

— Vous avez mal, n'est-ce pas ?

— Bien sûr que j'ai mal, répondit-il en bougonnant. Ça fait même un moment que ça dure. C'était à prévoir, avec cette maladie.

Debbie s'immobilisa, sous le choc.

— Quelle maladie ?

— Rien n'a été confirmé pour l'instant, dit Zac.

Puis s'adressant à Don :

— Pour autant que je sache, ces symptômes ne sont pas ceux du cancer du pancréas. C'est très probablement un ulcère gastro-duodénal perforé.

Don gémit tandis qu'il continuait la palpation.

— Tachycardie à 120, annonça Olivia, les yeux rivés sur l'écran du moniteur. La pression systolique a baissé à 90. Où est la banque de sang la plus proche ?

— Trop loin d'ici, dit Zac. Mais nous avons un petit stock de produits sanguins. Des concentrés de globules rouges de type O négatif et du plasma dans le deuxième réfrigérateur de la salle de repos. Debbie, allez chercher une poche de globules rouges, s'il vous plaît.

Tandis que Debbie quittait la salle de soins, Olivia croisa le regard de Zac. Elle sut qu'ils pensaient tous deux à la même chose : si le diagnostic était bon, son père risquait de perdre encore une grande quantité de sang. À cause de la tempête, il ne pourrait pas être transporté vers un grand hôpital avant un certain temps, et il était impossible de se faire livrer les dérivés sanguins dont il avait besoin. Cela pouvait s'avérer fatal.

— Il lui faudrait un scanner, dit Zac. Mais nous ferons avec ce qui est à notre disposition. Une échographie et une radio du poumon en position debout. Si l'on voit de l'air libre sous le diaphragme, il sera à peu près certain qu'il s'agit d'une perforation.

Et ensuite ? pensa-t-il. Une opération ? Dans un bloc qui n'avait pas servi depuis des années ?

Don émit un râle puis tenta de rouler sur le côté. Le mouvement arracha quelques électrodes, et l'alarme du moniteur se déclencha.

Olivia posa immédiatement les mains sur les épaules de son père.

— Que se passe-t-il ? Qu'est-ce qui ne va pas, papa ?

Après un rapide examen, Zac constata que le niveau de conscience de Don diminuait dangereusement. Avec l'aide d'Olivia, il inséra un cathéter central.

Il l'avait entendue appeler Don « papa ». Sans doute pour la première fois depuis son enfance. Rien ne valait une situation de crise pour vous faire comprendre vos priorités. Elle oubliait sa colère face au risque de voir son père mourir.

Pour ne pas en arriver là, il fallait opérer. D'urgence.

— Te sens-tu prête à pratiquer une anesthésie générale ? demanda-t-il un peu plus tard, quand ils eurent suffisamment stabilisé le malade.

— J'ai suivi une formation de six mois en anesthésie. Au moment de choisir ma spécialité, cette branche figurait parmi les options qui m'intéressaient. Tu m'as dit que tu avais exercé en zone de guerre et en traumatologie. Tu possèdes une expérience de la chirurgie ?

— J'ai obtenu mon diplôme de chirurgien avant de partir sur des zones de combats. Ensuite, j'ai travaillé dans de grands hôpitaux en Angleterre et aux États-Unis. Dans mon dernier poste à Chicago, j'étais chirurgien en chef du service de traumatologie.

Il ne cherchait pas à l'impressionner en déclinant ses états de service. Il voulait simplement la rassurer pour voir la peur s'estomper dans son regard.

— Nous pouvons y arriver, ajouta-t-il. Du moment que nous travaillons ensemble.

Il la vit redresser le menton, un geste qu'il commençait

à bien connaître chez elle : le signe qu'elle rassemblait son courage pour affronter une situation délicate.

Une fois de plus, il l'admira, mais il éprouvait aussi un sentiment plus fort. Ce qui arrivait à Don le touchait personnellement, et il se sentait aussi investi qu'elle pour mener cette opération vers une issue heureuse, car l'idée de la blesser lui était insupportable.

Les instruments chirurgicaux étaient toujours conservés stérilisés pour être disponibles en cas d'urgence, mais personne n'avait jamais envisagé qu'on ait un jour à opérer dans le petit hôpital de Cutler's Creek le médecin qui avait sauvé l'établissement de la fermeture.

Don Donaldson était endormi à présent, et sa fille surveillait ses signes vitaux, la transfusion et la perfusion. En réponse à la question muette de Zac, elle hocha la tête : ils étaient prêts à commencer.

Zac se lava consciencieusement les mains et enfila une blouse. Debbie, qui était invitée à l'assister, fit de même.

— Je ne suis pas sûre de me souvenir de tous les instruments, dit-elle d'une voix angoissée. Ma formation au bloc date d'il y a longtemps.

— Tout ira bien, répondit Zac. Je vous dirai ce qu'il me faut au fur et à mesure. Pour commencer, c'est facile. J'ai besoin d'un bistouri.

Il n'avait qu'une chose en tête tandis qu'il effectuait l'incision au milieu de l'abdomen : arrêter cette hémorragie coûte que coûte. Une fois que Don aurait été admis dans un grand hôpital, il serait sans doute opéré par un spécialiste, mais si on ne s'occupait pas immédiatement de cette rupture de vaisseau, il risquait de ne pas tenir jusque-là.

Zac s'efforçait de travailler lentement tandis qu'il examinait la cavité abdominale, de peur de rater la plus petite anomalie. Il devait aussi diriger Debbie au sujet des instruments et lui montrer comment éponger le sang. Enfin, il s'efforçait de canaliser la pensée d'Olivia qui occupait une partie de son esprit. Il avait une conscience aiguë de sa présence au bout de la table d'opération. Son beau regard bleu naviguait entre son père et lui. Déjà, lors de l'intervention du matin où il n'avait été que spectateur, il s'était rendu compte qu'elle s'insinuait sous les barrières qu'il avait érigées pour se protéger des émotions. Des barrières si hautes qu'il avait fini par se croire totalement insensible.

— La voilà ! s'exclama-t-il.

— La perforation ?

— Oui. L'hémorragie vient de l'artère gastro-duodénale, dit-il en orientant la lampe pour éclairer la zone. Bon, j'ai besoin de suturer, maintenant. Debbie, aiguille et porte-aiguille. Oui, là sur le plateau. Ensuite, vous m'aiderez à isoler cette partie à l'aide de tampons. Comment ça se présente de ton côté, Liv ?

— La pression sanguine est toujours basse. Je vais changer la poche de sang. Il vomit à chaque contraction ventriculaire. Plus vite tu stopperas ce flot de sang, mieux cela vaudra.

— J'y travaille.

À l'aide de l'aiguille courbe, il ligatura l'artère. Puis il répara la perforation en excisant l'ulcère qui l'avait provoquée.

L'incident arriva juste à cet instant : sa main trembla. Le mouvement ne dura qu'une fraction de seconde, et il passa probablement inaperçu aux yeux des deux femmes qui suivaient ses gestes, mais pour lui, ce tremblement fut de trop.

Il se figea un bref instant.

Il en connaissait la cause. Cette opération n'était pas un défi purement clinique qui mobilisait ses meilleures capacités. Non seulement il se souciait beaucoup de son patient, mais il entendait tout faire pour protéger la fille de celui-ci. L'enjeu était donc terriblement important.

Oui, il tenait à Olivia Donaldson à ce point. Et ça ressemblait trop à de l'amour, cette émotion incontrôlable qu'il avait ressentie pour Mia et qui contenait aussi le souvenir de la dévastation et de la culpabilité qui avaient failli le détruire. Revenu du néant émotionnel dont il souffrait en arrivant à Cutler's Creek, il avait juste voulu faire une brèche dans les défenses qui protégeaient son cœur. Mais l'ouverture était béante, et il était tenté de la franchir.

Non !

Ce tremblement ne l'avait affecté qu'une fraction de seconde, mais il dut faire appel à toute sa détermination pour surmonter sa faiblesse et se concentrer sur sa tâche. Il aurait le temps plus tard de réfléchir et de remédier à cette peur qu'il redoutait entre toutes : à force de ressentir les choses, il lui serait impossible de faire son métier aussi bien qu'il le voulait. Il lui fallait prendre les mesures nécessaires pour s'assurer que cela ne se reproduise jamais.

Mais pour l'instant, il avait une opération à terminer.

— Ça y est !

C'était une satisfaction de soulever le tampon et de voir que le sang ne s'écoulait plus. Maintenant, il allait nettoyer la cavité, refermer la plaie et mettre Don sous antibiotiques. Ensuite, il suffirait de le surveiller jusqu'au moment où il pourrait être évacué.

Dans les prochaines heures, de préférence.

— La tension artérielle remonte déjà. Bon travail, Zac.

Il ne releva pas les yeux.

Pour ne pas voir le respect, la gratitude ou quoi que ce soit d'autre dans le regard d'Olivia et risquer d'être envoûté par ses prunelles extraordinaires. Il aurait de nouveau conscience de cette connexion tangible entre eux, qui le toucherait comme une flèche jusqu'au plus intime de son être.

Plus tôt il en aurait fini, mieux cela vaudrait. Et il ne parlait pas seulement de cette opération, mais du temps qu'il s'était accordé avec Olivia Donaldson.

S'il avait su, il ne lui aurait jamais laissé ce message sur son téléphone.

Olivia n'en revenait pas. C'était extraordinaire ! Ils avaient réussi à venir à bout de cet incroyable défi. Et presque sans moyens ! Même dans un grand hôpital, cela aurait pu mal tourner.

Elle ne fut pas surprise de voir que les gens qui s'étaient rassemblés dans la zone d'accueil avaient l'air de retenir collectivement leur souffle.

— L'opération a été un succès, leur annonça-t-elle. Le Dr Donaldson est stable. Nous serons en mesure de le transférer à Dunedin dès que le temps le permettra.

— Cela ne devrait pas tarder, déclara Bruce. Le vent commence à faiblir. Je vais envoyer une équipe s'occuper de l'éboulement dans la gorge, des fois que nous aurions besoin d'un plan B et de passer par la route…

Il marqua une pause et donna l'impression de lutter contre l'émotion.

— C'est… C'est une sacrée bonne nouvelle, conclut-il.

Mabel Donaldson s'approcha en s'essuyant les yeux.

— Oh ! ma chère petite… Merci infiniment ! J'étais si inquiète…

— Je sais. Il n'est pas encore complètement tiré d'affaire, mais nous avons stoppé l'hémorragie. C'était la priorité.

Mabel ouvrit le sac à main démodé qu'elle serrait contre elle.

— Pour toi, Olivia, dit-elle en lui tendant une enveloppe qui portait son nom. C'est une invitation à ma fête d'anniversaire. J'espère que tu pourras venir et que Don sera rentré d'ici là.

— Je l'espère aussi, dit Olivia en acceptant l'enveloppe, sans toutefois préciser lequel de ces espoirs elle partageait.

Certes, elle n'avait pas l'intention de revenir ici pour une fête, mais sa grand-mère était une femme charmante qui ne méritait pas d'être rejetée en public.

— Il y a autre chose, dit Mabel en lui montrant un portefeuille. C'est celui de Don.

Elle l'ouvrit et fouilla dans l'une des poches.

— Voici ce qu'il garde sur lui depuis presque trente ans.

Olivia se mordit la lèvre.

C'était une photo d'elle prise alors qu'elle avait quatre ou cinq ans. Des boucles dorées, de grands yeux bleus et le sourire le plus heureux du monde… Son père avait-il pris la photo ? Était-ce à lui que ce sourire avait été destiné ?

— Il y a tant de choses que je veux te dire, ajouta Mabel avec douceur. Mais ce sera pour une autre fois. Bruce va me ramener chez moi, et je vais préparer un sac pour Don et pour moi-même, si on me laisse partir avec lui dans l'hélicoptère. Pourrais-tu lui donner son portefeuille ? dit-elle en remettant la photo en place. Il voudra l'avoir avec lui, j'en suis sûre.

Olivia accepta le portefeuille de cuir que Mabel lui glissait dans la main. Comment pouvait-elle refuser, alors que la vieille dame la regardait avec tant de confiance et de tendresse ?

— Il t'aime, ma chérie, dit sa grand-mère. Et moi aussi. Nous sommes une famille, même si ça n'est pas évident. Tu seras toujours chez toi ici, si jamais tu as besoin d'un nouveau foyer.

Olivia s'apprêtait à répondre qu'elle avait déjà un toit dans la plus grande ville du pays, mais les mots restèrent bloqués dans sa gorge.

C'était étrange et troublant, mais Mabel avait raison : des liens la rattachaient à ce lieu, désormais. Elle avait une famille ici.

Sans compter Zac.

Quand elle entra dans la salle de soins, le portefeuille à la main, Zac était près de son père. Debbie et Ben avaient amené un lit confortable, et Don reposait contre les oreillers, le corps toujours relié au moniteur, à la perfusion et au cathéter. Il avait l'air de somnoler sous le masque à oxygène, mais ses paupières s'ouvrirent lorsqu'elle s'avança dans la pièce, et elle sut qu'il l'observait.

Zac la regardait aussi. L'espace d'une seconde, leurs regards se croisèrent, et il esquissa un sourire. Dans ce bref laps de temps, elle réalisa à quel point la connexion entre eux s'était renforcée.

— Tout est stable, dit-il. Veux-tu rester quelques minutes

avec lui ? Je dois rédiger un rapport pour l'équipe qui le prendra en charge à Dunedin.

— Bien sûr.

— Je serai dans mon bureau si tu as besoin de moi. C'est juste à côté de celui de Don.

Elle hocha la tête.

Elle n'avait pas oublié le face-à-face terrible qui avait eu lieu dans le bureau de son père à son arrivée. Leur première rencontre depuis des décennies. Et dire qu'il gardait une photo d'elle depuis tout ce temps…

— Je vais au bloc, annonça Debbie par discrétion. Du nettoyage à faire… J'en ai pour un moment.

Elle fit signe à Ben pour qu'il quitte la pièce à son tour.

— Je vais voir si l'ambulance est prête, dit celui-ci en hâte. Juste au cas où il faudrait transporter le Dr Donaldson par la route.

S'ils étaient convenus d'un plan pour la laisser seule avec son père, cela avait parfaitement fonctionné, pensa Olivia en prenant une profonde inspiration.

Elle posa le portefeuille sur une table à côté du lit.

— Mabel m'a chargée de te donner ceci. Elle est allée te préparer un sac pour l'hôpital, mais elle a pensé que tu voudrais garder ça sur toi.

Don voulut s'emparer du portefeuille, mais le mouvement le faisait visiblement souffrir. Olivia le poussa vers lui. Mais au lieu de s'en saisir, Don referma la main sur son poignet. De son autre main, il écarta le masque à oxygène.

— Merci, dit-il doucement. Zac m'a dit qu'il n'aurait pas pu y arriver sans toi.

— Oh ! je ne sais pas, répondit-elle en s'efforçant de garder un ton léger. Mais c'est vrai que nous avons formé une bonne équipe.

— Une chance pour moi que tu aies été là. Et pas seulement parce que tu m'as sauvé la vie.

Ce qu'elle lisait dans le regard de son père ressemblait à une lueur de joie. Elle dut détourner les yeux. La gorge nouée, elle s'éclaircit la voix.

— Cela aurait pu être évité… L'ulcère gastro-duodénal se soigne très bien.

— Je sais.

Don remit le masque en place, ferma les yeux et prit de longues inspirations.

— J'ai été stupide, dit-il enfin. Et ce n'est pas la première fois.

— Tu ne sembles pas avoir de problème au pancréas, dit Olivia. Nous l'aurions vu à l'échographie. Quand tu auras fait un check-up à l'hôpital, tu constateras que tu n'es pas près de mourir…

Sa voix vacilla sur les derniers mots. À sa grande consternation, une larme roula sur sa joue au moment où Don rouvrait les yeux.

— Oh ! Libby…

Ce ne fut pas tant l'emploi de son surnom que l'amour contenu dans sa voix qui lui chavira le cœur.

Elle ne sut pas qui fit le geste en premier, toujours est-il que les bras de son père se refermèrent autour d'elle. Alors, elle goûta de nouveau cette étreinte qu'elle n'avait plus sentie depuis l'enfance.

C'était presque aussi réconfortant qu'autrefois, même si elle restait encore sur sa réserve. Si seulement elle acceptait de lui faire confiance… Bientôt, peut-être, car elle sentait que cette possibilité était à portée de main. Incapable d'endiguer le flot de larmes qui l'assaillaient à présent, elle se redressa et prit une poignée de Kleenex sur le chevet.

— Voilà… Je suis contente de savoir que tu vas t'en sortir.

Don lui sourit avant de reprendre la parole d'un ton grave.

— J'ai été désolé d'apprendre la mort de Janice. Ça a dû être dur pour toi de perdre ta mère.

Elle hocha la tête.

— Oui… Ce n'est pas facile de perdre un parent. Même si on n'en était pas très proche.

Sans doute penserait-il que cette déclaration s'appliquait à lui-même, mais ce n'était pas le cas. Elle mesurait à quel point sa relation avec sa mère avait été distante. Comme une espèce de danse compliquée pour essayer de gagner son approbation et son affection. Sa mère n'avait jamais eu en elle cette générosité chaleureuse et inconditionnelle que sa grand-mère lui avait témoignée dès les premières minutes de leur rencontre. Jamais non plus elle n'avait prononcé son nom avec le même amour que son père quand il l'appelait « Libby ».

— C'est terrible qu'elle soit morte si jeune. J'espère… J'espère qu'elle a été heureuse dans la vie qu'elle s'était choisie à Londres.

— Elle avait réussi à se faire un nom et une excellente réputation dans une grande ville, dit Olivia. Et ça l'a rendue heureuse, je crois.

Don hocha la tête.

Il n'allait pas critiquer sa mère, comprit-elle, soulagée. Peut-être était-ce un accord tacite entre eux pour délaisser le passé et tourner la page. En même temps, elle fut saisie d'un élan de pitié pour sa mère.

Celle-ci avait-elle vraiment été si heureuse que ça dans sa vie ? Quel dommage qu'elle n'ait pas su reconnaître les bienfaits qu'elle aurait pu récolter à faire partie d'une petite communauté comme celle-ci, si éloignée soit-elle des préoccupations mondaines qu'elle avait eues !

Et elle, Olivia, ne risquait-elle pas de faire le même genre d'erreur ?

— J'ai voulu te contacter quand j'ai appris son décès, ajouta Don. J'ai décroché le téléphone, puis j'ai raccroché, et j'ai commencé à t'écrire une lettre… Après, je me suis demandé si tu avais envie que je me manifeste. J'ai pensé qu'il était beaucoup trop tard et que tu me détestais.

— Je ne te déteste pas, murmura-t-elle.

Plus maintenant. À un moment donné, oui, elle avait eu ce sentiment quand l'enfant triste et désorientée qu'elle avait été était devenue une adolescente en colère. La haine et l'amour étaient plus étroitement liés qu'on ne le pensait. Cette phase difficile n'avait pas duré, heureusement. Arrivée à l'âge adulte, elle avait su trouver une sorte d'équilibre plus serein. Elle avait réussi à se préserver de ces émotions intenses… Jusqu'à ce qu'elle vienne à Cutler's Creek.

— C'est à peu près à ce moment-là que j'ai remarqué les premiers symptômes du cancer que je croyais avoir, dit son père.

Son souffle était rauque. Il laissa échapper un gémissement.

— Tu as mal ?

— Un peu.

— À quel niveau sur une échelle de 1 à 10 ?

— 7… Peut-être 8.

— Je vais augmenter la dose d'analgésiques.

C'était un soulagement d'avoir quelque chose à faire.

Elle s'assura qu'elle pouvait lui administrer une dose plus forte de calmants puis consigna les données dans le dossier qui l'accompagnerait à l'hôpital.

L'effet du médicament fut immédiat : Don se détendit, poussa un soupir et ferma les yeux.

— Je les ai gardées, dit-il d'une voix faible. Les lettres… Dans la boîte en carton. Emporte-les, si tu veux.

Il ne tarda pas à s'endormir. Il ne bougea pas lorsqu'elle remit délicatement son masque en place. Ce faisant, elle lui effleura la joue, et elle déglutit péniblement pour surmonter le nœud d'émotion qui lui bloquait la gorge.

Elle n'avait jamais cessé d'aimer son père, au fond. Elle avait juste gardé ses sentiments enfouis au fond d'elle, si longtemps qu'elle les avait cru perdus à jamais. Était-ce encore possible de retrouver l'amour qu'elle avait eu pour lui autrefois ? De rattraper toutes ces années de séparation ?

Elle l'espérait de toute son âme, mais elle avait aussi conscience que sa vie était en train de vaciller sur ses bases. Serait-elle capable de se trouver un nouvel équilibre ? Et d'abord, aurait-elle le courage d'aller chercher ces lettres et de les lire ?

— Liv ?

Elle sursauta et se retourna.

Zac se tenait à la porte.

— L'hélicoptère est en route. Il sera là dans trente

minutes. Peux-tu m'accorder un moment ? Debbie va venir pour veiller sur Don. J'ai besoin de tes notes sur son anesthésie pour le rapport.

— Bien sûr.

Mais avant de réagir, elle ne put s'empêcher de poser sur lui un regard appuyé.

Il portait toujours sa blouse chirurgicale. Le bord du calot un peu trop serré avait laissé une marque sur son front et il avait dû se passer une main dans les cheveux pour qu'ils soient si ébouriffés. Il ne souriait pas, mais une lueur chaleureuse animait ses yeux d'un beau brun mordoré.

Elle sentit un frisson exquis la parcourir, mélange d'excitation et de joie. Cette connivence entre eux était à la fois merveilleuse et un peu effrayante, comme les débuts timides de sa réconciliation avec son père. Autant de bouleversements qui la projetaient très loin de sa zone de confort.

Maintenant, se dit-elle, en proie au vertige, elle en était sûre : il ne lui était plus possible de revenir en arrière.

8.

— Un problème ?

— Non, pas du tout, dit Olivia en s'asseyant derrière le bureau de Zac.

Elle trouvait normal de répondre à sa requête de compléter le rapport sur l'opération de Don. Elle était juste un peu troublée de prendre place dans le fauteuil qu'il avait occupé et qui gardait la chaleur de son corps. Cela lui procurait toutes sortes de sensations étranges. Elle avait le souffle court et sentait son cœur battre à tout rompre. Sans parler de cet élan de désir au creux du ventre…

— Ça va me prendre cinq minutes, dit-elle en sortant une feuille de papier de sa poche. J'ai déjà tout consigné : doses de médicaments et données du moniteur.

— Je reviens dans quelques minutes, alors. Appuie sur « Imprimer » quand tu auras fini. Je vais voir Debbie pour m'assurer que tout va bien. Et je dois demander à Bruce s'il a pensé à déblayer le parking pour l'hélicoptère. Après les rafales de vent que nous avons eues aujourd'hui, il y a beaucoup de branches à terre. Est-ce que tu comptes accompagner ton père ?

Elle secoua la tête.

— Non. Je prendrai de ses nouvelles, bien sûr, mais Mabel va avec lui. Et j'étais censée m'absenter seulement une journée, ce qui veut dire que je suis déjà très en retard pour rentrer à Auckland. Je ne peux pas abandonner la voiture de location ici, de toute façon.

Une expression indéfinissable passa sur le visage de Zac, mais trop vite pour qu'elle puisse l'interpréter.

— Non, bien sûr, répondit-il simplement.

Sur quoi, il quitta le bureau.

Un rapport médical se rédigeait de façon quasi automatique. Elle pouvait donc penser à autre chose tout en pianotant sur le clavier. Au maelström d'émotions qui l'avait assaillie quand elle avait suivi Zac dans le bureau, par exemple.

C'était un mélange confus de joie, de crainte, d'excitation, de confiance… Autant de sensations nouvelles et fragiles, qui risquaient d'éclater comme des bulles de savon si elle cherchait à les appréhender. Et l'expression étrange qu'elle avait surprise sur les traits de Zac quand elle avait parlé de son retour à Auckland accentuait encore cette confusion.

En même temps, la voix de Mabel lui revenait en écho : « Tu auras toujours une maison ici si jamais tu as besoin d'un nouveau foyer. »

Mais elle n'appartenait pas du tout à ce milieu, n'est-ce pas ? Elle n'avait pas décidé de rester si longtemps à Cutler's Creek. Et voilà qu'elle ne se sentait pas prête à partir. Tout ce qu'elle désirait en cet instant, c'était aller jusqu'à la porte où un blouson de cuir était accroché, poser la joue contre la doublure et se noyer dans l'odeur de l'homme à qui il appartenait.

Elle eut justement l'occasion de s'en approcher quand l'imprimante refusa d'imprimer le rapport. Le voyant rouge clignotait, indiquant que la machine était à court de papier.

Elle se leva et regardait autour d'elle pour voir où les ramettes étaient stockées, quand la porte s'ouvrit. Zac entra si brusquement qu'il faillit la heurter.

— Oh ! Désolé. Je ne t'avais pas vue.

— Aucun problème. Je… Hum… En fait, je cherchais du papier pour l'imprimante.

— C'est là, dit-il.

Il désignait une petite étagère dans le renfoncement du mur juste derrière la porte.

— Laisse, je vais le faire, ajouta-t-il.

Mais ils se déplacèrent en même temps, de sorte qu'ils se trouvèrent presque l'un contre l'autre dans l'encoignure.

Pendant quelques secondes interminables, le temps parut s'arrêter, et elle sentit sa bouche s'assécher.

La veille au soir, dans la cuisine de Zac, ils avaient fait le même mouvement. Puis Zac avait pris le verre qu'elle tenait, et, à son regard éloquent, elle avait su ce qui allait suivre. Elle n'avait pas prévu cependant que leur baiser serait la première étape d'une nuit torride…

L'attirance qu'elle ressentait pour cet homme était si puissante que toutes ses pensées s'étaient effacées, comme si son cerveau avait cessé de fonctionner. Attirée vers lui comme par un aimant, elle brûlait de se presser contre son corps ferme et de lever le visage pour qu'il n'ait plus qu'à l'embrasser. Ou nouer les bras autour de son cou et lui incliner la tête pour savourer plus vite sa bouche…

Mais Zac laissa échapper un toussotement qui ressemblait à de l'irritation, et elle se figea tandis qu'il la contournait pour prendre la ramette et en déchirer l'emballage.

— Bruce m'a dit qu'ils avaient ouvert une voie sur la route de la gorge. Le trajet risque d'être long, mais tu devrais pouvoir rentrer à Dunedin aujourd'hui. À moins que…

Elle sentit son cœur manquer un battement. Allait-il suggérer qu'elle reste un peu plus longtemps ?

Il ouvrit la trappe de l'imprimante, y glissa la recharge de papier.

— À moins que tu décides d'aider ton père à récupérer, termina-t-il.

— Mais comment ?

— Nous allons avoir besoin d'un remplaçant, car Don ne sera pas sur pied avant un certain temps, répondit Zac en évitant de la regarder. J'ai pensé que peut-être tu aimerais saisir cette chance de mieux connaître ta grand-mère et d'assister à sa fête d'anniversaire. Au fait, tu as oublié ton invitation dans la salle de soins.

Elle avait l'impression qu'il lui demandait plus que de faire plus ample connaissance avec Mabel. Lui offrait-il de mieux le connaître, *lui* ? Ressentait-il aussi quelque chose de l'extraordinaire alchimie qui existait entre eux et les tenait prisonniers ?

— Je... Je ne peux pas, dit-elle dans un murmure saccadé, comme si quelque chose contrariait sa conviction.

Elle ne voulait pas vraiment partir aujourd'hui, pourtant. Elle s'était mis en tête qu'elle ne voulait pas vivre à la campagne au beau milieu de nulle part, mais c'était faux. Elle aimait ces montagnes et cette terre, et ce sentiment de liberté qu'elles lui procuraient. De même, elle n'avait pas besoin d'une photo jaunie pour se convaincre que son père n'avait jamais cessé de l'aimer. Et que faisait-elle de Zac ? Était-elle si sûre que le coup de foudre n'existait pas ?

Oh ! là là, elle ne savait plus que penser. Comment se fier à tous ces raisonnements embrouillés ? Mais c'était peut-être ça le problème : elle aurait dû faire davantage confiance à son père. Et à Zac ?

Elle aurait souhaité qu'il fasse un pas vers elle, qu'il la prenne dans ses bras et lui dise qu'Auckland n'était pas le bon endroit pour elle, qu'elle devait rester à Cutler's Creek. Au moins le temps de savoir si ce fantasme qui les poussait l'un vers l'autre contenait une part de réalité...

Mais il était occupé à rassembler les pages imprimées.

Elle ouvrit la bouche pour lui dire qu'elle avait besoin de rentrer à Auckland, le temps de mettre de l'ordre dans ses affaires, et qu'elle reviendrait dès que possible s'il le désirait.

Mais il la devança en prenant la parole le premier.

— Ce qui nous est arrivé hier soir ne doit pas te retenir. Je te promets que ça ne se produira plus.

Elle se figea, soudain glacée.

Pourquoi ? Comment pouvait-il oublier si facilement la passion brûlante qu'ils avaient partagée ? N'avait-il pas le moindre désir de poursuivre leur aventure ?

— Du reste, ajouta-t-il, je ne resterai pas ici très longtemps.

*
* *

Zac constata qu'il avait blessé Olivia par son attitude désinvolte. Mais peut-être l'aurait-elle été de toute façon ?

Quoi qu'il en soit, il ne trouvait aucun soulagement dans la distance qu'il venait de mettre entre eux. Ce regard qu'elle avait dardé sur lui quand il était entré avait presque eu raison de sa volonté. Encore maintenant, il aurait voulu lâcher ces feuilles, poser les mains sur les épaules de cette femme, la serrer contre lui, respirer le parfum de ses cheveux et l'embrasser encore et encore jusqu'à l'étouffer. La ramener chez lui enfin, et ignorer le monde extérieur aussi longtemps que possible…

Le désir de céder à ses sentiments était aussi violent que le tremblement momentané qu'il avait eu pendant l'opération ou que son geste instinctif pour protéger Olivia quand l'avion avait explosé. Ces signes montraient qu'il recommençait à s'impliquer, et beaucoup trop. Il voulait garder Olivia près de lui, la persuader de rester à Cutler's Creek. Tout comme il avait prié Mia de rester avec lui pendant quelques semaines encore.

Bon sang, sa fiancée en était *morte !* Il s'était juré de ne plus connaître ce genre de culpabilité. Il savait donc ce qu'il devait faire vis-à-vis d'Olivia, même si c'était horriblement dur.

— Olivia, tu m'as rappelé qu'il n'y avait pas que cet endroit sur terre. Mon séjour ici n'était que temporaire, et je suis prêt à retourner dans la réalité du monde. Une autre zone de guerre où l'on manque de médecins volontaires, peut-être. Il n'y a rien de plus réel que ça.

Il réfléchissait à voix haute, sans vraiment s'adresser à elle. Au bout d'un moment, cependant, le silence qu'elle observait l'intrigua. Il leva les yeux pour s'assurer qu'elle ne s'était pas esquivée en douce.

Son regard lui fit mal. Elle semblait perdue, désorientée et affreusement vulnérable. L'espace d'un instant, il entrevit Olivia enfant. Elle avait dû avoir cette même expression quand elle avait cru que son père l'avait rejetée.

Il eut le cœur serré. Parce que c'était exactement ce qu'il était en train de faire lui-même : il la rejetait.

Mais il le fallait, pour leur bien à tous les deux. Céder aux émotions intenses que cette femme lui inspirait ne ferait que la blesser davantage. Si jamais elle restait ici pour lui et se sentait malheureuse ? Pire, si quelque chose de terrible lui arrivait ? Non, il ne supporterait pas ça. C'était trop destructeur.

— Je suis désolé, dit-il doucement. Mais c'est ainsi, je ne peux pas m'attacher. Ni aux lieux, ni aux personnes.

— Tu ne peux pas jeter l'éponge comme ça, dit-elle d'une voix tendue. Tu laisserais Cutler's Creek sans médecin ? L'hôpital sera fermé.

— Je vais publier une annonce pour trouver un remplaçant.

— Tu resteras, d'ici là ? demanda-t-elle.

— Si j'en suis capable. Ton père a tenu seul cet hôpital pendant longtemps avant mon arrivée. Mais il faut être quelqu'un d'assez particulier pour vouloir vivre ici. Peut-être trouverons-nous un couple de médecins qui aimeraient l'idée de diriger un hôpital et d'élever leurs enfants dans un cadre bucolique ? De cette façon, Don pourrait prendre une retraite bien méritée.

— Tu n'as pas le droit ! Il pensera qu'on ne veut plus de lui ici. Or, c'est *son* hôpital.

Il se retint de sourire.

— On dirait que tu t'en soucies aussi.

En même temps, il mesurait combien il s'était trompé sur cette femme. En laissant ce fameux message sur sa boîte vocale, il avait pensé qu'elle était incapable de la moindre compassion. Mais elle avait été là pour sauver le pilote. Elle avait aidé la jument à mettre bas et, au lieu de quitter Cutler's Creek, était revenue à l'hôpital l'informer de la naissance du poulain. Et puis, elle avait eu peur de perdre son père… Dire qu'elle était venue dans l'intention de dire à Don ses quatre vérités, pensant qu'il lui restait peu de temps à vivre ! Un peu plus tôt, en allant la chercher pour ce rapport, il avait senti une atmosphère poignante entre le père et la fille, comme si un changement immense s'était opéré. Pour le mieux.

N'était-ce pas la preuve que tout pouvait changer en une seconde ? Que les certitudes que l'on avait eues se trouvaient tout à coup réduites au rang de doutes… Et qu'il était possible de retomber amoureux ?

— N'est-ce pas normal ? répondit Olivia en lui jetant un regard direct. Mon grand-père exerçait ici, et mon père reprendra ses activités dès qu'il sera rétabli, car je ne crois pas qu'il soit près de prendre sa retraite. Quant à Mabel, elle s'apprête à fêter un anniversaire important. Ce sera dur pour elle d'apprendre que l'hôpital risque de fermer.

— Tu me tiens pour responsable ? Mais il s'agit de *ta* famille, Olivia.

— Oui. Mais ne me dis pas que tout ça t'est égal. En fait, tu l'as dit, mais tu n'y crois pas toi-même. J'ai vu à quel point c'était difficile pour toi d'opérer quelqu'un qui t'est cher, mais tu l'as fait, et tu as sauvé la vie de mon père, Zac. Pour ça, je ne crois pas que tu lui feras perdre sciemment ce qui compte le plus pour lui.

Elle avait *vu… ?* Oh ! Seigneur ! Oui, bien sûr qu'elle avait remarqué son moment de faiblesse pendant l'opération. Avait-elle deviné ce qui l'avait provoqué ? Savait-elle que ce n'était pas uniquement à cause de l'estime qu'il avait pour son père, mais des sentiments qu'elle lui inspirait ?

Il n'arrivait pas à croire que ces émotions avaient refait surface et qu'il en était arrivé à s'attacher. Il ne pouvait pas se permettre de revivre ça. Jamais ! Il était venu à Cutler's Creek pour retrouver une stabilité émotionnelle, mais cet équilibre y était de nouveau mis à mal. Pour reprendre le contrôle de lui-même, il devait s'éloigner de cette femme qui semait le trouble en lui, se répéta-t-il. Et vite !

— Je t'ai déjà dit ce qui compte le plus pour ton père, Olivia, dit-il en gagnant la porte. Mais ça ne suffit pas pour te donner l'envie de rester, apparemment.

*
* *

Olivia était montée dans la voiture de location dès que l'hélicoptère avait évacué son père. Rien n'aurait pu la retenir à Cutler's Creek une minute de plus.

Elle avait promis à son père et à sa grand-mère d'appeler l'hôpital régulièrement et qu'elle donnerait de ses nouvelles dès qu'elle aurait réfléchi à tête reposée aux événements des derniers jours.

Elle portait toujours la blouse d'hôpital par-dessus les vêtements de Zac. Si elle ne trouvait pas de boutique à l'aéroport, tant pis, elle rentrerait à Auckland comme ça. Elle avait dit à Zac qu'elle les renverrait dès qu'elle les aurait fait nettoyer.

— Inutile. Ce n'est pas une grande perte, avait-il répondu.

Il ne s'était pas inquiété davantage de son départ. Il lui avait seulement recommandé de conduire prudemment, puis il s'était détourné pour rentrer dans l'hôpital, levant juste la main en signe d'adieu.

Il pleuvait toujours, mais les vents violents avaient diminué d'intensité, et Bruce lui avait assuré que la route était praticable tant qu'elle roulerait doucement.

— Ce n'est pas que nous vous chassions, avait-il dit. Nous espérons tous que vous reviendrez très bientôt, maintenant que vous et votre père êtes en meilleurs termes. Quand il sortira de l'hôpital, peut-être ?

— Oui, bien sûr. Mais je ne sais pas encore quand…

Tout ce qu'elle désirait maintenant, c'était mettre le maximum de kilomètres entre elle et Cutler's Creek. Entre elle et Isaac Cameron.

Elle fut tentée de s'arrêter chez Zac pour voir Chloé et son poulain, mais elle savait que le temps lui était mesuré et qu'il lui serait plus difficile ensuite de calmer les émotions qui menaçaient de la submerger. Au moins n'y aurait-il pas d'avion en train de s'écraser pour la retarder, cette fois, ni de médecin irrésistiblement séduisant à l'accent irlandais pour lui offrir du vin et lui faire enfreindre toutes ses règles de conduite.

Une chose était sûre : elle avait compris la leçon.

Elle ne pleurait pas tandis qu'elle fuyait cette petite ville et les souvenirs anciens et récents qui y étaient attachés, mais elle ne s'était jamais sentie aussi vide, aussi brisée. Ni aussi stupide.

Après tout, elle connaissait à peine Zac Cameron. Ça n'aurait pas dû l'affecter qu'il ait si peu d'intérêt pour elle qu'il veuille quitter le pays pour retourner dans une zone de guerre. Rien de ce qui le concernait n'aurait dû la toucher ni lui laisser l'impression d'avoir été plaquée. Mais elle avait pris le risque de faire confiance, et cette confiance avait été brisée. Encore une fois. Cela jetait une ombre sur l'espoir que son père et elle avaient de retrouver une bonne relation. Elle sentait aussi se réveiller cette peur qu'elle avait toujours eue au fond d'elle-même : qu'il y ait quelque chose qui clochait chez elle et qui faisait fuir les hommes.

Oh ! laisse tomber ! Elle savait depuis le début qu'on ne devait jamais faire confiance à ses émotions, surtout lorsqu'elles étaient excessives. Cette déception était la meilleure issue qu'elle puisse espérer.

Sa mère lui avait appris à suivre ses ambitions, seule clé du succès dans la vie selon elle, et qu'on n'y parvenait qu'en résistant à ses sentiments, lesquels ne duraient guère, de toute façon. Janice lui avait aussi inculqué qu'une carrière passait avant tout, même avant une relation.

Ressemblait-elle à sa mère sur ce point ?

Non, elle n'était pas comme elle. Si elle avait un enfant, elle ferait tout pour qu'il se sente aimé et ne l'enverrait jamais dans un pensionnat, même avec un poney !

Et maintenant, quelle place allait-elle accorder à son père dans sa vie ? Le carton de lettres et de colis se trouvait sur la banquette arrière. Mais elle entendait encore des échos de la voix de sa mère qui la mettait en garde.

Elle soupira. C'était trop difficile de garder un fil de pensée cohérent. Elle devrait renoncer et attendre d'y voir plus clair.

Elle vit des feux clignotants devant elle, signe que l'équipe d'ouvriers nettoyait encore la route de la gorge. À partir de maintenant, elle devait se concentrer sur sa conduite si elle voulait atteindre l'aéroport sans encombre.

Avec un peu de chance, il y aurait un dernier vol pour Auckland, un magasin ouvert où elle pourrait acheter des vêtements et un chargeur. Elle téléphonerait à l'hôpital et s'informerait de l'état de santé de son père. S'il allait bien, elle pourrait tirer un trait sur ces deux jours extraordinaires et retrouver une vie normale.

La pluie s'était enfin arrêtée, constata Zac.

Après l'évacuation de Don, il avait fait une dernière ronde auprès des quelques patients hospitalisés. Il avait aussi téléphoné à la mère de Shayna pour lui rappeler les recommandations d'Olivia, et il avait parlé à Faye Morris pour savoir si tout allait bien maintenant qu'elle était chez elle, à s'occuper de son aîné et du nouveau-né. À présent, il arrivait chez lui.

Il se rendit directement dans la grange.

Le poulain était malhabile sur ses pattes étonnamment longues. Chloé frotta sa tête contre son bras comme si elle appréciait les compliments qu'il lui faisait sur son petit. Il faisait bon dans la grange, où régnait une bonne odeur de paille, de foin et de cheval.

Il finit par rentrer dans la maison.

À la minute où il franchissait la porte, il sut qu'il avait eu de bonnes raisons de redouter ce moment.

Des assiettes étaient empilées dans l'évier, souvenir de son repas improvisé avec Olivia au beau milieu de la nuit. La pièce semblait terriblement vide et silencieuse, mais il avait l'impression étrange de percevoir sa présence, comme si la jeune femme se trouvait à la limite de son champ de vision. Un frisson courut sur sa peau. Bien entendu, ce serait pire dans la chambre aux draps froissés. Il se sentait incapable de s'allonger là sans revivre chaque instant de la nuit la plus incroyable de sa vie.

Bah, cela passerait. Il avait simplement besoin de penser

à autre chose, et faire la vaisselle constituait un bon début. Il changerait aussi les draps.

Mais plus tard.

Sortant l'ordinateur de son sac, il se connecta à un site qu'il avait déjà consulté à de nombreuses reprises.

L'Afghanistan, le Yémen, le Bangladesh, la Bolivie… La liste était longue. Plus de soixante-dix pays réclamaient une aide humanitaire et des équipes médicales. Pour se porter volontaire, il n'avait que l'embarras du choix.

9.

Par le hublot, Olivia admira le panorama familier des gratte-ciel d'Auckland dominé par la silhouette élancée de la Sky Tower, avec en toile de fond la mer étincelante dans le soleil levant. Elle laissa échapper un soupir ému tandis que l'avion amorçait sa descente vers l'aéroport international.

— Magnifique, n'est-ce pas ? dit le passager auprès d'elle. Pas étonnant qu'Auckland soit classée chaque année parmi les grandes villes du monde où il fait bon vivre. Personnellement, je ne voudrais pas habiter ailleurs.

— Moi non plus, murmura-t-elle en étouffant la petite voix intérieure qui contestait cette réponse.

— Vous revenez de vacances ?

— Pas exactement, dit-elle avec un sourire bref. Je devais m'absenter une journée, mais j'ai été piégée par la tempête dans la province d'Otago.

— Ah ? Il me semble avoir vu quelque chose là-dessus à la télévision. Peut-être un accident d'avion ?

Elle n'allait pas raconter ses aventures à un inconnu. Elle fit une réponse vague du bout des lèvres et fut soulagée d'entendre l'annonce dans le haut-parleur, avertissant les passagers de redresser leurs sièges.

Malgré elle, elle esquissa un demi-sourire en imaginant les questions qu'elle aurait suscitées si elle avait encore porté la blouse blanche empruntée à l'hôpital de Cutler's Creek.

La veille, il n'y avait eu aucun vol en soirée à partir de Dunedin. Finalement, cela avait été une bonne chose. Elle était descendue dans un hôtel huppé qui disposait d'une boutique de vêtements. En dépit de l'heure tardive, le personnel avait été trop heureux de lui ouvrir les portes du magasin pour qu'elle se choisisse un ensemble chic.

L'avion avait quitté Dunedin avant l'aube pour un vol de deux heures. Elle se rendrait directement à l'Institut de chirurgie plastique, espérant reprendre ses activités et le cours de sa vie le plus naturellement du monde.

Elle sentit son moral remonter sensiblement quand l'avion atterrit : elle retrouvait la ville où elle était née. Elle était chez elle ici.

Une heure plus tard, cependant, elle était toujours dans le taxi, au milieu d'un embouteillage sur l'autoroute. Comme si cela ne suffisait pas, la pluie se mit à tomber. Au bout d'un moment, le spectacle des gouttes qui s'écrasaient sur les vitres la ramena vers les souvenirs des dernières quarante-huit heures.

Le bruit de la pluie sur le toit du cottage de Zac, cette nuit-là, les caresses de Zac sur sa peau…

La sonnerie de son téléphone mit brutalement fin à sa rêverie. À cause des derniers souvenirs qui s'attardaient dans son esprit, elle s'imagina que c'était Zac qui l'appelait, et son cœur se mit à battre à coups redoublés.

Elle sortit l'appareil de son sac.

Mais non, l'appel était de son patron.

— Simon… Je suis sincèrement désolée. Je pensais être à l'Institut beaucoup plus tôt. Décidément, on dirait que le mauvais temps m'a suivie jusqu'ici. Voilà que je suis bloquée sur l'autoroute…

— Ne t'inquiète pas. Ta première consultation n'a lieu qu'à 11 heures. Je suis sûr que tu seras là.

— Je l'espère. Cette circulation est démente !

Tout en parlant, elle regardait par la vitre, songeant à une route de campagne au milieu des montagnes où le seul embouteillage qu'on avait à redouter était un troupeau de moutons échappés de la prairie.

— L'inconvénient de vivre dans la plus grande ville d'un petit pays, fit remarquer Simon, que son retard ne semblait nullement agacer. On se verra demain, je suis retenu par une consultation hors de la ville. Je ne peux pas t'en dire davantage, mais il nous arrive une célébrité internationale. Une très bonne chose pour l'Institut. La Nouvelle-Zélande est l'endroit parfait pour échapper aux médias si on veut s'offrir un nouveau look et récupérer en toute discrétion.

Il parlait avec enthousiasme, et elle aurait dû se réjouir autant que lui. Mais force lui était de reconnaître qu'elle ne partageait pas sa satisfaction.

— Es-tu devant l'ordinateur ? demanda-t-elle. Peux-tu me dire si mon rendez-vous de 11 heures est un nouveau patient ou quelqu'un que je connais déjà ?

Elle avait besoin de se préparer mentalement au travail qui l'attendait, parce qu'elle avait le sentiment pénible que la journée serait plus difficile qu'elle ne le pensait.

— Quelqu'un que nous connaissons tous, répondit Simon. Peggy Eglington en personne, et elle a demandé à te voir spécifiquement.

Peggy était connue à Auckland pour ses œuvres caritatives… et ses recours multiples à la chirurgie esthétique. Elle était l'exemple type de la patiente souffrant de troubles dysmorphiques. Elle venait sans doute réclamer une énième injection de Botox, ou bien elle ne supportait plus la courbe de son nez.

Mais arrivée à temps pour la consultation, Olivia découvrit que c'était un autre détail physique qui mettait la patiente dans tous ses états.

— Vous ne voyez pas ? Je ne peux plus me regarder dans un miroir. Je n'ai laissé personne me photographier depuis que j'ai remarqué ce défaut.

— Je vous trouve superbe, Peggy. Comme toujours.

— Mais regardez ! Mes yeux n'ont pas la même taille. Mes sourcils non plus ! C'est à cause de ce lifting frontal que j'ai fait faire il y a des années, n'est-ce pas ? C'était avant de m'adresser à vous. Oh… Je devrais porter plainte. Intenter un procès peut-être ?

— C'était il y a longtemps, Peggy. Votre peau a forcément changé depuis.

Olivia dut déployer beaucoup d'efforts pour avoir l'air de compatir. Sa patiente avait plus de soixante-dix ans. Elle aurait quand même pu accepter de vieillir avec un peu plus de grâce, non ? Sa grand-mère y parvenait très bien, elle, se dit-elle en évoquant le visage ridé et toujours souriant de Mabel.

— Vous pouvez réparer ça, n'est-ce pas ? s'enquit Peggy en posant le miroir de poche dans lequel elle s'examinait. Est-ce que ce nouveau lifting sera efficace ?

— Peggy, je ne vous le conseille pas. Compte tenu de vos problèmes cardiaques et de votre tension déficiente, une anesthésie générale serait risquée.

— Mais ça marcherait ? Sans laisser de cicatrices visibles ?

À ces mots, Olivia pensa immédiatement à Shayna. Comment allait-elle ? Avait-elle suivi toutes les instructions pour éviter d'avoir le visage enflé ? Comme elle aurait aimé être là quand les fils auraient disparu, pour voir le résultat de son travail ! Mais au lieu d'aider une personne à surmonter un accident qui aurait pu la défigurer, on lui demandait de faire des cicatrices parfaitement inutiles.

— Elles seront cachées par les cheveux, dit-elle à Peggy. Cela remédiera certainement à l'asymétrie que vous remarquez, mais encore une fois, l'opération comporte des risques…

— Non, pas de « mais », docteur Donaldson, dit Peggy en se levant. Réservez-moi une place le plus tôt possible, s'il vous plaît. Je sais, vous allez insister pour que je passe toute une batterie de tests, mais c'est ce que j'apprécie chez vous. Vous prenez toutes les précautions, et je sais que je suis en bonnes mains. Appelez-moi quand vous aurez trouvé une date pour mon opération.

Un peu plus tard dans l'après-midi, Olivia décrocha le téléphone, non pas pour faire admettre Peggy Eglington à la clinique, mais pour rappeler l'hôpital général de Dunedin.

— Son nom est Don Donaldson, dit-elle à la réceptionniste. Il a été transféré chez vous par hélicoptère hier après-midi depuis Cutler's Creek, dans la province d'Otago. Est-il toujours en soins intensifs ?

— De la part de qui, s'il vous plaît ? dit la voix au bout du fil.

— Je suis sa fille, Olivia Donaldson.

Ça ne lui causait plus la moindre gêne de dire ces mots-là.

Quelques instants plus tard, on lui passa le médecin du service.

— Il va très bien, lui annonça celui-ci. Nous avons fait une endoscopie ce matin pour voir si une nouvelle intervention était nécessaire, mais… Je suis bluffé ! Je n'arrive pas à croire qu'on l'ait opéré dans un petit hôpital sous-équipé. Ce médecin qui travaille avec votre père est un génie. Ils peuvent se réjouir d'avoir quelqu'un de si talentueux, à Cutler's Creek.

Elle sentit sa gorge se nouer, tandis que ses pensées volaient vers Zac.

Elle le revoyait mener l'intervention. Elle était si… si fière de lui !

— Si tout va bien, comment se fait-il qu'il soit toujours dans votre service ? demanda-t-elle au médecin.

— C'est par précaution, car il a perdu beaucoup de sang. Il a aussi passé une IRM, et je peux vous dire que son pancréas est en parfait état. Nous l'avons rassuré sur ce point : il ne développe pas la maladie de son père.

Elle esquissa un sourire.

Zac serait sûrement ravi d'apprendre qu'il avait posé le bon diagnostic. Elle imaginait déjà la lueur qui pétillerait dans son regard brun. Comme ce serait bon de lui apprendre la nouvelle et de lui dire que les spécialistes étaient impressionnés par ses compétences de chirurgien !

Sauf que…

Elle s'arracha à sa rêverie si brutalement qu'elle eut l'impression de recevoir une gifle. Parce que Zac n'avait pas le moindre désir de la revoir. Il préférait quitter le pays et travailler dans une zone de guerre. La dernière image qu'elle garderait de lui, c'était la façon dont il s'était détourné en agitant la main, sans même lui jeter un dernier regard.

Elle se concentra sur les paroles du médecin.

— … Avons démarré une trithérapie, car la biopsie a confirmé l'ulcère. Mais demain, nous installerons votre père dans un autre service et nous discuterons de son transfert à l'hôpital de Cutler's Creek pour une période de convalescence. Peut-être à la fin de la semaine. D'ailleurs, voulez-vous lui parler ? Ou à votre grand-mère ? Elle m'a dit que vous aviez pratiqué l'anesthésie. Elle est très fière de vous.

Olivia eut la gorge nouée.

Cette femme qu'elle connaissait à peine l'avait aussi appelée « ma chérie », comme si c'était la chose la plus naturelle au monde.

— Je ne peux pas pour le moment, s'excusa-t-elle d'une voix mal assurée. Des patients m'attendent… Mais je rappellerai dès que possible.

— Dites donc, ce n'est pas une petite falaise !

— Ne t'en fais pas, Zac. Nous n'allons pas te laisser en plan, dit Ben. As-tu réussi à faire le nœud de Prussik ?

— C'est plus facile de s'entraîner à le faire à la maison qu'ici avec les doigts à moitié gelés.

— Il est correct, approuva Mike qui vérifiait les cordages. Bon… Passe la corde à travers le dispositif, puis dans le mousqueton, et enclenche-la bien.

Zac suivit les instructions.

— Maintenant, vérifie que la corde a une bonne tenue. Et rappelle-toi de la garder en main sous l'assurage. Voilà… Tu es prêt à descendre.

Zac avait fait des descentes en rappel, mais jamais sur une paroi aussi abrupte. Il tenait à pratiquer cette technique pour pouvoir accompagner les équipes de secours en montagne et intervenir plus rapidement auprès d'un blessé.

Certes, ce n'était plus exactement une priorité, maintenant

qu'il avait pris la décision de quitter Cutler's Creek, et il était peu probable qu'il intégrerait une équipe de secouristes lors de sa prochaine mission humanitaire. Mais il avait besoin de se dépenser physiquement.

Il y avait plusieurs jours qu'Olivia Donaldson était rentrée chez elle et il n'avait aucune raison de penser à elle, mais elle occupait toujours son esprit.

— Ajuste ton harnais si besoin, dit Ben. Il faut que tu te sentes à l'aise avant de commencer le rappel.

Au moment de se lancer dans le vide et de confier sa vie à un jeu de cordes, il aurait dû être totalement absorbé par ce qu'il faisait, pensa Zac. Mais tandis qu'il remuait les jambes pour tester les sangles qui lui serraient le haut des cuisses, ses pensées s'envolèrent brièvement vers Olivia, et il secoua la tête pour chasser cette distraction.

— Je suis prêt.

Les jambes écartées, il entama la descente en rappel, qui n'était que la première partie de la séance d'entraînement. D'autres membres du groupe étaient déjà en bas avec une civière sur laquelle ils avaient disposé un mannequin. Il faudrait ensuite la remonter le long de la paroi et la porter jusqu'au véhicule à une bonne distance de là.

Quand, trois heures plus tard, ils furent sur le sentier pour rejoindre la voiture, ils étaient fatigués et prêts à fêter comme il se devait la fin de cet entraînement très physique.

— Qui vient au pub après ça ? lança quelqu'un.

— Je viens, mais je ne boirai pas, répondit Zac. Je suis le seul médecin à Cutler's Creek, en ce moment.

— Don pourra rentrer quand ? demanda Bruce qui marchait devant lui.

— Demain. Il s'est assez rétabli.

— Il a de la chance d'être encore en vie, dit Ben. Sans toi, il ne serait pas là.

— Je n'étais pas tout seul, répondit Zac en rajustant son emprise autour de la poignée de la civière qui supportait leur matériel. C'était un travail d'équipe.

— Oui…, dit Mike pensivement. Et pas seulement

l'opération de Don. Ma Shayna a eu beaucoup de chance qu'il se trouve une spécialiste en chirurgie plastique en ville ce jour-là.

Ben leur adressa un sourire par-dessus son épaule.

— Elle n'est pas la seule à avoir eu de la chance, d'après ce que j'ai entendu dire. La fille du docteur est restée chez toi la nuit d'avant, n'est-ce pas, Zac ?

— Qui t'a dit ça ? demanda Zac.

— Pas moi, se défendit Bruce.

— Je l'ai peut-être su par Debbie. Ou alors par ma femme. Elle a deviné quand on lui a raconté que la fille du Dr Donaldson avait mis ton poulain au monde.

— Ce n'est pas *mon* poulain, dit Zac d'une voix bourrue. Je le garde jusqu'à ce que Steve daigne rentrer de sa croisière autour du monde.

— Tu n'es pas au courant ? Il ne veut pas revenir. Il est tombé fou amoureux d'une fille qu'il a rencontrée sur le bateau, et il a l'intention de vendre sa maison d'ici et d'aller vivre… Où déjà, Bruce ?

— Je crois que c'est en Angleterre, non ?

— Oui, c'est ça. Peut-être voudrais-tu racheter le cottage, Zac ?

— Je ne veux pas être propriétaire.

— Mais pourquoi ?

— Parce que je ne reste jamais longtemps au même endroit. Au bout d'un an, je recommence à avoir la bougeotte.

Les autres demeurèrent silencieux. Ils savaient depuis combien de temps il était à Cutler's Creek, et ils se disaient sans doute qu'il ne resterait plus parmi eux très longtemps.

Il ne voulait pas prendre la parole non plus. Comment leur dire qu'il partait parce qu'il se plaisait trop avec eux et qu'il ne pouvait pas se permettre de s'attacher aux gens ou aux lieux, et à une personne en particulier qui avait mis sa vie sens dessus dessous ?

Ils ralentirent le pas car le sentier devenait raide, et Mike brisa enfin le silence.

— J'espère que Don sera assez en forme pour la fête de

sa mère. Ça va être une sauterie à tout casser. Ma femme fait partie du club féminin qui prépare le buffet.

— J'ai aidé à déplacer une centaine de balles de foin dans la grange des MacDrury le week-end dernier, ajouta Ben. Ils ont commencé la décoration. Ça va être magnifique.

— Je sais qu'ils ont réservé le meilleur groupe de bluegrass de l'île du Sud, dit Bruce. On va danser toute la nuit.

— Je vous parie que Mabel dansera jusqu'à l'aube !

— Je ne sais pas quoi mettre, dit Bruce quand ils eurent cessé de rire. Pourquoi avoir choisi pour thème les années 1950, aussi ?

— Je suppose que c'est l'époque où Mabel était une jeune femme qui aimait sortir et s'amuser.

— C'est bien beau de vouloir se déguiser, mais pour les hommes, il n'y a rien.

— Oh ! mais si ! dit Zac, amusé. Pense à James Dean. Jean, T-shirt blanc et blouson de cuir. Ou alors, essaie le look « gangster » avec bretelles et chapeau mou.

— Je devrais trouver ça dans une malle de vêtements qui appartenait à mon père, dit Bruce. Merci pour le tuyau, les gars.

— La fille de Don va revenir pour l'occasion ? dit quelqu'un alors qu'ils étaient enfin arrivés sur le parking et glissaient la civière à l'arrière du 4x4.

Zac se raidit imperceptiblement.

— Je sais juste qu'elle n'a pas emporté son invitation, répondit-il d'un ton neutre.

Il l'avait trouvée sur la table de la salle de soins, quelques minutes après le départ d'Olivia.

— Donc, à mon avis, elle ne viendra pas, ajouta-t-il.

Du moins, pas tant qu'il serait là. Il se sentait coupable car il avait rejeté Olivia, la poussant à partir. Au point qu'elle n'envisageait pas de revenir pour l'anniversaire de sa grand-mère ?

Bruce ferma le hayon du 4x4, puis comme il contournait la voiture pour s'installer sur le siège du conducteur, il lui posa une main sur l'épaule.

— Tu devrais la lui poster, dit-il discrètement. Elle l'a peut-être oubliée par erreur.

— Olivia ?

Olivia s'arrêta alors qu'elle traversait la zone d'accueil de l'Institut.

— Il y a du courrier pour vous. Une enveloppe plutôt bizarre.

— Oh ?

Olivia reconnut aussitôt l'enveloppe à l'ancienne que la secrétaire lui tendait. En même temps, elle resta perplexe.

Pourquoi était-elle arrivée à son travail ? Au cours d'une de ses conversations téléphoniques avec son père, ces derniers jours, elle avait promis d'essayer de venir à la fête, mais qui avait posté l'invitation qu'elle avait laissée à l'hôpital de Cutler's Creek ? Quelqu'un qui voulait s'assurer qu'elle n'oublie pas la date ?

Zac ? Rien ne suggérait que ce soit lui qui ait envoyé l'invitation.

Elle avait un peu de temps devant elle jusqu'à l'heure du rendez-vous de Peggy Eglington – car celle-ci était plus déterminée que jamais à subir une opération. Elle décida d'ouvrir l'invitation quand elle serait de retour dans son cabinet de consultation.

Elle sourit en voyant la photo au recto de la carte : celle d'une jeune femme portant une robe à pois évasée, avec un grand nœud sur une encolure en forme de cœur, dans le plus pur style des Années 1950. Elle dansait, un sourire radieux aux lèvres.

Mabel ?

Elle déplia la carte, et le message à l'intérieur confirma sa supposition.

Mabel n'a jamais arrêté de danser !

Rejoignez-nous pour célébrer son 90e anniversaire et autant d'années à profiter de la vie.

La soirée festive sera organisée dans la grange MacDrury.

Au plaisir de vous y retrouver.

Quelque chose sur l'autre volet de la carte attira son attention. C'était une note manuscrite sous une petite photo maintenue par un morceau de ruban adhésif.

Le mot ne venait pas de Zac. Non, bien sûr ! Olivia pesta contre elle-même. Pourquoi diable s'était-elle imaginé qu'il l'avait écrit ? Il était de Mabel.

Je l'ai sortie du cadre posé sur la table de nuit de ton père. Peut-être pourras-tu la lui rendre quand tu viendras à ma fête ?

C'était une autre photo d'Olivia. Elle avait un peu plus de huit ans, c'était juste avant que son monde s'écroule quand son père avait disparu de sa vie. Le cliché avait été pris au pensionnat, et elle se souvenait de ce moment, probablement parce qu'elle gardait la même chez elle dans un petit cadre en argent.

La photo avait été prise dans l'écurie de l'école à la fin d'une épreuve de saut d'obstacles, et elle avait l'air épuisé, comme son poney, Koko. Elle s'était débarrassée du ruban de soie rouge – sa récompense pour avoir remporté l'épreuve – dans un coin du box. Koko était couché sur la paille. Olivia s'était pelotonnée contre lui, les bras passés autour de son cou et la joue contre son épaule. Elle avait des bottes sales et des brins de paille dans les cheveux, mais pour elle, c'était l'image du plus beau moment de sa vie. Il lui suffisait de regarder cette photo pour se souvenir du bonheur qu'on ressentait à être proche d'un être aimé.

Elle eut les larmes aux yeux en détachant la photo.

Ce n'était pas simplement à cause de cette preuve supplémentaire que son père l'avait toujours aimée. Elle prenait aussi conscience qu'elle n'avait éprouvé qu'une seule autre fois dans sa vie ce sentiment d'être au seul endroit au monde où elle voulait être. Et c'était dans les bras de Zac

Cameron, juste après l'amour, avant de sombrer dans un sommeil sans rêves.

C'était fou qu'elle souffre aussi intensément de son absence alors qu'elle ne le connaissait que depuis peu de temps, mais c'était ainsi. Zac avait bouleversé son univers, et plus rien ne serait pareil désormais. Elle voulait le lui dire. Même s'il ne partageait pas ses sentiments et croyait ne plus pouvoir s'attacher, il devait savoir qu'il avait changé la vie de quelqu'un. Il le méritait, n'est-ce pas ? Et cela ferait peut-être une différence pour lui de se savoir aimé.

Elle sécha ses larmes, prit son téléphone et chercha le message vocal qui avait changé sa vie.

Le numéro s'affichait toujours comme « inconnu ».

Il lui fallait du courage pour appuyer sur ce lien, et dans ce moment d'hésitation, elle se souvint de la dernière fois où elle s'était trouvée dans la même situation. Elle avait eu l'intention de dire à ce mystérieux inconnu ce qu'elle pensait de lui. Finalement, elle avait décidé de dire à son père ses quatre vérités en face. Maintenant, elle avait encore plus de raisons d'avoir cette conversation de vive voix, se dit-elle, le cœur serré.

Simon n'allait pas être content de ce nouveau départ précipité. Mais quelque chose d'autre s'insinua dans son esprit, et tout devint clair brusquement – peut-être parce qu'elle s'apprêtait à recevoir Peggy Eglington.

Elle n'appartenait pas à ce milieu, et il était temps qu'elle réagisse.

Sa patiente était dans la salle d'attente quand elle sortit après avoir parlé à Simon.

— Je suis vraiment désolée, dit-elle, je ne peux pas rester, je le crains. C'est une affaire personnelle… Mais Simon sera ravi de vous voir aujourd'hui.

10.

Non, c'était impossible !

Zac regarda de nouveau la voiture qui se garait sur l'une des places de parking réservées aux visiteurs devant l'hôpital, et son souffle s'étrangla quand il vit la silhouette qui en descendait.

C'était Olivia, sans aucun doute. Mais elle ne ressemblait pas du tout à la jeune femme sophistiquée en tailleur clair qu'il avait rencontrée la première fois. Elle ne portait pas non plus de blouse d'hôpital comme lorsqu'elle était partie d'ici. Non, elle était vêtue d'un jean, de bottes de cavalière et d'un gros pull sous un anorak rouge, comme si elle était habituée à vivre dans ce coin reculé au climat rude.

Tout ça, c'était sa faute, se dit-il en se dirigeant aussitôt vers le hall d'accueil. S'il n'avait pas suivi le conseil de Bruce de lui faire suivre l'invitation, elle ne serait peut-être pas revenue si vite, et il aurait déjà quitté les lieux. Juste au moment où les choses commençaient à se tasser et où il reprenait le contrôle de sa vie, cette apparition inattendue le déroutait complètement.

D'un autre côté, la présence d'Olivia pouvait être utile. Don écouterait peut-être sa fille, au lieu d'insister pour revenir travailler alors qu'il se remettait tout juste. Pour « assurer un service minimum », disait-il. Mais, franchement, il aurait dû rester chez lui au moins quelques jours de plus.

Zac atteignit la réception au moment où Olivia franchissait l'entrée. Il s'arrêta gauchement, en proie à une sorte de vertige.

Il avait soudain l'impression qu'elle et lui se trouvaient seuls au monde, comme lorsqu'elle était venue le prévenir de la naissance du poulain.

Il la contempla, et une foule de détails lui revint. Comment avait-il pu oublier que ses yeux étaient si incroyablement bleus ? Même à cette distance, il était sûr de respirer le parfum de sa peau. Oh… Et il avait dû aussi bloquer le souvenir de son sourire ravissant.

Certes, il était bouleversé, mais c'était bon de la revoir. Des frissons brûlants le parcouraient, et il se sentait magnifiquement vivant tout à coup.

Le sourire ravissant s'atténua.

— Tu es encore là ? dit-elle simplement.

— Tu ne t'attendais pas à me voir ?

— Je croyais que tu comptais partir d'ici.

— C'est toujours le cas, répondit-il en retrouvant un peu d'assurance.

Parler de ses projets était un bon moyen de rester maître de la situation.

— Ce n'est pas si facile de me trouver un remplaçant, ajouta-t-il. Qui voudrait venir vivre dans un trou perdu comme Cutler's Creek ?

— Je connais peut-être quelqu'un, répondit Olivia. Même si elle aurait besoin de suivre une formation en médecine générale pour mettre à jour ses connaissances, et peut-être une autre pour pouvoir exercer dans un hôpital rural.

Il écarquilla les yeux.

— *Toi*, Olivia ? Mais je… Je croyais que c'était le dernier endroit où tu voulais habiter.

— Moi aussi, admit-elle. Mais je me trompais. Je commence à penser que j'appartiens pour de bon à ce terroir. Et c'est grâce à toi, Zac.

Il se frotta la nuque, envahi d'une sorte de prémonition.

— Ah ? Et… Comment ?

— Tu m'as parlé des lettres et des paquets que mon père me destinait. Je les ai emportés à Auckland. Ma mère avait peut-être une idée de leur contenu, raison pour laquelle elle les a renvoyés. Parce que, si j'avais lu ces livres, j'aurais probablement eu envie de venir ici il y a très longtemps. Je n'aurais sans doute pas étudié la médecine, et elle en aurait été terriblement déçue. Elle aurait sûrement pensé que je gâchais ma vie.

— Quel genre de livres ?

— Des histoires de poneys, des livres sur la province d'Otago avec des photos à couper le souffle. Et il y avait toutes ces anecdotes que mon père me racontait dans ses lettres. Sur la vie des gens de Cutler's Creek, sur la montagne… J'ai compris en les lisant pourquoi le mariage de mes parents ne pouvait pas fonctionner et pourquoi ma mère pensait me protéger en me séparant de mon père. Il disait surtout que je lui manquais et qu'il espérait que je viendrais le voir et visiter ce pays qu'il aimait. Alors, me voici, et j'espère que ma visite durera longtemps.

Zac aurait voulu lui dire que c'était une très bonne nouvelle, que son père et sa grand-mère seraient fous de joie et que lui-même serait libre de partir. Mais il ne trouvait pas les mots justes, et dans le silence embarrassant qui s'installa, il eut conscience d'un son qui lui était familier.

Olivia sut aussi ce qu'il en était.

— La sirène de la défense civile, dit-elle. Ça veut dire qu'il y a une urgence quelque part, n'est-ce pas ?

Il hocha la tête avec lassitude et sortit son téléphone de la poche de sa blouse. Il activa une touche d'appel direct.

— Bruce ? Que se passe-t-il ?

Olivia fixa le visage de Zac tandis qu'il était au téléphone. En fait, elle le regardait avec attention depuis l'instant où elle était entrée, et, elle en était certaine, il ressentait aussi le lien invisible entre eux, cette connexion qui s'était nouée au fil des heures intenses qu'ils avaient partagées. Aller plus loin était un pari risqué, certes, parce qu'il n'était peut-être pas prêt à aimer. « Il arrive parfois qu'on se renferme sur soi-même devant une trop grande souffrance. Pour éviter qu'elle vous détruise complètement… ». Elle entendait encore les paroles qu'il avait prononcées.

Elle comprenait parfaitement. Il avait aimé Mia et l'avait perdue, et se lancer dans une nouvelle relation représentait pour lui un énorme pas à franchir. La démarche était assez effrayante pour elle aussi, d'ailleurs. Elle était venue lui offrir son cœur, et s'il la rejetait, elle serait dévastée. Pour l'instant, elle devait en convenir, la chance n'était pas de son côté. Il comptait toujours quitter Cutler's Creek, et il n'avait même pas souri en la voyant.

Il ne souriait certainement pas en cet instant.

— *Quoi ?* s'exclama-t-il. Oh non…

Zac avait pâli et, l'espace de quelques secondes glaçantes, elle se remémora l'expression d'effroi qu'avaient reflété ses traits quand l'épave de l'avion avait explosé derrière eux. Comme s'il avait été ailleurs, dans un cauchemar horrible et destructeur.

Du coin de l'œil, elle vit Jill déboucher dans le hall et, marchant lentement auprès d'elle, Don.

— Dis à Ben et Tony de sortir l'ambulance, dit Zac d'une voix déterminée. Je vous rejoins à la ferme.

— Libby ! s'exclama Don en souriant. Je n'ai dit à personne que tu venais. Ce sera une surprise pour la fête de ta grand-mère demain…

Il se tourna vers Zac qui terminait sa conversation téléphonique.

— Que se passe-t-il ? J'ai entendu la sirène.

— Gavin Morris a eu un accident de quad dans l'un des pâturages en altitude. Il est possible qu'il se soit cassé la cheville en sortant de dessous l'engin qui s'était renversé. Il a perdu son téléphone et a dû ramper jusqu'à la route pour demander de l'aide.

— Vous partez le chercher ?

— Oui, mais… Il y a autre chose, et je ne sais pas où je serai le plus utile…

Zac prit une profonde inspiration, et elle redouta d'entendre la suite. C'était forcément grave et douloureux.

— Il avait pris Jamie avec lui sur le quad pour laisser Faye se reposer un peu pendant que le bébé dormait.

— Oh non ! Attends, Jamie est blessé ? s'enquit Don sur un ton angoissé. Ce petit bonhomme doit avoir deux ans.

— Nous ne savons pas, déclara Zac, l'air sombre. Il s'est sauvé pendant que Gavin essayait de s'extraire de l'engin. Il a disparu. Il est quelque part sur le flanc de la montagne, et il faut le retrouver.

— Je vous accompagne, dit Don.

— Il n'en est pas question ! Vous n'êtes pas en état. Le mieux est que vous restiez ici. Il se peut que je vous envoie Gavin par l'ambulance s'il a besoin de soins. Tu peux rester aider ton père, Liv.

Mais elle n'imaginait pas une seconde laisser Zac partir seul quand il avait cet air sombre.

— Je viens, dit-elle.

— Oui, vas-y, approuva Don. Je peux me débrouiller ici.

Zac et Olivia gagnèrent ensemble la sortie.

Comme les portes coulissaient pour leur livrer passage, il tourna la tête vers elle, et le lien étroit qu'elle sentait entre eux se renforça encore dans le regard qu'ils échangèrent. Elle eut alors la certitude qu'il la voulait auprès de lui pour affronter la situation dramatique qui les attendait.

La route non goudronnée menait assez loin dans les terres des Morris. Au volant de son 4x4 dont il avait actionné le gyrophare, Zac fut l'un des premiers à arriver sur le champ qui servait de parking. Mike et ses coéquipiers de la caserne garèrent leur véhicule peu après tandis que Zac examinait la blessure de Gavin, puis d'autres personnes affluèrent, qu'Olivia ne connaissait pas. On avait retrouvé le casque de l'enfant, non loin du quad, mais il n'y avait aucune trace de Jamie. Sous la direction de Bruce, la foule s'éparpilla sur le terrain couvert de rochers et de hautes herbes pour mener la battue.

Olivia aida Zac à poser une attelle sur la cheville de Gavin.

— Il se peut qu'elle soit cassée vu la douleur ressentie, dit-il, mais ce n'est pas une fracture déplacée. Je vais demander à Ben de vous emmener à l'hôpital. Le Dr Donaldson vous fera une radio, mais il faudra aller en ville pour la pose du plâtre.

— Je n'irai nulle part tant que Jamie ne sera pas retrouvé. Donnez-moi juste ce qu'il faut contre la douleur, docteur. Je dois participer à la battue.

— Où est Faye ?

— Quelqu'un est allé la chercher. Elle va arriver avec le bébé.

Gavin se couvrit le visage à deux mains.

— Oh ! mon Dieu ! Et si… ? C'est affreux.

— Je sais, dit Zac en lui posant une main sur l'épaule. On va vous donner une dose de calmants, et vous allez rester dans l'ambulance pour le moment. Quelqu'un sera près de vous. Mais si ça n'allait pas, on vous conduira à l'hôpital.

Gavin releva la tête.

— Allez-vous aussi chercher mon fils ? Je vous en prie… J'ai seulement besoin qu'on ramène mon petit garçon.

Quelle distance un enfant de deux ans pouvait-il parcourir ? se demanda Olivia. Les recherches duraient depuis deux heures. Les gens avançaient par deux et s'éloignaient de plus en plus du lieu de l'accident. Pour sa part, elle se concentrait sur les énormes rochers en haut du champ, regardant dans chaque faille où l'enfant pouvait être coincé.

— Jamie ! Où es-tu ?

Ses appels demeuraient sans réponse. Elle s'approcha de Zac qui la rejoignait et mit une main en visière, car la lumière rasante du soleil couchant inondait la vallée.

— D'autres nouvelles de Gavin ? s'enquit-elle.

— Pas de changement. Il a moins mal. Sa femme et le bébé sont dans l'ambulance avec lui.

— Ils doivent être fous d'angoisse. Tiens, cette caravane n'était pas là tout à l'heure.

— Je pense qu'elle appartient au club féminin. Les femmes apportent des boissons chaudes et de la nourriture à tous ceux qui participent aux recherches. J'imagine que ta grand-mère est là aussi. C'est elle, la présidente de l'association.

— Elle est extraordinaire, dit Olivia. J'ai vraiment hâte de mieux la connaître. Et… C'est incroyable comme tout le monde s'entraide ici. Ils sont tous là, n'est-ce pas ? Cette histoire les touche.

Elle retenait à peine ses larmes.

Zac la regarda et laissa échapper un soupir saccadé, comme si un poids lui oppressait la poitrine.

— Qui ne serait pas touché ? dit-il un peu sèchement. Ce petit, à deux ans ! C'est…

Il se détourna brusquement.

— Viens, ajouta-t-il en se reprenant. Allons jusqu'à ces arbres au bord du ravin.

Il se mit en marche d'un pas rapide, mais elle réussit à se maintenir à sa hauteur et lui toucha le bras.

— Qu'y a-t-il, Zac ? Je t'en prie… Dis-moi.

Il avança encore de quelques pas avant de répondre à Olivia.

Une fois déjà, il s'était retenu de lui raconter ça, mais il était peut-être temps de la mettre au courant. Elle devait aussi savoir le pire à son sujet. C'était peut-être le seul moyen de se protéger, finalement.

— C'est l'autre raison pour laquelle je suis venu ici, dit-il enfin. Un petit enfant à peu près du même âge que Jamie.

— Il s'était perdu ?

— Non. Il était battu par son beau-père. Sa mère, droguée, ne l'a même pas accompagné aux urgences. Il n'y avait plus rien à faire pour le sauver, et personne d'autre n'était disponible.

Olivia lui prit la main et la serra entre les siennes.

— Qu'as-tu fait ? murmura-t-elle, le souffle court.

— Je l'ai tenu dans mes bras pendant qu'il mourait.

— Oh…

Olivia émit un sanglot étouffé. Dans un élan de compassion, elle lui pressa la main.

— Je comprends pourquoi tu avais besoin de partir. Quel déchirement de voir mourir un enfant…

Il dégagea sa main.

— Non, tu ne comprends pas. C'est à ce moment-là que j'ai vraiment pensé abandonner la médecine. Après la mort de Mia, je me suis entraîné à ne plus m'attacher, à me cuirasser émotionnellement. Je pensais que c'était le seul moyen de continuer à faire ce métier que j'aimais par-dessus tout. J'en suis arrivé à tenir un enfant mourant sans rien ressentir. Pas le moindre serrement de cœur, rien ! J'ai pris conscience que je ne savais plus où j'en étais, et je détestais celui que j'étais devenu. Être totalement insensible, c'est encore pire que d'être affecté trop profondément, parce que la vie n'a plus de sens. C'est pour cette raison que je suis venu à Cutler's Creek. Pour me cacher et voir si j'étais encore capable d'exister.

— Mais tu es capable de sentiments, Zac ! dit-elle d'un ton qui frôlait le désespoir. *Je le sais*. C'est même ce que j'aime le plus en toi.

Elle avait peut-être raison, pensa-t-il. Oui, il était encore sensible. Cette douleur qui lui oppressait la poitrine, par exemple, en était la preuve. Mais il gardait pour autant son sang-froid. Il savait surmonter l'émotion, l'étouffer sous un couvercle.

Ils se remirent en route en silence.

Olivia marchait devant lui vers le bord du ravin. Elle s'arrêta si brusquement qu'il faillit la percuter et la retint par les épaules pour l'empêcher de basculer dans le vide. Puis il se pencha pour voir ce qui l'avait arrêtée et se figea à son tour.

Le dernier arbre en contrebas poussait à l'horizontale. Son feuillage surplombait le vide, tandis que sa souche tordue s'accrochait à la paroi rocheuse. Un petit garçon était pelotonné là, entre les énormes racines, vêtu d'un manteau, d'une cagoule et de bottes en caoutchouc. Il avait les yeux fermés et restait immobile.

Zac sentit son cœur s'arrêter.

Jamie était-il endormi ? Inconscient ? Ou le pire était-il arrivé ?

Oh non, pas ça…

Sur une impulsion, Olivia se dégagea de son emprise et fit un pas sur la pente. Elle glissa et n'enraya sa chute qu'en s'agrippant aux branches d'un petit arbre voisin.

Zac fut saisi d'effroi. Au fond de lui, quelque chose se brisa.

C'était sa faute ! Il l'avait persuadée de venir ici. En passant cet appel téléphonique d'abord, puis en lui faisant suivre l'invitation de Mabel. Elle était venue à cause de lui, et maintenant elle se trouvait en danger. Comme ce petit enfant qui risquait de mourir. Bon sang, l'histoire se répétait en s'acharnant à recréer les pires moments de sa vie !

Sans réfléchir davantage, il s'engagea à son tour sur la pente raide. Il devait atteindre Olivia à tout prix et s'assurer qu'elle était en sécurité.

— Ne bouge pas ! commanda-t-il dès qu'il put la toucher. Nous n'avons aucune idée de la profondeur du ravin. Il faut attendre d'avoir le bon équipement.

— Attendre ? C'est impossible ! Si Jamie se réveille et grimpe sur les racines, il va tomber.

— J'y vais, dit Zac qui la retenait toujours. Ce qui arrive est ma faute. C'est à moi de m'en occuper.

— Ne sois pas stupide. Comment serais-tu responsable ?

— Tu es ici uniquement à cause de moi. Tu l'as dit toi-même. Je ne supporterais pas qu'il t'arrive quoi que ce soit. *S'il te plaît*, Liv, reste ici… Pour moi.

Il ne lui laissa pas le temps de discuter. Avec précaution, il la lâcha ainsi que l'arbre qui leur servait de point d'appui et descendit jusqu'au prochain rocher qui pourrait le soutenir. Une autre glissade contrôlée l'amena près des racines de l'arbre où se trouvait Jamie.

C'est alors qu'il vit l'enfant bouger. Le petit garçon ouvrit les yeux au moment où Zac tendait le bras vers lui.

— Où est maman ? gémit-il. J'ai faim.

Surmontant le nœud qui lui bloquait la gorge, Zac s'efforça de prendre une voix normale.

— Nous allons chercher maman, dit-il doucement. As-tu mal quelque part ?

Jamie secoua la tête et lui tendit les bras.

— Tu me portes ? Mes jambes sont fatiguées.

Entourant l'enfant d'un bras ferme, Zac commença à remonter lentement le long de la paroi, utilisant son bras libre pour attraper branches et rochers et assurer son ascension.

Olivia avait réussi à se hisser au bord du ravin. Elle observait leur progression, visiblement rongée d'angoisse.

Enfin, ils atteignirent le sommet. Elle prit Jamie dans ses bras tandis que Zac reprenait son souffle, conscient tout à coup des larmes qui roulaient sur ses joues. Il se ressaisit et, sortant son téléphone, appuya sur la touche d'appel direct.

— Nous l'avons trouvé, Bruce ! Il est sain et sauf. Nous rentrons…

Sa voix se brisa sur ces derniers mots. Il baissa les yeux vers Olivia et Jamie et les entoura de ses bras.

— Ça va, murmura Olivia en étouffant un sanglot. Tout ira bien, maintenant…

Prenant une profonde inspiration, elle ajouta :

— Et c'est vrai que je suis ici à cause de toi, Zac, mais c'est *mon* choix. Et, quoi qu'il arrive, c'est le seul endroit où je veux être. Rien de tout ça n'est ta faute. Tu te reproches trop de choses dont tu n'es pas responsable.

Il se souvint alors de ce qu'elle avait dit précédemment. Ce qu'elle aimait en lui…

Olivia l'aimait !

Il eut de nouveau la sensation que son cœur s'arrêtait, mais cette fois ce n'était pas sous l'effet de la peur et du désespoir. La joie et l'amour le submergeaient. Les barrières qu'il avait érigées autour de lui s'ouvraient à toute volée.

Oui, il voulait goûter pleinement l'amour donné et reçu, car il était enfin persuadé que c'était tout ce qui comptait. C'était cela, être en vie ! Il n'avait pas besoin d'enfermer ses sentiments. Pas quand il était avec la femme qui l'avait ramené à la vie, qui lui donnait la force de croire à nouveau en des choses importantes comme la confiance et l'amour.

Bouleversé, il serra Olivia contre lui. Il aurait voulu la tenir encore plus près pour s'imprégner de son contact et sentir sa peau contre la sienne. Il était encore incapable de parler, mais les mots étaient inutiles. Un sentiment incroyable de connexion les unissait, leur donnant la conviction de tout partager et de pouvoir tout affronter ensemble.

Olivia ne semblait pas pressée non plus de rompre leur étreinte. Quand il souleva Jamie qui s'était rendormi, elle se coula contre lui alors qu'ils revenaient vers le champ des Morris.

En contrebas, les gens se rassemblaient. Ils savaient que la recherche était terminée, mais ils voulaient être témoins de son heureux dénouement.

— Je pense que tout Cutler's Creek nous regarde, déclara-t-il en riant.

— Je ferais mieux d'arrêter de m'accrocher à ton bras, alors, répondit Olivia. Sinon, ça risque de faire jaser.

— Oh ! les rumeurs vont déjà bon train ! Ils savent tous que tu es restée chez moi cette nuit-là.

— Mais pas ce que nous avons partagé, dit-elle en levant vers lui un regard langoureux.

Il lut dans ses prunelles le reflet de ce qu'il ressentait lui-même. La passion qui les avait unis ce soir-là était la chose la plus merveilleuse qu'il lui soit arrivée.

— Je t'aime, Liv. C'est fou, quand on pense que nous nous connaissons à peine.

Elle secoua la tête.

— Moi, je sens que je te connais depuis toujours. Et je suis follement amoureuse de toi. C'est comme si je t'avais cherché toute ma vie.

— C'est exactement la même chose pour moi. Même si je n'ai pas su tout de suite que tu étais celle que j'attendais.

Ils étaient presque arrivés à la bordure du champ. Les gens accouraient pour les rejoindre, sentant le besoin de voir par eux-mêmes que leur peur d'avoir perdu un petit garçon s'était bel et bien envolée.

Il ralentit le pas pour goûter encore quelques secondes d'intimité avec Olivia.

— Liv, je veux vivre avec toi pour toujours…

Elle lui sourit, les yeux brillant de joie.

— Pour toujours et un jour. N'oublie pas cette journée supplémentaire.

Il était si ému qu'il eut du mal à recouvrer sa voix.

— Absolument, dit-il enfin. Pour l'éternité et un jour.

Épilogue

Un an plus tard…

Olivia tournoya devant son mari, un sourire aux lèvres.

— Regarde, elle me va encore !

La robe qu'elle avait revêtue était celle qu'elle avait portée pour la fête d'anniversaire de Mabel un an plus tôt : bleu foncé à pois blancs avec une jupe à godets et une encolure en forme de cœur. Laissant ses cheveux flotter librement sur ses épaules, elle avait mis en guise de bandeau un foulard de soie bleue avec un joli nœud sur le côté, et ramené quelques mèches sur le devant pour un effet chic et rétro.

— Plus pour très longtemps. Ça va bientôt se voir, répondit Zac d'un ton malicieux.

Le sourire complice qu'ils échangèrent contenait le secret qu'ils gardaient depuis quelques semaines.

Leur vie allait changer dans un avenir proche, mais ils étaient fin prêts. En fait, ils étaient plus qu'impatients. S'ils avaient attendu jusque-là pour fonder une famille, c'était pour permettre à Olivia de terminer sa formation médicale. Elle venait de s'installer dans son nouveau poste de médecin généraliste à l'hôpital de Cutler's Creek, qui voyait ainsi se succéder la troisième génération de Donaldson.

Il y avait eu ce magnifique mariage qu'ils avaient célébré à l'extérieur, au cœur de l'été, avec en toile de fond les montagnes qu'elle aimait tant. Toute la ville avait été invitée, et le bal qui s'était tenu dans la salle des fêtes avait été l'un des événements marquants de l'année avec la fête d'anniversaire de Mabel.

Elle tourna encore sur elle-même pour faire virevolter sa robe.

Elle n'avait jamais imaginé qu'un jour elle serait aussi heureuse. Peut-être suffisait-il de vivre enfin à l'endroit auquel on appartenait vraiment… Non, ça concernait davantage les gens qui vous entouraient que le lieu, n'est-ce pas ? Ou une personne en particulier. Elle partageait la vie de l'homme qu'elle aimait, et elle avait gagné une famille et toute une communauté de gens simples et sympathiques autour d'elle. C'était à la fois son territoire, sa famille et le désir d'être heureuse pour toujours – une notion profondément ancrée en elle et aussi solide que les montagnes qu'elle admirait tous les jours.

Retenant les larmes d'émotion qui naissaient sous ses paupières, elle tendit la main vers Zac pour l'inviter à danser.

Il portait un jean délavé et un T-shirt blanc moulant sous son blouson de cuir. Ses cheveux étaient lissés en arrière, même si quelques mèches rebelles résistaient au gel, et il était aussi beau que la première fois où elle l'avait vu. Non, plus séduisant encore, pensa-t-elle tandis que Zac l'enlaçait pour la faire tournoyer à travers la cuisine.

Il s'arrêta bientôt, l'attira contre lui et l'embrassa passionnément.

Nouant les bras autour de son cou, elle répondit à son baiser avec fougue.

C'était à cette même place qu'ils avaient échangé leur premier baiser. À présent, le cottage leur appartenait, et par la fenêtre, on voyait une jument gigantesque dans le paddock, avec son poulain qui était bien parti pour devenir aussi grand qu'elle.

Ils mirent fin à leur baiser et s'écartèrent, à bout de souffle. À contrecœur, elle se dégagea de l'étreinte de Zac.

— Je ferais mieux de retirer les friands du four avant qu'ils brûlent.

Enfilant des gants de cuisine, elle sortit la plaque, recouvrit les savoureux petits pains d'une feuille d'aluminium puis entoura la tôle d'un linge. Ils la glisseraient directement dans le coffre de la voiture.

— N'oublie pas la sauce tomate, rappela-t-elle à Zac.

— Il y aura encore ces gâteaux carrés comme l'année dernière ? Roses, avec de la noix de coco tout autour, demanda-t-il d'un air de gourmandise.

— Des lamingtons ? Oui, bien sûr. Ce sera un dîner typiquement néo-zélandais, répondit-elle en souriant. Je suis tellement contente que Gran ait organisé une autre fête sur le thème des années 1950 ! La dernière fois, c'était nouveau pour moi, et avec tout ce qui s'était passé en l'espace de quelques jours, ça reste un peu flou dans mon souvenir.

— Tu t'y habitueras, dit Zac. Mabel m'a confié l'autre jour qu'elle comptait refaire cette fête tous les ans. D'après elle, après quatre-vingt-dix ans, chaque année est un bonus, et rien ne vaut un retour aux années 1950 pour s'amuser.

— Au moins, papa sera suffisamment en forme pour danser.

— D'après ce que j'ai entendu dire, il nous en remontrera à tous.

— Je sais. Jill et lui vont au cours de rock and roll depuis plusieurs mois.

— Penses-tu qu'il y a quelque chose entre eux ?

— Je l'espère. Ils auront peut-être une annonce à faire ce soir.

— Nous devrions annoncer quelque chose nous aussi, dit Zac avec une tendresse malicieuse.

Ils échangèrent un nouveau baiser.

— Tu as raison, c'est maintenant ou jamais. Apprendre à Gran qu'elle va être arrière-grand-mère dans six mois, quel plus beau cadeau d'anniversaire pourrait-on lui faire ?

TERESA SOUTHWICK

Une maman pour Kyle

Traduction française de
GENEVIÈVE BLATTMANN

Blanche

HARLEQUIN

Titre original :
FINDING FAMILY… AND FOREVER?

Ce roman a déjà été publié en 2014

1.

Emma Robbins avait de longs cheveux châtain clair striés de fils d'or, des yeux noisette frangés de cils épais et une bouche pleine à faire damner un saint. Un véritable appel au baiser, constata Justin Flint, troublé.

— Je dois vous avertir, ce n'est pas une épouse que je recherche, déclara-t-il d'entrée de jeu à la ravissante personne assise de l'autre côté de son bureau.

— Et moi, rétorqua celle-ci avec suavité, ce n'est pas la rubrique matrimoniale que j'ai épluchée pour trouver une place.

Il apprécia son sens de l'humour, tout en prenant conscience de ce que sa propre remarque avait eu de déplacé.

Chirurgien-plasticien, il avait récemment quitté Beverly Hills pour s'installer comme médecin-généraliste à Blackwater Lake, dans le Montana, afin d'offrir une vie plus saine à son fils d'un an. Un programme qui, pour lui, n'incluait pas du tout d'être séduit par une femme aussi jolie que cette candidate. Il essayait simplement de la décourager d'accepter ce poste. Toutefois, cette formulation explicite avait dû lui paraître un peu bizarre.

— Désolé, ajouta-t-il en se passant la main dans les cheveux. Ma remarque peut vous paraître étrange, mais plusieurs des candidates que j'ai reçues précédemment m'ont fait des avances à peine voilées. Or, ce n'est pas du tout ce que j'attends de la personne qui s'occupera de Kyle.

— Ce qui se comprend tout à fait. Cela fait de vous

un père attentif, ce que je respecte. Mais je tiens à vous rassurer : je ne cherche rien d'autre qu'un emploi.

— Parfait, dit-il, même si, stupidement, son ego en fut un peu froissé.

— Bien. Donc, mademoiselle Robbins, vous venez de Californie ? dit-il en baissant les yeux sur sa lettre de candidature qu'il avait déjà parcourue plusieurs fois.

— Oui. De Studio City, dans la San Fernando Valley, au nord de Los Angeles.

— C'est très loin de Blackwater Lake, remarqua-t-il.

Il connaissait cette banlieue de Los Angeles située non loin des grands studios de cinéma. D'ailleurs, avec son physique, Emma Robbins aurait pu sans mal faire concurrence à nombre de vedettes. Il était prêt à parier qu'il n'y avait rien de factice chez elle. Cette peau fine et ce corps sans défaut dont un T-shirt et un jean tout simples soulignaient la perfection n'étaient visiblement dus qu'à de bons gènes.

— Et qu'est-ce qui vous a amenée dans le Montana, mademoiselle Robbins ?

— Des vacances.

— Vous n'étiez jamais venue auparavant ?

— Non.

Était-ce son imagination, ou évitait-elle vraiment son regard ?

— Et pourquoi le Montana plutôt que la Californie ou Hawaii ? Désolé de cet interrogatoire, mais je cherche simplement à vous connaître un peu.

— Ça va peut-être vous paraître puéril, mais l'histoire d'un de mes livres préférés se situe ici, dans le Montana. Comme j'étais entre deux jobs, j'ai fait quelques recherches, et j'ai appris que cette ville est considérée comme la station de ski qui monte et qu'elle n'est pas encore gâchée par l'afflux de touristes. Alors, j'ai eu envie de la découvrir par moi-même.

— Et alors, qu'en pensez-vous ?

— C'est magnifique.

Assurément. Mais ce n'était pas une raison suffisante pour prendre un job sur place.

— Mademoiselle Robbins, je me dois avant tout d'être honnête quant à ma situation, dit-il.

— Oui, s'il vous plaît, répondit-elle avec une fermeté qui lui donna à penser qu'elle avait pu être l'objet d'une trahison ou de mensonges.

— J'avais amené ma nounou avec moi de Beverly Hills où j'avais mon cabinet médical.

— Ah ? Alors, de toute évidence, vous avez eu un problème, sinon je ne serais pas assise face à vous en ce moment…

— Exactement. Et ce problème, c'est qu'elle s'est prise d'aversion pour la montagne, ses lacs et ses sapins.

Elle se mit à rire en secouant la tête.

— Évidemment, ça fait beaucoup de raisons pour repartir dans l'autre sens !

— Ajoutez à ça qu'une de ses filles était sur le point d'accoucher de son premier petit-fils, et vous ne serez pas étonnée d'apprendre qu'elle a tenu à peine dix jours avant de me laisser tomber.

— Oui, je comprends. Toute la beauté de ce paysage ne pouvait pas rivaliser avec une telle motivation.

— En effet. Le problème, c'est que Kyle risque de souffrir de ce changement de nounou.

— Quel âge a-t-il ?

— Dix mois.

Elle baissa les yeux sur la photographie encadrée devant lui.

— Je peux ?

Il la lui tendit et vit aussitôt un sourire attendri monter à ses lèvres.

— Il est adorable ! Il ressemble à son père…

La légère rougeur qui monta brusquement aux joues d'Emma l'amusa.

— Désolée, dit celle-ci, je ne voulais pas… Enfin, je veux dire qu'il a vos yeux et la forme de votre visage.

Lui reprenant la photo, il sourit, heureux de l'entendre confirmer que Kyle avait hérité de certains de ses traits.

Mais il espérait bien que, le temps venu, il saurait porter un meilleur jugement que lui sur la nature humaine, et surtout sur les femmes !

— Naturellement, je voudrais que le changement se passe de la meilleure façon pour lui.

— C'est évident, dit-elle en croisant les mains sur ses genoux.

— Si je décide de vous employer, quelle garantie pouvez-vous me donner que vous accomplirez votre tâche avec le sérieux que j'attends ?

Aucune, en vérité, il en avait conscience. Si les vœux pourtant sacrés du mariage n'avaient pas empêché sa propre épouse de tourner le dos à ses responsabilités, en quoi cette étrangère pourrait-elle faire mieux ?

La mère de Kyle avait placé ses propres intérêts avant ceux de son fils. Et, depuis sa mort, il avait découvert que payer pour obtenir les meilleurs soins pour lui était encore la plus sûre garantie.

— Docteur Flint, dit la jeune femme en se penchant vers lui, mes promesses ne suffiront pas à vous convaincre de ma sincérité, c'est évident. Mais j'ai les qualifications requises, en l'occurrence un diplôme en puériculture, ce qui pourra peut-être apaiser vos craintes. En revanche, un contrat à court terme serait sans doute préférable. De cette façon, si l'un de nous estime que certains termes de ce contrat ne sont pas respectés, il nous suffira de nous séparer après un préavis que nous déterminerons ensemble, suffisamment long pour nous permettre de nous organiser.

Tout cela lui convenait parfaitement, mais il choisit de poursuivre encore un peu son interview avant de prendre sa décision.

— Que faites-vous en Californie ?

— Est-ce vraiment important ?

— Simple curiosité. Avez-vous de la famille ? Des amis ?

… Ou alors *un* ami ? Cette question, qu'il n'avait pas

osé formuler, était évidente. Emma était jolie, elle avait probablement du succès auprès des hommes. Elle devait donc avoir quelqu'un dans sa vie, ou du moins un certain nombre de soupirants qui lui tournaient autour.

Elle se redressa sur sa chaise et croisa les jambes.

— Je n'ai pas de famille. J'étais fille unique. J'avais dix ans quand mon père est mort, et ma mère l'a rejoint il y a un peu plus d'un an. Elle m'a laissé la maison, mais une amie s'en occupe.

— Je vois…

Avant qu'il puisse poursuivre, on frappa à la porte, qui s'entrouvrit sur Ginny Irwin, son infirmière.

— Votre premier rendez-vous de l'après-midi est arrivé, docteur Flint.

Étant donné que Ginny avait choisi de gravir l'étage plutôt que de l'avertir par l'Intercom ainsi qu'elle le faisait toujours, il était clair qu'elle avait eu envie de voir la candidate !

— Merci, Ginny. Je descends tout de suite.

Elle referma la porte, non sans avoir lancé un regard discret vers sa visiteuse.

Il reporta son attention sur Emma.

— Eh bien, je crois que nous avons terminé…

— Je souhaite préciser une chose, encore, dit celle-ci en se levant.

— Laquelle ?

— J'aimerais beaucoup que vous m'offriez cet emploi. Et je sais vraiment y faire avec les enfants.

Ce qu'il vérifierait par lui-même plus tard en passant quelques coups de fil.

— J'ai encore une personne à voir.

— Pourrez-vous me donner votre réponse, même si elle est négative ?

— Bien sûr, répondit-il en se levant.

Elle était bien plus petite que lui, et il éprouva un désir bizarre de la protéger. Il y avait quelque chose de fragile et de vulnérable chez elle. Quelque chose qui se ressentait dans la réserve qu'exprimait toute sa personne.

Une barrière qu'il n'avait de toute façon aucune envie de franchir.

— Je ne vous cache pas que je vérifierai vos références.

— C'est tout naturel. Et je ferai de même pour vous.

— Ah oui ?

— Bien sûr. Au cas où vous me choisiriez, j'habiterai chez vous, n'est-ce pas ?

— En effet. Ce qui inclura quelques tâches domestiques, mais rien de lourd. Mon seul souci est le bien-être de mon fils. Si je suis appelé en pleine nuit, je ne peux pas perdre de temps à trouver quelqu'un pour venir séance tenante le garder. Il me faut impérativement quelqu'un sur place.

— Ce qui justifie mon besoin de vous connaître mieux aussi. Et ainsi, vous et moi nous sentirons plus à l'aise.

Avec un petit sourire, elle lui tendit la main.

— Ravie de vous avoir rencontré, docteur Flint.

Le contact de sa main fraîche lui donna fugacement l'envie de la garder un instant dans la sienne.

Il allait devoir prendre sa décision rapidement. Sa nounou actuelle devait partir dans les jours à venir. Jusqu'à présent, si ses références étaient confirmées, Emma Robbins était la plus qualifiée des candidates, donc la plus apte à obtenir le poste.

Un problème, toutefois : si la nounou lui convenait, la femme lui plaisait encore plus.

Ce qui ne l'arrangeait pas. Pas du tout…

Emma se gara devant la vaste demeure d'un étage et, avant de descendre de voiture, prit le temps d'observer cet endroit où, si tout se passait bien, elle allait vivre pendant quelque temps.

La large galerie était entourée d'une clôture de bois blanc, et la double porte vitrée de ce qui devait être le salon, ouverte à cet instant, était protégée par une barrière.

Très accueillant, finalement !

Elle était agréablement surprise. En fait, elle se rendait

compte que, sans se l'être exprimé, elle s'était attendue à quelque chose de bien plus prétentieux de la part d'un chirurgien-plasticien renommé exerçant à Beverly Hills.

Trois marches menaient à la porte d'entrée dont elle pressa la sonnette.

La porte s'ouvrit et, s'attendant à voir Justin Flint, elle fut étonnée de se trouver face à une petite femme blonde et ronde d'une cinquantaine d'années.

— Bonjour, je suis Sylvia Foster, s'annonça celle-ci avec une chaleur communicative.

— Emma Robbins, répondit-elle en lui tendant la main.

— Ma remplaçante.

— Du moins, je l'espère. Mais je croise les doigts… Avoir droit à un second entretien, c'est déjà bon signe, je suppose.

Elle n'avait pas eu très bon espoir, le médecin avait eu l'air un peu distant quand ils s'étaient séparés.

— Il m'a confié que vous allez avoir bientôt un petit-fils ?

Sylvia eut un sourire épanoui.

— Je suis tellement excitée ! Et, en même temps, je déteste devoir abandonner Kyle. Mais toute ma famille vit en Californie du Sud…

Elle se retourna vers les babillements qui leur parvenaient de l'intérieur de la maison.

Le petit était en train de se diriger vers elles à quatre pattes dans le couloir.

— Kyle ! dit Sylvia. Et où crois-tu aller comme ça, poussin ?

Emma s'accroupit devant lui.

— Il a dépensé beaucoup d'énergie pour arriver jusqu'ici. Verriez-vous un inconvénient à ce qu'il sorte, juste une minute ? Ce serait une récompense pour ses efforts et une façon d'encourager son goût de l'exploration, non ?

— J'aime beaucoup votre façon de penser, remarqua Sylvia en regardant le petit s'accrocher aux lattes de la barrière séparant son monde protégé de l'inconnu au-delà. Oui, allez-y, ouvrez-lui.

Sitôt que la voie fut libre, le petit partit à la découverte du monde extérieur sans se faire prier. Enfin… Du moins jusqu'à la première marche, devant laquelle se tenait Emma.

Alors il s'assit et leva vers elle de grands yeux gris comme ceux de son père, l'observant avec attention.

— Bonjour, Kyle, dit-elle, souriante.

Elle se prêta en silence à son examen, consciente que l'envahir de stimuli verbaux, tactiles ou visuels pourrait le perturber.

Après un instant, il s'avança pour poser une main sur sa cuisse, s'accrocher à son pantalon et se relever.

— Il se tient bien debout, remarqua-t-elle. Il marche déjà ?

— Pas encore. Il est à deux doigts de faire ses premiers pas, mais il hésite encore.

Elle observa un instant encore le petit garçon, s'imaginant à son âge.

Elle devait avoir un an à peine, comme Kyle, quand elle avait été enlevée. Celle qu'elle avait toujours appelée sa mère lui avait avoué juste avant de mourir, quelques mois auparavant, qu'elle l'avait kidnappée dans cette ville.

Elle ne s'était toujours pas remise du choc qu'elle en avait ressenti. Et ce voyage dans le Montana avait pour but de mener ses recherches personnelles. Trois semaines plus tôt, quand elle était arrivée en ville, elle était allée tout droit au restaurant de ses parents biologiques. Toutefois elle ne s'était pas présentée. Il était clair, à les voir, qu'ils avaient trouvé la paix, et elle n'avait pas eu le cœur de les replonger brutalement dans ce drame. Consciente que cette révélation bouleverserait de nouveau leur vie, elle avait choisi de garder le silence. Pour l'instant.

Kyle tournait autour d'elle sans presque avoir besoin de s'agripper. Accommodante, elle s'assit à sa hauteur sur le sol de la terrasse.

— Tu sais que tu es très beau, Kyle ?

— Pour ça, oui, approuva Sylvia. Il a déjà tout d'un séducteur, comme son papa.

Emma opina, amusée.

Justin Flint élevait-il des défenses autour de lui pour ne pas briser trop de cœurs ? À moins qu'il ne pleure toujours sa femme, qu'il avait perdue dans un accident de voiture ?

Elle avait cherché sur le Net et découvert beaucoup plus d'informations qu'elle l'aurait pensé sur ce chirurgien-plasticien qui avait renoncé à la célébrité et à la fortune après la mort de sa femme.

Un gros SUV arriva à cet instant et se gara derrière la petite voiture qu'elle avait louée à l'aéroport.

Le médecin était de retour.

Parfait. Si ce second entretien se passait bien, elle pourrait aller rendre sa voiture de location dans l'agence locale et faire venir la sienne de Californie. Les minutes à venir seraient déterminantes.

— Papa est rentré, Kyle, dit Sylvia.

Le petit poussa un cri de joie et s'accrocha de plus belle à elle en essayant d'avancer vers les marches.

— P… pa, dit-il.

Se penchant, elle le souleva dans ses bras avant qu'il n'atteigne les marches et se tint avec lui sur le seuil.

Justin sortit de la voiture et s'avança vers eux.

Cet homme possédait vraiment un physique de star, et ses courts cheveux noirs, un peu en pagaille comme s'il avait passé ses doigts dedans, lui donnaient un air juvénile. Toutefois, il avait les traits tirés.

Mais ses yeux gris fatigués s'éclairèrent sitôt qu'ils se posèrent sur son fils, et à cette seconde ce fut comme si un chemin menant directement à son âme venait de s'ouvrir.

— Désolé, je suis en retard, dit-il. J'ai eu une urgence à la dernière minute.

— C'était grave ? demanda-t-elle tout en essayant de démêler les petits doigts de Kyle de la chaîne qu'elle portait au cou.

— Une petite fille qui a eu la mauvaise idée de tomber sur du verre brisé. Mais je lui ai promis que, quand elle portera son uniforme de cheerleader au lycée, personne ne verra qu'elle a dû avoir des points de suture sur le genou à huit ans.

— Et donc, vous êtes devenu son héros.

— N'exagérons rien… Hé, mon bonhomme, je n'ai pas droit à un câlin ?

Mais dès que Justin approcha, Kyle enfouit son petit visage dans le cou d'Emma.

Elle n'y était pour rien, bien sûr, mais elle s'en sentit malgré tout embarrassée.

— Kyle ? C'est papa. Va lui dire bonsoir.

Elle ne le confierait à son père que s'il le demandait ou si Justin insistait.

— Ça ne lui ressemble pas, remarqua Sylvia. Généralement, il se précipite vers vous. À mon avis, c'est bon signe. C'est qu'Emma lui plaît. Et si vous voulez mon avis, vous devriez l'embaucher.

— Et, bien sûr, ce conseil n'a rien à voir avec le fait que vous me lâchez du jour au lendemain pour aller voir votre petit-fils…, ironisa-t-il.

— Oh ! Docteur Flint ! Comme si je ne me sentais pas déjà assez coupable comme ça ! Vous avez vraiment besoin d'en rajouter ?

— Allons, Sylvia, vous ne me croyez tout de même pas capable d'être aussi sadique ?

— Oh ! que si ! répondit celle-ci, avec un sourire qui démentait son affirmation.

Sur l'invitation de Justin, Emma les suivit dans le vaste vestibule circulaire.

Un superbe bouquet de fleurs fraîches trônait entre les deux escaliers hélicoïdaux qui se rejoignaient à l'étage. Sur la gauche, une porte vitrée donnait sur une vaste salle à manger avec une grande table ovale. Sur la droite, elle aperçut un salon accueillant dans les tons écrus, avec un long canapé de velours beige qui invitait à la détente.

Tandis qu'ils se dirigeaient vers l'arrière de la maison, le petit gigota dans ses bras pour descendre. Elle le posa par terre en le soutenant, puis, dès qu'il fut à quatre pattes, le laissa aller vers son père, qui le souleva un bref instant à bout de bras au-dessus de lui avant de le presser contre son cœur. Il lui souffla dans le cou, ce qui fit rire le petit aux éclats.

— Ça va, fiston ? Tu m'as manqué, tu sais.

— Pourquoi n'allez-vous pas discuter tranquillement avec Emma ? suggéra Sylvia. Vous n'avez qu'à me confier ce petit trésor, je vais lui donner son repas.

— Bonne idée. Merci, Sylvia. Mademoiselle Robbins ?

— Je vous suis.

Emma emboîta le pas à Justin jusqu'à ce qui représentait visiblement son domaine : une pièce agréable, pleine de livres, où trônait un grand écran d'ordinateur.

Il lui désigna une chaise rembourrée face au bureau de chêne, tandis que lui-même prenait place dans le fauteuil de cuir patiné par le temps.

— C'est très accueillant, remarqua-t-elle en laissant courir son regard autour d'elle.

— Je me trompe, ou vous êtes surprise ?

— Non, vous avez raison. J'avoue que j'ai fait des recherches sur vous.

— Normal. Et alors ?

— Vous avez été *le* chirurgien-plasticien des stars. Celui chez qui elles venaient se faire remodeler le nez, les lèvres, ou… Enfin, d'autres choses, j'imagine.

— Je ne fais pas que cela, heureusement.

— C'est ce que j'ai pu lire, en effet. Vous êtes impliqué auprès de Médecins Sans Frontières. L'Amérique centrale pour opérer les enfants souffrant de palais fendu. Et d'autres organisations humanitaires.

— Cette spécialité médicale va bien au-delà du simple fait de rectifier un nez tordu ou de rendre des lèvres plus pulpeuses. La chirurgie esthétique n'a pas vocation à être purement cosmétique, elle reconstruit. Dans ce cas, l'adjectif « plastique » fait référence au modelage.

— Mmh. Très intéressant.

— Je rectifie des défauts fonctionnels dus à des blessures

traumatiques, des infections ou des maladies — cancers ou tumeurs. Le traumatisme physique agit aussi sur la santé morale. Il provoque un changement qui peut engendrer une dépression et remettre totalement en cause l'objectif de vie d'une personne.

Elle hocha la tête, pensive.

Dans ce cas, le traumatisme avait deux aspects, moral et physique.

Depuis que sa mère lui avait avoué sur son lit de mort l'avoir enlevée à l'âge de un an à ses parents biologiques, elle n'avait de cesse de savoir qui elle était. Ça aussi, c'était un traumatisme. Mais d'une sorte que la chirurgie ne pouvait malheureusement pas réparer. Aucune opération ne lui rendrait jamais ce que sa famille biologique et elle avaient perdu.

— Est-ce mon imagination, ou vous n'êtes pas tellement satisfait de la façon dont Wikipédia définit votre champ d'expertise ? demanda-t-elle.

— Si… Enfin, peut-être que non, admit Justin avec un sourire presque enfantin et particulièrement craquant. Depuis que je suis arrivé à Blackwater Lake, je n'arrête pas de voir défiler dans mon cabinet des autochtones qui veulent que je leur fasse les lèvres d'Angelina Jolie ou le menton de George Clooney.

— Oh ? C'est vrai ? Même les hommes s'y mettent ?

— Vous n'avez pas idée !

— Ça ne m'empêche pas d'être impressionnée par ce que vous faites… Et, encore une fois, il ne s'agit pas d'une basse flagornerie ou d'une manœuvre de séduction. Je suis parfaitement sincère.

Il se recula dans son fauteuil en soupirant, abandonnant la réserve qu'il avait manifestée jusqu'alors.

— C'est drôle, j'ai comme l'impression que nous avons échangé nos rôles et que c'est moi qui subis l'interrogatoire, ironisa-t-il.

— Disons que je complète ce que j'ai déjà appris sur le Net.

— Vous ne m'avez toujours pas dit pourquoi vous êtes surprise de trouver ma maison accueillante ?

Zut, elle aurait préféré qu'il oublie sa remarque.

— Eh bien… J'imagine que vous avez bien gagné votre vie lorsque vous exerciez à Beverly Hills. Alors, je visualisais votre maison tout de verre, en chromes, avec des gadgets hors de prix partout, des objets d'art et je ne sais quoi d'autre encore.

Elle le vit pincer fugacement les lèvres.

— Ça, c'était avant. Aujourd'hui, je suis dans le Montana. J'avais besoin d'un changement.

— Depuis que vous avez perdu votre femme ?

Elle se mordit la langue. Trop tard.

Oh ! pourquoi n'avait-elle pas pu se taire ? À présent, elle pouvait dire adieu à ce job ! Même si elle ne devait jamais connaître sa mère biologique, elle aimerait tout de même bien savoir d'où elle tenait cette sale habitude de parler de façon impulsive.

Elle agita la main, rouge comme une pivoine.

— Désolée. Ça ne me concerne pas. Et c'est vous qui êtes censé poser des questions, pas moi.

— Oui. Mais vous évoquez un sujet très important : Kyle ne connaîtra jamais sa mère, et celle qui s'occupera de lui devra affronter ce problème à mesure qu'il grandira.

— Je comprends. Et vous désirez entretenir son souvenir.

— Pour mon fils, oui.

« Et pour vous aussi », faillit-elle ajouter.

Mais, cette fois, la tristesse dans le regard de Justin l'en dissuada à temps.

Il était évident que ce sujet était encore très sensible pour lui. Sans doute avait-il emménagé ici pour fuir la maison et la ville où il avait vécu avec son épouse. Fuir les souvenirs des jours heureux, mais en entretenant sa présence dans l'esprit de son fils.

Elle ne pouvait qu'approuver cette attitude. Elle-même, elle n'avait connu qu'une mère adoptive et ignorait tout de sa vraie famille. À ses yeux, tout élément permettant de découvrir ses vrais parents était inestimable.

Elle aurait aimé poursuivre sur ce sujet, mais elle sentit que Justin ne le souhaitait pas.

— Votre fils est un vrai séducteur, remarqua-t-elle avec un sourire, pour dissiper le léger malaise.

— Oh oui ! Il sait déjà mener son monde par le bout du nez.

— Je n'en suis pas surprise. Il semble avoir une bonne nature.

— Et il a l'air de vous avoir déjà acceptée…

Les yeux du médecin se firent plus sombres alors qu'il les fixait sur elle.

— C'était ce que je voulais savoir. C'est pourquoi je tenais à ce que notre second entretien se passe ici, dans son environnement.

— Bien sûr.

— Votre CV ne m'a pas appris grand-chose de vous. J'ai donc pris contact avec vos précédents employeurs, et tous m'ont dit que j'aurais tort de ne pas vous engager.

— Je suis heureuse de l'apprendre.

— Une de vos anciennes employeuses m'a même confié que c'est grâce à vous qu'elle a quitté son emploi pour élever son fils.

Elle n'eut pas à réfléchir longtemps pour savoir de qui il s'agissait.

— Carly Carrington.

— Exact. Elle a fini par être jalouse de la relation affective que vous partagiez avec le petit, et elle n'a pas voulu passer à côté de ces précieuses années.

Elle haussa les épaules en souriant.

— J'ai perdu ma place, mais son fils y a gagné ce qui est le plus important pour un enfant : la présence de sa mère.

— Oui, c'est exactement ce qu'elle m'a dit. Ce qui m'a permis d'arrêter mon choix sur vous.

Elle retint son souffle.

S'occuper de cet enfant lui serait facile, elle était déjà

sous le charme. En revanche, cela posait problème en ce qui concernait son père, par lequel elle se sentait également attirée. Or, sa vie était déjà assez compliquée comme ça sans qu'il lui faille se soucier de ce genre de choses. Si elle ne se sentait pas capable de gérer une telle situation, elle devait refuser tout de suite.

L'ennui, c'est qu'elle avait aussi besoin de travailler.

— Vous avez donc déjà pris votre décision ? demanda-t-elle d'une voix faible.

— En effet. J'ai souvent entendu dire que les enfants ont une intuition très développée et qu'ils savent détecter le mensonge de très loin. Or, Kyle vous a immédiatement adoptée.

— Et c'est réciproque.

— Ce que j'ai remarqué aussi. Donc, dit-il en contournant son bureau pour venir s'asseoir sur le bord en face d'elle, quand pouvez-vous commencer ?

Se retenant de sauter de joie, elle s'obligea à garder sagement les mains croisées sur ses genoux.

— Tout de suite.

— Parfait. Sylvia retourne en Californie dans deux semaines. Vous pourrez donc travailler avec elle jusqu'à son départ, afin que Kyle ne soit pas perturbé par une transition trop brutale.

— C'est une très bonne solution pour lui, en effet. Et je vous remercie de m'offrir ce poste, docteur Flint.

— Appelez-moi Justin, ce sera plus simple.

— Dans ce cas, vous pouvez m'appeler Emma.

— Très bien, Emma. J'ai fait rédiger un contrat provisoire de courte durée avec les termes que nous avons évoqués lors de notre premier entretien, dit-il en sortant un document d'un tiroir. Etudiez-le et voyez si vous êtes d'accord avec toutes les conditions avant de le signer.

Ce qu'elle fit soigneusement, avant d'apposer son paraphe au bas des deux exemplaires.

— Parfait, dit Justin en saisissant la feuille qu'elle lui tendait. Eh bien... Bienvenue à bord, Emma.

— Merci.

Elle ne put retenir un discret soupir de soulagement.

À présent, elle avait du temps devant elle pour organiser ses recherches. Elle ignorait encore comment procéder, mais depuis qu'elle avait découvert qu'elle n'était pas celle qu'elle croyait être, elle n'avait de cesse de retrouver ses vraies racines et de connaître la vérité sur sa naissance.

Comment Justin Robbins pourrait-il faire confiance à une nounou dont l'identité même reposait sur un mensonge ?

La légère culpabilité qu'elle ressentait à ne pas lui avoir avoué la vraie raison de sa présence à Blackwater Lake ne devait pas entrer en ligne de compte. Non, il n'était pas question qu'elle la lui révèle. Elle n'avait pas d'autre choix que de lui mentir.

2.

Deux semaines plus tard, Sylvia était partie, et Justin venait de passer sa première nuit seul sous le même toit avec la nouvelle gouvernante.

Enfin, pas tout à fait seul, bien sûr… Et puis, sa chambre était au rez-de-chaussée, avec salle de bain attenante, tandis qu'Emma occupait à l'étage la chambre qui jouxtait la nursery.

C'était une façon étrange de penser à une employée de maison. À dire vrai, il n'avait jamais envisagé la situation de cette manière avec celles qui l'avaient précédée.

Et ce matin, même si l'odeur du café qui venait jusqu'à lui était la même que d'habitude, tout lui semblait différent.

Sylvia leur manquerait, à Kyle et lui. Mais, de son point de vue de père, la nouvelle nounou semblait s'adapter parfaitement aux besoins de son fils, qui semblait beaucoup l'apprécier. Lui aussi, d'ailleurs, mais d'une façon qui risquait de poser problème…

Après s'être rasé, il enfila un jean et une chemise blanche et constata, satisfait, qu'il avait le temps de passer un moment avec son fils avant de partir pour l'hôpital.

Il monta les marches, guidé par la voix d'Emma et les babillements de Kyle.

La porte de la nursery était ouverte comme tous les matins, et il y entra comme il avait coutume de le faire. Toutefois, même si la scène était la même que les autres matins, l'atmosphère était résolument différente.

Son fils était sur la table à langer avec une couche

propre et un T-shirt, et Emma s'apprêtait à lui enfiler une salopette turquoise.

— Alors, petit cœur, tu as bien dormi ?

Kyle, qui agitait un hochet avec vigueur, gazouilla une réponse.

— Ravie de l'apprendre, dit-elle. Tu as l'air bien reposé, et je ne t'ai pas entendu de la nuit. Je dors tout près de toi, tu sais. Je t'entendrai si tu m'appelles.

Justin s'avança un peu dans la pièce, toujours sans bruit. Non pas pour espionner Emma, qui tournait le dos à la porte et ne l'avait manifestement pas entendu arriver, mais pour ne pas perturber cette scène paisible.

Il distinguait le profil d'Emma et pouvait voir qu'elle souriait à Kyle, lequel semblait aux anges. Il exhibait fièrement ses huit dents — quatre en haut, quatre en bas.

— Donc, as-tu des projets pour aujourd'hui, monsieur Kyle ? Tu vas me donner un coup de main pour le linge ? Ou pour le ménage ? Oh ! je sais ! Tu pourrais peut-être mettre un peu d'ordre dans ta corbeille à jouets ? Ça m'avancerait…

La main posée fermement sur le ventre du petit, elle l'empêcha de rouler sur le côté alors qu'il s'agitait pour l'inciter, à ce qu'il semblait, à le prendre dans ses bras.

— Pas si vite, poussin ! On n'a pas encore tout à fait fini.

Kyle se mit à rire alors qu'elle lui chatouillait la plante du pied.

— Hé, mais tu ne serais pas un peu chatouilleux, par hasard ?

Cette fois-ci, elle lui souleva les deux pieds et les embrassa bruyamment, ce qui fit rire aux éclats le petit garçon.

Emma, visiblement aussi amusée que lui, poursuivit le jeu encore un instant avant de continuer à l'habiller, et Justin s'en sentit étrangement touché.

Ce matin lui semblait différent de tous ceux qu'il avait vécus depuis qu'il s'était installé à Blackwater Lake.

Ça n'avait rien d'étonnant, se raisonna-t-il. Sylvia avait

été une nounou de style grand-mère, ce qu'Emma, bien sûr, n'était pas. Et cela changeait tout.

Son rire frais qui se mêlait à celui de Kyle, ainsi que son naturel et sa beauté mise en valeur par sa tenue toute simple le fascinaient, il avait du mal à s'arracher à cette scène. Et le fait que Sylvia ne soit plus là n'arrangeait rien.

Il était temps de se ressaisir et d'agir en tant qu'adulte responsable.

Il s'avança donc jusqu'au côté d'Emma.

— Salut, vous deux.

Emma releva la tête vers lui en souriant.

— Bonjour.

Il se pencha vers le petit, dont il caressa la joue.

— Tu as bien dormi, mon ange ?

Kyle agita son hochet de plus belle.

En langage bébé, la réponse semblait réellement adaptée à la question. Les babillements étaient les prémices du langage, et son fils était donc sur les bons rails.

Son but était de lui offrir une vie normale, mais le fait qu'il ne connaîtrait jamais sa mère bouleversait déjà la dynamique, ce qui le tourmentait.

Le petit tendit les bras vers lui, et il secoua la tête.

— Attends une minute, mon gars. Il faut d'abord qu'Emma finisse de t'habiller.

— C'est ma faute, dit-elle. Je n'ai pas pu m'empêcher de jouer avec lui, il est vraiment trop mignon. Mais je m'en voudrais que vous soyez en retard dans votre programme à cause de moi.

— Pas de problème. Ce qui compte avant tout, c'est qu'il soit heureux.

Il la regarda lui enfiler adroitement ses chaussettes et ses chaussons.

— Voilà ! Pour l'instant, tu seras plus à l'aise comme ça.

Justin opina d'un signe de tête, et quand elle eut terminé il prit Kyle dans ses bras.

Le petit se mit à rire quand il l'embrassa dans le cou en respirant l'odeur fraîche du savon doux sur sa peau.

— Je descendrai avec lui, annonça-t-il.

— Très bien, dit Emma. Je vais m'occuper du petit déjeuner, mais le café est déjà prêt.

Sur le point de sortir de la chambre, elle se retourna.

— Voulez-vous quelque chose en particulier ? demanda-t-elle.

Oui, vous.

Pris au dépourvu par cette idée et par la force avec laquelle elle s'était imposée à lui, il dut s'éclaircir la gorge pour se ressaisir.

— Vous avez carte blanche.

Quand, un instant après, il descendit à son tour avec Kyle, il eut le plaisir d'être accueilli par l'odeur du café montant du mug qu'Emma avait posé pour lui sur le comptoir.

C'était nouveau. Sylvia, elle, n'avait jamais eu cette attention.

— Merci, dit-il en l'attrapant de sa main libre.

— De rien, répondit-elle sans cesser de battre les œufs.

Dans le coin-repas qui offrait une superbe vue du lac de Blackwater en contrebas, il installa Kyle sur sa chaise haute puis approcha de lui le bol de corn-flakes secs dans lequel il plongea aussitôt sa petite main pour en porter à sa bouche.

C'était la routine du matin. Kyle était heureux, et lui-même avait ainsi le temps d'avaler son déjeuner avant de partir pour son cabinet. Après son départ, Emma donnerait au petit garçon une bouillie pleine d'éléments nutritifs.

Pour l'instant, elle était en train de faire une omelette. Une assiette de champignons émincés et de gruyère râpé attendait près de la cuisinière. Elle s'était de toute évidence organisée pour tout préparer avant que Kyle ne se réveille.

— Vous vous êtes levée aux aurores, j'imagine, remarqua-t-il.

Elle lui lança un sourire par-dessus son épaule.

— Presque. En fait, ça ne prend pas très longtemps quand on n'est pas dérangé.

— Je tiens tout de même à préciser que si Kyle requiert

votre attention, ne vous inquiétez pas pour moi, j'ai la possibilité de m'arrêter sur le chemin du cabinet pour déjeuner. Mes horaires sont flexibles.

— D'accord. Mais il y a toujours un plan B, donc ça ne devrait pas poser de problème.

— Comme ces appétissants muffins que je vois sur le comptoir ?

— Exact. Apparemment, j'ai eu du nez, plaisanta-t-elle. J'en ai fait hier après-midi pendant la sieste de Kyle. J'ignorais si vous les aimiez, mais je me suis dit que, dans le cas contraire, je n'aurais qu'à les manger moi-même. Et tant pis pour ma ligne !

Une ligne dont, visiblement, elle n'avait pas à se soucier, se dit-il tandis que son regard glissait malgré lui sur son jean, qui, sans être moulant, modelait avantageusement ses superbes formes.

Il s'assit près de Kyle et commença à manger.

La première bouchée lui apprit ce que son odorat avait déjà deviné — Emma était une cuisinière accomplie.

Il dégusta un muffin en silence avant de lever les yeux, surpris, en entendant un soupir d'impatience.

— Alors ? demanda Emma. Désolée, mais j'ai besoin de savoir. Si vous n'aimez pas ça, autant me le dire tout de suite.

— Il faudrait que je sois vraiment difficile ! Je crois que je n'ai jamais mangé de muffin aussi bon, aussi moelleux… Vous avez utilisé une préparation ?

— Pas du tout. J'ai tout fait moi-même.

— Vraiment ? Incroyable…

— Je ne mens jamais, rétorqua-t-elle.

Et, à son ton, il sentit que quelque chose ou quelqu'un avait rendu la vérité très importante à ses yeux.

— Je plaisantais, Emma. Il y a longtemps que je n'ai pas eu droit à un petit déjeuner aussi délicieux.

— Ravie de l'apprendre. J'espère que les œufs passeront le test aussi.

— Je n'en doute pas une seconde.

— En fait, Sylvia m'a confié la liste de vos préférences. Les vôtres et celles de Kyle, bien sûr. Elle m'a aussi laissé son numéro de téléphone et son e-mail pour que je puisse la contacter en cas de problème. Et je m'efforce de faire en sorte que la transition se fasse le mieux possible.

— Mission accomplie, dit-il.

Jusqu'à présent, elle avait fait un sans-faute. Son fils était heureux, et elle cuisinait divinement. Bien sûr, le changement aurait été plus aisé pour lui si elle n'était pas aussi séduisante, mais il pouvait difficilement le lui reprocher. Hormis son physique de rêve, il semblait être tombé sur la gouvernante idéale.

Il avait toutefois appris à ses dépens que, en revanche, la femme idéale, n'existe pas sinon dans les contes.

Et encore…

Justin serait de retour d'une minute à l'autre.

C'était l'heure où Kyle refusait d'être seul et où rien ne pouvait le calmer sauf être dans les bras de quelqu'un. Emma le portait sur la hanche tout en s'agitant dans la cuisine.

Elle avait choisi un plat simple qui lui avait pris moins d'une heure de préparation, une précaution indispensable puisqu'elle devait garder constamment un œil sur le bébé.

— J'avoue que je suis un peu nerveuse, lui confia-t-elle. C'est mon premier dîner avec toi et ton père.

Kyle se frotta les yeux en chouinant.

— Je sais, poussin. Même après une longue sieste, un petit bout de chou très éveillé comme toi a déjà besoin de sommeil. Le problème, c'est que ton père ne t'a pas vu de la journée et que ce serait bien que tu fasses un petit effort pour le voir. D'accord ?

Elle eut droit à un sourire, qu'elle choisit d'interpréter comme un assentiment, puis elle passa une dernière fois en revue la situation.

Le poulet mijotait avec les pommes de terre dans le

faitout, et la salade était prête. Parfait. La table était mise et la chaise haute prête.

Ils avaient dîné ensemble tant que Sylvia était encore là, mais elle craignait qu'un repas en tête à tête ne soit trop intime. Justin n'était pas son premier employeur, mais il était le premier père-célibataire dont elle devait partager la vie, et cette situation lui paraissait un peu gênante, en tout cas pour elle.

Non qu'il lui déplaise, au contraire. En d'autres circonstances, elle aurait sans doute pris plaisir à discuter avec lui et, pourquoi pas, à jouer le jeu de la séduction, bien qu'elle se soit juré de ne plus se faire avoir par les beaux parleurs. Découvrir que son fiancé est un sale menteur, voilà qui a tendance à rendre une femme méfiante. Et puis, même si Justin Flint n'était pas David, une telle attitude ne serait pas professionnelle, elle était donc à bannir absolument.

Plus facile à dire qu'à faire. Chaque fois qu'elle se trouvait en présence de son nouvel employeur, elle se sentait gauche et avait du mal à trouver ses mots. En plus, elle était gênée à cause des motivations qu'elle lui avait fournies lors de son entretien d'embauche. Ou plutôt à cause de celles qu'elle ne lui avait *pas* fournies.

Mais elle s'efforcerait de faire pour le mieux avec son fils, de sorte qu'il n'ait pas à regretter de l'avoir engagée. Cet emploi lui était indispensable pour lui permettre de mener son enquête, quelle que soit la manière dont elle s'y prendrait.

La porte s'ouvrit et se referma, annonçant le retour de son employeur, et elle s'efforça d'ignorer le petit bond que fit son cœur dans sa poitrine.

— Papa est rentré, Kyle, dit-elle.

— Pa…, articula-t-il en gigotant dans ses bras.

Elle le posa par terre et le laissa filer à quatre pattes vers le couloir en le surveillant pour s'assurer qu'il ne se fasse pas mal.

— Salut, mon bonhomme. Comment ça va, ce soir ?

Après avoir posé son ordinateur portable sur la table,

Justin se pencha pour soulever Kyle dans ses bras et le faire rire en lui soufflant dans le cou. Puis il se tourna vers elle avec un sourire ravi.

— Bonsoir, Emma. Mmh… Ça sent drôlement bon, ici !

— Poulet, pommes de terre et légumes, annonça-t-elle. Rien de très raffiné, mais ça ne devrait pas être mauvais tout de même.

— C'est la meilleure proposition que l'on m'ait faite de toute la journée. J'ai une faim de loup.

Elle n'aurait pu en jurer, mais elle avait l'impression que son regard s'était un peu attardé sur sa bouche. Mais peut-être avait-elle une imagination trop débordante… À moins qu'elle ne prenne ses désirs pour des réalités ?

— Ce sera prêt dès que la sauce aura un peu épaissi, dit-elle brièvement.

— Allez-y, on vous suit tous les deux.

Mal à l'aise, elle retourna dans la cuisine, se reprochant son attitude.

Pourquoi était-elle aussi nerveuse ? Ce n'était pourtant pas la première fois qu'elle accomplissait ce rôle !

Mais elle n'avait encore jamais travaillé pour un homme seul avec son fils, c'était ça la différence. D'autant plus que l'homme en question était particulièrement séduisant…

— Il n'y a qu'une assiette ? s'étonna Justin derrière elle.

Elle sortit le plat du four où elle l'avait mis pour le garder au chaud et le posa sur la table.

— Je pensais que vous préféreriez être seul avec Kyle, dit-elle sans lever les yeux.

— Mais vous n'avez pas l'intention de dîner ?

— Si, bien sûr.

— Où et quand ?

— Dans ma chambre, et maintenant.

Il inclina la tête, les sourcils froncés.

— Exceptés ses jours de congé, Sylvia dînait avec nous tous les soirs.

— Je sais, mais…

Elle ne voyait pas comment lui expliquer son trouble.

Durant l'entretien d'embauche, il avait insisté sur le fait qu'il ne cherchait rien d'autre qu'une nounou. Pour justifier le fait qu'elle ne voulait pas dîner avec lui, il lui faudrait avouer l'attirance qu'il lui inspirait. Et à moins de se jeter franchement dans ses bras, c'était sans doute la façon la plus rapide de perdre son emploi.

Justin la fixait avec insistance.

— Je déteste l'idée que vous vous isoliez, alors vous me voyez employer les grands moyens… Emma, nous feriez-vous l'honneur, à Kyle et à moi, de dîner avec nous ?

— C'est important ?

— D'une certaine manière, oui. J'essaie dans la mesure du possible de maintenir une atmosphère familiale pour lui.

— Oh… Oui, je comprends.

Elle n'avait pas songé à cela, mais cette raison lui paraissait tout à fait plausible.

— Je vais rajouter un couvert, dit-elle.

— Merci.

Heureuse de son invitation, elle ne pouvait toutefois pas se départir d'un certain malaise. Son mensonge lui pesait : elle détestait s'être fait engager par Justin en lui cachant une partie de la vérité.

En silence, elle coupa en tout petits morceaux le poulet et les légumes dans l'assiette de Kyle.

— Mmh… Mon odorat ne m'avait pas menti, dit Justin. C'est aussi bon que ça le présageait !

— Je suis heureuse que ça vous plaise.

— Il faudrait que je sois très difficile pour me plaindre, plaisanta-t-il. Et, apparemment, Kyle partage mon avis.

— Si vous voulez, je peux vous préparer un sandwich pour demain avec ce qu'il restera. Sylvia m'a dit qu'il vous arrivait de déjeuner sur place au cabinet. Je peux ajouter une salade et des fruits…

— Si ce n'est pas trop de souci pour vous, ce serait parfait.

— Pas de problème.

Justin se tourna vers son fils, dont le visage était déjà barbouillé de purée.

— Alors, qu'a-t-il fait, aujourd'hui, ce loustic ? Pas trop de bêtises ?

— Aucune. C'est un vrai petit ange.

— Pas de surprotection, Emma. Il a sûrement son côté « enfant terrible », non ?

Elle secoua la tête.

— Je vous assure, il est parfait. Autrement dit, il fait tout ce que l'on peut attendre d'un enfant de dix mois.

— Si je saisis bien les sous-titres, ironisa-t-il, vous essayez de me dire qu'il se livre à toutes les bêtises imaginables, ou du moins qu'il s'y efforce.

— Exactement ! Il fait ce qu'il est attendu de lui, ni plus ni moins. La curiosité, à son âge, est un moteur essentiel de développement. Et il se débrouille très bien.

— Il vous fait cavaler ?

Elle acquiesça en souriant.

— Mon job consiste à m'assurer que son environnement soit exempt de tout danger. Si je le pouvais, je lui organiserais une zone de sécurité. Et puis, il est très serviable, il m'aide à plier les serviettes, par exemple. Saviez-vous qu'il a une prédilection pour le panier à linge ?

— Non, dit-il en caressant les cheveux fins de son fils, qui se mit à taper bruyamment sur la tablette de sa chaise haute. C'est ça, mon gars, exprime-toi. Vas-y…

— Et tout ce que j'ai à faire dans une zone potentiellement dangereuse pour lui doit attendre qu'il fasse sa sieste.

Elle avait conscience d'avoir l'air de réciter le manuel de la parfaite baby-sitter, mais c'était important que Justin sache que son fils était entre des mains responsables.

— Il a dormi presque quatre heures aujourd'hui, mais il me paraît pourtant encore fatigué, ce soir. J'ai l'impression qu'il doit grandir.

— Qu'est-ce qui vous le fait penser ?

— Vous avez vu la voracité avec laquelle il mange ?

— À vrai dire, j'ai du mal à voir ce qui atteint vraiment son estomac, plaisanta Justin.

— Il a bien avalé la moitié de son assiette, ce qui est très satisfaisant.

— Tant mieux.

Ils se turent l'un et l'autre un instant, jusqu'à ce qu'elle choisisse de combler le silence.

— Vous avez passé une bonne journée ?

— Ça a été plutôt calme. Rien que de l'ordinaire. Des suivis d'opérations et des consultations pour des interventions chirurgicales, ce genre de choses.

— Pas d'urgences ?

— Non, en effet. Ce serait un jour à marquer d'une pierre blanche.

Oui. Un jour sans histoire était parfois le bienvenu.

Contrairement à ce qu'avait été sa vie ces derniers temps. Et contrairement aussi à ce dîner. Car leur discussion avait beau être en apparence anodine et amicale, elle ne pouvait pas s'empêcher de penser que le fait d'aborder ce genre de sujet somme toute personnel brouillait la démarcation entre employeur et employée.

Peut-être devrait-elle se méfier de l'air de la montagne ? Le manque d'oxygène pouvait agir sur le discernement.

Elle venait de rompre ses fiançailles avec un homme dont elle avait découvert juste à temps que toutes les promesses n'étaient que mensonges et bas calculs. Et, à présent, elle serait prête à échafauder des plans sur la comète avec son employeur…

Le mieux serait encore de lui avouer la vérité puis de lui offrir sa démission.

Sauf qu'elle ne le pouvait pas. Pas encore. Pour l'instant, elle devait garder son secret pour elle. Elle n'avait pas le choix.

3.

— Notre première expédition dans un supermarché, Kylou !

Emma n'obtint aucune réponse de l'arrière de son SUV.

Le véhicule était arrivé la veille de Californie, et Justin avait lui-même installé le siège de bébé et vérifié les conditions de sécurité.

Après s'être garée sur le parking presque désert à cette heure de la matinée, elle libéra Kyle de ses sangles et se dirigea vers les chariots pour en prendre un équipé d'un siège « spécial bébé », sur lequel elle posa une garniture rembourrée avant de l'y installer.

— On n'est jamais assez prudent, avec tous les germes qui se promènent, lui expliqua-t-elle.

Dans l'allée des articles pour enfants, elle attrapa plusieurs paquets de couches qu'elle posa dans le caddie avant de prendre la direction des céréales et des conserves.

— Ton père a l'air plutôt facile à vivre, jusqu'à maintenant, remarqua-t-elle en choisissant une boîte de sauce mexicaine en prévision d'un plat qu'elle comptait faire pour Justin. Mais j'espère tout de même qu'il n'apprendra jamais la vraie raison de ma présence ici. Sinon, je risque d'avoir des problèmes…

Elle tournait au bout de l'allée, quand elle évita de justesse une collision avec un autre chariot. Comme elle ouvrait la bouche pour s'excuser, elle se figea.

La femme qu'elle avait failli percuter n'était autre que Michelle Crawford, sa mère biologique.

Toutes deux étaient de la même taille et avaient les mêmes cheveux, encore que ceux de Michelle soient striés de fils argentés.

— Excusez-moi, marmonna Emma, le cœur battant à tout rompre. Je… J'étais distraite.

— Pas de problème. Vous avez de très bons réflexes.

Devait-elle évoquer leur lien de parenté ? Ici, dans un supermarché ?

Non. Ce n'était sans doute pas le meilleur endroit pour lâcher sa petite bombe. Mieux valait au contraire se sauver aussi vite que possible.

— Oui, heureusement, répondit-elle.

Elle s'apprêtait à s'éloigner, quand la femme se pencha sur Kyle.

— Bonjour, Kyle. Ça va bien, aujourd'hui ?

Le petit la considéra avec aménité.

— Vous le connaissez ? s'étonna-t-elle.

— Oui. Le Dr Flint l'amenait avec lui au restaurant quand Sylvia prenait sa soirée. À ce propos, je suppose que vous êtes la nouvelle nounou ?

— Oui, en effet.

— Alors, bienvenue à Blackwater Lake. Je suis Michelle Crawford.

Elle rencontra le regard de sa mère, brun comme le sien.

— Emma Robbins. Enchantée.

Elle s'attendait presque à éprouver… Elle ne savait quoi au juste. Un éblouissement, un choc électrique… Mais non. Rien.

— Mon mari et moi sommes propriétaires du restaurant le Grizzly Bar, ajouta Michelle. Notre associée nous a récemment abandonné sa part pour aller filer le parfait amour à Phoenix avec un homme rencontré sur internet. D'où venez-vous, Emma ?

— De Californie du Sud…

Devait-elle lui donner la version courte qu'elle avait réservée à Justin ?

Elle hésitait, quand Michelle lui épargna d'avoir à mentir.

— Vous allez trouver une grosse différence de climat, ici. Avec les montagnes, le Montana est très froid en hiver. Nous ne sommes qu'en septembre, et il fait déjà bien frais le matin. Vous êtes prête pour la neige ?

— Pas vraiment. Ce sera la surprise…

— Si vous avez besoin de conseils, venez nous voir au Grizzly. Nous vous dirons tout ce qu'il faut savoir pour y être préparé.

— D'accord, merci, dit-elle en rendant son sourire à Michelle, heureuse de découvrir combien cette femme était chaleureuse et attentionnée.

À cet instant, Kyle se mit à gigoter dans son siège pour tenter d'en sortir.

— Eh ! Où comptes-tu aller comme ça, poussin ? dit-elle en riant avant de le détacher pour le prendre dans ses bras. Je crois que je vais devoir vous laisser…

Dommage. Elle commençait à se sentir à l'aise avec cette femme. Mais Kyle avait la priorité, et il était clair qu'il avait envie de quitter ce magasin.

— Moi aussi. On m'attend au restaurant pour la ruée de midi. Alan serait capable d'envoyer la troupe me chercher si j'étais en retard !

Était-ce parce qu'un membre de la famille avait disparu pour de bon, un jour ? Elle n'osait imaginer ce qu'ils avaient pu vivre.

— Et moi je vais ramener ce petit gars à la maison pour déjeuner.

— Il a l'air plutôt facile à vivre, non ?

— C'est un ange.

— Et vous avez l'air de l'adorer.

— C'est pour ça que me paye le Dr Flint.

— Non. L'argent n'achète pas tout, et l'amour moins que le reste. Mais je ne veux pas vous retenir plus longtemps. Vous avez sûrement à faire, et moi aussi.

Emma consulta sa montre, pour découvrir qu'il serait bientôt midi.

— Désolée de vous avoir retenue.

— Ce n'est pas grave, dit Michelle.

Toutefois l'émotion qu'Emma surprit à cet instant sur les traits de celle-ci alors qu'elle regardait Kyle démentait sa réflexion. Son expression évoquait au contraire une tristesse profondément enfouie.

Elle la vit se redresser en exhalant un discret soupir.

— Je vous laisse. J'espère que vous passerez nous voir un jour au restaurant ?

— Sans aucun doute !

Elle suivit des yeux Michelle, consciente que cette femme qui s'éloignait entre les rayons venait de revivre à travers Kyle le drame de l'enlèvement.

Cela la confortait dans sa décision de ne pas dévoiler son identité. Elle se refusait à bouleverser une fois de plus la vie de Michelle et d'Alan Crawford.

Justin gravissait les marches du perron quand il se rendit compte qu'il sifflotait.

Bizarre ! Ça ne lui arrivait jamais. Mais il n'avait pas besoin de chercher bien loin pour en comprendre la raison.

Il éprouvait quelque chose qu'il n'avait pas connu depuis longtemps : il était *heureux*. Heureux parce que son fils semblait totalement épanoui dans cet endroit on ne pouvait plus différent de Beverly Hills. Et parce que…

Parce qu'il y avait à présent dans leur vie Emma, cette jeune femme parfaite dont la seule évocation lui donnait presque des palpitations.

Si elle avait des défauts, elle les cachait bien. Non seulement elle s'occupait de Kyle comme si c'était son propre fils, mais elle était en plus ravissante, très agréable à vivre et cuisinait très bien.

Il imaginait sans mal le diagnostic d'un psy : « Sentiments incurablement romantiques dus au désir impérieux de vivre la relation parfaite et aimante qu'avaient partagé ses parents. »

Son premier mariage avait été un échec. Autrement dit, il avait déjà dilapidé ses chances de reproduire leur exemple. Toutefois, il lui suffisait de regarder la bouche d'Emma pour oublier ce fiasco.

— On est dans la cuisine ! cria celle-ci.

Rien que le son de sa voix lui fit monter un sourire aux lèvres.

— Papa est là, poussin, dit-elle comme il entrait dans la pièce.

— Pa…, marmonna Kyle, très occupé à saisir un petit pois dans son assiette pour le porter à sa bouche.

— Oui, bien ! l'encouragea-t-elle. Je voulais attendre votre retour pour son dîner, mais il avait vraiment trop faim.

— Vous avez bien fait.

Les bonnes odeurs lui firent prendre conscience que son fils n'était pas le seul dans ce cas.

— Je vous laisse la place pendant que je fais réchauffer les spaghettis carbonara ? dit-elle.

— Très bien, allez-y. Je m'occupe de lui.

Le problème, c'est que Kyle exprima sa joie de sa présence en tapant énergiquement dans son assiette, faisant sauter ses petits pois, avant de se barbouiller en écrasant le reste.

— C'est quoi, le plan d'urgence ? demanda en riant Justin.

— Un plongeon direct dans la baignoire. Ce n'est pas pour rien que l'on réserve les menus salissants pour le soir.

— Un très bon plan, en effet. Mais qui attendra un peu. Moi aussi, j'ai très faim.

Cinq minutes plus tard, Emma et lui mangeaient leur salade pendant que Kyle s'occupait à attraper les petits bouts de banane qu'elle avait déposés devant lui et à les porter à sa bouche.

— Donc, ça s'est bien passé, aujourd'hui ? s'enquit-il. Qu'avez-vous fait, tous les deux ?

— Des courses au supermarché…

La façon dont Emma se figea soudain éveilla sa curiosité.

— Et il n'y a pas eu de problème ?

— Aucun.

Il n'inventait rien, la tension était bien là. Pourtant, Kyle et elle étaient de toute évidence rentrés sans encombre. Il était curieux de savoir ce qui avait pu se passer, mais, quoi que ce soit, ce n'était pas en rapport avec Kyle. Il n'avait donc aucune raison d'insister.

Après tout, il s'agissait peut-être d'un ennui personnel. Ou d'un problème de cœur, tout simplement...

Ses recherches sur Emma ne lui avaient rien appris de particulier, mais bien sûr elle pouvait avoir des secrets. Ne serait-ce qu'une vie amoureuse.

Cette idée lui déplaisait. Et ça, ça n'avait rien à voir avec Kyle, mais tout à voir en revanche avec un sentiment qu'il avait finalement assez peu eu l'occasion d'éprouver : la jalousie.

Pas de quoi en être fier, mais il ne pouvait pas le nier.

Après tout, pourquoi ne pas poser quelques questions, histoire de mener une petite enquête discrète ?

— Alors ? Que pensez-vous du plus important magasin d'alimentation de Blackwater Lake ?

Emma esquissa un sourire ironique.

— Il n'a pas de mal à être le plus important puisque c'est le seul. Mais il est plutôt bien garni.

— Pas de problèmes avec Kyle ?

— Aucun. Et vous ? Vous avez passé une bonne journée ?

Elle le lui demandait presque tous les soirs, mais il eut cette fois la nette impression que c'était une façon de changer de sujet.

Autant ne pas insister, il risquerait de la braquer.

— Oui, répondit-il platement. Rien à signaler de particulier.

— Très bien.

Ils terminèrent de dîner en échangeant quelques banalités sur le temps tandis qu'Emma mangeait du bout des lèvres le peu qu'elle s'était servi. Dès que Kyle commença à manifester des signes d'impatience, elle sauta sur l'occasion pour l'emmener prendre son bain à l'étage.

Elle le prit contre elle sans s'occuper de ses mains pleines de petits pois écrasés, et il ne put s'empêcher de songer à la mère de Kyle, qui refusait de le porter à moins qu'il ne soit totalement propre.

— Laissez la table comme elle est, je m'en occuperai en redescendant, lança-t-elle en sortant.

Ce qu'il ignora, bien sûr.

Tout en lavant les deux assiettes et le reste, il entendait les éclats de rire de son fils et ceux d'Emma.

Emma dont l'attitude ne cessait de l'intriguer.

Il savait interpréter le langage du corps et reconnaître les signes de préoccupation. Il en avait l'habitude, tant avec ses patients qu'avec son personnel. Mais si au cabinet il respectait la vie privée de chacun, sous son toit, ce n'était pas la même chose. Surtout quand cela concernait la personne qui s'occupait de l'être qui comptait le plus au monde pour lui.

Lorsqu'il eut fini de ranger la cuisine, il monta les rejoindre tous les deux.

Emma venait de sortir Kyle de l'eau et était en train de lui mettre une couche sur la table de la nursery.

— Ça a été rapide, remarqua-t-il.

— Il est fatigué.

Avec des gestes doux et sûrs, elle enfila un pyjama lavande à l'enfant, qu'elle souleva ensuite avec l'intention évidente d'aller le bercer sur la balancelle.

— Donnez-le-moi, dit-il en tendant les mains. Je vais m'en occuper.

— Vous n'êtes pas obligé de…

— Je sais. Mais Kyle avait apparemment de l'énergie à revendre, et vous devez être épuisée. Il est temps pour vous de souffler un peu.

— Si vous insistez…

Toutefois, quand elle voulut le lui donner, le petit s'agrippa à elle en resserrant son poing minuscule sur le col de son pull.

— Je suis désolée, dit-elle.

— Non. Ce n'est pas grave. Il est fatigué.

Et il n'était pas le seul… Du moins, la fatigue était-elle un prétexte commode pour expliquer la forte sensation qu'il éprouva en inspirant l'odeur très délicate et féminine de son eau de toilette.

— Kyle ? dit-elle en se penchant vers lui. Tu ne veux pas faire un câlin avec papa ?

Le petit se tourna alors vers lui et s'agita en babillant quand il le prit contre lui.

— On va aller s'installer sur la balancelle toi et moi, et je vais te raconter une histoire, murmura-t-il. D'accord ?

— Vous êtes sûr ? Autrement, je peux…

— Je ne le fais pas assez souvent, et ça nous fera du bien à tous les deux.

La façon dont son fils s'accrochait à Emma en était la preuve. Et s'il était heureux que Kyle l'ait adoptée aussi aisément, il déplorait de ne pas avoir le même lien avec lui. Une bonne raison pour s'efforcer de lui consacrer plus de temps.

Comme Emma s'apprêtait à sortir de la pièce, elle se retourna.

— Justin, verriez-vous un inconvénient à ce que je vous emprunte votre ordinateur dans le bureau ? J'ai quelques problèmes avec mon portable…

— Bien sûr, allez-y.

— Merci.

Elle avait l'air tendue.

Intrigué, il la regarda sortir de la pièce tout en frottant le dos de Kyle pressé contre lui.

— Qu'est-ce qu'il lui arrive, à ta nounou ? chuchota-t-il. Elle t'en parle, à toi ? Tu as l'air de l'apprécier, et c'est important, mais je voudrais tout de même bien savoir ce qui la tracasse.

Moins de trois minutes après, Kyle s'était endormi.

Après l'avoir bercé encore un instant, il alla le coucher dans son petit lit, remonta la couverture sur lui et se pencha pour l'embrasser avant de brancher le babyphone et de quitter la pièce.

Il se dirigea tout droit vers son bureau.

Emma, assise devant l'ordinateur, lui tournait le dos.

Elle était si absorbée par sa lecture qu'elle ne l'entendit même pas approcher. Il put sans mal lire le gros titre d'un journal affiché sur l'écran :

« Une petite fille kidnappée à Blackwater ».

D'après la date, l'article remontait à vingt-huit ans.

La nounou de son fils s'intéressait à un enlèvement d'enfant !

Il était clair qu'elle était personnellement concernée par cette histoire. Il fallait qu'il en ait le cœur net, quitte à lui poser quelques questions.

— Intéressant, dit-il en s'avançant dans la pièce.

Emma sursauta avant de faire pivoter le fauteuil vers lui.

— Vous m'avez fait peur.

— Désolé. Mais j'avoue que le titre de votre article n'est pas pour me rassurer non plus.

Elle rougit, comme prise en faute.

— Que se passe-t-il, Emma ? Vous voulez bien m'expliquer ? insista-t-il.

— Si vous souhaitez engager quelqu'un d'autre, je comprendrai, lui répondit-elle. Et vous auriez toutes les raisons de le faire, car je vous ai menti.

Et dire qu'il la croyait parfaite ! Au temps pour lui. Se pouvait-il qu'une femme aussi douce et attentionnée ait un passé aussi chargé que le sien ? Cependant, si elle avait enfreint la loi de quelque façon que ce soit, et à plus forte raison en rapport avec un rapt d'enfant, comment pouvait-il être passé à côté ? Ses références étaient irréprochables…

Pourtant, elle venait d'admettre de son plein gré ne pas avoir été honnête avec lui.

Aurait-elle, elle aussi, un lourd secret ?

Personne ne savait quels sentiments il avait réellement éprouvés pour sa femme, et ce n'était pas quelque chose qu'il avait envie de partager avec qui que ce soit. En attendant, il souhaitait que cette nounou ne se soit pas rendue coupable d'un forfait inavouable.

4.

Le regard de Justin vrilla Emma tandis qu'il croisait les bras.

— Et à quel sujet m'avez-vous menti ? J'ai du mal à croire que vous ayez pu commettre un crime.

Elle n'hésita pas longtemps. Mieux valait lui dire franchement ce qu'il en était, sans tourner autour du pot.

— Eh bien, je… Je ne vous ai pas tout dit en ce qui concerne mes raisons de répondre à votre annonce.

— Oh ? Ce n'est donc pas seulement grâce à un livre que vous avez lu ?

— Non. En fait…

Elle se força à affronter son regard.

— Je suis venue ici pour rencontrer mes parents biologiques.

— Vous avez été adoptée ?

— Pas exactement…

Justin reporta son attention sur l'écran de l'ordinateur. Elle le vit parcourir rapidement l'article et devina les questions qu'il pouvait se poser. Elle n'avait plus d'autre choix que d'y apporter des réponses.

— Cela a eu lieu il y a de nombreuses années, mais pour moi ce drame est très présent, avec tout ce qu'il représente de souffrance et de complications. J'ai été la victime de ce rapt alors que j'étais bébé, et c'est la femme qui l'a commis qui m'a élevée.

Le choc et la colère s'imprimèrent sur le visage de Justin.

— Et vous n'avez jamais su qu'elle n'était pas votre mère ?

— Pas jusqu'à récemment. Elle a été terrassée par un cancer foudroyant, et juste avant de mourir elle m'a révélé la vérité et m'a dit où retrouver ma vraie famille — ici, à Blackwater.

Il resta un instant silencieux en s'appuyant sur le dossier d'une des chaises face au bureau.

— Et comment a-t-elle pu expliquer à son entourage le fait de se retrouver brusquement avec un bébé alors qu'elle n'avait pas été enceinte ?

— Je l'ignore, soupira-t-elle en haussant les épaules. Mon père — enfin, l'homme que je considérais comme mon père — est mort quand j'étais encore enfant. Et elle, ma mère… J'ai beau savoir maintenant qu'elle n'était *pas* ma mère, je ne peux pas penser à elle autrement. Ce qu'elle a fait était criminel…

— Ça, oui.

— … mais je n'ai jamais reçu que de l'amour et de la douceur de sa part.

Elle laissa son regard se perdre un instant par-delà la fenêtre.

— J'étais trop petite pour me rappeler quoi que ce soit. Elle était mère-célibataire quand elle a rencontré mon père, et s'il était au courant il n'a jamais rien dit qui puisse trahir son secret. J'ignore encore comment elle a pu justifier ma présence. Sur la fin, elle était très faible, elle n'a pas pu m'en dire beaucoup… Je n'ai connu qu'eux, marmonna-t-elle en secouant la tête. Pour moi, ils étaient mes parents et je n'ai jamais eu aucune raison d'en douter.

Visiblement encore choqué par cette révélation, Justin se passa la main dans les cheveux.

— Que diriez-vous d'un verre de vin ?

— À moins que ce soit une façon pour vous de me renvoyer, je ne bois jamais quand je suis responsable d'un enfant.

— Emma…

Comme il s'approchait d'elle, elle crut un instant qu'il

allait poser la main sur son épaule, et elle fut déçue qu'il ne le fasse pas.

Elle avait tellement envie à cet instant de se presser contre lui, de puiser un réconfort dans sa chaleur…

— Bien sûr, articula-t-elle avec effort, vous pouvez penser que j'invente cette histoire de toutes pièces.

— Pourquoi ?

— Parce que je vous ai menti.

— Dissimuler des informations, ce n'est pas mentir. Celle-ci, en l'occurrence, était très personnelle, rien ne vous obligeait à la révéler. Surtout sur un CV. Et puis, sans me vanter, j'ai un certain don pour juger les gens… Je ne me suis trompé qu'une seule fois, ajouta-t-il sombrement. Et je ne pense pas que vous soyez suffisamment douée ou perverse pour mentir sur une chose aussi importante.

Même si elle était soulagée qu'il la croie, elle n'était pas certaine pour autant qu'il compte la garder.

— Justin, j'ai besoin de savoir où j'en suis et ce que vous décidez en ce qui me concerne, dit-elle sans détour.

Il éluda sa question.

— Kyle dort, Emma. Un verre de vin ne vous empêchera pas de répondre s'il se réveille. Et, de toute façon, je suis là.

Oui. Et pas de danger qu'elle l'oublie, sa présence était bien trop forte.

— Franchement, je ne crois pas que…

— Vous tremblez, ça vous fera du bien. C'est le médecin qui parle.

Comme il lui prenait le coude, elle se laissa entraîner vers la cuisine. Et pendant qu'il sortait les verres et ouvrait une bouteille, elle contempla la vue incroyable du lac illuminé par les réverbères avec les montagnes en arrière-plan.

Elle avait l'impression presque grisante de sortir de l'ombre. Raconter son histoire à Justin déclenchait en elle un soulagement intense.

Il remplit les verres et l'invita à s'asseoir.

— J'espère que vous aimez le chardonnay ?

— Pour l'instant, vous pourriez m'offrir un verre de vinaigre, je ne crois pas que je ferais la différence.

— Ça a dû être un gros choc pour vous d'apprendre cette histoire…

— Ce n'est rien de le dire. C'est le genre de choses dont on a l'impression que ça ne peut arriver qu'aux autres.

— Mais nous sommes tous des « autres ». Les journaux parlent tous les jours de gens ordinaires à qui il arrive des choses extraordinaires. La différence, c'est la façon dont chacun les affronte. Comment ont réagi vos amis ?

— Je ne le leur ai pas dit.

— Ah bon ? Personne ne le sait, alors ?

— Si. Mon fiancé. Et maintenant, vous.

— Votre fiancé ? répéta Justin avec une surprise évidente. J'ignorais que…

— Enfin, mon *ex*-fiancé. Nous avons rompu. Pas de risque donc que je vous abandonne pour aller le retrouver. Et je préfère ne pas en parler si ça ne vous ennuie pas, ajouta-t-elle devant les interrogations qu'elle lisait dans ses yeux.

Il acquiesça d'un lent hochement de tête.

— D'accord. Mais vous n'avez confié cette histoire à personne d'autre autour de vous ?

Il était évident qu'il se demandait pourquoi elle s'en ouvrait à lui, puisqu'elle l'avait jusqu'alors gardée pour elle.

— Non. Ma mère est morte très peu de temps après me l'avoir révélée, et avec tous les bouleversements et les formalités que cela entraîne, j'avais d'autres problèmes en tête. Et puis, je me voyais mal aller raconter autour de moi que celle que je croyais être ma mère était en fait une usurpatrice qui m'avait volée à ma vraie famille.

— Et pourquoi vous l'a-t-elle dit ?

Elle esquissa un haussement d'épaules.

— Pour soulager sa conscience, je suppose.

— Mmh… Et pourquoi n'êtes-vous pas venue voir vos vrais parents plus tôt ?

— Oh ! pour beaucoup de raisons !

Elle avala une gorgée de son vin, prenant le temps de trouver la façon de le lui expliquer.

— À ce moment-là, non seulement je pleurais la fin prochaine de cette femme qui m'avait élevée avec tant d'amour, mais je venais de signer un contrat pour m'occuper d'un enfant, et en plus j'étais sur le point de me marier. Alors, je me suis dit que je finirais par accepter la situation et laisser le passé en paix.

— Qu'est-ce qui vous a fait changer d'avis ?

— Mon fiancé voyait une autre femme. J'avais une confiance aveugle en lui, et découvrir qu'il me mentait a été un vrai choc.

— J'imagine.

— Je venais d'apprendre que toute ma vie avait été basée sur un mensonge, et me retrouver face à ma propre naïveté m'a obligée à me remettre en question. Je me suis juré que jamais plus je ne me risquerais à aimer.

— Et vous êtes venue à Blackwater Lake.

— Oui. Mes parents biologiques sont les propriétaires du Grizzly Bar.

— Michelle et Alan Crawford ? Vous êtes leur fille ? Donc, vous avez rencontré votre famille.

— Seulement de loin. Jusqu'à aujourd'hui, je ne leur avais même pas encore parlé. Mais je suis tombée par hasard sur Michelle au supermarché.

— Ah. Je comprends maintenant pourquoi vous aviez l'air préoccupé. Et comment ça s'est passé ?

— Elle est très agréable. Chaleureuse, même. Et j'ai surpris le regard un peu triste qu'elle a posé sur Kyle… Pour être franche, cette rencontre m'a perturbée, je n'arrête pas d'y penser. Et j'ai eu besoin d'aller revoir les articles de journaux concernant l'enlèvement.

— Mais elle ne sait toujours pas ? insista-t-il.

Elle secoua la tête.

— Non.

— J'imagine que vous avez de bonnes raisons pour ne pas leur révéler qui vous êtes.

— C'est compliqué, admit-elle. Quand je suis arrivée ici, je suis allée directement au Grizzly, et je les ai observés tous les deux… Et j'ai très vite compris que je n'aurais pas le cœur de perturber l'harmonie évidente qui existe non seulement entre eux, mais avec leurs clients.

— Vous pensez vraiment que découvrir que leur fille est vivante serait si terrible pour eux ?

— Ils ont vécu ce qui est sûrement une des épreuves les plus difficiles qui soit pour des parents.

— Je suis d'accord, mais…

— Je n'ai pas pu leur dire, Justin.

— Dans ce cas, pourquoi ne pas être retournée en Californie ?

C'était *la* question qu'elle se posait depuis, et pour laquelle elle n'avait pas de réponse.

— Je l'ignore. Je sais seulement que je ne le peux pas non plus.

— Et vous aviez besoin d'un travail en attendant de prendre une décision…

— Oui. Vous ne m'auriez sûrement pas engagée si je vous avais raconté tout ça, n'est-ce pas ?

— Qui sait ?

Justin termina son verre avant de chercher de nouveau son regard.

— Je vais vous donner un conseil, Emma. Voyez-vous, mes parents ont eu la chance de vivre le genre de mariage dont tout le monde rêve mais que peu connaissent. Ils ne sont plus de ce monde aujourd'hui, mais ils m'ont enseigné ce qu'est l'amour. Ensuite, mon fils s'est chargé de me le faire vivre et de me faire comprendre en plus le vrai sens de « inconditionnel ». Pour moi, il compte plus que tout, je ne veux même pas imaginer ce que ce serait de le perdre. Alors, si j'avais un conseil à vous donner, ce serait d'aller vous présenter aux Crawford. Si c'était à moi qu'était arrivé ce drame, je *voudrais* savoir.

— C'est facile à dire, mais…

— Je sais. Je ne suis pas à votre place. Pas plus qu'à la leur, d'ailleurs. Mais c'est ce que je pense.

Elle baissa les yeux sur son verre, autour duquel elle crispait les doigts si fort qu'elle en avait presque mal.

C'était toujours plus facile d'avoir une opinion lorsqu'on n'était pas directement concerné. Elle, elle avait besoin d'être certaine de la justesse de sa décision, car une fois qu'elle aurait révélé son secret à ses parents biologiques, il ne serait plus possible de revenir en arrière. En attendant, en ce qui concernait Justin, elle savait ce qu'il lui restait à faire.

Elle reposa le verre sur la table.

— Je vais aller préparer mes bagages tout de suite, annonça-t-elle en se levant.

Il posa aussitôt la main sur son bras pour la retenir.

— Asseyez-vous, Emma. Pourquoi voudriez-vous partir ?

— Pour vous éviter d'avoir à me renvoyer. Autant que ça se passe à l'amiable entre nous.

— Je n'ai rien à vous reprocher. Toutes vos références professionnelles sont vraies. Vous avez simplement passé sous silence certains détails personnels que rien ne vous obligeait à me fournir. Ce qui m'importe, c'est que vous êtes parfaite pour Kyle, et je souhaite vous garder. Toutefois, si vous jugez que c'est impossible pour vous, je vous demanderai tout de même un préavis suffisant pour me permettre de vous trouver une remplaçante.

Le poids qui lui pesait sur l'estomac se fit soudain moins lourd.

— C'est très généreux de votre part.

— Je dirais plutôt « égoïste ». Je regrette que vous ayez dû vivre une telle épreuve, Emma. Et si je peux vous aider d'une manière ou d'une autre, n'hésitez pas à me le demander.

— Merci, Justin. Votre soutien m'est très précieux.

Elle était si soulagée à présent qu'il n'y avait plus de secret entre eux, et si heureuse de pouvoir compter sur lui ! Savoir qu'il l'épaulerait lorsqu'elle se déciderait à aller se présenter aux Crawford, cela comptait beaucoup pour elle…

Toutefois, avant de franchir ce pas, elle avait besoin d'en apprendre un peu plus sur sa famille.

— La meilleure façon pour vous de connaître les Crawford, argumenta Justin en refermant son ordinateur, ce serait de passer du temps avec eux.

Comme tous les samedis, Emma avait quartier libre, et lui-même allait dîner avec Kyle au Grizzly. Il lui avait proposé de les accompagner, mais elle ne se montrait pas très enthousiaste.

— Vous avez peur, dit-il en l'observant avec attention.

Elle haussa les épaules.

— Peur ? Non, répondit-elle en soulevant Kyle qui s'accrochait à sa jambe.

— Il n'y aurait pas de honte à ça, vous savez.

Il avait réfléchi à ce qu'elle lui avait confié. Le fait qu'elle lui ait caché ces informations n'était pas si terrible. Au moins, elle n'avait rien à se reprocher.

Contrairement à lui.

Il ne pourrait jamais se pardonner d'avoir cessé d'aimer sa femme bien avant sa mort. Parce qu'il refusait d'en parler, son entourage mettait cela sur le compte d'un chagrin toujours présent, cependant il mentirait en prétendant qu'elle lui manquait. Ils avaient d'ailleurs envisagé de divorcer avant qu'elle n'ait cet accident qui lui avait coûté la vie…

Mais, de même que pour Emma, cette histoire relevait de sa vie personnelle. Elle n'avait aucune incidence sur son rôle de médecin, et sans qu'il puisse se l'expliquer il était essentiel pour lui qu'Emma ignore la vraie version des faits. Car elle poserait alors sur lui un regard différent, et à juste titre. Lui-même n'était pas très fier du rôle qu'il avait joué dans cette histoire.

— Non, insista-t-elle, ce n'est pas de la peur ! Je suis seulement prudente.

Il avait envie de l'aider. Alan et Michelle allaient peut-être souffrir de voir ce drame remonter à la surface, mais il détestait cette expression blessée toujours présente dans les yeux d'Emma. Cependant, elle avait raison, la révélation qu'elle envisageait de faire pourrait être déstabilisante pour tout le monde et la pousser à repartir en Californie. Ce que, égoïstement, il ne souhaitait pas.

— La prudence, c'est essentiel, approuva-t-il. En tant que médecin, je suis bien placé pour le savoir. Mais aller dîner au Grizzly un samedi soir quand il y a du monde, cela vous permettrait de les observer en toute tranquillité. Vous n'avez rien de mieux à faire, de toute façon, puisque vous n'avez pas de petit ami.

— Qu'en savez-vous ? se rebella-t-elle aussitôt.

— Vous m'avez dit vous-même que vous aviez rompu avec votre fiancé et que vous ne vouliez plus avoir affaire aux hommes.

— Vous avez une bonne mémoire.

— Excellente, oui.

— Et vous avez raison, je n'ai rien de prévu.

— Donc vous êtes libre, et rien ne vous empêche de dîner avec Kyle et moi au Grizzly. N'est-ce pas ?

— Je suppose, concéda-t-elle, non sans une certaine réserve.

— Parfait. Kyle, ça te dit de faire une promenade ? dit-il avant qu'elle change d'avis.

Le petit lui tendit aussitôt les bras.

— Je vais chercher son gilet, annonça-t-il, et je vous retrouve à la voiture dans dix minutes.

— Justin… J'ai encore menti. En fait, si, j'ai un peu peur.

— À nous trois, nous surmonterons ça. Allez vite vous préparer !

Vingt minutes plus tard, tous les trois entraient au Grizzly Bar.

Il était encore tôt, et Violet, une des serveuses, les laissa choisir leur table avant de leur apporter une chaise haute pour Kyle.

Lorsque celle-ci fut repartie avec leur commande pour un apéritif, Justin vit Emma promener son regard sur les photos d'ours ornant les murs, sur le bar devant lequel étaient alignés les hauts sièges pivotants… Et sur Michelle et Alan Crawford qui discutaient avec un couple assis au bar.

Elle fut toutefois distraite par Kyle, qui se mit à tambouriner sur sa table. Sortant un biscuit du sac posé à ses pieds, elle le lui tendit.

— Ils ont l'air très sympathiques, vos parents, fit remarquer Justin.

Elle secoua la tête en soupirant.

— C'est bizarre… Je devrais éprouver quelque chose puisque leur sang coule dans mes veines, non ? Ils semblent chaleureux, c'est vrai, mais je ne ressens rien, pas la moindre émotion.

— Partager le même ADN, ça ne crée pas automatiquement un lien. Seul le temps permet de développer une relation.

Ou de prendre conscience qu'il n'en existe plus, songea-t-il, se rappelant le déclin de ses propres sentiments pour Kristina Bradley-Flint jusqu'à ce qu'il ne ressente plus que rancœurs et remords pour la femme qu'il avait épousée.

— Mais ils sont très gentils, ajouta-t-il. Ils discutent souvent avec Kyle et moi quand nous venons prendre une boisson chaude.

— Oui, c'est comme ça que Michelle connaissait Kyle, elle me l'a dit, acquiesça-t-elle.

— Ils ont eux-mêmes trois fils plus âgés, mais aucun ne vit ici.

— Ah bon ? dit-elle, surprise. J'ai donc des frères ?

— Eh oui. Michelle et Alan ont dû surmonter cet abominable cauchemar de l'enlèvement. Et, d'après ce que je sais, tous les trois ont très bien réussi professionnellement. Ce que j'essaie de dire, Emma, c'est que vos parents sont des gens bien.

— Sans doute. Mais moi, ils ne m'ont pas élevée.

Justin saisit les menus et lui en tendit un.

— Que voulez-vous dire ?

— Je ne sais pas trop, à vrai dire, soupira-t-elle.

Simplement, je n'avais jamais pensé que je pouvais avoir des frères ou des sœurs.

— Ça n'a rien d'étonnant. Vous avez été élevée comme une fille unique.

— À cause d'elle.

— Qui ?

— Ma mère. Enfin… Ruth.

Elle soupira, manifestement agacée par cette confusion entre sa vraie mère et celle qui l'avait enlevée.

— Je l'aimais. C'était la seule mère que je connaissais, mais c'était aussi une abominable menteuse. J'ai grandi dans le mensonge, auprès d'une femme qui a commis un des pires crimes qui soit. Qu'est-ce que je suis, moi, dans cette histoire ?

— Une victime innocente.

— Les enfants apprennent à travers les exemples qu'on leur donne. Peut-être est-il plus facile pour moi de ne pas dire toute la vérité ?

Bon sang !

Il n'était pas sûr de trouver les mots justes pour la réconforter, mais tout en lui se rebellait contre le jugement qu'elle portait sur elle-même.

— Vous n'êtes en rien responsable du mensonge qu'on vous a fait vivre, Emma. Et je peux vous assurer une chose…

— Quoi ?

— Je n'approuverai jamais ce qu'elle a pu faire, mais quels que soient ses torts on ne peut qu'admirer la façon dont elle vous a élevée. Vous êtes une femme honnête et pleine d'amour, Emma.

— Comment pouvez-vous en être sûr ?

— À la façon dont vous vous comportez avec Kyle.

Il la vit tourner les yeux vers ses parents tout en ouvrant distraitement le menu.

— Elle m'a empêchée de grandir avec mes frères aînés. Ils auraient pu me protéger, me défendre.

— En l'occurrence, de ce sale baratineur ? dit-il, espérant lui arracher un sourire.

Celui qu'elle esquissa était mince, mais il avait tout de même réussi.

— Exact. J'étais plutôt déstabilisée quand ma mère est morte, quelques jours après ses révélations. Et comme nous avions déjà des problèmes, David et moi, j'avais besoin de prendre un peu de recul.

— Ce qui se comprend.

— Mais ça n'a pas duré, au moins pour moi. Je me sentais très seule. Alors, au bout de quelques jours, je suis allée frapper chez lui… Et j'ai découvert que lui, par contre, n'éprouvait aucun problème de solitude.

— Il y avait une autre femme ?

— Oui. Et j'ai appris ensuite que c'était loin d'être la première qu'il voyait depuis que je le connaissais.

— Quel salaud ! J'aurais bien envie de le prendre comme punching-ball !

— Ce serait dommage… Vous risqueriez d'abîmer vos mains de chirurgien. Ça n'en vaut franchement pas la peine. Même pour vous permettre de jouer les grands frères.

Il n'avait pas du tout l'impression à cet instant d'être un grand frère pour Emma, mais plutôt un petit ami jaloux. Un rôle propre à le précipiter dans toutes sortes de complications. Encore heureux qu'elle ne cherchait pas l'aventure !

Même si elle lui plaisait, même s'il avait terriblement envie de l'embrasser, laisser libre cours à ses pulsions avec elle serait le meilleur moyen de la faire fuir. Il ne lui restait donc plus qu'à brider ses hormones.

Plus facile à dire qu'à faire.

5.

— Je suis sérieux, Emma. Si vous avez autre chose à faire pour votre après-midi de congé, je peux très bien emmener moi-même Kyle dans les magasins afin de l'habiller pour l'hiver.

— Vous aussi, c'est votre après-midi de libre. Et j'ai comme l'impression que cette expédition shopping ne vous enchante pas trop. Mais, rassurez-vous, ça ne me gêne pas du tout. Au contraire !

Étant donné qu'elle n'avait pas encore eu l'occasion de se faire des amis à Blackwater Lake, elle préférait passer son temps avec Justin et Kyle plutôt que de rester seule.

Il y avait désormais six semaines que Justin l'avait engagée, et jusqu'à présent l'attirance immédiate qu'elle avait éprouvée pour lui, loin de s'apaiser, avait eu plutôt tendance à s'approfondir. Concernant les Crawford, elle hésitait toujours à aller se présenter. Son rôle de nounou qui accaparait pratiquement tout son temps était somme toute un prétexte commode pour remettre sans cesse cette décision au lendemain et éviter de trop se prendre la tête.

Comme Justin s'engageait sur l'autoroute, elle se retourna vers Kyle, harnaché dans son siège à l'arrière.

— Il dort déjà. Tant mieux. Il sera bien reposé pour les courses, notre petit ange… Enfin, je veux dire *votre* petit ange, se reprit-elle aussitôt. Désolée, Justin. Ce n'était pas très professionnel de ma part, et j'espère que vous ne m'en tiendrez pas rigueur…

— Respirez, Emma, la coupa-t-il en se tournant vers

elle avec un petit sourire. Et rassurez-vous. Je ne me livre à aucune interprétation. Ce qui compte pour moi, c'est que vous vous occupez très bien de lui. Et d'ailleurs, j'ai une idée : c'est mon jour de congé, et à vous aussi. Alors, jusqu'à ce soir, faisons comme si nous étions simplement amis tous les deux, d'accord ? Deux amis qui font leur shopping ensemble.

Elle coula un regard vers le beau profil mâle de son employeur qui venait de reporter son attention sur la route, et elle ressentit comme à l'accoutumée une faiblesse au creux du ventre.

La tension présente un peu plus tôt dans la voix de Justin avait cédé la place à une insouciance presque espiègle. Il serait si facile de franchir la ligne invisible qui les maintenait chacun dans leur rôle !

Le danger, c'était que, en se laissant aller, elle prendrait le risque de révéler ses sentiments grandissants. Mais comment refuser sans le froisser ?

— Entendu, dit-elle gaiement. Amis pour l'après-midi.

Vingt minutes plus tard, tous trois se retrouvaient dans le centre commercial. Miraculeusement, Kyle ne s'était pas encore réveillé.

— On va essayer de faire vite avant que les bruits et l'agitation ne l'incommodent trop, dit-elle.

Justin lui laissant prendre la tête des opérations, elle se dirigea directement vers une des grandes surfaces qui offrait des allées entières de doudounes, tenues de ski, bonnets et écharpes de toutes tailles. Le rayon bébés/enfants proposait un choix incroyable, et ils s'arrêtèrent devant les portants de parkas, pantalons, bonnets et écharpes de petite taille.

— Je l'avoue, je suis soulagé que vous soyez experte dans ce genre de choses, soupira Justin devant l'incroyable choix proposé. Je ne m'en serais jamais sorti tout seul.

— Il y a des circonstances où les diplômes ne servent pas à grand-chose. Le bon sens est plus utile, répondit-elle en riant, tout en se dirigeant vers les parkas.

— Vous ne voulez pas commencer par les combinaisons ?

— Je ne pense pas que ce soit utile.

— Ah bon ? Nous ne sommes plus en Californie. Il paraît que les températures, ici, peuvent descendre vraiment très bas.

— Sans doute, mais dans ce cas on ne le sortira pas. Et s'il doit tout de même mettre le nez dehors, on l'enveloppera dans une couverture pour courir de la maison à la voiture et de la voiture au magasin ou ailleurs.

Justin paraissait perplexe.

— Écoutez, soupira-t-elle, puisque vous y tenez, achetez-lui une parka. Mais si vous devez de toute façon n'en faire qu'à votre tête, pourquoi m'avoir amenée ici ?

— Pour avoir votre avis éclairé. C'est vous, l'experte. Et n'oubliez pas que le prix n'entre pas en ligne de compte.

Elle le regarda un instant avant de secouer la tête.

— Vous voulez m'entendre dire que vous pouvez acheter *et* la combinaison *et* la parka, c'est ça ?

— Faux. Je n'ai pas besoin de votre permission.

— Bien sûr que non. Et même si vous achetiez tout le rayon, ça ne prouverait rien quant à vos dons de père.

— Ce n'est pas ce que je fais.

— Bien sûr que si ! À ce propos, de mon avis d'« experte », vous êtes un père fantastique, Justin. Mais, en l'occurrence, vous ne faites pas preuve de sens pratique. Si le but est que ce que vous achetez aujourd'hui lui dure au moins deux ans, ce sera forcément trop grand pour lui, et il ne sera pas à l'aise. Donc, c'est un mauvais calcul — et de l'argent jeté par les fenêtres…

— Oui, et alors ? Quelle importance ? C'est mon côté dépensier, mais…

— Excusez-moi ?

Ils se tournèrent ensemble vers la jeune vendeuse qui venait de les interrompre. Et Emma ne put que remarquer son sourire un peu plus appuyé lorsqu'elle se tourna vers Justin, même si elle s'adressait à eux deux.

— J'ai surpris votre discussion, et si je peux me permettre un avis pour vous départager, votre fils *aura* besoin d'une combinaison. Nos hivers sont vraiment très froids.

Sans rien ajouter, la jeune femme s'éloigna, et Emma fut agacée de voir Justin la suivre quelques secondes des yeux.

Une contrariété stupide, qu'elle s'empressa de balayer.

— J'ai du mal à croire qu'on puisse prendre Kyle pour mon fils, plaisanta-t-elle.

— Pourquoi ? Ça n'a pourtant rien de surprenant. Vous êtes si naturelle avec lui…

— Craquant comme il est, je n'ai pas de mérite.

Et il avait de qui tenir, songea-t-elle.

— Il est vraiment heureux avec vous, ajouta Justin.

Il n'y avait cette fois aucun désir, réel ou imaginaire, dans son regard ou dans sa voix. Un rappel, s'il en était besoin, qu'elle devait impérativement surveiller ses émotions si elle tenait à garder sa place… Et ménager son cœur.

Il serait si facile d'imaginer que tous les trois formaient une famille ! Mais plus dure serait la chute lorsqu'elle serait renvoyée à son rôle de nounou.

Assise sur le bord du canapé dans le salon, Emma se sentait plutôt mal à l'aise.

Pour célébrer le premier anniversaire de Kyle, Justin n'avait pas invité de famille, puisqu'il était l'unique fils de parents aujourd'hui disparus, mais il avait tenu à ce qu'elle soit présente et à inviter des amis. Elle connaissait certaines des invitées pour les avoir rencontrées au jardin d'enfants où elle se rendait une fois par semaine avec Kyle. Pourtant, elle ne se sentait franchement pas à sa place, comme si elle jouait un rôle qui ne lui était pas destiné.

Une erreur de casting qui pourrait lui être ensuite reprochée…

Elle se leva alors que Justin s'approchait d'elle, accompagné d'un couple d'inconnus.

— Emma, je vous présente Camille Halliday et son fiancé, Ben McKnight. Emma Robbins est la nounou de Kyle.

Soulevant Kyle dans ses bras, elle serra les mains du couple.

— Enchantée, dit-elle sobrement.

— Et ça, c'est pour le petit poussin, dit Camille en tendant un paquet emballé dans un papier bleu brillant.

Emma leur envia l'amour évident qu'ils partageaient, ainsi que le ventre arrondi de la jeune femme, qu'elle décela au second coup d'œil.

Souriant à Kyle, elle refoula une pointe de tristesse en songeant que les enfants des autres seraient peut-être les seuls qu'elle connaîtrait dans sa vie.

— C'est pour toi, Kyle, dit-elle en le posant par terre afin qu'il puisse découvrir lui-même son présent avec son aide.

— Qu'est-ce que je vous offre à boire ? demanda Justin.

— Une bière, pour moi, dit Ben.

— Et un jus de fruits pour moi. Pas d'alcool ni de café, pour une raison évidente, commenta Camille en posant la main sur son ventre. C'est surtout mon shoot quotidien de caféine qui me manque…

— Et vous, Emma ? Un verre de vin ?

C'était une façon subtile de lui dire qu'il ne verrait aucun inconvénient à ce que, exceptionnellement, elle enfreigne un peu les limites de son rôle.

— Je veux bien, merci.

Après que Kyle se fut acharné sur le paquet, elle se pencha et l'aida à l'ouvrir avec les encouragements de Camille.

— Ne soyez pas trop déçue s'il s'intéresse plus à l'emballage pour l'instant, dit-elle à celle-ci tandis que Kyle, ravi, arrachait le papier et jouait avec le ruban. À cet âge, ils sont attirés par les choses les plus simples — des bouts de bois, des cailloux, des cartons vides…

Ils l'aidèrent finalement à ouvrir la boîte, où de gros cubes en plastique dont les faces portaient différentes images d'animaux. Mais il était clair, comme elle venait de le dire, que Kyle s'amusait surtout avec l'emballage et le ruban.

— Je crois que nous avons beaucoup à apprendre, soupira Ben.

— Tu t'en sortiras, ne t'inquiète pas, dit Justin, qui apportait leurs verres sur un plateau. C'est le genre de chose qu'on apprend sur le tas. D'ailleurs, on n'a pas le choix… Camille et moi nous sommes rencontrés à une levée de fonds destinés à un hôpital pour enfants de Los Angeles, ajouta-t-il à son intention.

— Exactement, confirma Camille. C'était un de ces galas pour gens riches et célèbres qui sortent leur portefeuille en échange d'une bonne opinion du public et d'une déduction d'impôts.

— N'exagère pas ! Tous ne font pas d'aussi bas calculs. Certains sont convaincus, et leurs dons sont sincères.

— Oui, mais trop peu, hélas. Et je parle en connaissance de cause, parce que j'y ai moi-même souvent participé pour racheter mes frasques de jeunesse. Et il m'a fallu consacrer beaucoup de temps et d'argent pour que les gens les oublient, ou au moins les pardonnent.

Alors, seulement, Emma comprit qui elle était.

— Vous êtes la fameuse héritière de l'hôtel Le Chalet ?

— Je plaide coupable, admit Camille.

— La seule chose dont tu es coupable, c'est d'avoir été adolescente. Nous avons tous été jeunes et bêtes, intervint Justin en posant le plateau sur la table avant de prendre son verre de bière.

Tout le monde s'assit, et Justin prit la seule place qui restait — à côté d'elle. Et lorsque sa cuisse frôla la sienne, tous deux échangèrent un regard aussi bref que chargé de sensations brûlantes, avant de regarder ailleurs.

Justin s'éclaircit nerveusement la gorge.

— En fait, c'est grâce à Cam si je suis aujourd'hui à Blackwater Lake.

— Vraiment ? dit Emma en s'efforçant de prendre un ton naturel.

— Oui. Elle est ici depuis janvier.

— C'est sur moi qu'est tombée la tâche de rentabiliser le Chalet de Blackwater Lake, expliqua Camille. Au début, j'ai eu l'impression d'avoir été exilée dans un autre monde, et les employés me traitaient comme une extraterrestre. Et puis, tout a changé quand j'ai rencontré Ben.

— Il est spécialisé en orthopédie, reprit Justin, et à ce titre il était au courant qu'un poste se libérait au cabinet. Camille m'a transmis l'information. J'ai juste eu à attendre que le projet d'agrandissement de l'établissement soit terminé, et j'ai obtenu le poste. Et maintenant, Ben et moi travaillons ensemble.

— À propos d'agrandissement, dit Ben, Cam et moi ne sommes pas les seuls à commencer à créer une famille. Mon frère Alex et sa fiancée Ellie attendent un bébé aussi.

— Alors, un toast pour les McKnight ! déclara Justin en levant son verre.

Quand tout le monde eut trinqué, Camille se tourna vers Emma.

— Et vous, qu'est-ce qui vous a amenée à Blackwater Lake, Emma ?

— Oh… Je ne sais pas par où commencer, à vrai dire.

Justin avait su garder le secret et la soutenait durant cette période difficile. Mais si elle se confiait à quelqu'un d'autre, la nouvelle pourrait s'ébruiter, ce qui gâcherait l'approche discrète qu'elle souhaitait faire.

Heureusement, il vint à son secours.

— Emma est arrivée ici en touriste, dit-il.

— C'est vrai, renchérit-elle, soulagée. J'avais prévu de visiter le Montana et de m'arrêter un peu à Blackwater Lake.

— Et la région lui a tellement plu qu'elle a décidé d'y rester. Une chance pour moi, car je n'aurais pas pu trouver de remplaçante pour Sylvia. Elle est fantastique avec Kyle. Sans parler de ses dons de cuisinière.

— Vraiment ? dit Camille tout en cherchant une position plus confortable sur le canapé.

— Absolument.

— Et tout le monde sait que le chemin pour atteindre le cœur d'un homme passe par son estomac, remarqua Ben.

— Si c'était vrai, dit Camille, amusée, en se tournant

vers son fiancé, tu ne serais pas le père de ce bébé. La cuisine n'a jamais été mon point fort.

— Emma, elle, sait même faire des super gâteaux, reprit Justin. Pour l'anniversaire de Kyle, elle en a fait un, et même deux, en fait : un gros pour nous et un mini pour lui.

— Il aura même le droit de jouer avec, de s'en tartiner les cheveux ou de le jeter par terre si ça lui chante, dit Emma en riant. C'est *son* gâteau, il en fera ce qu'il veut. Ce jour-là, tout est permis.

— Et qui nettoiera ? demanda Ben.

— Moi. Sauf les vitres. C'est la limite que j'ai tracée.

— Bien vu, approuva Camille. Bon, c'est décidé : à la naissance de Delaney, Justin, je te vole Emma. Je ne veux pas d'autre nounou qu'elle.

— Delaney ? dit-il. Ce n'est pas un nom de fille, ça ?

— Si, répondirent les futurs parents de concert, avant que Camille ne se penche vers elle. Emma, êtes-vous intéressée par ma proposition ?

Emma sourit à la jeune femme avec un léger haussement d'épaules.

— Qui sait ? Mais il faudrait qu'elle soit vraiment exceptionnelle. Le genre qu'on ne peut absolument pas refuser, quoi qu'il arrive. Parce que, dit-elle en regardant Kyle qui s'efforçait de se relever, ce pioupiou m'a volé mon cœur.

Soudain, elle se figea.

— Justin…, souffla-t-elle.

— Oui. C'est bien ce que vous pensez, Emma. Kyle est en train de faire ses premiers pas ! dit-il alors que le bambin, bien que très château branlant, s'avançait lentement vers eux pour venir s'accrocher à la jambe de son père.

Sans réfléchir, elle serra le bras de Justin qui, tout aussi spontanément, l'attira contre lui.

Le cœur battant, elle s'abandonna un bref instant à cette étreinte, avant de s'écarter de lui à regret.

L'émotion qu'elle éprouvait était sans aucun doute disproportionnée avec le rôle d'une simple nounou. Si elle aimait cet enfant d'un amour tout simple, sans complication, ce n'était pas le cas des sentiments mêlés qu'elle éprouvait pour son père. Il y entrait de la loyauté et de la confiance, et une grande reconnaissance envers Justin d'avoir su lui pardonner son mensonge et de protéger son secret. Mais il s'y mêlait aussi un indéniable attrait physique.

Voilà qui devait la pousser à mettre de l'ordre dans sa situation personnelle. Et au plus vite, si elle ne voulait pas perturber celle de Justin !

6.

Après une nuit tourmentée, Emma se réveilla presque aussi fatiguée qu'elle l'avait été en se couchant.

Avoir envie d'embrasser son patron, ça ne figurait pas dans son code de déontologie, et pourtant ce désir l'avait tenue éveillée une bonne partie de la nuit. Or, si elle souhaitait garder son emploi, mieux valait oublier leur fugace rapprochement sur le canapé, même si l'émotion et le désir avaient de toute évidence été partagés.

Son job, ce matin, consistait à accompagner Kyle au jardin d'enfants situé dans la même rue que le Grizzly.

Comme elle se garait, son regard se tourna automatiquement vers le bar de ses parents biologiques.

Son secret lui pesait, et elle ne savait toujours pas quelle décision prendre. Mais, comme l'avait dit Justin, rien ne pressait. Elle pouvait attendre le bon moment pour le faire. Quand elle ne serait plus aussi fatiguée, par exemple…

Et quand elle aurait surmonté cette peur qu'elle ne parvenait pas à cerner.

— Et voilà, poussin, on est arrivés. Peut-être que ta copine sera là, aujourd'hui ?

— *Gah…*

— Oui, comme tu dis ! Moi aussi, je la trouve craquante. Et tu as de quoi crâner, aujourd'hui. Faire ses premiers pas, c'est une étape très importante !

Un premier baiser de Justin l'aurait été aussi, ne put-elle s'empêcher de songer, en attrapant le nécessaire de Kyle, qu'elle accrocha à son épaule.

— Tu deviens de plus en plus lourd, tu sais ? dit-elle en le soulevant dans ses bras. C'est une bonne idée de commencer à marcher. Ton père n'a pas de problèmes pour te porter, lui, fort comme il est…

— Pa ?

— Oui, papa, c'est ça.

En souriant, elle l'embrassa sur la joue.

— Mais vas-y doucement avec Danielle, tout de même. Je les aime bien, elle et sa mère.

Au premier coup d'œil, elle put voir que la majorité des mères et des enfants étaient déjà réunis dans la grande salle de jeu. Après avoir suspendu la parka et le sac de Kyle à un des portemanteaux, elle alla s'installer en tailleur avec lui à une place vide dans le cercle, à la droite de Maggie et de Danielle.

Pas de professeur, pour cette classe. C'était simplement un moyen pour les mères de faire connaissance et pour les petits d'apprendre à partager.

— Bonjour, tout le monde, dit-elle, souriante, en promenant le regard sur la petite assemblée. Ça va, Maggie ?

— Très bien, merci. Danielle, tu as vu ? Kyle est arrivé. Et toi, Emma ? Tu as l'air un peu fatiguée, non ?

Toutes les femmes, ici, avaient opté pour le tutoiement d'office. C'était plus simple, et cela rendait les rapports plus chaleureux.

— Oui, c'est possible.

Maggie était une petite brune, jolie et avec semblait-il un tempérament bien trempé malgré une apparente fragilité. Elle était veuve. Son mari, militaire, était mort en Afghanistan quelques mois avant la naissance de leur fille. Il lui fallait beaucoup de force pour élever seule son enfant et continuer à faire tourner leur affaire, la Boutique du glacier. Mais elle affichait toujours une bonne humeur égale, même si son regard trahissait parfois une tristesse profonde.

— Je vous ai vus, hier soir, lui glissa-t-elle.

Emma sentit ses joues s'enflammer.

Au ton de sa voisine, il était évident que celle-ci, présente la veille avec Danielle, avait remarqué l'attirance qui sourdait entre Justin et elle.

— Alors ? C'est comment, de vivre avec le beau Dr Flint ? s'enquit Maggie, sur le ton d'un avocat général décidé à obtenir les aveux de l'accusé. Sauf erreur de ma part, vous vivez tous les deux — enfin… tous les trois — sous le même toit, non ?

— En effet.

— Donc tu vis avec lui, intervint Lindsay, une rouquine aux yeux bleus qui était également là la veille. Et comment c'est ?

— Comme un job, répondit prudemment Emma.

— Mais il te plaît, non ?

— Je n'ai pas dit le contraire.

Elle aida Kyle à se lever et le laissa poser les mains sur ses paumes afin de lui donner l'impression d'être tenu.

— Tu as un copain ? intervint Rachel Evans, dont la fille blonde et ronde était une réplique miniature d'elle-même.

— Non.

Inutile de préciser qu'elle en avait eu un et que leur histoire s'était mal terminée.

— Alors, rien ne t'empêche de sortir avec lui si l'occasion se présente, remarqua Lindsay.

Il était sans doute temps de leur fournir quelques éléments, histoire de bien leur faire entendre qu'elle n'était en aucune manière en quête d'une aventure.

— En fait, j'ai déjà été fiancée, en Californie. Mais je me suis aperçue à temps qu'une seule femme ne lui suffisait pas.

— Un crétin de plus, soupira Lindsay.

— Exactement. Donc, je n'ai pas vraiment envie de me jeter au cou du premier homme venu, à plus forte raison s'il est mon employeur. Ce serait non seulement idiot, mais pas professionnel du tout.

Lindsay remonta ses lunettes sur son nez.

— D'accord. Mais tu vis sous le même toit que lui, tu t'occupes de son fils, tu fais la cuisine et assures un minimum d'entretien de la maison. C'est bien ça ?

— Oui.

— Bon. Et qu'est-ce que tu y gagnes ?

— Un chèque.

— Oui, bien sûr. Mais je veux dire… Tu ne trouves pas que ça ressemble beaucoup au mariage, sans les avantages en nature ?

— Non. C'est mon patron, et il me paye généreusement pour m'occuper de son adorable fils.

Elle regarda Kyle et Danielle se diriger à quatre pattes vers le centre de la salle pour aller jouer avec les cubes et autres jouets proposés, puis elle se tourna de nouveau vers Lindsay.

— Et même s'il m'intéressait, ce n'est pas réciproque. Il pleure toujours sa femme, et la remplacer n'est manifestement pas à l'ordre du jour.

— Oui, évidemment, admit en soupirant Maggie, qui savait mieux que quiconque dans cette salle ce qu'il en était de perdre l'être aimé.

— J'avais lu l'autre jour un article qui disait qu'un homme qui a déjà été marié est plus que prêt à recommencer, fit observer Lindsay.

Emma secoua la tête.

— Ce n'est pas du tout le sentiment que donne Justin Flint.

Il le lui avait d'ailleurs bien précisé d'entrée de jeu : « Ce n'est pas une épouse, que je cherche. » Mais elle préférait garder cette remarque pour elle-même.

Elle haussa les épaules, fataliste.

— C'est juste un job.

— Ce n'est pas ce qu'il m'a semblé hier, insista Lindsay en l'observant par-dessus le bord de ses lunettes.

— Kyle a fait ses premiers pas, c'était très excitant.

— Oui, je comprends, mais j'ai tout de même eu l'impression que…

— O.K., Lindsay, on va arrêter de l'embêter ! intervint Maggie en riant. Dis-moi plutôt si Ryder continue à se réveiller toutes les nuits ? Si ça se trouve, il fait déjà ses dents.

Emma aurait volontiers embrassé Maggie. Cet interrogatoire lui avait été d'autant plus pénible qu'elle ne pouvait cesser de penser à cette étreinte avec Justin.

Que faire ? Elle aimait trop Kyle pour l'abandonner. Mais tomber amoureuse de son père n'allait pas faciliter la situation, c'était évident. Et c'était d'autant plus agaçant que, bien qu'elle fasse de son mieux pour s'imposer des distances avec lui, ça ne l'avait pas empêchée de se jeter dans ses bras devant l'exploit de Kyle. Et, maintenant, elle ne savait plus trop bien où elle en était.

Une heure plus tard, la séance était terminée, et les mères récupérèrent leur enfant avant de sortir. Mais Kyle et Danielle continuaient à jouer sur le sol rembourré.

— Ils sont adorables, tous les deux, non ? remarqua Maggie.

— Oui. Ils ont vraiment l'air de bien s'entendre.

— Dommage que nous devions laisser la place aux plus grands. Ils vont être déçus.

Maggie jeta un coup d'œil à sa montre.

— Il est presque midi. Si on les emmenait manger quelque part ?

— Tu ne travailles pas, aujourd'hui ?

— Je travaille cet après-midi. Je dépose Danielle chez ma mère avant d'ouvrir la boutique. Mais il faut d'abord qu'on ait le ventre plein, toutes les deux.

— Oh… Bon, d'accord.

Elle se sentait bien avec Maggie et était certaine qu'elles pourraient aisément devenir amies.

— Tu sais où aller ?

— Oui. Tu connais le Grizzly ? Pas besoin de s'embêter avec les sièges et les harnais pour les petits, c'est à deux pas, on peut y aller à pied. Et, en plus, on y mange très bien. Des objections ?

« Plus que tu ne peux l'imaginer », songea-t-elle, avant de répondre le plus naturellement possible.

— Aucune. Allons-y, les enfants.

7.

Sitôt entrée dans la salle du Grizzly Bar, Emma se tourna vers le comptoir où elle avait vu chaque fois Michelle et Alan Crawford discuter avec leurs clients.

Aujourd'hui, ils n'étaient pas là, sans doute parce que les tabourets de bar étaient à cet instant inoccupés. Ils devaient en profiter pour préparer le coup de feu de midi en cuisine.

Une serveuse d'une trentaine d'années nommée Wendy leur indiqua un box avant d'apporter deux chaises hautes.

— Qu'est-ce que je sers aux mamans ?

— Deux cafés, s'il vous plaît, dit Emma. Et je ne suis pas sa mère, juste sa nounou.

La fille esquissa un geste d'indifférence et se dirigea vers le percolateur.

— Elle est nouvelle ici, ça se voit, remarqua Maggie dès que Wendy se fut éloignée. Autrement, elle saurait que tu travailles pour le séduisant Dr Flint.

— Oui, mais pour son fils.

— Tu joues sur les mots, Emma. N'empêche qu'elle t'a prise pour la mère de Kyle et que ça dénote bien le lien fort que tu as avec lui.

— C'est toujours le cas avec les enfants dont je m'occupe.

— Bon, d'accord, je n'insiste pas. N'empêche, ça crève les yeux.

Emma installa Kyle dans sa chaise et lui donna un cracker, dont il tendit aussitôt un bout à sa copine sur la chaise voisine.

— C'est adorable, non ? s'extasia Maggie. J'imagine déjà

les dégâts qu'il fera autour de lui en grandissant ! J'espère qu'il épargnera ma fille.

— Ils seront bons amis, et ce sera bien mieux qu'avoir une histoire sentimentale.

— Ça, c'est sûr, approuva Maggie sur un ton triste. Si elle peut éviter de tomber amoureuse, elle s'exposera moins aux peines de cœur.

— Tout à fait d'accord. C'est mon leitmotiv à moi aussi…

Devant l'expression sombre de Maggie, elle se rappela l'épreuve qu'elle avait traversée.

— J'ai appris ce qui était arrivé, Maggie. Et je… je n'ose même pas imaginer ce que tu vis.

— Qui te l'a dit ?

— Diane et Norm Schurr. J'étais venue acheter des yaourts et des sorbets dans ta boutique, et ils m'ont parlé de toi.

— Des clients fidèles, qui font très attention à leur forme et viennent se faire plaisir chez moi une fois par semaine. En fait, je les soupçonne de me surveiller.

— Ils ont vraiment l'air de braves gens. J'ai bavardé un peu avec eux l'autre jour, et j'ai précisé que je n'étais pas la mère de Kyle.

— L'honnêteté est la meilleure attitude qui soit.

Encore fallait-il pouvoir l'assumer.

Machinalement, Emma leva les yeux vers le comptoir, mais ni Michelle ni Alan n'y étaient apparus.

Le cœur serré, elle fit de son mieux pour dissimuler son émotion.

— Diane m'a montré la photo de toi et de ton mari exposée derrière le comptoir.

Le regard de Maggie se fit un instant lointain.

— C'était le jour de l'inauguration de la boutique. Il adorait les glaces et, comme il n'y avait pas de glacier ici, le choix a été tout trouvé quand on a décidé d'ouvrir un commerce. Il lui restait à peine six mois à faire dans l'armée avant d'être démobilisé.

Elle donna un cracker à Danielle et sourit en voyant sa fille le tendre à Kyle.

— Dany était si excité à l'idée de devenir père !

Sur le point de prononcer une phrase de réconfort, Emma s'en abstint, et se contenta de soutenir son regard.

— Je suis certaine que tu as entendu toutes les platitudes qu'on peut dire dans ce cas, même si les gens cherchent sincèrement à te consoler…

Elle ne le savait que trop, pour l'avoir vécu elle-même à la mort de sa mère.

— Mais c'est tout de même révoltant qu'on vous ait volé la vie que vous auriez dû connaître et que ta fille doive grandir sans connaître son père !

Contre toute attente, son ton véhément fit sourire Maggie.

— Merci, Emma. Ta réaction me fait du bien. J'en ai tellement assez des mines attristées qu'on me réserve, si tu savais… Et je déteste que tout le monde ici me considère comme « la veuve ».

— Donc, tu es prête à aller de l'avant ?

— Avec un bébé, ce n'est pas quelque chose qui se prépare. Les circonstances te poussent tout naturellement à le faire.

Devant les deux petits en train de babiller dans leur langage, Emma songea que le père de Kyle était veuf.

— Justin et toi, vous avez vécu le même drame, même si les circonstances sont différentes. Peut-être que…

Maggie l'arrêta en levant la main.

— Arrête. Je m'en sors très bien sans avoir à m'encombrer d'une histoire sentimentale. Et je vais t'avouer quelque chose, Emma : il y a longtemps que je n'ai pas eu l'impression d'avoir une amie en face de moi. Quelqu'un à qui je puisse me confier, avec qui je puisse rire et pleurer, et… Et voilà.

Emue, elle esquissa un sourire.

— C'est exactement ce que j'éprouve.

Elle était soulagée aussi que Maggie ne s'intéresse pas à Justin. La jalousie ne serait sans doute pas une base idéale pour construire une amitié… Même si elle ne comptait pas créer des liens trop forts ici : il serait d'autant plus difficile, ensuite, de tourner le dos aux amis lorsqu'il lui faudrait partir.

— Ça me fait plaisir, dit Maggie en se penchant vers elle. Parce qu'il y a quelque chose que j'aimerais envisager avec toi. Tu sais que la petite boutique de laines vient de fermer. Les propriétaires partent s'installer au Texas pour être près de leur fille. Et j'envisage de louer le local.

— Pour agrandir ton commerce ?

— D'une certaine manière. Ce serait une sorte d'extension de ce que je fais déjà.

Elle donna une cuillère d'eau à sa fille avant de poursuivre.

— Je proposerais un menu très simple, genre sandwichs, quiches, soupes et salades. Une cuisine facile à faire mais soignée. D'un autre côté, je ne voudrais pas marcher sur les plates-bandes de Michelle et d'Alan Crawford. Ce sont des amis, et il n'est pas question que je leur fasse du tort.

Emma secoua pensivement la tête.

— À mon avis, ce serait différent. Ici, c'est plus un endroit où on prend le temps de s'asseoir à une table et de discuter. Or, si j'ai bien compris, chez toi, ce serait plutôt des plats à emporter ou à consommer sur le pouce.

— Oui, c'est ça.

— Hmm… À ta place, j'en parlerais aux Crawford.

En fait, elle aussi était une Crawford, et elle éprouvait un étrange besoin de protéger ces gens qu'elle connaissait à peine.

— C'est bien mon intention. Mais, d'abord, il faut que je voie ça avec Brady.

— Qui ?

— Brady O'Keefe, mon frère. Dans la famille, c'est lui qui a la bosse du commerce. Il a créé une affaire qu'il dirige de chez lui sur internet. Et ça marche super bien. Et tu sais quoi ? Il est célibataire.

— Tant mieux pour lui. Ne jamais tomber amoureux épargne bien des misères, c'est toi-même qui l'as dit. Et, quant à moi, j'ai assez donné comme ça, merci.

— Oh ? Tu as eu de mauvaises expériences ?

— On peut le dire, oui ! Un menteur, qui m'a dégoûtée des hommes.

— Ça, je peux le comprendre. Mais si jamais tu as envie de parler ou…

— C'est gentil, mais non, dit-elle simplement.

Non seulement elle n'avait pas envie de révéler sa naïveté, mais Michelle arrivait vers leur table, son carnet à la main.

— Bonjour, Danielle, dit-elle avant de se tourner vers Maggie. Qu'est-ce qu'elle grandit vite !

— Elle vient de fêter sa première année, dit fièrement Maggie. En fait, elle a le même âge que Kyle.

Michelle se tourna vers elle.

— Bonjour, Emma. Je suis heureuse de vous revoir chez nous. Et toi aussi, Kyle… Désolée de vous avoir fait attendre, mais on n'a pas de serveuse aujourd'hui. Elle est au lit avec un rhume.

Remarquant que Maggie les observait tour à tour, Emma se raidit légèrement.

— Qu'y a-t-il ? demanda-t-elle, nerveuse.

— C'est drôle… Vous avez les mêmes yeux, toutes les deux. La même couleur, la même forme. Et la même voix aussi, en fait. On dirait deux sœurs…

Son cœur se mit à battre plus vite, d'autant plus que Michelle se penchait pour la dévisager.

— C'est vrai ! Et je prends ça pour un compliment, dit celle-ci. Vous êtes très jolie. Et si Justin Flint ne s'en rend pas compte, c'est qu'il est temps pour lui de porter des lunettes ! ajouta-t-elle en riant.

Emma se sentait devenir couleur tomate. Il devenait impératif de changer de sujet.

Elle attrapa le menu et se plongea dedans quelques secondes.

— Je vais prendre une petite assiette de macaroni au fromage pour Kyle et une salade composée pour moi.

— Même chose pour moi, dit Maggie.

— Très bien. Je vous fais ça tout de suite.

Dès que Michelle fut repartie, Emma respira de nouveau,

s'efforçant de se convaincre qu'il ne s'était passé rien de grave. Il n'était pas rare de trouver des ressemblances avec quelqu'un d'autre sans pour autant ressentir le besoin de faire des recherches généalogiques… Sauf que, cette fois, c'était vrai. Michelle et elle *étaient* bel et bien de la même famille.

Devrait-elle éprouver quelque chose pour cette femme ? Pour sa mère ? Les circonstances avaient fait d'elles des étrangères. Mais combien de temps encore pourrait-elle garder le secret ?

Peut-être était-ce le signe qu'elle avait attendu ?

Justin avait observé l'attitude distante d'Emma durant le dîner, et il s'interrogeait.

Était-elle fatiguée ? Tourmentée ? Contrariée ?

Comme d'habitude, elle lui avait raconté la journée de Kyle. Ils avaient assisté à la séance du jardin d'enfants et avaient déjeuné au Grizzly. D'ailleurs, maintenant qu'il y pensait, c'était à ce moment de son récit qu'elle s'était refermée.

Même s'il détestait se mêler des affaires des autres, il ne pouvait pas supporter cette tristesse dans son regard. Aussi, dès qu'il eut couché Kyle, il vint la rejoindre dans la cuisine où elle préparait la table pour le petit déjeuner du lendemain.

— Emma ?

Elle leva les yeux de la cafetière qu'elle était en train de remplir.

— Vous avez besoin de quelque chose ? s'enquit-elle en souriant.

— Non, merci. Je me demandais juste… Vous n'auriez pas envie de parler ?

Il la vit se figer.

— Parler ? Non. Pourquoi ? J'ai commis une erreur ? Vous avez des reproches à me faire ?

Il avait appris avec sa femme à observer, à repérer le

moindre changement d'humeur, à deviner s'il devait se reculer ou au contraire forcer le barrage qui lui était opposé.

— Pas le moindre, s'empressa-t-il de la rassurer. C'est seulement que je vous trouve l'air soucieux. Que se passe-t-il, Emma ?

Elle s'apprêtait visiblement à le nier, mais elle se retint et haussa les épaules.

— Rien qui puisse m'empêcher de bien m'occuper de Kyle, si c'est ce qui vous tracasse, répondit-elle.

— Emma ! Je suis votre employeur, mais je me considère aussi un peu comme votre ami, dit-il en l'entraînant dans le salon. Si vous avez envie de parler, n'hésitez pas. Cela vous soulagerait peut-être.

Elle se laissa tomber dans un fauteuil et hésita un instant, puis il remarqua un léger relâchement de la tension qui lui raidissait les épaules.

— D'accord, soupira-t-elle. Il s'est passé quelque chose au Grizzly, aujourd'hui.

— Ah.

Il croisa les bras et attendit.

— Vous allez trouver ça idiot, ajouta-t-elle.

— Essayez toujours.

— Bon. Donc, Maggie Potter a trouvé que Michelle et moi nous ressemblons. En l'occurrence que nous avons les mêmes yeux.

— Normal, puisqu'elle est votre mère.

— Oui. Mais ce qui m'inquiète, c'est que si c'est aussi évident, tout le monde peut s'en apercevoir.

Il s'assit sur le bord du canapé et se pencha en avant.

— Prenez les devants et révélez la vérité à vos parents, dit-il de son ton le plus persuasif.

— Si c'était aussi simple... Ils pourraient penser que je ressemble à celle qui m'a enlevée. Que ma vie elle-même est un mensonge.

— Bien sûr que non. Pourquoi ?

— Parce que mon fiancé m'a menti, celle que je prenais pour ma mère m'a menti... Le fait que je ne puisse pas me résoudre à aller dire la vérité à Michelle, est-ce que ce n'est pas le résultat de toutes ces tromperies ? Est-ce que ça ne fait pas de moi une menteuse aussi ?

— Non, Emma, dit-il fermement. La femme qui vous a kidnappée a commis une faute impardonnable, et nous ne saurons jamais quel désespoir a pu la conduire à le faire. Mais l'éducation qu'elle vous a donnée n'est apparemment pas critiquable. Sinon, vous ne m'auriez jamais dit la vérité après que je vous ai engagée. Non, rien de tout cela n'est votre faute.

— Pour la situation, c'est vrai. Mais pas pour le reste. En fait, ça affecte bel et bien mon travail.

— Je ne suis pas d'accord.

Son fils était heureux et en pleine santé et la maison très bien tenue. Professionnellement, Emma était parfaite. Et s'il rêvait lui-même de l'entraîner dans son lit, elle n'en était en rien responsable.

— Pourtant, c'est très clair, insista-t-elle. Si je faisais mon travail correctement, vous n'auriez jamais pu deviner que j'avais un problème. Vous méritez quelqu'un de plus fort, de plus compétent, Justin. Surtout après le drame que vous avez vécu. La mort de votre femme…

— Arrêtez, dit-il sèchement.

Il en avait assez de devoir toujours se surveiller, de tout garder enfoui en lui.

— Quoi ?

— Surtout, ne me prenez pas en pitié. Je ne le mérite pas.

— Ce n'est pas ça. C'est juste que…

— Ne dites rien, Emma. Je vous en prie.

— Mais il le faut ! insista-t-elle. Vous avez perdu la femme que vous aimiez. Pour beaucoup de gens, lorsqu'un tel drame arrive, la vie s'arrête. Mais pas pour vous. Vous avez su réagir, vous avez bougé, vous êtes venu vous installer ici, à Blackwater, dans un endroit où vous ne partagiez pas de souvenirs avec elle. Et, ainsi, vous avez pu rebondir.

— Je suis venu ici pour donner une vie équilibrée à Kyle.

— Dans une ville où sa mère lui manquera moins puisque personne ne l'a connue.

— Sans doute. Mais mon passé, malheureusement, m'a suivi.

Visiblement intriguée, Emma inclina la tête.

— Que voulez-vous dire ?

— Les gens ici ont appris ce qu'il m'était arrivé. Ils me considèrent comme un… Un « pauvre veuf ». Et je ne le supporte plus, grommela-t-il. Je déteste vivre dans le mensonge.

Elle eut un léger mouvement de recul.

— Vous me faites peur, Justin. De quoi parlez-vous, exactement ?

Il se passa nerveusement la main dans les cheveux.

— Cela faisait un moment que je n'aimais plus ma femme. Bien sûr, jamais je n'aurais souhaité sa disparition quels que soient ses défauts, et Kyle avait besoin d'elle. Mais, à sa mort, nous étions déjà séparés et envisagions le divorce. Nous savions l'un comme l'autre qu'il n'y avait plus rien entre nous.

Emma avait l'air surprise, mais il ne décela aucune condamnation dans son regard.

— Et personne ne le sait ?

— Au début, je n'avais pas envie d'en parler. Je voulais avant tout oublier, et je pensais que les gens feraient de même. Mais mon silence m'a au contraire valu une sorte d'aura de mystère, et j'ai finalement trouvé plus facile de les laisser imaginer ce qu'ils voulaient, plutôt que de révéler ce qui avait réellement été. Après tout, ça ne pouvait plus lui nuire.

L'expression d'Emma ne trahissant pas la moindre accusation, il poursuivit.

— Et, après l'accident, j'ai été pour la première fois soulagé qu'elle n'ait jamais montré beaucoup d'affection pour son fils.

— Elle ne s'en occupait pas ?

— Jamais. Même quand il n'était pas bien. Elle préférait

aller à ses fichues rencontres entre amies ou à ses rendez-vous professionnels. À ces moments-là, elle appelait une baby-sitter et sortait sans le moindre état d'âme.

Y songer de nouveau réveillait sa colère. Mais la compréhension dans les yeux d'Emma l'aida à poursuivre.

— Je ne pouvais pas concevoir qu'une mère puisse être aussi dénuée d'amour pour l'enfant qu'elle a porté. Et puis, j'ai fini par me rendre compte que je n'éprouvais plus grand-chose pour cette femme que j'avais épousée.

— D'une certaine manière, c'est préférable qu'elle ait délaissé Kyle. Au moins, il n'était pas dans la voiture lors de l'accident.

— Oui. Donc, vous voyez, Emma, vous n'êtes pas la seule à vivre dans le mensonge. Moi non plus, je ne suis pas celui que les autres s'imaginent.

— C'est un passé qui vous appartient, et à vous seul, Justin. Et vous êtes un homme bien, n'en doutez pas.

Il aurait aimé la croire.

— Facile à dire, grommela-t-il en plongeant son visage dans ses mains.

— Oh ! Justin !

Elle sauta sur ses pieds, franchit les deux pas qui les séparaient et s'assit près de lui pour lui entourer les épaules de son bras.

— Vous qui êtes si fort ! Je n'aurais jamais cru que vous ayez besoin à ce point d'être rassuré.

Il devait la repousser, et tout de suite, avant qu'il n'en ait plus la force. Mais la délicieuse sensation de son corps pressé contre le sien était bien trop plaisante, surtout après tout ce temps passé à nier l'attirance qu'elle exerçait sur lui.

— Emma…

Son nom était comme un simple souffle sur ses lèvres quand il releva la tête vers elle.

Elle tendit le cou pour accueillir son baiser, et le murmure rauque qui monta alors de sa gorge acheva de balayer ses dernières réticences.

Il pressa ses lèvres sur les siennes, doucement, lentement,

et leurs souffles se firent plus courts alors qu'il glissait les mains dans ses cheveux afin de mieux l'attirer contre lui.

Très vite, il eut envie d'aller plus loin, et il ne songea plus qu'à l'entraîner dans sa chambre. Mais un reste de lucidité lui souffla que ce ne serait pas une bonne idée.

Se faisant violence, il s'écarta d'elle.

— Emma… Je suis désolé. Je n'aurais pas dû.

Elle soutint son regard. Le sien était plein de questions, d'étonnement.

— Ce n'était qu'un baiser, Justin, dit-elle. Rien de plus.

— Non, détrompez-vous.

Il prit son visage dans ses mains en coupe.

— J'ai envie de bien plus qu'un baiser, et c'est pourquoi nous devons nous arrêter tout de suite.

Sa voix était légèrement rauque de désir, et son expression pleine d'audace quand elle lui répondit.

— Pourquoi ? Rien ne nous y oblige.

8.

— L'un de nous deux va devoir être fort, répondit Justin sans la moindre conviction dans la voix. Souhaitons-nous réellement franchir ce pas ?

Emma ne pouvait pas répondre pour lui, bien sûr, mais elle-même n'avait pas besoin de s'interroger pour connaître sa réponse : c'était oui, sans hésitation. L'entendre avouer qu'il n'avait pas aimé sa femme avait dissipé ses réticences. À moins que ce ne soit son baiser ? Quoi qu'il en soit, il ne faudrait pas compter sur elle pour faire preuve de sagesse.

Cependant, l'hésitation dans la voix de Justin l'alerta.

S'était-elle trompée ? Avait-elle tout simplement pris ses désirs pour des réalités ?

Vaguement humiliée et incapable d'avoir les idées claires quand il la touchait, elle s'écarta de lui.

— Désolée, c'était de toute évidence une erreur. Je vous laisse. Bonne nuit, Justin.

Il posa la main sur son bras.

— Emma, attends ! Tu es si douce…

Son tutoiement prometteur d'intimité lui sembla aussi excitant qu'une caresse, mais elle résista.

— Non, dit-elle sans le regarder. Vous avez raison, il vaut mieux que…

Mais il l'attira de nouveau contre lui et se pencha pour effleurer ses lèvres des siennes.

— Je croyais que j'étais le seul à ressentir une attirance pour toi. J'ai été séduit dès que j'ai posé les yeux sur toi, quand tu es entrée dans mon bureau, au cabinet.

— C'est vrai ?

— Oui. Je m'étais fait une idée de la nounou que je voulais, et tu n'y correspondais pas vraiment… Mais, avec Kyle, tu étais si naturelle, si douce, que je n'ai pas hésité.

— Et comment la voyiez-vous — la voyais-tu, cette nounou ? se reprit-elle.

— La cinquantaine, les cheveux gris, et avec une verrue sur le nez.

— Ah… Pas tout à fait mon portrait, et pourtant tu m'as engagée.

— Tu avais des références imbattables. Et je me suis dit que je saurais résister à l'attirance que j'ai immédiatement éprouvée pour toi. Comme quoi, tout le monde peut se tromper…

Ce n'était pas elle qui le contredirait.

— Emma ?

— Quoi ? dit-elle en glissant les mains dans ses cheveux.

— Je t'emmène dans mon lit, déclara Justin.

— Oui, répondit-elle en glissant la main dans celle qu'il lui tendait.

Et elle le suivit sans hésiter dans le couloir menant à sa chambre, non sans attraper au passage le babyphone dans le vestibule.

Plus qu'une chambre, c'était une véritable suite. Grande, masculine, meublée de bois sombre, elle s'harmonisait avec les montagnes, dont la baie vitrée offrait une vue à couper le souffle.

Naturellement, elle y était déjà venue pour changer les draps et remplacer les serviettes dans la salle de bains, mais jamais encore elle n'avait imaginé partager un jour ce lit avec Justin.

Le cœur battant, elle posa le babyphone sur la table de chevet et se retourna.

La lumière du couloir éclairait le visage de Justin, et elle rencontra son regard brûlant d'un désir qui reflétait le sien.

Il l'aida à ôter son pull, après quoi elle lui déboutonna sa chemise avant de la repousser sur ses épaules.

Sans la quitter des yeux, il se pencha ensuite pour dégrafer son soutien-gorge, qui rejoignit les autres vêtements.

— Tu es si belle, murmura-t-il en effleurant de ses pouces le bout tendu de ses seins.

— C'est toi qui me rends belle, répondit-elle, tandis que son souffle se faisait plus court.

Retenant toujours son regard captif, il ouvrit la ceinture de son jean et acheva de se déshabiller tandis qu'elle en faisait autant.

Elle avait la sensation étrange que ce n'était pas seulement de leurs vêtements qu'ils se débarrassaient, mais de tout faux-semblant, de tout secret qu'ils avaient pu avoir l'un pour l'autre.

Puis Justin l'attira contre lui et l'embrassa tendrement. Un baiser qui accrut son impatience de le sentir contre elle, *en* elle.

— Il y a longtemps que je ne me suis pas senti aussi vivant, confia-t-il.

— C'est exactement ce que je ressens aussi.

La prenant par la main, il ouvrit le lit et l'y attira contre lui. Il l'embrassa de nouveau, longuement, en laissant courir ses mains sur ses seins et sur tout son corps tandis qu'elle-même se pressait contre ses reins pour l'attirer à elle.

Ses caresses toujours plus intimes la rendaient folle. Bientôt, incapable de supporter plus longtemps ce supplice qu'il prenait plaisir à lui infliger, elle le supplia de combler son désir.

Alors, Justin se glissa en elle.

Elle ne put contenir un gémissement de contentement extrême. Et il la porta ensuite jusqu'à cet instant suprême où tout s'efface pour ne plus laisser qu'un éblouissant soleil dans le corps et dans le cœur. Il lui sembla confusément avoir crié son nom avant de s'y fondre…

Quand Emma redescendit sur terre, le malaise était là, bien présent. Justin se leva et, sans un mot, sortit de la chambre. Elle eut vaguement conscience d'une lumière s'allumant dans une pièce voisine, mais elle n'ouvrit pas les yeux. Puis le matelas s'affaissa de nouveau près d'elle quand il revint s'allonger.

Mais plus rien n'était pareil. Les regrets, les remords avaient balayé le plaisir qu'ils avaient connu ensemble.

— Justin, je suis désolée…

— Pas moi, dit-il avec force. C'est juste que…

— Qu'il n'est pas question que ça se reproduise, termina-t-elle pour lui. Je suis la nounou, et tu es mon employeur.

— Si c'était le problème, il me suffirait de te renvoyer, rétorqua-t-il d'un ton agacé.

Ses raisons étaient donc tout autres.

— Ce serait peut-être préférable, non ?

— Ce n'est pas aussi simple, Emma, soupira-t-il en se tournant vers elle. Avant tout, je ne veux pas que tu te fasses des idées.

— Des idées ? De quel genre ? demanda-t-elle en tirant le drap sur sa nudité, comme pour se protéger de ce qu'il s'apprêtait à dire.

— Nous n'avons pas les mêmes aspirations. Tu veux une famille, et la mienne est déjà formée. J'ai Kyle, et je n'en demande pas plus. Un remariage, pour moi, n'est pas du tout à l'ordre du jour. Ce qu'il vient de se passer ne change rien pour moi.

Avoir appris qu'il n'avait pas vraiment aimé sa femme lui avait donné en quelque sorte carte blanche pour laisser libre cours à ses sentiments pour lui, mais la douleur de ce qu'il avait malgré tout vécu lui fermait l'accès de son cœur. Et ce qu'il lui avait dit lors de son entretien d'embauche avec lui revint s'imposer à elle.

« Ce n'est pas une épouse que je cherche. »

Et il avait eu raison de le préciser. Elle voulait une relation sans équivoque entre eux, et au moins en avait-il ainsi posé les bases. Et s'ils avaient enfreint les barrières qu'ils s'étaient imposées, ce n'était qu'un instant de faiblesse sans conséquence. L'exception qui confirme la règle.

— Je comprends, Justin. Et tu as raison, ça ne change rien. Oublions ce… cette parenthèse.

— C'est ça. Oublions. C'est préférable, ajouta-t-il, avec toutefois une pointe de regret.

Un gémissement se manifesta alors dans le babyphone, et elle sauta sur ses pieds, soulagée d'avoir ce prétexte de mettre un terme à cette pénible discussion.

— J'y vais, dit-elle.

À partir de maintenant, elle concentrerait son attention sur Kyle et ferait de son mieux pour respecter la promesse implicite qu'elle venait de faire à son père.

Même si oublier ce qu'il venait de se passer était pour elle à mettre dans la case « mission impossible ».

9.

— Docteur Flint ?

Justin leva les yeux du dossier qu'il étudiait.

— Oui, Ginny. Qu'y a-t-il ?

— Vous avez une urgence. Alan Crawford, du Grizzly Bar. Il s'est brûlé avec de l'huile. Salle 1.

— J'arrive tout de suite.

— Sa femme est avec lui. Elle est en train de remplir le dossier.

— D'accord. Espérons que ce n'est pas trop grave.

— Oui. Pauvre homme… Mais, dans son malheur, il a la chance de vous avoir pour médecin, ajouta-t-elle avant de ressortir de la pièce.

Justin remonta le couloir et s'arrêta devant la salle où le père d'Emma attendait.

Des voix, celles d'un homme et d'une femme, lui parvinrent de l'intérieur tandis qu'il feuilletait rapidement le dossier du patient.

Tout était en ordre. Alan Crawford jouissait d'une santé solide, venait régulièrement faire un bilan, faisait de l'exercice et, d'une manière générale, prenait soin de lui-même.

Une voix grave l'invita à entrer quand il frappa à la porte.

Alan était assis sur la table d'examen, une serviette humide enroulée sur son avant-bras gauche. Il portait une chemisette bleue et un vieux jean taché de ce qui ressemblait à de l'huile, mais aucun tissu n'était apparemment collé sur la blessure.

— Salut, Justin, dit-il.

— Bonjour, Alan. Alors, il paraît que vous avez eu un problème ?

— Oui. De l'huile bouillante, répondit Michelle qui se tenait tout près de son mari et dont l'inquiétude était manifeste dans le regard brun.

Une particularité qu'elle avait transmise à sa fille. Rien d'étonnant à ce que Maggie ait noté la ressemblance. D'ailleurs, à présent qu'il savait, c'est vrai qu'elles avaient physiquement beaucoup de points communs. Les pommettes légèrement saillantes, la bouche, la forme du front… Et les yeux, bien sûr. Michelle était encore une femme attrayante, et il ne doutait pas qu'Emma aurait autant de charme au même âge.

— Justin ?

L'angoisse dans la voix de Michelle chassa ses réflexions, et il enfila une paire de gants stériles avant de se concentrer sur son patient.

— Bon. Voyons ça…

L'avant-bras était rouge vif du poignet au coude, mais aucune cloque n'était encore apparue. Il tâta délicatement la zone touchée, mais n'en fit pas moins grimacer Alan.

— Désolé, dit-il, mais la bonne nouvelle, c'est que c'est douloureux.

— Ah oui ?

Le front d'Alan s'était couvert d'une légère transpiration.

— Vous vous fichez de moi ?

— Pas du tout. La douleur indique que c'est une brûlure au second degré et que seules deux couches de l'épiderme sont atteintes. Aucune douleur révélerait un troisième degré, autrement dit toutes les couches seraient détruites. À ce stade, une intervention chirurgicale est indispensable, la guérison est deux fois plus longue et les cicatrices très marquées.

— Si je comprends bien, vous êtes en train de me dire que j'ai eu de la chance, dit Alan en souriant à sa femme, qui acquiesça.

— Il faudra que je procède à une autre évaluation d'ici

deux ou trois jours pour en être sûr, mais tout porte à croire que vous avez été protégé par une bonne étoile.

— Si ça se révélait tout de même plus grave, insista Michelle, en quoi consisterait l'opération ?

— Il faudrait débrider la plaie, ce qui veut dire ôter la peau morte, et ensuite faire une greffe.

— Avec la peau d'Alan ?

— Exactement. Nous la prélevons sur l'intérieur des cuisses ou sur les fesses, là où ça ne se voit pas, et l'appliquons sur la plaie ouverte. Après quoi, nous l'y maintenons par des points de suture. Tout se fait sous anesthésie générale, car c'est une intervention douloureuse. Mais il s'agit là du scénario catastrophe. Ce n'est pas votre cas, Alan. Je ne pense pas que ce sera nécessaire si on s'occupe tout de suite du problème.

— Maintenant, je comprends ce que vous voulez dire en vous réjouissant de me voir souffrir, ironisa le patient. Et le traitement consiste en quoi ?

— La peau est l'organe le plus grand du corps humain et elle est en première ligne pour le défendre. Mais l'infection est un risque majeur. Et de nombreux remèdes sont délicats à utiliser avec les brûlures. Certains provoquent des douleurs, et d'autres ne sont efficaces que contre une gamme restreinte de bactéries. Donc, conclut-il, je vais à présent nettoyer la plaie avec de la bétadine puis appliquer une couche de crème à base de sulfadiazine d'argent. Elle est indolore et devrait éliminer le plus gros des bactéries. Ce qui permet au corps de consacrer toute son énergie à la guérison au lieu de dilapider ses réserves pour lutter contre l'infection.

Alan adressa un mince sourire à sa femme.

— Finalement, tu as eu raison de m'amener ici.

— Ça oui, dit-elle avant de se tourner vers Justin. Il insistait pour que je le soigne avec de l'eau et de la lavande. D'après lui, c'est souverain contre les brûlures.

— Et elle s'est moquée de moi en me demandant si j'avais décroché un diplôme de médecine en ligne.

Justin rit avec eux.

— Le Net regorge d'informations, mais il faut se méfier, toutes ne sont pas exactes, il s'en faut de beaucoup. Au moindre doute, mieux vaut consulter un professionnel.

— On a de la chance de vous avoir ici, docteur.

— Et moi, je suis très heureux de vivre à Blackwater Lake.

Sortant un carnet d'ordonnances de la poche de sa blouse, il commença à inscrire le nom des remèdes.

— La crème sera à appliquer deux fois par jour. Assurez-vous que la zone touchée reste couverte avec un coussinet absorbant que vous maintiendrez avec de la gaze. J'appellerai le pharmacien pour qu'il renouvelle l'ordonnance si vous n'en avez pas assez, dit-il en la tendant à Michelle, qui la rangea dans son sac avec un soupir soulagé.

— Merci, Justin.

— À présent je vais nettoyer la plaie et poser un bandage.

— Ce sera douloureux, je suppose ? demanda Alan.

— Un peu, oui. Mais je vais faire au plus vite.

Michelle, visiblement inquiète, regarda son mari.

— Tu veux que je reste ?

— Non. Va m'attendre à côté, c'est mieux. Elle ne supporte pas de voir quelqu'un souffrir, expliqua Alan. Avec nos garçons, on a eu plus d'une fois droit aux points de suture sur les genoux, mais c'était moi qui leur tenais la main.

— J'avais honte, confirma Michelle en soupirant. Mais c'était préférable que de me voir m'évanouir en pleine séance !

— Tu es une mère fantastique, dit Alan. Et on forme une superéquipe, tous les deux.

Justin n'en doutait pas. Et c'était sûrement grâce à cette entente qu'ils avaient surmonté l'enlèvement de leur fille. Le taux de divorce est très élevé dans ce genre de situation, mais les parents d'Emma avaient déjoué les statistiques.

Oui, elle avait une solide ascendance.

— Allez, vas-y, dit Alan. On t'appelle quand c'est fini.

Sitôt que Michelle fut sortie, il poussa un soupir.

— Enfin… J'ai cru qu'elle ne décollerait jamais de son siège.

— Pardon ? dit Justin, surpris.

— Écoutez, docteur, vous nous débarrassez de cette partie désagréable, et ensuite on cause tous les deux. J'ai un truc à vous demander.

Il hocha la tête, surpris.

Qu'Alan veuille lui parler en dehors de sa femme le déstabilisait. Pourvu que ce ne soit pas quelque chose de sérieux, comme un problème de santé important.

Après avoir sorti une cuvette, il la tendit à Alan.

— Tenez votre bras au-dessus pendant que je désinfecte la plaie.

— D'accord. Je suis prêt.

Il nettoya rapidement la zone atteinte puis l'enduisit de crème à base de sulfadiazine d'argent, après quoi il posa une compresse stérile, qu'il maintint avec une bande de gaze.

— Ça va, dit Alan. Ça n'était pas aussi dur que je le pensais.

— Tant mieux. Et, pour changer le pansement, c'est plus facile si vous mettez la crème sur la compresse d'abord.

— D'accord. Je transmettrai l'information à ma femme.

— Bien. Que vouliez-vous me demander ?

— Je veux organiser une fête pour les cinquante-cinq ans de Michelle. J'ai raté les cinquante ans, et maintenant elle ne s'y attend sûrement pas avant les soixante.

— C'est une bonne idée, dit Justin, qui ne voyait pas pour quelle raison il était mis dans la confidence.

— J'aimerais que vous soyez là samedi prochain.

— Moi ? Mais… Pourquoi ?

— En fait, l'invitation vaut pour tout le cabinet, et ça m'arrangerait si vous pouviez le transmettre à votre personnel. Et amenez une amie avec vous, c'est préférable. Connaissant ma chère et tendre, elle serait capable de vous mettre d'office une célibataire dans les bras.

— Je ne vois pas qui je pourrais…

— Moi si, le coupa Alan. Votre gouvernante. Je vous

ai vu avec elle au Grizzly, l'autre soir. Vous avez l'air de bien vous entendre.

C'était avant qu'il n'invite Emma dans son lit…

— Ça lui changera les idées. On voit qu'elle aime s'occuper de votre fils, mais une sortie de temps à autre, c'est bon pour le moral. Michelle appréciait. Quand nos quatre loustics étaient encore petits…

Justin saisit l'ombre qui passa fugacement dans le regard de son patient et devina sans mal ce qu'il pensait.

— Je suis au courant que votre fille a été enlevée, dit-il. Je ne veux pas remuer des souvenirs pénibles, mais…

— Oui, je sais. Mais, par moments, j'ai besoin d'en parler.

Alan soupira, et Justin vit sa main valide se crisper sur sa cuisse.

— Michelle et moi, on n'a jamais pu oublier. Mais la vie et nos garçons nous ont obligés à aller de l'avant.

— Il vous a fallu énormément de courage.

Alan esquissa un haussement d'épaules fataliste.

— C'est tout ce qu'il nous restait. On pense à elle tous les jours, et on garde l'espoir qu'un jour elle nous reviendra. Certaines histoires finissent bien, alors pourquoi pas la nôtre ?

— C'est vrai, approuva Justin, contenant son envie de révéler la vérité à cet homme qui lui était si sympathique.

Mais ce n'était pas à lui de le faire.

— On ne pourra jamais tourner la page, bien sûr, mais si nous pouvions au moins savoir ce qu'il est arrivé à notre petite fille…

— Je comprends.

— Vous savez, dit Alan en descendant de la table, on vous aime bien tous les deux, et j'espère vous voir à notre fête. Amenez Kyle, aussi, bien sûr. C'est un petit vraiment super.

Oui, et il était toute sa vie, songea Justin, ému.

Comme Emma avait dû l'être pour ses parents, et cette fête pourrait bien être une occasion d'apaiser son anxiété.

Il n'avait plus qu'à trouver le moyen de la convaincre de l'accompagner.

Emma venait de coucher Kyle quand Justin l'appela.

— Tu as un moment ? J'aimerais voir quelque chose avec toi.

Avait-elle commis une faute ?

Mais son ton détendu la rassura.

Elle le rejoignit dans le salon, où il l'invita à s'asseoir dans le fauteuil face à lui.

— J'ai reçu Alan Crawford au cabinet, aujourd'hui, dit-il. Il s'est brûlé au restaurant, mais ce n'est pas trop grave. Tu pourras d'ailleurs lui demander toi-même de ses nouvelles samedi prochain.

Intriguée, elle inclina la tête.

— Que veux-tu dire ?

— Il organise une fête pour les cinquante-cinq ans de sa femme.

— J'en suis heureuse pour eux, mais en quoi suis-je concernée ?

— Je suis invité, et il a suggéré que tu m'accompagnes.

— Moi ? Pourquoi ?

— D'après lui, tu as sûrement besoin de souffler un peu. Il se rappelait que Michelle était heureuse d'avoir une récréation de temps à autre « quand leurs quatre loustics étaient encore petits ».

— Quatre ? Mais ils n'ont que trois garçons et… Oh ! dit-elle, alors qu'elle comprenait toute la signification de cette phrase. Et pourquoi t'a-t-il invité ?

— En fait, je crois qu'il invite pratiquement tout Blackwater Lake.

— Je ne sais pas si c'est une bonne idée… Enfin, je veux dire, que j'y aille. D'ailleurs, qui s'occuperait de Kyle ?

— Il a proposé que nous l'amenions. Mais réfléchis. Je trouve au contraire que ce serait une bonne occasion de connaître ta famille.

— Sans doute. Mais je ne suis toujours pas certaine qu'il faille leur révéler qui je suis. Ce serait une grosse émotion, pour eux.

Et puis, pour être honnête, elle avait peur. Peur de se sentir rejetée, de devoir quitter la ville. Et surtout de quitter Kyle… Et Justin.

— Je dois te dire autre chose, Emma, dit ce dernier après avoir exhalé un soupir. Apparemment, tous les deux ont l'air heureux, mais j'ai clairement vu la douleur dans les yeux d'Alan. Il m'a confié que, s'ils ont réussi à surmonter ce drame, c'était surtout pour leurs fils. Pour eux, ils n'avaient pas le choix, ils devaient aller de l'avant.

— Tu ne l'as pas fait, toi, remarqua-t-elle.

Elle vit son regard s'assombrir.

— Pour moi, c'était différent. J'avais déjà pris mes distances quand ma femme est morte. Refuser de commettre une autre erreur, ce n'est pas la même chose que vivre dans le passé.

Peut-être pas. Mais, dans le présent, cela revenait finalement au même. Il n'était pas normal qu'un homme avec tant d'amour à donner reste seul par choix. Et elle sentit monter en elle de la colère envers la femme qui l'avait si cruellement blessé.

— En fait, j'ai une autre raison, aussi, de te vouloir auprès de moi.

— Ah oui ?

— Alan m'a prévenu que, si je viens seul, sa femme fera de son mieux pour me trouver de la compagnie.

— Ah. Je vois. Donc, ton invitation est purement intéressée ?

— Absolument.

— Et l'idée que notre présence ensemble à cette soirée fera peut-être la une du journal local ne t'ennuie pas ?

— Pas du tout. Et toi ?

Mieux valait garder pour elle que, du simple fait de vivre sous le même toit, ils étaient déjà au cœur des commérages locaux. Quant à cette soirée…

Après tout, pourquoi pas ? Et puis l'idée que Michelle cherche à présenter à Justin de sémillantes jeunes célibataires… Non. Pas question.

— Bon, d'accord. Tu as gagné : je viens avec toi.

10.

Le lendemain matin, Emma avait d'autres soucis en tête que la célébration de l'anniversaire de Michelle Crawford.

Après avoir discuté avec Justin, elle était allée voir Kyle qui pleurnichait dans son sommeil. Il avait le nez un peu bouché, et elle s'était installée avec lui dans le rocking-chair pour le bercer. Il avait fini par s'endormir dans ses bras, mais la nuit avait été difficile, et ce matin le bout de chou n'allait pas mieux.

Quand Justin monta le voir à son tour ainsi qu'il le faisait tous les matins, elle sentit son cœur s'accélérer.

Rasé de frais, les cheveux encore humides de la douche, il représentait à ses yeux tout ce dont une femme peut rêver.

Elle, en revanche, elle ne devait pas avoir l'air très en forme... Mais quelle importance, après tout ? Il n'était pas inscrit dans son contrat qu'elle doive être toujours fraîche et dispose.

— Bonjour, chuchota-t-elle.

Aussitôt, elle vit un pli soucieux apparaître sur son front.

— Que se passe-t-il ?

— J'ai senti qu'il y avait un problème quand je l'ai couché, hier soir.

— Quel genre de problème ?

— Il avait le nez bouché et était grognon...

Il était difficile d'expliquer concrètement ce qu'elle avait surtout perçu de façon intuitive. Elle connaissait si bien cet enfant qu'elle ressentait ce dont il avait besoin sans qu'il soit nécessaire pour elle de mettre un nom dessus.

— À mon avis, il est enrhumé.

— Et tu as passé la nuit à le bercer ?

— Il se réveillait presque toutes les heures, et vers 4 heures j'ai décidé de rester avec lui.

— Oh ! Emma… Je n'ai rien entendu. Tu aurais dû venir m'avertir.

— Je n'aurais pas hésité si tu avais pu faire quelque chose. Mais il n'y avait aucune raison que nous soyons tous les deux fatigués. En plus, tu dois travailler aujourd'hui.

— Il a de la fièvre ?

— Environ 37,7. Je l'ai fait boire, et sa couche est mouillée, donc il est bien hydraté.

Justin se passa la main dans les cheveux.

— Il faudrait qu'Adam le voie.

— À mon avis, c'est un virus.

Elle baissa les yeux vers Kyle, qui geignit dans son sommeil.

— À moins qu'il y ait un changement et que sa température monte, je propose qu'on le garde ici plutôt que de prendre le risque de l'exposer à d'autres germes en l'emmenant au cabinet.

— J'appelle Adam tout de suite. Kyle sera son premier patient et sera ressorti de là avant les heures habituelles de consultation.

Deux minutes après, c'était fait. Elle confia Kyle à son père le temps d'aller s'habiller et de se passer un coup de peigne.

Un coup d'œil dans le miroir lui confirma ce qu'elle savait déjà : une nuit quasiment blanche, ce n'était pas recommandé pour le teint.

Après avoir préparé un sac avec des couches de rechange et un pyjama propre pour le cas où, elle s'apprêtait à aller remplir le biberon, mais Justin la devança.

— Je vais le faire.

— D'accord. Moitié eau, moitié *ginger ale*. Et ce n'est pas le moment de contester, ajouta-t-elle devant son froncement de sourcils. Il aime ça, et au moins je suis sûre qu'il boira. L'essentiel, c'est de le maintenir bien hydraté.

— Tu n'es pas pédiatre, que je sache.

— Pas plus que toi.

— Non, mais je suis médecin.

Le temps d'une seconde, l'agacement effaça son inquiétude.

— Mais pas spécialiste des bébés. Je me suis occupée de beaucoup d'enfants, et ce ne sont pas simplement des modèles réduits d'adultes.

— Je sais.

Elle exhala un soupir d'impatience.

— Écoute, on peut rester là à débattre du problème, mais le mieux serait encore d'aller voir un spécialiste en qui tu as confiance.

Il acquiesça d'un bref hochement de tête.

— Je t'attends en bas.

Vingt minutes plus tard, tous deux se retrouvaient dans la salle d'examen d'Adam Stone, lui-même penché sur Kyle simplement vêtu de sa couche. Emma l'avait rencontré pour la consultation d'un an et avait alors eu l'occasion d'apprécier sa douceur et ses qualités.

— Il a une légère fièvre, dit-il.

Justin s'efforçait de réconforter son fils tandis qu'Adam promenait l'embout de son stéthoscope sur la poitrine et le dos du bébé en écoutant attentivement.

— Rien à signaler de ce côté-là. Il ne tousse pas ?

— Non, répondit Emma.

— Bien. Je vais regarder sa gorge et ses oreilles.

— Ça ne vous ennuie pas si je le prends ? demanda-t-elle comme Kyle se rebellait alors qu'il se penchait sur lui.

Sur les encouragements d'Adam, elle tint le petit garçon sur ses genoux durant l'examen, tout en le rassurant à voix basse. Kyle s'apaisa jusqu'à se laisser faire lorsque Adam lui examina la gorge à l'aide de l'abaisse-langue.

— Avez-vous remarqué une couleur particulière de l'urine ? s'enquit le médecin.

— Non. Et toi, Emma ?

— Non, moi non plus. Je peux le rhabiller ?

— Oui, c'est bon, dit Adam avec une expression ironique à l'intention de son confrère. Vous êtes gravement atteint, mon vieux.

— Pardon ?

— C'est le syndrome classique des médecins dont le gosse tombe malade. Et qui se manifeste par une amnésie totale de tout ce qu'ils ont appris à la fac de médecine.

Justin se massa la nuque en soupirant, et Emma eut un sourire intérieur. Toutefois, elle se promit de ne pas plastronner.

— Autrement dit, ma réaction est excessive ?

— Eh oui. Quand il s'agit de son gosse, on fonctionne à l'émotion pure. La logique et tout le savoir s'envolent par la fenêtre. D'ici deux mois, quand Jill accouchera, ce sera mon tour, et j'aurai peut-être besoin de vous.

Justin secoua la tête.

— Bon, d'accord. Donc, Kyle ne va pas si mal que ça ?

— Apparemment c'est un virus, et vous savez aussi bien que moi qu'il doit aller à son terme. Les antibiotiques sont inutiles, à moins d'une infection bactérienne, et en prescrire maintenant serait lui faire courir le risque d'y devenir résistant. Mais ne vous en faites pas, ça va aller.

— C'est aussi l'avis d'Emma. Elle m'a dit tout de suite que ça n'avait rien de grave et que le plus important était de l'hydrater le plus possible, mais je ne l'ai pas écoutée.

— Et pourtant, elle avait raison. Donnez-lui tout ce qu'il est prêt à avaler — de l'eau, des boissons gazeuses…

— Du *ginger ale* ? suggéra Emma d'un ton sucré.

— Oui, c'est parfait. Vous le savez sans doute déjà, mais une légère fièvre n'a rien d'alarmant. C'est juste une défense de l'organisme contre un intrus. Restez vigilants et n'hésitez pas à utiliser des remèdes sans ordonnance s'il le faut. Et à la moindre inquiétude, appelez-moi.

— Merci, Adam, dit Justin, avant de se tourner vers elle. Considère cette séance comme une reconnaissance publique de ton expertise, Emma. Tu avais raison pour le *ginger ale*.

— C'est un enfant solide qui a de toute évidence la chance d'avoir une excellente nounou, confirma Adam.

Une fois Kyle rhabillé, elle le souleva dans ses bras.

— Merci, docteur, dit-elle.

— Pas de problème. Justin, je peux vous parler une minute ? C'est au sujet d'un patient.

— Bien sûr. Tu m'attends dans la salle de repos, Emma ?

— D'accord.

Une femme en blouse rose était en train de se servir un café quand elle y entra, et Emma reconnut aussitôt Ginny Irwin, l'infirmière qui avait procédé au premier check-up de Kyle.

Celle-ci tourna vers elle son regard vif, la considérant avec une curiosité insistante.

— Bonjour, Emma, dit-elle enfin.

— Bonjour, Ginny. Vous vous rappelez Kyle Flint, je suppose ?

— Bien sûr, acquiesça l'infirmière en la dévisageant toujours avec insistance. C'est drôle, vous me rappelez quelqu'un…

— Vous savez ce qu'on dit, répondit Emma avec une fausse insouciance. Tout le monde a un sosie…

— Oui, peut-être. Mais je jurerais que je l'ai rencontré tout récemment. En attendant, ce petit trésor ressemble sans aucun doute à son papa. Désolée de devoir vous abandonner, mais il faut que je retourne à mon poste. Bonne journée !

— Merci, Ginny. À vous aussi.

Une fois seule, elle poussa un long soupir.

Ce n'était pas la première fois qu'on lui faisait ce genre de réflexion, mais, à cet instant, c'était différent : ses parents étaient venus ici la veille. Et Maggie avait déjà fait une remarque sur sa ressemblance avec Michelle…

Si Ginny lui trouvait une ressemblance avec sa mère

alors qu'elles n'étaient même pas ensemble, leur parenté risquait fort d'apparaître au grand jour plus tôt que prévu !

Elle s'était juré de ne pas bouleverser la vie de ses parents, mais si d'autres personnes remarquaient leurs traits communs, la vérité risquait de se révéler malgré elle. Et peut-être dans un avenir très proche, puisqu'elles se côtoieraient à la soirée.

Elle allait devoir se décider à lâcher sa bombe plus tôt que prévu… Mais avant la soirée, ou après ?

— La prochaine fois que Kyle ne sera pas dans son assiette, dit Justin alors qu'ils revenaient des courses, je te promets de m'en remettre à tes sages conseils.

Emma le regarda, l'air malicieux.

— Attention, je pourrais te prendre au mot ! ironisa-t-elle. Nous verrons la prochaine fois. Parce que, il ne faut pas rêver, il y aura d'autres occasions. Comme tu le sais déjà, docteur, il doit entraîner son système immunitaire de temps à autre pour le roder. Et, à la prochaine occasion, il y a fort à parier que tu réagiras exactement de la même manière, c'est-à-dire comme tout père attentionné.

— Oui. Mais je suis médecin, tout de même. Je devrais être plus cool.

— Quand il s'agit de son enfant, on peut dire adieu à l'objectivité. Dans ce genre de situation, s'y connaître le moins possible est une bénédiction, et savoir tout ce qui peut arriver, une calamité. Et puis, l'erreur est humaine, non ?

Il lui était reconnaissant de laisser entendre qu'il n'avait pas si mal réagi que cela. Une compréhension qui la lui rendit plus proche encore.

Quoi d'étonnant à ça ? Elle était douce, responsable, belle et sexy. Il n'aurait même aucun mal à imaginer qu'ils étaient un couple heureux avec leur fils — ce qui serait une très mauvaise idée, évidemment.

— J'admire tes dons de diplomate, dit-il en souriant.

Sylvia ne prenait pas tant de gants pour me dire ce qu'elle pensait de moi…

— Ne me provoque pas. Moi aussi, je peux user d'un vocabulaire plus… étendu.

— Ah oui ? Je suis curieux de l'entendre. Allez vas-y, lâche-toi.

Amusé, il la regarda à la dérobée réfléchir une seconde, l'index posé sur les lèvres.

— Tu l'auras voulu. Bon, alors, voyons… Tu as été limite insupportable, un peu condescendant, plutôt égocentrique et un rien méprisant.

— Ah oui ? Et c'est tout ce que tu as à dire ? Je trouve ton vocabulaire plus choisi que pittoresque.

— Si tu insistes, j'en ai d'autres en réserve. Mais nous ne sommes pas seuls.

Elle se retourna vers Kyle, assis dans son siège à l'arrière.

— Des petites oreilles nous écoutent. Et les enfants ont une faculté d'absorption bien plus importante que ne l'imaginent les adultes. Kyle commence à répéter les sons qu'il entend.

— Eh bien, au moins, il bénéficiera de bonne heure d'un langage coloré.

— Surtout, ne me dis pas que tu seras de ces parents qui mettent la pression sur leur rejeton pour les faire travailler le plus possible ? De ceux qui sévissent quand leurs notes ne passent pas la barre des 17 sur 20 ?

Il lui lança un regard amusé.

— Tu m'en crois vraiment capable ? Tu n'as pas encore remarqué que je suis de la vraie guimauve avec lui ?

— Ah. Donc, tu serais plutôt du genre permissif, qui ferme les yeux sur toutes les bêtises de son fils ?

S'arrêtant à un feu rouge, il se tourna vers elle.

— Je serais plus adepte de cette philosophie, oui.

— Bon. Je vois qu'il va falloir mettre en place une formation sur les mérites du partage dans l'éducation des enfants.

— Tu te moques de moi, hein ? C'est de l'insolence.

— Sans doute. Mais seulement parce que tu m'as dispensée d'être purement professionnelle.

— La prochaine fois, rappelle-moi de m'en abstenir, Emma.

À cet instant, Kyle se manifesta.

— Mma…

Surprise, elle se tourna vers lui.

— Hé, poussin… Qu'est-ce que tu dis ? Emma ?

— Ma-ma, répéta-t-il, en répétant cette fois distinctement la syllabe.

Emma demeura un instant muette, visiblement partagée entre la joie et la confusion.

— Il essaie juste de dire Emma, chuchota-t-elle enfin. Tu l'as compris, n'est-ce pas ?

— Oui. Je sais.

Et pourtant l'attitude d'Emma avec Kyle était si tendre, si naturelle, qu'il lui semblait tout à fait normal que son fils l'appelle ainsi. Elle l'aimait, c'était évident. Dans un monde parfait, elle serait sa mère. Mais ce monde était loin d'être idéal, et aucun lien légal ne les unissait. Emma travaillait simplement pour eux, elle pouvait partir quand elle le voudrait. Et cette idée le perturbait bien davantage maintenant qu'elle ne l'avait fait durant son entretien d'embauche.

Il rencontra son regard un instant, puis le feu repassa au vert, et il redémarra.

— Ça t'ennuierait s'il continuait à t'appeler comme ça ?

— Et toi ?

— Cela peut être une manière de lui donner une sorte d'équilibre, dit-il après un instant de réflexion. Il n'a pas de mère et ne saura jamais ce qu'il en aurait été si elle avait été là, auprès de lui.

— Et ça te tracasse. Malgré ses… défauts dont tu m'as parlé.

Il acquiesça en virant à droite sur la route longeant le lac.

— Oui, parce qu'il ne grandira pas avec deux parents. Et que ce sera obligatoirement une vie bancale.

— À mon avis, tu devrais plus te concentrer sur ce qu'il a, plutôt que sur ce qu'il n'a pas.

— Sur ce qu'il a ? C'est-à-dire ?

Le sourire qui étira ses lèvres pleines lui donna une furieuse envie de l'embrasser.

— Toi, Justin ! Beaucoup d'enfants grandissent avec un seul parent. Certains même sans parents du tout. Ils sont élevés le plus souvent par des membres de la famille, quand ils ne se retrouvent pas en pension. Ou, pire, seuls. Kyle, lui, a un père qui l'aime assez pour devenir un empoisonneur de première au moindre souci. Est-ce que ça fera une différence pour lui, à l'école, de n'avoir plus de mère ?

Emma esquissa une moue d'ignorance.

— Peut-être. Mais ce sera *sa* réalité, et il devra s'y faire.

— Donc, tu ne penses pas qu'il va nécessairement plonger dans la drogue ou l'alcool pour combler ce vide ?

— Je t'ai déjà dit que tu avais un don pour le drame ? dit-elle en riant. Non, il apprendra comme tout le monde à reconnaître ses dons et ses qualités grâce à son environnement et, à moins que tu ne m'aies caché des choses, cet environnement me paraît plutôt sain.

— Donc, selon toi, il s'en sortira bien ?

Ce n'était pas une question à prendre à la légère, il était évident qu'elle se poserait, sinon toujours, du moins très longtemps.

— Il se fera des amis qui seront attirés par sa joie de vivre et son humour, des gens qui l'aimeront pour lui-même, répondit-elle après un instant de réflexion. Pas parce que son père est médecin ou parce qu'il a grandi sans mère.

— Donc, si j'interprète bien ce que tu dis, je ne devrais pas me ronger trop les sangs à son sujet ? demanda-t-il en pressant la manette d'ouverture du garage.

— Oui, c'est ça.

C'était un bon conseil, il s'efforcerait de le garder à la mémoire.

— Tu prends les sacs de courses, je m'occupe de Kyle, dit Emma en descendant de voiture.

— Ah oui ? Et tu trouves ça équitable ?

— C'est ta punition pour le *ginger ale*, plaisanta-t-elle.

— Pas rancunière, avec ça ! ironisa-t-il en allant ouvrir le coffre pour le décharger.

— Je vais le faire déjeuner et ensuite le coucher pour sa sieste.

— Tu es sûre ? Il n'a pas l'air fatigué, dit-il en sortant les sacs.

— Oh si. Crois-moi, il l'est.

À cet instant, justement, Kyle se frotta les yeux en bâillant.

À croire qu'ils étaient de mèche, tous les deux. Mais il était clair qu'Emma avait un don réel avec les enfants. Elle n'avait pas eu besoin d'en porter pour cela. Sa femme qui, elle, l'avait porté et mis au monde, n'avait jamais cherché à le connaître vraiment. Son sujet de préoccupation avait été avant tout de retrouver sa silhouette d'avant sa grossesse.

Un quart d'heure plus tard, Emma avait installé Kyle dans sa chaise haute et le faisait manger. Il avala plusieurs cuillerées avant de jeter son gobelet à bec.

— Cette fois, il a son compte, plaisanta-t-elle en le sortant de sa chaise pour l'installer contre son épaule. On va faire une petite toilette, poussin, et puis dodo.

Justin acquiesça tout en ouvrant le réfrigérateur pour y entreposer les courses.

Mais il s'arrêta, un sachet de dinde à la main, en s'apercevant qu'il ignorait où le ranger.

Au bloc opératoire, chaque chose était à sa place et à portée de main, il savait pouvoir les trouver les yeux fermés. Mais la cuisine n'était pas la salle d'opération, et il doutait qu'Emma apprécie de devoir ouvrir tous les tiroirs et placards pour dénicher un ingrédient s'il les mettait n'importe où.

Elle revint dix minutes après avec le babyphone.

— Il dort déjà.

— Aussi vite ?

— Oui, c'est son heure, dit-elle en se mettant à vider les sacs avec des gestes presque automatiques.

Devant son expression distante, il ne put s'empêcher de l'interroger.

— Il y a un problème, Emma ?

— Non. Enfin, si… Je viens de me rendre compte que… Ce sera le premier Thanksgiving sans ma mère.

Elle avait déjà manifesté la même chose pour Halloween, et il savait que chaque fête sans celle qu'elle avait considérée comme sa mère était difficile pour elle. Même si cette femme lui avait volé la vie qu'elle aurait dû avoir.

— Elle n'était pas ta mère, Emma, ne put-il s'empêcher de dire.

— Je sais. Mais elle ne m'a jamais donné de raisons de lui en vouloir. Elle m'aimait.

— Sans doute. Mais elle a privé ta vraie mère de cet amour.

— Que cherches-tu à me dire, Justin ?

— Que ta mère aimerait sûrement savoir que tu es vivante et heureuse. Mets-toi à sa place… Imagine que quelqu'un enlève Kyle. Tu ne voudrais pas savoir au moins qu'il est en vie ? Moi, si, sans hésitation.

Elle le considéra un instant en silence, puis s'éloigna en se couvrant le visage de ses mains.

— Emma… Oh ! bon sang !

Ses épaules tressautaient sous les sanglots.

Il alla la prendre par les épaules puis l'attira contre lui.

— Excuse-moi, je n'aurais pas dû insister comme ça. Ne pleure pas, je t'en prie. Je ne suis qu'un empoté, un balourd qui met les pieds dans le plat…

Elle secoua la tête, souriant et pleurant à la fois.

— Un balourd, oui… Mais ce n'est pas grave… Et tu as raison. D'ailleurs, j'ai prévu d'aller les voir après la soirée. Je ne veux rien faire qui puisse gâcher leur fête.

Ses yeux étaient rougis par les larmes et pleins de détresse. Mais il y lut autre chose, aussi. Un besoin de tendresse. Et, soudain, l'envie de la consoler s'effaça devant celui de l'embrasser.

Un désir auquel il se sentit incapable de résister.

11.

Un doux soupir échappa à Emma lorsque les lèvres de Justin lui effleurèrent le visage pour boire ses larmes.

Pour être honnête, elle n'était pas surprise de se sentir fondre. La promesse qu'elle s'était faite d'exercer scrupuleusement son rôle n'avait en rien atténué le feu qui couvait entre eux. Et, à cette seconde, le besoin de se retrouver dans ses bras était plus fort que tout.

Toutefois alors qu'elle entourait sa taille pour s'abandonner à ce baiser toujours plus ardent, il s'interrompit.

— Je regrette, dit-il.

— Tu regrettes ? répéta-t-elle, interloquée. De m'embrasser ?

— Non, ça, il n'y a aucun risque que ça arrive. Mais je ne voulais pas te faire pleurer. J'aurais dû réfléchir avant de parler. D'autant plus que c'est un problème que tu es seule à pouvoir régler et que…

Doucement, elle posa un doigt sur sa bouche pour l'empêcher de continuer.

— Ce n'est pas grave.

— Mais ce n'est pas tout…

— Ah ?

— Emma, je ne veux pas avoir envie de toi.

— Je sais.

— Mais je ne peux pas m'en empêcher.

— Moi non plus.

Il lança un coup d'œil sur le babyphone.

— Kyle… ?

— Il ne devrait pas se réveiller avant une heure ou deux.

Sans hésiter, elle noua ses doigts aux siens lorsqu'il lui prit la main pour l'entraîner vers sa chambre, où le soleil entrait à flots.

Devant le lit, il l'embrassa de nouveau. Un baiser qui effaça les derniers scrupules qu'elle pouvait encore nourrir. Puis tous deux se débarrassèrent de leurs vêtements en prenant leur temps. Un lent strip-tease qui accrut son excitation, qu'elle voyait reflétée dans les yeux de Justin.

Elle admira son corps et sentit son désir croître sous le regard qu'il promenait sur le sien.

Mais regarder sans toucher, c'était aussi frustrant que de contempler des gâteaux derrière la vitre du pâtissier. Très vite, ils se rapprochèrent, et leurs mains d'abord hésitantes s'enhardirent. Tandis que Justin se penchait pour lécher les pointes tendues de ses seins du bout de la langue, elle laissa une main glisser sur son ventre et effleurer son sexe dur.

Le gémissement qui lui échappa alors accrut encore le désir que ses caresses exacerbaient.

— Justin…, souffla-t-elle.

— Oui.

Il ouvrit le tiroir de sa table de chevet, et elle l'entendit déchirer le petit sachet d'aluminium. Puis, dès qu'il se fut protégé, il l'attira avec lui sur le lit et roula au-dessus d'elle.

— Je veux te voir. Je veux voir ton visage et tout ce qu'il exprimera…

De nature plutôt timide, elle n'émit pourtant aucune objection. Enroulant les jambes autour de sa taille, elle ferma les yeux une seconde et gémit lorsqu'il la pénétra. Puis elle les rouvrit, et tous deux se fixèrent tandis que le plaisir montait en eux à mesure que le rythme de leur union se faisait plus pressant. Jusqu'à cet instant ultime où, ensemble, ils se fondirent dans un merveilleux soleil…

Ils restèrent unis un long moment, reprenant lentement leur souffle, puis Justin l'embrassa tendrement sur l'épaule avant de se lever pour aller dans la salle de bains.

Même si elle n'avait aucune envie de bouger, Emma se força à se rhabiller rapidement, et après s'être donné un coup de brosse dans les cheveux elle retourna dans la cuisine où elle acheva de ranger les courses.

Mais son esprit ne lui laissait pas de repos.

Faire l'amour une fois, c'était une folie, l'assouvissement d'un désir. Une seconde fois, cela annonçait une habitude.

Justin, tout habillé, s'arrêta en hésitant sur le seuil de la pièce.

— Emma, je…

— Non, ne dis rien.

Rencontrant son regard, elle sentit la panique la saisir.

— Je t'en prie ! Ne parlons pas de ce qu'il vient de se passer.

— Tôt ou tard, il le faudra bien.

Elle aurait aimé lui promettre qu'elle pourrait, si elle s'y efforçait, ignorer l'heure qui venait de s'écouler comme on arrache la page d'un cahier. Mais cela n'effacerait en rien le problème, pas plus que ses problèmes familiaux ne se résoudraient d'eux-mêmes. Et elle ne pouvait plus les fuir.

— Oui, tu as raison.

— Considérons ça comme un instant de faiblesse.

Ce n'était rien de le dire…

— Et que suggères-tu pour le traiter ? demanda-t-elle.

— Ne plus nous retrouver seuls tous les deux.

Et comment y parvenir lorsque l'on vit sous le même toit ?

Elle connaissait la réponse mais ne put se résoudre à l'évoquer.

À cet instant, elle perçut un petit gémissement dans le babyphone.

— La suite de cette discussion attendra un peu, dit-elle. J'ai beaucoup de choses à envisager, et il vaudrait mieux pour parler trouver un moment où nous ne serons pas dérangés.

— Je suis d'accord. Tu veux que je m'occupe de lui ?

— Non, j'y vais.

Tandis qu'elle gravissait l'escalier, elle songea que Justin, plus tôt, lui avait exprimé ses regrets de lui avoir conseillé de révéler la vérité à sa famille. Selon lui, ça ne le regardait pas. Mais il avait tort. Les retombées d'un tel aveu pourraient avoir un fort impact sur sa vie à elle, bien sûr, mais pas seulement. Par ricochet, lui-même et Kyle pourraient également en subir les conséquences.

Elle était prête à mettre enfin de l'ordre dans sa vie. C'était pour cela qu'elle était venue à Blackwater Lake, et non pour tomber amoureuse de son employeur. Il était grand temps qu'elle aille se présenter à sa famille et qu'elle donne son préavis à Justin, avant de ne plus avoir la force de le quitter.

Il ne le lui avait pas caché, il n'envisageait en aucune manière d'accorder de l'importance à ce qu'il venait de se passer entre eux. Si elle restait, elle ne serait de toute façon jamais rien d'autre que la nounou de son fils, et une compagnie agréable à mettre dans son lit à l'occasion.

Une situation qui ne serait pas longue à la détruire.

Jamais Emma ne s'était sentie aussi nerveuse.

Justin venait de se garer non loin de chez ses parents, et à en juger par la difficulté qu'ils avaient eue à trouver une place beaucoup d'invités étaient déjà arrivés.

— Tu es prête ? demanda-t-il.

— Oui. Enfin, non, pas vraiment. Mais je peux au moins essayer.

Ils avaient confié Kyle pour la soirée à Maggie, qui lui avait spontanément offert de le prendre lorsqu'elle avait mentionné la réception devant elle.

— Ne t'inquiète, Emma, la rassura Justin avec un sourire. Maggie peut nous appeler l'un ou l'autre au moindre problème. Mais il n'y a aucune raison qu'il y en ait.

— Je sais. C'est juste que… C'est la première fois que je le quitte.

— Eh bien, au moins, maintenant, tu sais ce que j'éprouve tous les matins. Allez, viens. Et tu n'as rien à craindre, ajouta-t-il devant son anxiété. Quoi qu'il arrive, je serai auprès de toi.

Elle ferma les yeux en acquiesçant.

— D'accord.

Ses parents vivaient dans une jolie villa blanche, plantée au milieu d'un agréable jardin entouré d'une haie fleurie et qu'ombrageaient un noisetier et deux arbres aux papillons.

La porte était ouverte, mais Justin sonna tout de même.

Alan Crawford vint aussitôt les accueillir.

— Ravi de vous voir, Justin.

— Moi aussi, Alan. Vous connaissez Emma, bien sûr.

— Oui. Bonsoir, Emma.

— Bonsoir, répondit-elle, la gorge horriblement sèche.

— Évidemment, ma surprise était ratée ! Michelle avait déjà deviné depuis deux jours ce que je mijotais. Comment ? Ça, je n'en sais rien, j'ai dû me trahir quelque part… D'après elle, les hommes manquent de subtilité, même si je n'ai aucune idée de ce que ça veut dire exactement.

— Le jour où vous le découvrirez, faites-moi signe, plaisanta Justin.

— Comptez sur moi ! s'esclaffa Alan, en les invitant à le suivre à l'intérieur.

Nerveuse, Emma suspendit sa veste à un portemanteau dans l'entrée.

— Comment va votre bras ? demanda Justin.

Alan portait un pull bleu léger sur une chemise blanche qui cachait son bandage.

— La guérison suit son cours. Je n'ai plus mal, ce qui est une excellente nouvelle.

— Tant mieux.

— La reine de la fête est dans le salon. Qu'est-ce que je vous offre à boire ?

— Une bière pour moi, s'il vous plaît, répondit Justin, qui regarda Emma avec un léger haussement de sourcils soucieux.

Elle s'empressa de le rassurer d'un sourire.

— Vous avez du vin ?

— Du chardonnay, ça vous va ? C'est un très bon vin blanc. Le préféré de Michelle, en fait.

— Parfait.

— Allez-y, je vous rejoins tout de suite.

Il y avait déjà beaucoup de monde dans la grande pièce, et elle se sentit intimidée. Toutefois, la chaleur de la main que Justin posa sur le bas de son dos apaisa quelque peu son anxiété. Sa présence était un réel réconfort, et elle savait aussi que, plus tard, lorsqu'elle aurait franchi cette épreuve, il lui prêterait également son épaule pour pleurer et exprimer ses émotions.

Parmi les invités, elle reconnut Ben McKnight et Camille Halliday, tous deux en train de discuter avec Adam Stone et sa femme Jill. Il y avait aussi Mme Goodson, le maire de Blackwater Lake, une femme énergique dont les projets ambitieux incluaient la construction d'une station de sports d'hiver juste à l'extérieur de la ville.

— Qui est-ce, à côté de la jolie brune en train de parler à Ben ? demanda-t-elle discrètement à Justin.

— Le frère de Ben, Alex, et sa fiancée, Ellie Hart. N'oublie pas que tu es en mission, lui chuchota-t-il. L'heure est venue pour toi de connaître ta famille.

— Oui, dit-elle, prenant une discrète inspiration.

Comme ils s'avançaient dans la pièce, ils saluèrent les invités qu'elle avait déjà vus au cabinet pour certains. Michelle discutait avec une des convives près de la grande cheminée où un feu ronronnait. Alors qu'ils arrivaient devant elles, l'autre femme s'écarta, les laissant avec leur hôtesse.

— Je suis vraiment heureuse que vous ayez pu venir, les accueillit-elle avec chaleur.

— Moi aussi, répondit Justin. Vous connaissez déjà Emma, je crois ?

— Oui. Bonsoir, Emma. Comment allez-vous ?

— Très bien, merci, mentit-elle en répondant à son sourire. Je vous souhaite un très bon anniversaire.

— Merci.

Elle hésita un instant, cherchant quelque chose à ajouter, puis elle se souvint de ce qu'Alan leur avait dit.

— Comment avez-vous découvert, pour cette soirée ?

Les yeux de Michelle pétillèrent.

— Quand on se connaît depuis aussi longtemps, il est difficile de se cacher quoi que ce soit. Alan et moi nous sommes rencontrés au lycée.

— Oh ! Ça ne date pas d'hier, en effet.

Se rendant aussitôt compte de sa maladresse, elle se sentit rougir et essaya vainement de se rattraper.

— Désolée, ce n'est pas ce que je voulais dire. Vous faites vraiment très jeune et…

— Pour mon âge, vous voulez dire ? compléta Michelle en riant.

— Quel qu'il soit, ajouta Emma avec sincérité.

Regarder cette femme lui donnait l'impression de se voir dans un miroir, dans le futur. Et elle ne pouvait que se réjouir d'avoir hérité de son ADN. Michelle n'avait que très peu de rides, et sa minceur ferme révélait le soin qu'elle prenait de son corps.

— La vie laisse ses empreintes sur nous, répondit Michelle.

Et la vie ne les avait pas ménagés, elle et son mari. Pourtant, tous deux semblaient avoir réussi à surmonter l'épreuve et à aller de l'avant.

— Donc, vous étiez encore lycéens quand vous vous êtes connus, dit-elle pour revenir sur un sujet plus neutre.

— Oui. Et nous nous sommes mariés juste après avoir obtenu nos diplômes.

— Et vos parents n'ont pas émis d'objection ?

— Ils n'ont pas eu voix au chapitre ! répondit Michelle en riant. Notre détermination était bien trop forte. Mais ils n'ont jamais eu l'occasion de regretter d'avoir cédé à notre insistance. Le premier de nos trois garçons est né un an plus tard.

Emma suivit son regard et découvrit les nombreuses photographies encadrées exposées sur le manteau de la cheminée.

Parmi elles, elle remarqua au beau milieu celle d'un bébé vêtu de rose. La petite fille ne devait guère avoir plus de six semaines, et c'était la seule photo qu'il y avait d'elle, et elle ne put s'empêcher de la fixer.

C'était elle-même, de toute évidence. Avait-elle été enlevée dans les jours qui avaient suivi ? Ou bien ses parents, trop occupés, n'avaient-ils pas eu le temps d'en prendre d'autres ?

— C'est Sarah-Elizabeth, dit Michelle.

Des larmes brillèrent dans ses yeux.

— Vous avez dû apprendre qu'elle a été enlevée. C'était il y a longtemps, mais personne ici n'a oublié. Pour tout le monde dans la région, nous serons éternellement le couple qui tient le Grizzly et dont la petite fille a été kidnappée.

La douleur dans la voix de cette femme lui brisa le cœur.

— Vous n'êtes pas obligée de m'en parler, Michelle. Rien ne doit venir assombrir cette soirée, c'est votre anniversaire.

— Généralement, je n'en parle pas, mais parfois je me surprends à penser à elle et…

Elle essuya la larme qui roula alors sur sa joue.

— Excusez-moi.

Spontanément, Emma posa la main sur son bras.

— Je comprends…

— C'est juste que, de temps à autre, je ne peux pas m'empêcher de me poser des questions. Qu'est-elle devenue ? Où vit-elle ? Est-ce qu'elle est heureuse ?…

À cet instant, Emma sentit toutes ses incertitudes s'effacer.

Oui, elle avait fait le bon choix en venant ici ! Il était grand temps d'apporter des réponses aux questions que se posaient ses parents et de mettre un terme à leur tristesse, Justin avait raison.

Elle le vit qui lui adressait un léger hochement de tête, lui confirmant que le moment était venu de le faire.

Alan arriva à cet instant avec une bière qu'il tendit à Justin et un verre de chardonnay pour elle.

Elle allait en avoir besoin… Sauf que ses mains tremblaient trop pour qu'elle puisse le prendre.

La gorge nouée et le cœur battant, elle regarda ses parents tour à tour.

— Je… J'ai quelque chose à vous révéler.

12.

— Que se passe-t-il, Emma ? demanda Michelle, à la fois intriguée et inquiète.

Emma sentait son cœur battre à tout rompre. Heureusement, la main que Justin lui posa sur l'épaule à cet instant lui apporta un réconfort bienvenu.

— Je crois qu'il serait préférable d'aller dans un endroit plus tranquille pour parler, suggéra-t-il.

— Pourquoi pas le garage, dans ce cas ? proposa Alan. Mais vous m'inquiétez…

— Allons-y, dit Justin. Croyez-moi, il vaut mieux que nous soyons seuls pour avoir cette conversation.

— Parce que vous savez de quoi il s'agit ? s'étonna Michelle. Vous commencez vraiment à me faire peur, vous deux.

Sans rien ajouter, tous quatre allèrent s'isoler dans le grand garage sombre où étaient garés un 4x4 et une voiture plus petite. Alan pressa le commutateur puis prit sa femme par les épaules comme pour la protéger d'une éventuelle catastrophe.

— Quoi que ce soit, dites-le sans attendre. Nous ferons face, la vie nous a déjà donné son lot d'épreuves.

En les voyant se raidir tous les deux, Emma secoua la tête avec un sourire tremblant.

— J'espère que ce que je vais vous apprendre vous fera plaisir, au contraire. Vous venez vous-même de dire que vous aimeriez savoir ce qu'est devenue votre fille…

— Vous… Vous savez où elle est ? dit Michelle d'une voix soudain brisée.

Emma, la gorge serrée, hocha lentement la tête.

— *Je suis* votre fille.

Tous deux la regardèrent un moment en silence, comme figés, et elle se sentit poussée à combler ce silence trop chargé d'émotions.

— Je l'ai appris récemment quand ma…

Non, elle ne pouvait pas devant eux appeler sa mère cette femme qui avait détruit leur vie et qui l'avait élevée dans le mensonge.

— Quand la femme qui m'a enlevée m'a avoué la vérité sur son lit de mort. Elle m'a donné votre nom et m'a dit où vous trouver.

Le silence se prolongea un instant, et elle commençait à penser qu'ils mettaient en doute ce qu'elle venait de leur révéler, quand Alan le rompit d'une voix plus sourde.

— Vous ressemblez à Michelle à l'époque où elle était étudiante. Pourquoi est-ce que je ne l'ai pas vu plus tôt ?

— Maggie Potter, elle, l'a vu, dit Michelle en s'accrochant à la main que son mari venait de poser sur son épaule. Elle a remarqué que nous avions les yeux de la même couleur et la même forme de visage. Mais jamais je n'aurais pensé que… Le sait-elle ?

— Non.

— Mais Justin, lui, si.

— J'ai jugé nécessaire de le lui dire. Quoi qu'il arrive, son fils risque d'en être affecté. Et puis, j'ai horreur du mensonge.

— Mais pourquoi ne pas être venue nous le dire plus tôt ?

Elle haussa les épaules en soupirant.

— Parce que… Je savais que cela bouleverserait beaucoup de choses. Ç'a été un réel choc de le découvrir, pour moi, et…

La gorge nouée, elle secoua la tête, incapable d'exprimer sa trop forte émotion.

— … Et je ne voulais pas bouleverser votre vie à tous les deux. Je craignais de remuer trop de mauvais souvenirs.

— Oh ! ma fille ! Ma petite fille ! dit Michelle qui ne contenait plus ses larmes. Viens dans mes bras !

Emma laissa les émotions déferler sur elle, bouleversée par le sentiment d'avoir enfin trouvé sa vraie place.

— Je suis si heureuse, tu ne peux pas savoir… Nous avons pensé à toi tous les jours. N'est-ce pas, Alan ? Même si nous n'en parlions pas et nous étions finalement résignés à ne plus jamais te revoir. Et je peux t'assurer que je n'ai jamais été aussi heureuse de m'être trompée !

— Je ferai faire des tests ADN, dit-elle lorsque Michelle la relâcha enfin.

— Si tu veux. Mais je sais déjà que tu es ma fille. Tu as trop les traits de la famille, tu t'en rendras compte quand tu rencontreras tes frères.

— Et moi qui ai toujours rêvé d'avoir un frère… Je vais en avoir trois d'un coup !

Elle se tourna vers Justin qui suivait la scène en témoin silencieux.

— C'est en partie grâce à Justin que ces retrouvailles ont été possibles. Il m'a offert un emploi à un moment où je ne savais pas trop ce que je devais faire. Jamais il n'a cherché à m'influencer, mais son amour pour son fils m'a finalement convaincue que je devais vous dire la vérité.

Alan tendit aussitôt la main à Justin en lui posant l'autre sur l'épaule.

— Merci, Justin. Nous ne vous en serons jamais assez reconnaissants.

— Je suis très heureux pour vous, répondit-il, en leur adressant un sourire qui la fit chavirer.

— Justin, dit Michelle en l'enlaçant brièvement, je n'ai pas de mots pour vous dire ce que je ressens ! Mais vous pouvez être assuré d'avoir votre table réservée chez nous à toute heure du jour ou de la nuit ! Petits déjeuners, déjeuners et dîners offerts à vie par la maison !

— Ce ne sera pas utile, répondit-il, amusé, mais merci

tout de même. Et je n'ai pas de mérite, Emma a énormément de qualités. Elle est fantastique avec Kyle, et c'est un vrai cordon-bleu. À mon avis, elle doit tenir de vous dans ce domaine…

Emma baissa les yeux, un peu gênée.

Ces compliments la touchaient, mais ce n'était pas ce qu'elle aurait aimé entendre de sa part. Car les raisons pour lesquelles elle s'était autant investie dans cet emploi allaient bien au-delà d'une simple conscience professionnelle.

— Je comprends pourquoi vous avez souhaité nous parler de cela discrètement, Justin, et je vous en remercie, dit Alan. Mais nous allons devoir retrouver nos convives. Nous avons un anniversaire en cours, et on ne va pas tarder à remarquer que l'invitée d'honneur brille par son absence…

— C'est vrai, approuva Michelle. Mais le retour de notre fille est le plus beau cadeau qu'on ait pu me faire, et je vais avoir du mal à le garder pour moi. Tes frères vont vouloir te rencontrer, Emma — on se tutoie, non ? Plus de politesses entre nous… Ça t'ennuie si on l'annonce à tout le monde dès maintenant ?

— C'est vous… C'est *toi* qui décides. C'est *ton* anniversaire.

Un large sourire aux lèvres, Michelle vint glisser son bras sous le sien.

— Alors, allons-y ! Allons annoncer la nouvelle à tout le monde, ma chérie.

Ce terme affectueux toucha Emma avec une force qu'elle n'aurait pas imaginée. Même si elle n'était pas encore à l'aise avec eux, elle savait que le temps viendrait vite où elle se sentirait intégrée dans cette famille. Désormais, elle n'était plus seule.

Relevant les yeux vers Justin, toutefois, elle sentit son euphorie baisser de plusieurs crans.

Une page de son passé était enfin tournée, mais celle de son avenir restait encore à écrire.

* * *

Justin poussa la porte de la maison vide.

Il avait prévenu Emma qu'une opération délicate l'obligerait à rentrer tard, et une heure après elle lui avait texté qu'elle dînerait avec Kyle chez ses parents.

La maison lui parut désagréablement silencieuse. C'était la première fois depuis longtemps que personne n'était là pour l'accueillir. Il y avait eu Sylvia, puis Emma…

Ah, elle avait laissé une note sur le réfrigérateur !

« Justin, si nous ne sommes pas encore rentrés à ton retour, j'ai préparé ta sauce préférée pour la salade. Autrement, il y a une assiette de macaroni pour toi dans le frigo, tu as juste à la glisser dans le four et à appuyer sur le bouton pour la réchauffer. À plus tard ! »

Il sourit. Il avait l'impression de l'entendre le lui dire de vive voix !

Il venait à peine de commencer sa salade, quand la porte d'entrée s'ouvrit, et Emma apparut avec Kyle dans les bras, la tête enfouie dans son cou.

— Il s'est endormi dans la voiture. Tu veux que je le réveille pour que tu passes un peu de temps avec lui, comme d'habitude ?

— Non, ce serait dommage. J'irai l'embrasser tout à l'heure.

— D'accord.

Elle ne fut pas longue à redescendre et vint s'asseoir en face de lui à la table.

— Il ne s'est même pas réveillé quand je l'ai mis en pyjama.

— Tu as dîné ?

— Oui. Michelle et Alan m'ont presque forcée à manger une grosse part de brandade.

— Tant mieux. Et tu as passé une bonne journée ?

— Excellente.

Son sourire radieux la rendait plus belle que jamais.

— Et la tienne ? Cette opération que tu appréhendais s'est bien passée ?

— Très bien. C'était délicat : une transplantation de peau pour couvrir une blessure qui refuse de cicatriser. Mais je crois vraiment que nous allons avoir un bon résultat, cette fois. Hmm, elles sont très bonnes, ces pâtes !

— C'est Michelle qui m'a donné la recette. Elle a vraiment un don.

— Et tu en as de toute évidence hérité. Apparemment, tu commences à bien les connaître, non ?

— Oui. Et je regrette maintenant d'avoir tant attendu pour leur dire la vérité.

Quant à lui, il ne pouvait que s'en réjouir. Autrement, Emma n'aurait pas eu besoin de chercher un emploi, et il n'aurait donc jamais eu l'occasion de la connaître. Il avait déjà du mal à se souvenir de sa vie sans elle…

— Plus je les connais, plus je les apprécie. Et nous découvrons sans cesse des liens entre nous. Comme… Par exemple, la façon que nous avons de parler avec les mains. Et puis, des expressions du visage, aussi.

— Des caractéristiques héréditaires.

— Exactement. C'est incroyable, quand on y pense ! J'ai beau ne pas avoir grandi avec eux, j'ai plein de choses en commun avec Michelle et Alan, et avec mes grands frères, aussi.

— Ils étaient encore ici ? s'étonna-t-il.

— Oui. Ils ont tous les trois des postes importants dans différentes entreprises, mais ils se sont débrouillés pour jongler avec leurs rendez-vous et rester ici un peu plus longtemps afin de mieux me connaître.

Le sourire qui semblait ne plus la quitter s'élargit encore.

— C'est incroyable, non ? Moi qui me croyais seule, je me retrouve du jour au lendemain avec des parents et trois frères ! Une vraie famille.

Et lui, dans tout cela ? Qu'était-il, pour elle ? Elle s'était donc sentie seule et abandonnée alors même qu'elle vivait sous son toit ? Et dire qu'il avait fait son possible pour qu'elle ait l'impression d'être chez elle…

Il avait beau se réjouir avec elle, il ne s'en sentait pas

moins rejeté et aux prises avec une désagréable insatisfaction. Son appétit le quitta brusquement.

Il repoussa son assiette encore à moitié pleine.

— Tu as fini ? dit Emma, surprise.

— Oui.

Elle mit ce qui restait dans une boîte en plastique puis termina de ranger la cuisine tout en lui racontant son après-midi chez ses parents.

— J'avais emporté le pyjama de Kyle pour le cas où il s'endormirait sur place. Michelle m'a aidée à lui faire prendre son bain.

— Ah bon ?

— Oui. Elle a gardé la baignoire dont elle se servait pour les garçons. Elle m'a avoué que c'était en prévision des petits-enfants à venir. Mes frères n'ont pas l'air très pressés de s'y mettre, mais elle ne perd pas espoir. En attendant, ils adorent Kyle et sont aux petits soins pour lui. Rien d'étonnant à ce qu'il soit aussi fatigué après.

S'il se réjouissait que son fils fasse l'expérience d'un environnement différent, un autre côté de lui en était contrarié.

Il se leva pour laver son assiette et se rincer les mains. Emma était très près de lui tandis qu'elle nettoyait la table, et il pouvait respirer son odeur délicate, si féminine.

— Ce sont vraiment des gens fantastiques, continua-t-elle. Je suis heureuse d'être venue ici, et je ne te remercierai jamais assez de ce que tu as fait pour moi.

Se hissant sur la pointe des pieds, elle l'embrassa sur la joue. Très rapidement, comme si elle craignait que ses lèvres ne s'égarent.

Cette distance qu'elle mettait entre eux le contrariait. Et puis, cette façon qu'elle avait de parler au passé… « d'être venue ici », « ce que tu as fait pour moi »…

Avait-elle l'intention de partir ?

Il avait eu ce soir une brève occasion de découvrir ce que ce serait de vivre sans elle. À l'époque de son mariage, il avait passé la plupart de ses soirées seul tandis que Kristina jouait les vedettes à Beverly Hills. Pourtant, même s'il l'avait connue bien plus longtemps, elle ne lui avait jamais autant manqué qu'Emma ce soir.

Et Kyle lui-même serait assez grand maintenant pour se rendre compte de son absence si elle devait disparaître du jour au lendemain. Et il en resterait sans doute blessé.

Non, pas question de la laisser partir ! S'il le fallait, il irait jusqu'à employer les grands moyens pour être certain qu'elle reste avec eux.

— Emma, dit-il sans prendre le temps de réfléchir, j'ai quelque chose à te dire.

Elle inclina la tête, visiblement surprise de son ton soudain grave.

— Oui ? Je t'écoute…

— Je crois que nous devrions nous marier.

13.

— Pardon ? dit Emma, les yeux écarquillés. Tu peux répéter ?

— Nous devrions nous marier, répéta Justin.

Ne trouvant rien à dire devant cette réplique qui lui semblait sortir d'un mauvais film, elle se contenta de le fixer en attendant la suite.

— Dis quelque chose, je t'en prie, ajouta-t-il.

— Et que veux-tu que je te dise ? C'est un peu inattendu, tu ne penses pas ?

— Si, bien sûr, et je m'en sors très mal. Tu ne veux pas un verre de vin ? Ça nous aiderait à nous détendre.

— Bonne idée.

Après avoir rempli deux verres, Justin l'invita à la suivre dans le salon et à s'asseoir près de lui sur le canapé.

Elle but une gorgée de son vin, ferma les yeux en la laissant agir sur sa nervosité, puis elle se tourna vers lui.

— Bon. Alors, pourquoi ? Explique-moi pour quelle raison nous devrions nous marier.

— Parce que c'est la solution la plus raisonnable.

— Ah oui ? Et pour qui ?

— Pour nous trois. Réfléchis, Emma… Nous nous entendons très bien, nous partageons les mêmes idées sur un tas de sujets, nous rions des mêmes choses…

Elle aurait eu mauvaise grâce à le nier. Justin savait la faire rire, ce qui l'avait aidée à sortir d'une très mauvaise passe. Mais que proposait-il, au juste ?

— Et tu aimes mon fils, ajouta-t-il.

— Comme si c'était le mien, oui.

— Sa propre mère était bien trop égoïste pour renoncer à ses soirées et à son shopping pour lui. Il a de la chance de t'avoir.

Avait-elle bien entendu ?

— De quoi s'agit-il *exactement*, Justin ? s'enquit-elle en rivant son regard sur le sien.

D'un geste un peu raide, il lui prit la main pour la poser sur sa cuisse.

— De toi. Et de moi. Tout le monde s'accorde à dire que nous formons une famille idéale. Et Kyle aurait ainsi officiellement un père et une mère.

C'était franchir un peu vite les étapes. Et, dans ce marché, l'amour passait à la trappe. Si Justin était prêt à sacrifier les sentiments pour faire un mariage de raison, ce n'était pas son cas.

— Désolée, mais même pour Kyle ça ne me conviendrait pas, dit-elle en retirant sa main. N'oublie pas ce que tu m'as dit après que nous… que nous avons couché ensemble.

Elle détestait cette expression, mais elle ne pouvait se résoudre à dire « faire l'amour ».

— Tu as insisté sur le fait que je ne devais pas me bercer d'illusions, poursuivit-elle. Donc, je te pose la question : qu'est-ce qui a changé depuis ?

— Je trouve que c'est le bon moment pour le faire.

Et puis, soudain, elle comprit.

Elle n'avait pas caché à Justin qu'elle était venue dans cette ville pour connaître sa famille. Et à présent que c'était fait, il pensait qu'elle allait retourner en Californie, ce qui perturberait sa vie et surtout celle de Kyle… Un contrat de mariage en bonne et due forme, ce serait plus fort qu'un contrat professionnel et l'obligerait à rester ici, à Blackwater Lake. Mais il semblait oublier un détail…

— Désolée, mais ça ne marchera pas.

— Pourquoi pas ?

— Parce que, pour moi, sans amour, le mariage n'est qu'un faux-semblant. J'ai grandi avec une mère qui n'était pas la mienne, et il n'est pas question que je continue de vivre dans le mensonge en t'épousant.

— Ce ne serait pas le cas, dit-il en se levant.

Mais comme il lui tendait la main, elle se recula, de crainte de ne pas avoir la force de lui résister. Et elle comprit à cette seconde qu'elle ne pouvait plus rester ici avec lui.

Justin était de ces hommes qui n'acceptent pas le refus, il finirait par avoir raison de ses objections.

— Je dois partir, Justin.

— Partir ? Tu veux dire…

— M'en aller. Je ne peux pas rester ici, chez toi.

Elle vit ses yeux s'assombrir, puis il eut comme un mouvement de recul.

— Et notre contrat ?

— Désolée de ne pas te donner plus de préavis, mais nous trouverons une solution jusqu'à ce que tu engages quelqu'un d'autre. D'ici là, je ne peux plus vivre ici avec toi. Bonsoir, Justin.

Une demi-heure plus tard, sa valise à la main, Emma frappait à la porte des Crawford.

— Emma ? dit Michelle, surprise de la voir là. Que se passe-t-il ? Tu as un problème ?

— Je peux entrer ?

— Bien sûr.

Une fois dans le vestibule, elle prit une forte inspiration.

— Michelle, j'ai une faveur à vous demander, à tous les deux, et je comprendrais tout à fait que vous refusiez. Donc, n'hésite pas à être franche avec moi.

— D'accord. Dis-moi ce qu'il t'arrive…

— Pourriez-vous m'héberger pour la nuit ? Et même peut-être pour plusieurs nuits ?

— Tu sais bien que tu peux rester ici aussi longtemps que tu le souhaites. Mais… Où est le petit ?

— Chez lui, avec son père.

Au regard que Michelle posa alors sur elle, il était clair

que celle-ci devinait confusément un problème entre elle et Justin.

— Bon. Viens, nous serons mieux à l'intérieur. Alan est parti faire un billard avec les garçons, on va pouvoir bavarder entre filles, ajouta-t-elle avec un sourire complice.

— Mais ça ne posera pas de problème si je reste dormir ?

— Aucun, bien sûr.

Dix minutes plus tard, toutes les deux étaient installées dans les fauteuils du salon, un mug de verveine entre les mains.

— J'ai du mal à croire que nous sommes à un mois seulement de Noël !

— J'adore cette époque de l'année. Le sapin, les illuminations, les magasins…

— Croyais-tu au Père Noël ? demanda Michelle qui, c'était évident, s'efforçait de cacher ses émotions sous un ton faussement neutre.

— Oui, et j'y crois toujours. Personne ne m'a jamais dit qu'il n'existait pas « en vrai ». Donc, pour moi, la magie ne s'est jamais éteinte.

— Tant mieux. Kane a trente-deux ans, et je crois qu'il en veut toujours à Zach de lui avoir révélé la vérité. Il avait quatre ans et Zach huit quand il a perdu ses illusions. Mais je suis ravie d'apprendre qu'un moins un de nos enfants y croit encore !

Emma avala une gorgée de sa tisane alors que des souvenirs de cette période de l'année lui revenaient.

Autant d'instants précieux qu'elles n'avaient pas vécus ensemble.

— J'ai un album-photo. Peut-être aimeriez-vous le voir ? Ma mère me l'a donné quand je suis partie.

Michelle s'apprêtait à boire, quand elle renversa un peu de liquide chaud sur ses genoux.

— Flûte. Je suis maladroite…

Tandis qu'elle se levait précipitamment pour aller chercher une serviette en papier, Emma prit conscience de sa bévue.

Appeler la femme qui l'avait enlevée sa « mère », c'était une erreur impardonnable de sa part.

— Je regrette, Michelle…

Que dire d'autre ?

Les examens avaient révélé qu'elle était bien la fille de Michelle et d'Alan, et la police, avertie, avait refermé ce dossier de rapt resté ouvert toutes ces longues années. Toutefois, la blessure, trop profonde, était encore là. À vif. Et il faudrait sûrement du temps pour qu'elle cicatrise.

— Ce n'est pas grave, dit Michelle avec un petit sourire un peu forcé. Mais tu dois être fatiguée. Tes affaires sont dans la voiture ?

— Non. Je n'ai rien pris.

— D'accord. Bon, on va se débrouiller. Je vais te donner un pyjama — il est tout neuf, je viens de l'acheter —, et tu vas aller dormir dans la chambre d'amis. Il y a une petite salle de bains attenante. Nous verrons pour le reste demain matin. Qu'en penses-tu ?

— Oui. C'est ce qu'il y a de mieux à faire pour l'instant.

Une fois seule dans la chambre, elle étudia les gravures exposées sur les murs.

Une fée, une petite fille en train d'habiller sa poupée, Cendrillon en robe de princesse… Cette pièce n'avait pas été décorée pour un garçon, c'était certain.

— Tiens, dit Michelle en revenant à cet instant avec un pyjama blanc satiné et une robe de chambre en polaire. Nous sommes à peu près de la même taille, ça devrait t'aller.

— Merci, Michelle.

— De rien. Et si tu as besoin de quoi que ce soit, n'hésite pas à me le demander. Dors bien.

Elle venait de se glisser dans le lit, quand deux petits coups retentirent à la porte.

— Entrez.

Michelle passa la tête par l'entrebâillement.

— J'ai oublié de te dire qu'il y a des couvertures dans le placard si tu as froid.

— Merci. Mais… Tu n'as pas envie de parler encore un peu ?

Sans hésiter, Michelle vint s'asseoir près d'elle sur le bord du lit.

— D'abord, je veux m'excuser pour ce que j'ai dit tout à l'heure, dit hâtivement Emma. C'était très maladroit de ma part…

— Je comprends, ne t'inquiète pas.

— C'est une des raisons qui m'ont fait longtemps hésiter à venir vous trouver. Parce que, même si je sais maintenant qu'elle m'a enlevée, elle…

— Je faisais des courses, la coupa Michelle, le regard perdu alors qu'elle revivait de toute évidence cet horrible instant. Tu étais dans ta poussette. Cette merveilleuse petite fille qu'Alan et moi avions tant désirée, après nos trois garçons. Tu n'avais que six semaines alors… J'étais fatiguée. Ce n'est en rien une excuse, bien sûr. Je me suis arrêtée dans une allée proche de la sortie pour attraper un bocal de pickles, et il m'a glissé des mains. Il y en avait partout. J'ai fait de mon mieux pour aider l'employée à nettoyer le plus vite possible pour que personne ne se blesse avec les bris de verre. Et quand je me suis retournée, la poussette avait disparu, et toi avec. Pas de témoin, poursuivit Michelle. Tout le monde s'est mis à chercher partout, dedans, dehors. Mais tu t'étais tout simplement volatilisée.

Devant le drame qu'elle revivait, Emma serra sa main dans la sienne.

— Ç'a dû être horrible, souffla-t-elle, incapable de trouver les mots.

En existait-il seulement ? Même après tout ce temps, les émotions de Michelle étaient encore à vif.

— Il a bien fallu nous résigner à ranger un jour tes jouets et tes affaires, mais ton père n'a jamais perdu l'espoir. Pour lui, tu étais en vie et tu reviendrais.

— Et cette chambre était la mienne…

Michelle sourit à travers ses larmes contenues.

— Oui.

— Elle est très belle…

Elle se mordilla la lèvre, cherchant ses mots avec soin pour s'exprimer sans blesser Michelle.

— C'est un problème pour moi, tu vois, parce que… Ce qu'elle a fait est impardonnable, c'est évident, et j'en ai tout à fait conscience intellectuellement. Mais elle n'était en rien une mauvaise personne. Elle m'a élevée avec amour, et pour moi elle a toujours été ma mère. Et c'est ainsi que je pense à elle, même si je suis aussi en colère contre elle maintenant. Cette situation est très perturbante, et il me faudra du temps pour que je sache où j'en suis…

— Je comprends.

— Mais si ma présence vous dérange tous les deux, je peux m'en aller et…

— Non. N'y pense même pas. À nous aussi, il nous faudra un peu de temps pour assimiler toute cette histoire, mais nous y arriverons, dit-elle en lui tapotant le genou. Nous ne connaîtrons jamais tous ces instants que cette femme nous a volés et, pour être franche, je ne pense pas que je pourrai jamais lui pardonner…

— Elle s'appelait Ruth.

— Et toi tu t'appelles Sarah-Elizabeth, c'étaient les noms de tes deux grands-mères. J'avoue que je n'ai pas réfléchi aux conséquences légales. Il est clair que cette femme, Ruth, a dû faire des faux papiers, ne serait-ce que pour t'inscrire à l'école.

— C'est possible. Je ne me souviens pas qu'il y ait eu des problèmes.

— Nous verrons. L'avocat que nous avons consulté nous le révélera sans doute. En attendant, nous sommes si heureux de t'avoir avec nous ! Tu ne peux pas savoir.

— Moi aussi. Je croyais me retrouver seule au monde, et…

— … et tu te retrouves avec des parents et trois frères !

— À ce propos, je ne sais pas trop comment vous appeler, Alan et toi.

— Tu peux m'appeler Michelle. Ou ce que tu veux.

Elle serra la main de sa mère.

— Pourquoi pas « maman » ?

Visiblement trop émue pour répondre, Michelle se contenta de la prendre dans ses bras.

— C'est un tel bonheur que tu nous sois revenue… Mais je vais te laisser te reposer, maintenant.

— Oui. Bonne nuit… Maman.

— Dors bien, répondit Michelle en se relevant. Je sais que moi, je vais bien dormir, à présent que ma petite fille est revenue.

Une fois seule, Emma songea à Kyle.

Elle ne serait pas là pour lui le lendemain, et sa routine du matin en serait totalement perturbée. Il ne comprendrait pas ce qui se passait, et cette idée la tourmentait.

Mais Justin saurait s'occuper de lui jusqu'à ce qu'elle trouve une solution pour que le bambin ne se sente pas abandonné.

D'ici là, elle allait dormir un peu. Du moins si elle y parvenait.

14.

Au matin, après une nuit passablement perturbée, Emma avait trouvé une solution : elle continuerait à s'occuper de Kyle, mais sans habiter sous le même toit que Justin. Elle arriverait juste avant son départ pour son cabinet et repartirait à son retour. Au cas où Justin serait appelé pour une urgence durant la nuit, elle viendrait garder Kyle. C'était à son sens la meilleure solution, du moins jusqu'à ce qu'il lui trouve une remplaçante.

Toutefois, aujourd'hui, c'était samedi. Le cabinet était fermé, et il n'aurait pas besoin d'elle. Elle se contenterait donc de l'appeler dans la matinée.

Une bonne odeur de café et de pain grillé lui parvint de la cuisine. Après s'être rapidement douchée et habillée, elle descendit.

— Tu as manqué les garçons, ils viennent de partir, dit Michelle. Tu as bien dormi ? Encore que ma question est superflue. Tu as l'air toute chiffonnée.

— Je n'ai pas trop fermé l'œil, c'est vrai.

— Mmh… Et je n'ai pas besoin de te demander pourquoi. Café ou thé ?

— Thé, s'il te plaît.

Dès qu'elle l'eut servie, sa mère s'assit face à elle en grignotant un toast.

— Et maintenant, si tu me disais ce que tu as sur le cœur ?… Tu as un problème avec le Dr Flint, c'est ça ?

— Il m'a demandé de l'épouser.

Michelle ouvrit des yeux ronds.

— Sérieusement ?

— Oui. Pourtant, dans notre entretien préliminaire, il avait bien précisé que ce n'était pas une épouse qu'il cherchait.

— Ses sentiments pour toi ont forcément évolué depuis. Je ne vois pas d'autre explication, à vrai dire. Et toi, qu'éprouves-tu pour lui ?

Emma n'hésita pas. Avec sa mère, elle se devait d'être honnête.

— Je l'aime.

— D'accord. Dans ce cas, une seule solution : tu retournes le voir et tu en discutes sérieusement avec lui. La fuite n'est pas la bonne solution.

— Oui, je sais, soupira-t-elle. Mais je pense que tu te trompes sur ses sentiments à lui.

— Va le lui demander, c'est le seul moyen de savoir. Et crois-en mon expérience, il vaut mieux savoir que rester dans l'ignorance.

Il était clair que Michelle évoquait à cet instant une tout autre situation… Et le courage avec lequel elle avait affronté toutes ces années d'incertitude et de souffrance insuffla à Emma la force dont elle avait besoin.

— D'accord.

Justin avait un plan. Tout comme, lorsqu'il devait opérer, il préparait l'intervention en étudiant à fond le dossier du patient afin de repérer l'endroit précis où poser la pointe de son scalpel, il savait exactement ce qu'il allait dire à Emma.

Il lui présenterait ses excuses pour s'être conduit en imbécile dénué de toute sensibilité, puis lui dirait tout le respect, toute l'admiration qu'il avait pour elle et les compétences qu'elle démontrait avec Kyle. Kyle à qui elle manquait terriblement — il se faisait fort d'insister là-dessus. Une chance que Camille et Ben lui aient proposé de s'occuper de lui en attendant son retour.

Toutefois il n'avait pas inclus dans son plan que, en

venant sonner chez les Crawford, c'était à son père qu'il aurait affaire.

— Bonjour, Justin.

— Alan…

Et puis ses fils apparurent derrière lui. Kane, le plus jeune, qui le dépassait de cinq bons centimètres. Zach, l'aîné, qui dardait sur lui ses yeux noisette si semblables à ceux de sa sœur, et Pierce, entre les deux, qui le fixait d'un regard bleu plein de défi.

Il n'avait pas prévu ce comité d'accueil.

— Que voulez-vous, Justin ? demanda Alan.

— Parler à Emma.

— Pourquoi ?

— C'est une histoire entre elle et moi.

Alan secoua la tête.

— Désolé, mon vieux, mais elle n'est plus seule. Et c'est à toute sa famille que vous avez affaire, maintenant. Il n'est même pas sûr qu'elle ait envie de vous parler. D'après ce qu'elle a dit, elle ne peut plus rester chez vous.

— Et comment pouvez-vous en être sûr ? Depuis quand la connaissez-vous, au juste ? Deux jours ? Trois ?

Alan pinça les lèvres.

— Un père sait instinctivement ce que pense sa fille, et Emma est forte. Personne ne pourra la berner.

— Je ne suis pas un menteur.

— Menteur, peut-être pas, mais sourd, oui. Comment doit-elle vous dire qu'elle ne veut plus travailler pour vous ? intervint Zach sur un ton frisant l'hostilité.

— Quand Emma a dit ça, il y avait des choses qu'elle ignorait, se défendit-il en soutenant le regard d'Alan.

— Quelles sont vos intentions envers ma fille ? demanda celui-ci sans plus de détours.

— Je lui ai déjà demandé de m'épouser.

— C'est vrai, intervint Kane. Maman me l'a dit ce matin.

— Et il est clair qu'elle a refusé, dit Zach. Alors que fait-il ici ?

Justin sentait sa patience s'émousser. Toutefois, le bon

sens lui dicta de brider son agacement. Il ne serait pas judicieux de se mettre toute la famille à dos.

— Écoutez… Il est clair qu'elle vous a raconté ce qui s'est passé. Donc, laissez-moi lui parler encore, et si elle le souhaite elle vous répétera ce que j'ai dit.

Alan semblait ne pas vouloir céder.

— Vous l'avez déjà blessée, Justin. Quand on me l'a volée, bébé, le plus dur pour moi a été de ne pas avoir su la protéger. Et maintenant que je l'ai retrouvée, je ferai tout mon possible pour que plus personne ne lui fasse de mal, et ça inclut des gars comme vous. À moins que vous puissiez me prouver qu'elle ne s'en sortira pas blessée, vous n'avez aucune chance de l'approcher.

Ses trois fils approuvèrent d'un hochement de tête, et il sut qu'il allait devoir se montrer très convaincant s'il voulait forcer leur barrage.

— D'accord, dit-il après un soupir. Je crois que je l'aime.

— Ah. Vous croyez ? Eh bien, revenez quand vous en serez sûr, dit Alan en lui fermant la porte au nez.

Il resta un instant comme sonné devant le panneau de bois, aussi choqué que si l'homme lui avait abattu son poing sur la figure.

Emma entendit la porte claquer. Intriguée, elle descendit pour trouver son père et ses frères au pied de l'escalier.

Ils semblaient tous éviter son regard.

— Quelqu'un a sonné. Qui était-ce ?

Tous les quatre échangèrent des coups d'œil gênés.

— Que se passe-t-il ? insista-t-elle. Zach. Dis-moi.

C'était le plus grand des quatre. Pourtant, à cet instant, les yeux baissés sur ses espadrilles, il avait l'air d'un petit garçon mutique.

Elle se tourna donc vers son père.

— Toi, tu vas me le dire, non ? Quelqu'un est venu, c'est ça ? Qui ?

Alan soupira.

— Bon. Comme tu tiens de ta mère, je suppose que tu ne lâcheras pas le morceau tant que tu n'auras pas eu gain de cause. Donc… C'était Justin.

Elle se raidit légèrement.

— Que voulait-il ?

— Te parler.

— Et où est-il ?

— Il est… parti.

— Parti ?

Tous les quatre échangèrent des coups d'œil de gamins surpris en train de regarder leur grande sœur dans la baignoire par le trou de la serrure…

— Je vais te dire ce qui s'est passé, ma chérie, dit son père, mais avant, je voudrais savoir : qu'éprouves-tu pour lui ?

— Maman ne t'en a pas parlé ? Je l'aime, répondit-elle simplement.

— Tu es sûre ?

— Certaine.

— Bon. Alors, on a eu tout faux, les gars, grommela-t-il en se tournant vers ses fils. Désolé, Emma, je lui ai claqué la porte au nez.

Surprise, elle le considéra une seconde en silence.

— Mais… Pourquoi ?

— Je lui ai dit qu'il ne t'approcherait pas tant qu'il ne pourrait pas me prouver qu'il ne te ferait pas de mal.

— Et il est parti.

— Euh… Pas exactement. En fait, il a dit qu'il *pense* qu'il t'aime.

C'était déjà mieux que rien, songea-t-elle, désabusée. Pourtant, elle sentit une larme rouler sur sa joue.

— Oh non ! Ma chérie, ne pleure pas, je t'en prie…

À cet instant, elle eut l'impression que son père aurait préféré se faire couper un bras plutôt que de la voir pleurer. Et ses frères affichaient la même expression désemparée.

— Il y a à peine deux minutes qu'il est parti, dit Zach. Je vais le rattraper.

— Je viens avec toi, dit Kane. Ne t'inquiète pas, Emma, on va te le ramener.

— Inutile, dit-elle. S'il a battu aussi vite en retraite, c'est qu'il n'est pas si convaincu que ça…

Un coup à la porte l'interrompit.

Alan ouvrit, et elle reconnut la voix de Justin.

— Désolé d'insister, monsieur Crawford, mais je ne partirai pas d'ici tant que je ne l'aurai pas vue.

— D'accord, mon gars.

Alan s'écarta pour laisser Emma s'approcher. À cet instant, Michelle apparut en haut de l'escalier pour demander ce qui se passait. La famille Crawford était au grand complet.

— Salut, dit Emma qui ne voyait plus que Justin. Où est Kyle ?

— Avec Camille. Tu lui manques.

— Et il me manque aussi, répondit-elle, la gorge serrée. Que veux-tu, Justin ?

— Te ramener à la maison.

— Pourquoi ? Tu as peur de ne pas trouver une autre nounou ?

Il accusa visiblement le coup, mais il s'avança plus près.

— Je ne suis pas un menteur comme celui qui t'a trompée, Emma. Mais je t'ai menti par omission, c'est vrai. En fait, quand je t'ai proposé de m'épouser, ce n'était pas uniquement par… commodité. Je veux réellement faire ma vie avec toi. Je voudrais que nous donnions un frère ou une sœur à Kyle, peut-être même plusieurs. Je ne le mérite sans doute pas, mais si tu acceptes de revenir, je te promets de tout faire pour que nous soyons heureux. Notre bonheur ne sera pas sans écueils, bien sûr, mais notre amour ne ressortira que plus fort de ceux que nous franchirons…

— Il a l'air sincère, remarqua la voix de Kane derrière elle.

— Chht, fit quelqu'un d'autre pour le faire taire.

— Fais comme s'ils n'étaient pas là, tous, dit-elle, les yeux rivés sur lui.

Il esquissa un sourire ironique.

— Pas facile. Mais je me moque que l'on entende ce que

j'ai à te dire. J'avais élevé des barrières entre nous parce que j'avais peur de m'impliquer. Car j'ai su tout de suite que j'allais tomber amoureux de toi, dès le premier jour. Et j'ai tout fait pour que ça n'arrive pas. En vain, évidemment. Je t'aime, Emma, je voudrais que tu deviennes ma femme et vieillir auprès de toi.

Comme elle restait interdite devant ces mots qu'elle avait tellement souhaité entendre de sa bouche, sa mère, à côté d'elle, s'impatienta.

— Pour l'amour du ciel, Emma, réponds à ce pauvre garçon ! Ne reste pas plantée là sans rien dire…

— J'ai l'impression que tout le monde à part lui sait ce qu'il en est, répondit Emma en riant à travers ses larmes de bonheur, avant de se jeter dans les bras de Justin. Moi aussi je t'aime, Justin. Et mon seul désir est de partager ta vie et celle de Kyle. Je t'aime plus que tout, et j'aime cet enfant comme le mien.

Des applaudissements éclatèrent autour d'eux.

— Prenez bien soin de ma fille, fils, dit Alan avec un sourire fier et heureux, en posant la main sur l'épaule d'Emma.

— Oui, monsieur. C'est exactement ce que j'ai en tête…

Justin se tourna vers elle et prit son visage entre ses mains en coupe.

— Je sais que tu viens juste de t'habituer à ton nom de Crawford, mais si ta famille est d'accord j'aimerais que tu deviennes Mme Flint aussi vite que possible.

— Moi aussi.

Elle se tourna vers ses parents et ses frères qui, tous, radieux, l'encourageaient.

— Apparemment, tu n'auras pas besoin de demander son autorisation à mon père, plaisanta-t-elle.

Elle avait perdu des années loin d'eux, mais à cet instant ils étaient tous là autour d'elle pour l'accompagner sur le chemin qu'elle s'apprêtait à emprunter avec Justin, et elle s'en réjouissait.

À présent, elle avait vraiment tout ce dont elle avait jamais rêvé : la famille et l'amour.

Retrouvez en février 2020,
dans votre collection

Blanche

L'héritière du Kalyana, d'Ann McIntosh - N°1471

SÉRIE : PRINCESSES ET MÉDECINS - 1/2

En découvrant un prince sur le pas de sa porte, le Dr Sara Greer tombe des nues. Et pour cause : l'énigmatique Farhan est venu lui révéler qu'elle est la légitime héritière du trône de Kalyana – et sa promise depuis leur naissance ! Abasourdie, Sara est toutefois tentée de découvrir ses origines, dont elle ne sait rien, en raison de son adoption. Aussi accepte-t-elle de suivre Farhan dans un pays inconnu et mystérieux, qui la réclame comme sa souveraine…

Le secret d'un prince médecin, d'Amy Ruttan

SÉRIE : PRINCESSES ET MÉDECINS - 2/2

Dix ans… Cela fait dix ans que Jeena a dû quitter le Kalyana en catastrophe, parce qu'elle se découvrait enceinte du prince Maazin. Envoyée en mission humanitaire sur l'île qui l'a vue naître, elle est émue de renouer avec cette terre qui lui a tant manqué. Mais l'angoisse la saisit quand elle se retrouve face à Maazin. Alors qu'elle l'imaginait confiné au palais, Jeena découvre qu'il n'est autre que le médecin avec lequel elle va devoir faire équipe ! Une véritable épreuve pour elle : et si Maazin découvrait le secret qui les unit ?

Le sauveteur de l'Antarctique, de Robin Gianna - N°1472

SÉRIE : MÉDECINS SOUS LES ÉTOILES - 1/2

L'exploration et la découverte – voilà ce qui attend Jordan, embauchée comme médecin de la station Fletcher. Alors qu'elle subit une traversée vers l'Antarctique particulièrement chaotique, sur une mer déchaînée, elle regrette la vie bien réglée qu'elle a laissée à Londres. Cette mission de six mois sera la dernière, elle s'en fait la promesse ! Dès son retour sur la terre ferme, Jordan trouvera un mari stable, fondera une famille… C'est du moins ce qu'elle imagine, avant de croiser le regard de son voisin de cabine. Ezekiel Edwards, biologiste marin, sauveteur et grand aventurier, est l'homme le plus fascinant qu'elle ait jamais rencontré…

Retrouvailles à Bayside, de Traci Douglass

Des patients en héritage… Belle n'en revient pas : sa tante lui a légué son cabinet médical, fruit de toute une vie de travail. Si elle est touchée par ce cadeau, elle hésite pourtant à l'accepter. Cela fait bien longtemps qu'elle a quitté la petite ville tranquille de Bayside pour se bâtir une existence exaltante en Californie. Surtout, revenir sur les terres de son enfance signifierait pour elle retrouver Nicholas Marlowe. Devenu médecin comme elle, son amour de jeunesse est aujourd'hui papa d'un petit garçon. Et, facétie du destin, il est aussi le second héritier du cabinet médical…

Leur mission : sauver des vies.
Leur destin : trouver l'amour.

Blanche

Le don Juan du Moorlands Hospital, de Charlotte Hawkes - N°1473

Play-boy invétéré ou bienfaiteur au grand cœur ? Depuis qu'Anouk travaille avec le Pr Solomon Gunn, elle ne sait plus très bien quoi penser de son confrère, le médecin le plus sexy du Moorlands Hospital. Jusqu'ici, elle était parvenue à garder ses distances avec lui – et même à contrôler les battements traîtres de son cœur en sa présence. Mais le découvrir aussi généreux avec ses patients, aussi humain, est une surprise troublante. Si Anouk s'est toujours refusé la moindre relation sentimentale au travail, saura-t-elle résister à l'aura de cet homme qui ne quitte plus ses pensées ?

Le doux rêve d'une infirmière, de Caroline Anderson

Face au regard intense du Dr Ryan McKenna, Beth sent son cœur s'emballer. Séparés par un drame, tous deux ne se sont pas vus depuis deux ans. Or, si Ryan est aujourd'hui de retour à Yoxburgh, c'est pour occuper un poste de médecin dans l'hôpital où elle officie comme infirmière… Sera-t-elle capable de dépasser les souffrances passées, pour travailler à son côté ? Alors que sa raison en doute, son cœur, lui, a très envie d'essayer…

Un cadeau pour nous deux, de Susan Crosby - N°1474

Infirmière en chef à l'Institut Armstrong, une prestigieuse clinique privée de Boston, Sara Beth entretient une liaison passionnée avec son patron, le séduisant Ted Bonner. Un célibataire endurci qui, même s'il lui fait vivre des instants magiques et prétend l'aimer, ne la comble pas totalement car il refuse d'envisager un avenir avec elle. Comment sortir de cette impasse et convaincre Ted que leur couple est fait pour durer ? Alors qu'elle s'interroge, le destin offre à Sara Beth une réponse des plus inattendues…

Un amour de médecin, d'Annie Claydon

Lorsqu'il voit pour la première fois l'informaticien qu'il a embauché pour l'aider à gérer sa clinique, le Dr Euan Scott est surpris de se trouver face à… une jeune femme ! S'il doute au début des capacités de Sam Lockyear, cette dernière parvient à lui prouver, au fil des jours, qu'elle est une brillante professionnelle qui n'hésite pas à s'investir à corps perdu dans son travail. Au fur et à mesure de leur collaboration, Euan apprend à la connaître et tombe peu à peu sous son charme. Mais il comprend rapidement que, malgré leur attirance réciproque, quelque chose empêche Sam de s'abandonner dans ses bras…

HARLEQUIN

Leur mission : sauver des vies.
Leur destin : trouver l'amour.

Blanche

Le véritable amour de Bella, de Jennifer Taylor - N°1475

Cette fois-ci, c'est fini : Bella n'en peut plus des mensonges de Tim, son mari. Bien décidée à refaire sa vie, elle intègre un nouvel hôpital, ce qui l'amène à croiser de nouveau le chemin de Mac, un ancien ami commun, à Tim et à elle. Autant ils étaient inséparables pendant leurs études, autant leurs retrouvailles sont glaciales : Mac reproche durement à Bella son divorce d'avec son ami. Mais cela n'explique pas complètement l'incroyable tension qui règne entre eux. Cette proximité inattendue bouleverse totalement Bella… Perdue, elle sent le doute s'insinuer en elle : et si, autrefois, elle avait commis l'erreur de sa vie en épousant Tim ?

Enceinte du chirurgien, d'Amber McKenzie

Sur le plan professionnel, Chloé a tout pour être comblée : après avoir été chef des internes aux urgences de l'hôpital pendant des années, elle accède enfin au poste de médecin. Mais, côté cœur, c'est une tout autre histoire, car elle est amoureuse de l'inaccessible Tate Reed, le chirurgien le plus beau et le plus charismatique de l'établissement… et, accessoirement, l'ex de sa meilleure amie ! Impossible, donc, de rêver à quoi que ce soit avec lui. Sauf que, à la manière dont Tate la regarde, elle comprend vite que l'attirance est réciproque. Au point que, un soir, oubliant toute raison, elle finit par céder à la tentation. Loin d'imaginer les conséquences de cette passion interdite…

HARLEQUIN

Leur mission : sauver des vies.
Leur destin : trouver l'amour.

HARLEQUIN
www.harlequin.fr

Composé et édité par HarperCollins France.

Achevé d'imprimer en décembre 2019.

CPI
BLACK PRINT

Barcelone

Dépôt légal : janvier 2020.

MIXTE
Papier issu de sources responsables
FSC® C108412

Pour limiter l'empreinte environnementale de ses livres, HarperCollins France s'engage à n'utiliser que du papier fabriqué à partir de bois provenant de forêts gérées durablement et de manière responsable.

Imprimé en Espagne.